译文纪实

THE CASES THAT HAUNT US

John Douglas　Mark Olshaker

[美] 约翰·道格拉斯 马克·奥尔谢克 著
邓海平 译

顶级悬案

犯罪史上的八宗惊世疑案

上海译文出版社

谨以本书献给

所有未侦破的暴力犯罪的

受害人

把尊重和爱献给他们

他们永不该被遗忘

为他们追求正义的努力也应永不放弃

作者的话

和以前一样，这本书之所以能够和读者见面，我们要衷心感谢许多人：

——我们聪明又有洞察力的编辑丽莎·德鲁，她总是随叫随到；

——我们的代理人和朋友杰伊·亚克顿，他影响了我们的写作生涯以及与之相关的所有方面；

——安·亨尼根，她是我们那本《心理神探》的英勇无畏、坚定不移的研究工作协调员，正是有赖她我们才掌握了我们应该掌握的相关信息；

——凯瑟琳·约翰斯顿·拉姆斯兰德博士，她本人也是一位卓有成就的作家。她为我们研究了本书中所述的各个案件，并在约翰进行心理分析的时候，扮演了地方执法机关的角色；

——杰克·克里希维奇，丽莎的助理，他让我们不偏离正题，并把我们撰写的各个片段组织成了一个整体；

——马丁·费多，多产的著名作家、学者、犯罪学家，现在也是我们的良师诤友。他对本书中讲述的“开膛手杰克”案件作出了卓越的贡献，让我们对这个案件有了更好的把握。同时，他还给了我们许多好的建议；

——马克·W·法尔兹尼，新泽西州立警察厅的档案管理员，他在“林德伯格绑架案”上给了我们巨大的、宝贵的帮助；

——莱昂纳德·里贝罗，秋河市历史学家，他在“伯登”案件上的帮助同样宝贵，他提供了照片，而且还帮助我们审阅了有关“伯登”案件的那个章节；

——唐纳德·朗贝罗，同样也是“开膛手杰克”案件最为著名的专家之一，我们对他那本出色的著作和深刻的个人洞察表示诚挚的谢意；

——保罗·卡德鲁奇，以及高田学校的其他老师、教员和居民。高田学校的前身就是林德伯格在新泽西州霍普维尔的庄园。他们非常热情地接待我们，并带着我们参观了这所学校；

——约翰·罗斯，苏格兰场著名的“黑色博物馆”，也就是犯罪博物馆的馆长；作家克里斯·拉迪什、玛莎和萨利·麦克金夫妇以及马萨诸塞州秋河市丽兹·伯登旅馆的其他工作人员，他们都很体贴、很友善。

同时，我们还要像既往一样，感谢

——卡洛琳·C·奥尔谢克，没有她的帮助……嗯，大家都知道会怎么样。

约翰·道格拉斯、马克·奥尔谢克

2000 年 6 月

我都对你说过多少次了，当你排除了所有其他不可能的东西，不论剩下了什么，而且不论剩下的东西看起来多么不合理，它必定就是真相！

——亚瑟·柯南·道尔爵士，《四签名》

目　录

前　言

从最根本的层面上来说，犯罪学研究的是人们为什么会为其所为。也就是说，它研究的是人之品性。在历史上成千上万的、令人毛骨悚然的犯罪中，有一些刑事案件本身似乎就是有生命的。不论时间如何流逝，它们都持续激发着大众的想象，催生着大众的恐惧。这些案件中的任何之一以及围绕着它们的各种故事都深深地触动了人们的心灵，这或许是因为它们涉及各种人的品性，或许是因为犯罪行为的惨无人道，或许是因为人们总是在怀疑正义是否得到了实现，或许是因为在这些案件中根本就没有抓到任何罪犯这样一个令人极度不安的事实。无论如何，相关案件一直都是令人着魔、令人困惑的谜，并且触及我们作为人是如何看待自身以及我们与社会的关系这样一个核心问题。

本书中描述的每一个案件长久以来都极具争议。但是各个案件之间又都有一些共通的基本事实，正是这些基本事实使我们可以将这些案件联系在一起。总体上来说，它们展示了人在极度压力下的行为，以及人们不可避免地要对之做出的是善还是恶、是无辜还是有罪、是符合预期还是出人意料的评论。

通过分析这些案件，我们希望说明现代的行为侧写和刑事侦查分析方法的应用、好处以及局限。位处弗吉尼亚州匡迪格市（Quantico）的联邦调查局研究院（FBI Academy）的全国暴力犯罪分析中心（National Center for the Analysis of Violent Crime）正实践着这些方法。这个中心下属的实际从事行为侧写和案件咨询的业务部门的名称已经变化多次。在 1995 年我退休之前担任该部门的负责人期间，这里被称作侦查支持组（ISU）。有时候，在确定一个无名罪犯的身份上，我们历尽千辛万苦；有时候，我们只能断定罪犯一定不会是谁；有时候，我们根本就做不到任何一点。但是我们已经极大地提高了从行为学角度来解释法医证据的能力。如果这个学科在本书中提到的那些早期案件发生的时候已经存在，我相信，我们可能已经破了案，并且已将罪犯绳之以法。

我们将目光集中在几个主题之上，我们以前几本著作的读者肯定会很熟悉它们。主题之一就是动机：为什么某个人决定做某事，以及我们是如何确定这一点的。主题之二是罪犯的演化和发展：如果事前没有任何行为征兆以及某个特定的起催化作用的刺激，你是不会早上一睁开眼睛就犯下本书中提及的任何一种罪行的。主题之三是犯罪后行为：一个犯下严重罪行的人会作出何种行为和反应呢？我们会评估所有这些因素。

还是直截了当吧：我们是否能够“破解”这些令专家们棘手，困惑了十几年、几十年甚至一个多世纪（就其中两个案件而言）的案件中的任何一个呢？

坦白地说，我们没有把握。

我们要做的是，以与过去有所不同的方式来考察每个案件。我们将以当我还是联邦调查局的行为侧写师和侦查分析家的时候所采用的方式来考察、审视每一个案件。我们将利用犯罪和犯罪现场证据来查明我们应当调查哪类人。然后，我们会评估相关主体——那些被怀疑、被指控或被判犯有相关罪行的人——来看看他们是否契合我们的分析。

在对围绕这些案件进行再审视的大量理论努力中，作者们倾向于先确定他们自己是如何看待这些案件的，然后再利用相关证据来证明他们的观点。接着他们就竭力质疑那些与之相对的看法。正如读者在阅读本书的时候将会清楚地看到的，这一现象的几个例证如下：

——为什么不会是玛丽·凯利的丈夫，在玛丽离开他以后，杀死了她的朋友，以恐吓她、让她回到自己身边；并且当她拒绝回来时，一并连她也杀了，然后就将相关罪行全推到一个纯属虚构的开膛手杰克身上？

——为什么不会是艾玛·伯登秘密返回，潜入家里，然后杀死了她的父母？

——为什么不会是帕特茜·拉姆齐一怒之下杀死了她女儿，原因是她发现女儿遭到自己的丈夫猥亵？而约翰·拉姆齐为什么就不会是一个猥亵犯呢？

尽管绝对没有任何证据来支持这些假设，尽管所有三个案件中都进行了详细的性格调查，事实对某些“分析家”来说变得几乎是无关紧要的。

“事情可能就是这样发生的”，这对于某些理论家来说已经足够了。但是，对我们而言，这远远不够。当证据之间存在矛盾，或者对同一组事实有不同的说法，我们就姑且先承认它们，然后再看看我们应如何处理。不论我们作出了什么结论或者未能作出什么结论，我们都将让证据引导我们，而不是我们来引导证据。

准备好了吗？那我们现在就开始吧。

第一章

开膛手杰克

在连环杀人犯的黑暗世界中，有一个爆炸中心：与连环杀人犯有关的整个历史和所有讨论都发端于这个爆炸中心。

根据现代标准，在 1888 年 8 月到 11 月之间如鬼魅一般出没在伦敦东区狭暗街道的那个“捕猎者”，根本就没有什么值得大书特书的。令人悲伤的是，这个捕猎者的无数后继者（我和我的同事不得不捕猎他们），以致命的更高效率谋害了更多的生命，并且他们在谋害生命时所展现出来的创造力令人觉得更为可憎。但是，没有任何一桩案件像开膛手杰克那样抓住了公众的心，并且长久以来都使公众着魔。开膛手杰克：来自白教堂区（Whitechapel）的谋杀犯，丧尽天良的、残暴的、无名的、无动机的魔鬼的化身。

为什么偏偏这个案件会这样呢？为什么偏偏他（尽管有些人一直坚持认为此人是名女性）会这样呢？这有几个理由。理由之一，其犯下的罪行，也就是最后加剧到完全毁尸的一系列致命刺伤行为，集中发生在一个很小的地理区域内，专门针对某一特定类型的被害人。理由之二，尽管过去英国和欧洲大陆也发生过某些孤立的与性有关的谋杀案，但这是维多利亚时代的人们第一次面对或者说在情感上必须面对的一种现象。此外，当时的社会改革运动如火如荼，新生的、充满活力的、直言不讳的新闻界渴望人们关注伦敦东区那可怖的生活状况。所有这些因素都促使"开膛手杰克案"成为历史上最著名的刑事犯罪案之一。

尽管这些凶杀行为一直都比其他凶杀行为更令人着魔，甚至在我们这个似乎永无止境的"犯罪的世纪"中还是如此，然而，正如我们将会看到的，它们之所以如此，往往都是由于人们的错误印象。尽管这些行为野蛮暴虐，但是它们确实是夏洛克·福尔摩斯时代的一个真实之谜——当时正处于浪漫的维多利亚时代的鼎盛期，伦敦街头到处都是煤气灯，伦敦的雾也总在那里缥缈旋绕，尽管这些谋杀行为发生之地几乎与维多利亚时代的辉煌没有丝毫的实际关系，并且每一宗谋杀案都发生在没有雾的晚上。那些夜晚中只有一个夜晚是在下雨。实际上，在开膛手杰克让绝望的伦敦东区弥漫着恐怖气氛的同时，位于时髦而舒适的伦敦西区的莱森戏院（Lyceum Theatre）正上演着一出根据罗伯特·路易斯·史蒂文森的《化身博士》改编的情节剧，观众为该剧之紧张刺激而如痴如醉。这两个事件，其中一个奇特、安全，而另一个则是恐怖的真实，让许多人第一次意识到所谓的普通人或正常人也有将内在之恶外化的可能性。

尽管当时东西两区警方花费了大量的人力物力，并且随后一百一十多年中有无数"开膛手杰克研究者"作出了无尽的努力，这些罪行一直都未被侦破，直到今天围绕着它们的团团谜云还让我们棘手不堪（尽管我们相信，如果让我们现在来处理这个案件的话，我们可以迅速地侦破该案）。人们揣测出来的某些嫌疑人及其可能的动机极度"有趣"，完全超出了普通的连环杀人犯的范围，嫌疑人不仅包括皇家医生，而且包括女王的两个直系男继承人。

这个案件会具有持久吸引力的另一个同样重要的原因是，无名罪犯（我们这个行业称之为 UNSUB）获得了一个摄人心魄的、令人恐惧的名字——开膛手杰克。尽管在这里又被提及，我仍要特别说明的是，这种身份并不是罪犯自己给自己加上的。

但是，不论人们的误解或我们要作的限定如何，我们必须承认，开膛手杰克确实创造了一个连环杀人犯的神话和邪恶的原型。

作为一个刑事侦查分析家和联邦调查局第一个全职的侧写师，我经常思考开膛手杰克的身份问题。但是直到 1988 年，也即白教堂连环谋杀案的一百周年，我才真正像我研究由某个地方执法机构提交到匡迪格市的侦查支持组的案件一样，来研究这个案件。

当时是要拍一个题为《开膛手杰克的神秘身份》的两小时电视节目，这个节目预定在当年 10 月份在洛杉矶市现场直播，由英国演员、作家兼导演皮特·乌斯迪诺夫主持，中间还穿插着伦敦的犯罪现场和苏格兰场（即伦敦的都市警察部队总部）的专家们的意见。当时制片人来找我，希望我参加这个节目，并且希望我能够勾勒出这个杀手的行为特征。我认为值得一试，这有如下几个原因。首先，我认为这个行为分析对于训练新警员来说肯定是有益的；其次，即使谋杀案已经过去了一个世纪，我也很难抵御与历史上最著名的谋杀犯一较高下的诱惑；最后，由于整个事件已经过去了一个世纪，因此，除了我自己可能在全国的电视台上出丑之外（我很早就已经不再惧怕这一点了），不大可能有什么其他的负面后果。与我每天都在处理的大量“真实”案件不同，在这个案件中，即使我铸下错误或把错误的信息提供给了警方，也没有哪个人会因此丧命。现在，已经十几年过去了，我依然相信我当年的分析是正确的，只是我对之作了一点重要而有趣的补充，在后文中读者将会看到。

我当时是按照工作中的实际做法来给我将要做的犯罪侧写列出提要的：

无名罪犯：人称“开膛手杰克”

连环谋杀案

英国伦敦

1888 年

NCAVC：谋杀（刑事侦查分析）

联邦调查局和其他政府机关一样，特别喜欢用缩写。上面最后出现的 NCAVC，指的是“全国暴力犯罪分析中心”。这个中心是 1985 年在联邦调查局学院（FBI Academy）内设立的。它包括但不限于 BSU（行为科学组，负责教学和研究）、ISU（侦查支持组，负责实际的案件咨询、侧写和形式调查分析），以及 VICAP（暴力犯罪追捕计划，这是一个拥有许多罪犯信息的计算机数据库）。我担任侦查支持组的组长期间，我所在的小组和其他一些机构，比如 HRT（人质解救队）都是重大事件反应大队（CIRG）的一部分。1995 年退休之后，我当时所在的侦查支持组一度被并入了另外一个大队，也就是 CASCU（儿童绑架和连环犯罪组）。总之，以上这些介绍是为了给读者一个概念。

我以侦查支持组所有成员告诫美国和世界各地的警察和执法机构的方式（我们每天都必须和他们打交道）告诫制片人：我们只能根据提供给我们的信息尽量做出最好的分析。我们今天已经掌握的许多工具，比如指纹、DNA和其他血液标记以及大范围犯罪现场照片，1888年都还不存在，因此我在分析时只能不采用这些工具。但是，正如现在所做的那样，我首先从犯罪的已知事实开始。

就像大多数连环谋杀案一样，这个案件被害人多、线索复杂、头绪繁多。因此，首先看看这个案件的详细描述是非常有益的，正如当我们从一个寻求我们帮助的执法机关那里接到这个案件时会做的那样。我们将讲述相关细节（对杀手行为分析来说重要的任何信息），并在决定过程当中适时地对每个因素进行分析。这样，我们就对分析决定是如何做出的以及它们的依据有一定的了解。在我们提出我们的分析之时，你应当已经拥有了理解我所作出的选择和结论的某些背景和视角。这样，我们就可以将这个过程应用到本书后面的所有其他案件上去。犯罪侧写师对发生了什么越有了解，他或她就越能指出到底是谁又是为什么犯下了相关罪行。

不论何时，只要我们就一系列未侦破的犯罪案件为某个地方执法机构提供行为分析和战术帮助时，我们都会要求该机构提供一张地图，上面应标明各个犯罪现场，并且对每个现场的情形都作一番描述。在这个案件中，地理位置尤为重要，因为它精确地限定了罪犯选择被害人的类型，以及在此种环境中什么样的罪犯才会感到得心应手。

“无底深渊”

我一直都强调了解被害人和犯罪的社会环境的重要性。如果对维多利亚时代最后几十年中的伦敦东区，特别是白教堂和斯皮多菲尔兹一带的生活环境一无所知的话，你就无法理解这个案件。1902年夏天，冒险小说家杰克·伦敦在这里生活了几个星期之后，将之描绘成“无底深渊”。杰克·伦敦就这段生活经历写成的散文作品《无底深渊中的人们》，就像同年出版的《野性的呼唤》一样，立即成为经典之作。尽管书中描述的是 1902 年的生活条件与状况，但是与 1888 年并没有什么两样。

伦敦东区的最东端、伦敦塔和伦敦港的北边、邻接白教堂大街和白教堂路的区域，对于那些有幸居住在伦敦这个大都会的其他地方的人来说，是个陌生、偏远而又令人害怕的所在。尽管从伦敦市中心到这里，如果乘马车或火车的话，路程很短，但这片地区却如狄更斯所描述的那样：拥塞不堪，集中了各种车间、血汗工厂①和屠宰场。当时的伦敦，是西方世界的真正中心，当时的英国也被称为世界上最富裕的、经济最发达的"日不落"帝国。但贫穷的伦敦佬是这片地区的最主要景观，同时越来越多的外来移民（主要是那些来自东欧、躲避迫害和屠杀的犹太人）不断地涌入伦敦港区。这些移民操着陌生的语言，保留着独特的习惯，对非犹太人谨慎小心。他们中的许多人，像他们的同胞一样，加入了以砖巷为中心的缝纫和皮毛业。 更经常地被人称为"衬裙巷"的米德尔塞克斯大街，成了熙熙攘攘的犹太产品及文化的"星期天市场"。

在白教堂地区，几乎没有什么技术工作，疾病肆虐。那些有幸有居住之所的人们，拥挤在肮脏的、粗糙不堪的蜗居之中，相互之间没有任何隐私可言。其余的人，估计大约占伦敦东区九十万人口的 10%，过着有一天没一天的生活：他们住在大街上，住在阴暗可怖的公共济贫院之中，或者住在数以百计的污秽不堪的"下等旅馆"之中——这些旅馆每张床位每晚收费大约四便士，还必须预付。

人称"玻莉"的妓女玛丽·安·尼科尔斯是当时白教堂地区一千

① 工资低、劳动条件恶劣、残酷剥削工人的小工厂。——译者

二百名妓女中的一员，这个数据是伦敦都市警察局的统计的。她身高五英尺二英寸，四十五岁，已经缺了五颗牙齿。许多像尼科尔斯这样的妇女，都不是心甘情愿当妓女的。她们（往往还有她们的家庭）的生活是如此悲惨，以致只有玩一玩这样的低俗把戏，才可能有吃有住，而不至于饱尝饥饿，零落在黑暗而危险的街头。此外，这些妇女还长期酗酒，以图将她们的绝望处境抛诸脑后。我们所看到的是一个处在社会绝对边缘的群落。

玻莉·尼科尔斯是五个孩子的母亲，经历了一段狂风暴雨般的婚姻，因为她无法放弃酒精，婚姻最终破裂。而她自己则解释说，之所以无法放弃酒精，是因为丈夫总是花心不改。她丈夫获得了孩子的监护权。1888年8月31日，星期五，在凌晨一点钟刚过的时候，玻莉正想偷偷溜进花丁街的一个下等旅馆中，她在这个旅馆中已经居住了大约一周了。上个月的大部分时间中，她都与四名妇女共同挤在另外一家低级旅馆的房间——那家旅馆在一个街区之外的斯罗尔街。但是今天，她没有四便士的床位费，因为早些时候她将挣来的钱全部用来在“煎锅酒馆”喝酒了——这个酒馆坐落在与砖巷交叉的一个街区上。

旅馆住宿管家说她不付钱就不能留在那里。玻莉告诉管家，不要将她的床位给任何其他人，并且醉醺醺地说：“我马上就有钱付房费了。你看看我的帽子多么漂亮呀！”很明显，这顶帽子是一个客人买给她的，这使得她觉得自己更加迷人了。

大约凌晨两点半的时候，她遇见了朋友艾伦·贺兰德，也叫艾米莉。在伦敦东区，一个人有几个名字这是很稀松平常的事。贺兰德以前曾和玻莉共同住在斯罗尔街上的那个旅馆里，她出来是要看一场大火。对那些太穷无法消受得起其他娱乐的人们来说，这是一种常见的消遣。她后来对警方说，玻莉当时已经醉得不行了，倚在墙上才能站得住。

艾伦催促她回到斯罗尔街去，但是玻莉坦白道："我今天三次都挣到了我的房钱，但是都花了。我不会出去太久的，很快就回来了。"接着她就步履蹒跚地向花丁街走去。

这是人们最后一次看到活着的玻莉·尼科尔斯。

那天早上大约三点四十分，两个马车夫，查尔斯·A·科洛斯和罗伯特·保罗，正在距白教堂路上的伦敦医院大约一个街区的巴克斯路上走着准备上班。这时科洛斯看到街对面的一个马厩门口似乎有一块防水帆布，于是他走近去看看这块帆布是否还能派上什么用场。但是当他走过去之后，才发现这是一具女尸，眼睛还圆睁着，双手在身体两侧，裙子一直掀到腰上，双腿微微张开。尸体旁边是一顶黑色的、天鹅绒帽檐的草帽。

科洛斯把罗伯特·保罗叫过来。他用手碰了碰这个妇女的脸，还有一丝温度，因此他认为她可能还活着。他仔细倾听，心里想着或许他还能听到她的微弱心跳。但是科洛斯摸了摸她的手，已经冰凉了。他想，她已经死了。于是他们俩去找警察。

他们在附近的汉伯里街上看到都市警察乔纳斯·弥曾巡警正在巡逻，于是将刚才看到的告诉了他。弥曾立即和他们一起回到巴克斯路，他们看到巡警约翰·内尔也已经发现这具女尸了。内尔用他的灯笼招呼另外一个路过的警察过来，他是巡警约翰·塞纳。内尔叫塞纳去找里斯·拉尔夫·鲁埃林医生，他是距那里最近的执业医生。然后内尔又叫弥曾去叫一辆救护车：当时的救护车也就是那种能容纳一个担架的马车。

塞纳叫醒了鲁埃林医生，医生随后就到了现场，立即对被害人进行了检查。这个时候，两个屠夫，亨利·汤姆金斯和詹姆斯·马姆福特也出现在了现场，但是他们俩到底是碰巧刚刚到了现场，还是在塞纳被叫到现场之前就来到了现场则不清楚。鲁埃林医生发现被害人喉咙上有严重的割裂伤，但是尸体上几乎没有什么血迹。早上四点还差十分的时候，他宣布这个妇女已经死亡，并估计说，由于大腿还有一定温度，因此死亡可能发生在此前三十分钟——她是当场被杀死的。尸体被运到旧蒙塔格街道济贫院医务所的停尸房里。当巡官约翰·斯布拉特林大约在早上四点三十到达的时候，现场已经围满了人群，发生谋杀案的消息开始在白教堂地区悄悄传开。斯布拉特林告诉其他警察搜索现场并封锁该地区，然后到停尸房去找鲁埃林医生，共同对尸体的状况进行正式记录。

在停尸房，斯布拉特林发现了一个更为令人不安的事实，他事先根本就没有预料到"常见"的妓女谋杀案会这样。尽管严格说起来，她的妓女身份还未被确认，因为还没有对之进行鉴定。然而，相关情况以及她这么一大早就在街上游荡这一事实都强烈地表明她是一个妓女。不幸的是，以前和现在一样，谋杀妓女并不鲜见，但往往只是为了抢劫或者某个客人认为自己被传染了某种疾病而报复。当尸体上的衣服被剥离时，斯布拉特林可以清楚地看到，除了脖子上的伤口之外，尸体的腹部也被切开了，大肠历历在目。

第二天，鲁埃林医生返回停尸房，进行了一次完整的尸检。他注意到，尸体脸上和脖子上有瘀伤，并且脖子上有一个环形切口，这个切口将所有连接椎骨的组织和主血管都完全切断了。这样深的切口似乎是用一把长而锋利的匕首切出来的。鲁埃林认为，杀手至少有一定的解剖知识，并且，鲁埃林医生从尸体脖子上有一个大拇指造成的瘀伤推断，杀手可能是个左撇子。

行为线索

今天，以维多利亚时代的侦查者们没有的知识和经验来审查这个案件

（这个案件发生几年后才出现了指纹侦查技术），我们已经从创伤形态找到了一些行为线索了。尸体脸上的严重瘀伤是“闪电式”突然袭击所致。也就是说，罪犯试图在被害人作出反抗之前，迅速而出人意料地制服被害人。这反过来又表明，罪犯对自己没有信心，对他控制被害人的能力没有信心，同时对他以言辞说服被害人到他想去的地方的能力也没有信心——这是一个自信心不够强的罪犯，与认为自己能够轻易制服女性的罪犯不同。正如我们将会看到的，这些又给了我们更多的有关罪犯个性和心理状态的线索。

脖子上的瘀伤表明，罪犯试图使被害人窒息，进一步使被害人失去反抗的力量。然后，我们来看看她身上的许多刺伤，这表明罪犯当时处在疯狂的愤怒状态，并且通常说来，也表明罪犯通过这样的方式发泄了性压抑。在被罪犯突然袭击之后，被害人脸上没有什么其他重大伤痕，这让我相信，罪犯并不认识被害人。如果攻击是更加具体地针对某个人的话，我认为，被害人脸上肯定会有更多的伤痕，因为对于罪犯来说，她的脸可能更能代表她这个人。就像犯罪侧写和行为分析中的其他任何东西一样，这并不是一条一成不变的规则，这我们在下一章中将看到；但是在犯罪动机主要是为了体会权力感和控制欲的案件中（罪犯在生活的其他方面是无法体会此种权力和控制的，我认为这个案件中的罪犯正是如此），罪犯攻击被害人的脸是一种常见现象。

然后我们再来看看绕了被害人脖子一圈的那个极深的切口。在我看来，这也是很清楚的：罪犯试图切下被害人的头颅。读过我们以前出版的相关书籍的读者一定知道，我们对杀人犯和其他的性罪犯的分类方法之一是：确定他们是条理型的、无条理型的，还是混合型的——也就是两种情况都有。我认为，一个试图切下被害人头颅的杀人犯，特别是在大街上这样一个对他来说极危险的地方，是一个“头脑不清醒的”罪犯。被害人小腹部被切开，大肠都露出来了，这种状况更进一步地证实了我的推断。这并不意味着罪犯无法正常地形成其犯罪意图，也不意味着有计划的罪犯都是正常的、融合于社会之中的个人。但是，这确实告诉我，罪犯的动机和幻想是如此狂乱，以至于影响了他的正常思维，甚至也影响了他干净利落地犯罪的能力。这个罪犯是一个既憎恨妇女又对妇女的身体有一种奇怪而变态的好奇心的人，我只能说他是精神错乱的。

在说到这里的时候，有一点需要说明。在我看来，所有的杀人犯和性罪犯，都有某种程度的精神疾病。从名称上看，你就无法想象他们以这样的方式故意谋害了另外一个人的生命，但同时却又是精神健康的。然而，这一点非常重要，尽管你可能有精神疾病，但是这并不意味着：(a) 你不知道是与非之间的界限；(b) 你没有能力根据社会规则来行事（不一定是在思想上，而主要是在行为上）。这是麦克诺登原则（M' Naghten Rule）的核心所在，这个原则是英国确定刑事责任的最早的法定标准，在白教堂连环谋杀案发生的半个多世纪前，这个原则就已经生效了，并且这个原则也是我们今天确定罪犯是否精神错乱的基础。该规则得自丹尼尔·麦克诺登，他企图谋杀当时的英国首相罗伯特·皮尔爵士，后者是伦敦都市警察部队的创始人。

因此，尽管某个人可能有精神疾病，但他还是要承担刑事责任：此种人犯罪是因为他们想犯罪，而不是他们不得不犯罪。某些精神病学家将这种问题称为性格障碍，在我看来，这样说是再准确不过了。

但是，是否有罪犯真的不知道他们自己所做的是错误的呢？是的，有一些确实如此，并且根据我的经验、此种罪犯倾向于有妄想症或充满幻觉。但是我们往往都可以很容易将此类人辨认出来，而且，因为他们是如此的紊乱而“疯狂”，这使我们往往很快就能抓获他们。这里的白教堂谋杀案凶手是不是这样一种人呢？他是否已经越过了性格障碍的界限，到了完全疯狂的地步呢？在作出这样的判断之前，我们需要更多的证据。

被害人穿了好几层衣服，因为她没有家，必须这样。她仅有的其他一些个人财产是一把梳子、一方手帕以及一面破镜子。但是，在她的衬裙上，警察注意到朗伯斯济贫院的洗衣标签。通过排除法，警方确定被害人是玛丽·安娜或者玻莉·尼科尔斯，尽管开始时确认她身份的努力都失败了，这或许是因为她的肢体遭了毁损之故。最后，玛丽·安娜·蒙克认出了她，蒙克曾经和被害人一起住在朗伯斯济贫院。1888 年 9 月 6 日，她被埋葬在位于艾塞克斯①的小伊尔福特的伦敦市公墓贫民墓区中。

类型犯罪？

当时根本就没有什么办法破案。苏格兰场的警察局长唐纳德·萨塞兰·斯文森承认，警探们都手足无措：“罪犯如此暴力却看不出什么动机，也没有发现丝毫的证据，不论是直接证据还是间接证据。”事实上，斯文森和他的同僚们只是不明白罪犯的动机而已，因为他们此前根本就没有见过这种犯罪。然而，尽管缺乏对此类犯罪的经验，掌管刑事调查局（Criminal Investigation Department，CID）的都市警察局助理警监罗伯特·安德森博士和刑事调查局副警长梅尔维尔·莱斯利·麦克诺登都认为，罪犯是一个色情狂。

然而，尼科尔斯谋杀案可能与伦敦东区早些时候发生的另一起妓女谋杀案有关。没有人能够断定是否如此。实际上，直到今天，我们也无法断定两个案件之间是否有关联。

① 艾塞克斯，英国英格兰东南部的郡。——译者

玛莎·塔伯拉姆，又叫艾玛·特纳，是仓库管理员亨利·塔伯拉姆的妻子，亨利已经离开了她。在他们分手之后，她有一阵没一阵地和威廉·特纳在一起生活了几年。威廉·特纳，尽管学过木匠活，却是个街头小贩。这就是为什么她有两个姓。和玻莉·尼科尔斯一样，因为玛莎过度酗酒，两个丈夫都先后离开了她。

1888 年 8 月 6 日傍晚，银行停业日，玛莎和她的朋友玛丽·安娜·康纳利（当地人又叫她玻莉·波尔）一起出去。康纳利后来证实，她们俩到过几个酒馆，包括双酿酒馆。在那里，她们俩被著名的英国近卫步兵第一团的两个士兵看中。后来，他们一起又到了其他几家酒馆，包括白教堂路上的白天鹅酒馆，最后在大约夜里十一点四十五分的时候分手。波尔和其中一个士兵到天使巷靠着一堵墙站着进行了性交。她看到玛莎到乔治场去，或许目的和他们俩一样。

第二天凌晨大约三点三十分，出租车司机艾尔弗雷德·克劳回到了他在乔治场最东端的公寓，他看到似乎有什么东西遗失在第一层的楼梯平台上了。大约一小时二十分钟之后，另外一个房客、码头工人约翰·桑德斯·里福斯下楼时发现那是一具尸体。

提墨西·吉林医生在早上约五点三十的时候为警方检查了尸体，推测说这个约四十岁的妇女死在大约两个小时之前，或者是在克劳注意到她之后不久死亡的。被害人身上总共有三十九处刺伤，胸部、小腹和外阴是受攻击的主要目标。就使用的攻击武器来看，大部分伤痕都没有什么值得注意的。但胸骨中央上的一处伤除外，似乎是一把匕首或者刺刀扎出来的。这表明，罪犯可能就是傍晚和玛莎在一起的那个士兵。

同一个月内连续有两桩谋杀案都没有破获，苏格兰场也感到紧张不安。但是除了那些认识这两个被害人中任何一个的人们之外，伦敦还是如常，甚至东区也并没有注意到这一切。无论如何，妓女是社会的弃儿，尽管这两宗谋杀案都非常凶残，并且似乎没有什么明确的动机，但是这似乎不是普通人应当过多关心的事情。

但是9月8日早上，一切都发生了变化，并且在某种意义上，整个犯罪学此后都被改写了。

安妮·查普曼

马上就要到早上六点了，在度过了一个不平静的夜晚之后，车夫约翰·戴维斯起床了。他离开自己和妻子及三个儿子居住了大约两个星期的、位于汉伯里大街二十九号的公寓。公寓在三楼。戴维斯下楼到公寓外上厕所。在后门楼梯的左边，他突然看到一具尸体。一名妇女仰面躺在楼梯和公寓楼院子的篱笆之间。她的衣服被拉到头上，下腹部完全裂开，大肠不仅看得见而且被扯出来了，搭在她的左肩膀上。其他居民和过路人很快都聚了过来。戴维斯和其他几个人一起去找警察。一个名叫亨利·霍兰德的人在几个街区之外的斯皮多菲尔兹市场找到了一个巡警，但是这名巡警却告诉他，他不能离开那里。这只不过是那时执法部门死板程序的一个例子而已，此种死板程序无数次阻碍了将罪犯交付正义审判的努力。

到现场的第一个高级警官是巡官约瑟夫·钱德勒。当时他正在商业街警察局执勤，突然看到人们都向汉伯里大街涌去。当他知道发生了什么之后，就马上冲到了谋杀案现场，将尸体覆盖起来，并立即派人找乔治·巴格斯特·菲利普斯医生，他是犯罪现场所在的H区的外科警医。菲利普斯检查了这具惨遭屠戮、似乎被罪犯以宗教仪式处理了的尸体。在调查过程当中，他描述了他所看到的惨景：

左臂被放在了左胸上。大腿曲起，脚板踩在地上，膝盖往外翻。脸肿起来了，歪向右侧。舌头伸到牙齿外，但是还没有超出嘴唇。舌头很明显肿得不行。牙齿非常完好，直到第一颗臼齿都是如此，上面和下面的牙齿都非常完整。尸体被严重毁损……喉咙被深深地切开，切口是锯齿状的，绕了脖子一圈……在发现尸体的那个院子和另外一个院子之间的木栅栏上，死者的头部靠近之处，血迹斑斑。

菲利普斯继续描述说，全部创伤似乎都是用一把锋利的、窄刃的匕首刺出来的，并且从尸体的内脏被取出来这一情况看，罪犯有一定的医学知识。他继续推断说，整个过程大约需要一个小时，尽管根据我所接触到的不那么熟练的连环杀手来看，我认为时间可能没有花那么长。就像在玻莉·尼科尔斯案中一样，现场没有搏斗的痕迹。很明显，罪犯也是突袭被害人，不等被害人做出反抗就已经完全制服她了。

苏格兰场 H 区的巡官弗里德里克·乔治·亚柏林得到了消息，并马上到达现场。亚柏林时年四十五岁，已经二次结婚（第一任妻子在结婚那年就死于肺结核），在警察圈里可是一个传奇人物，尽管有关他个人生活的细节是非常粗略的。他迅速从巡警升到巡佐，再到便衣警探和警探，然后到巡官。亚柏林此后将负责领导参加白教堂连环案件侦查的所有警探。

在等候亚柏林和苏格兰场的其他警官到来的过程中，巡官钱德勒全面搜索了犯罪现场。这名妇女的口袋被撕开了，里面有一些常用物品，如两把梳子、一块细棉布、里面装有两颗药丸的折起来的信封。大约两英尺远，他们发现了一块血迹斑斑的皮革围裙，屠宰工人、皮匠或者皮革工人穿的那种。由于这块围裙上面的血迹都不是新鲜血迹，因此它是否与谋杀案有关，这是非常值得怀疑的。由于当时没有确定血型的科学方法，甚至也没有确定到底是动物血还是人血的方法，因此现场出现血迹斑斑的衣服，实际可能来自当地无数屠宰场中的一个，也是完全说得过去的。然而，任何潜在的线索都有其“自己的价值”，而此处这个线索当然也有。

菲利普斯医生告诉调查员，他认为有三件个人物品是罪犯有意放在那里的：细棉布和梳子放在被害人的脚下，而信封则被放在了被害人的头上。两个四分之一便士的旧铜币也在尸体附近，尽管警方为了发现嫌疑人而没有披露这个细节。如果这个描述是准确的话，那么这就是罪犯有某种精神疾病和神志不稳定的又一例证了。我们经常发现无条理型的、混合型的罪犯都是如此：他们除了凶残地攻击被害人，还会有其他故意安排的、仪式化的举动，这些举动表明他们有控制或掌握犯罪现场或被害人的一些细微的组成部分的心理需要。

在我早期接触过的重大犯罪行为侧写案件之中，一个二十六岁的残疾儿童教师被谋杀了。这个教师自己也是残疾，她脊椎弯曲。当时，她是被勒死的：遭受了严重的殴打并遭受了性虐待，死在她与她父母共同居住的、位于纽约市布朗克斯区佩勒姆公园大街公寓的楼梯间顶部。她四肢张开，手腕和脚踝被罪犯用她自己的皮带和尼龙丝袜捆起来了。验尸员认定，在被捆之前她就已经死亡了。她是被罪犯用她的手提包背带勒死的。纽约市警察局的照片显示，现场血迹斑斑、惨不忍睹。而这就将罪犯的许多东西告诉我了。让我知道更多的是，她的乳头是在她死后被割下来然后再放在胸脯上的，梳子则被放在她的阴毛上，两个耳环很对称地放在了她头部两侧的地上。在如此没有条理的谋杀中，罪犯竟还能如此不由自主地进行这么奇怪的仪式般的活动，这告诉我，罪犯的精神问题很严重，而且时间很长了。罪犯将被害人的雨伞插到她的阴道里，这种性侵犯的方式又告诉我，这个人的性功能有问题。并且，尽管罪犯可能已经二十多岁了，但是他几乎还处在青春期之前或青春期早期的对女性身体的性幻想、性试验和性好奇之中。 把这些因素同他极度反社会的敌意结合起来考虑，不难看出，我们要对付的将是一个极度危险的人。因此，当我们能够搜寻并最终抓捕到罪犯时，我感到非常满意。正如我所预测的，罪犯住在附近，处在半失业状态，没有汽车，甚至也没有什么有意义的工作，并且其有亲属在被害人所住的公寓楼内居住。

至少部分根据菲利普斯医生对汉伯里大街上的犯罪现场的描述来看，我认为警方要对付的正是一个类似的罪犯。但是，他们当时可能是无法认识到这一点的。尽管还没有获得所有证据，我已经开始分析认定这是一个非常不成熟的罪犯了。就像九十年后纽约市的那个杀人犯一样，他异常暴力、性不成熟、有性格缺陷。

菲利普斯医生命人将已辨认出来的尸体搬运到伊戈尔大街上的白教堂医务所停尸房内。下午他还进行了一次彻底的验尸，证实了他开始的一些想法，包括我们前面已经讨论过的脸部瘀伤。脖子上的切口表明，在她死后，谋杀犯企图将她脖子中的几根骨头切断。我认为，此种变态的解剖欲望，和前面提到的那宗谋杀案中的罪犯试图将尼科尔斯的头颅切下来的情形是一样的。

但是还不止这些。罪犯不仅将被害人的大肠完全从小腹中扯出来并将之搭在她的肩膀上，而且她的子宫、阴道的一半以及膀胱的大部分都已经不见了，这显然是被罪犯小心翼翼地切割下来的。死者体内没有发现这些器官。尽管如我们以前所说，街头妓女谋杀案并不鲜见，但是在死后还进行如此毁损，这对维多利亚时代的人来说，基本上还没有见过呢。

不幸的是，对我们来说却不是如此。我们现在所看到的不仅是一个疯狂的杀人犯，而且可能是一个收藏被害人器官作为纪念品的变态。从子宫和阴道被切走来看，我认为罪犯是一个既憎恨妇女又可能很害怕妇女的人。将被害人的内生殖器切走，罪犯实际上是在阉割她，将他认为的对他有性威胁的东西取走。再加上这里没有什么一般意义上的强奸证据，因此，有很强的理由认为罪犯确实是对妇女以及她们的性能力有极度的恐惧。

被害人的一个朋友、名叫阿米丽亚·帕尔默的洗衣女工认出了她，说她是安妮·查普曼。查普曼原名艾莉莎·安妮·史密斯，身高五英尺二英寸，褐色头发、蓝眼睛。在所有被害人当中，她是最悲惨的。尸体解剖表明，在将近五十岁时，她出现了营养不良的征兆，并且肺部和脑膜染上了慢性疾病，就算罪犯不将她杀死，她也将不久于人世了。她曾经嫁给约翰·查普曼，他靠为伦敦上流社会梅费尔地区的富裕人家做马车夫谋生。他们生了三个孩子，其中一个女儿幼年夭折，另外一个女儿则有身体残疾。这对于穷人来说简直就是雪上加霜。她的婚姻，就像玛莎·塔伯拉姆和玻莉·尼科尔斯的婚姻一样，据称是因为她酗酒而破碎的，但是从她丈夫约翰在四年之后死于肝硬化来看，婚姻破碎之过并非全在于她一个人。无论如何，她靠耍些骗人的小计谋过着日子，并且靠在大街上卖火柴、花和自己编织的物品赚些钱；而她在斯皮多菲尔兹市场附近卖淫所得的收入，比这还要少。在死之前，她住在多塞特大街上的克劳欣汉姆简易旅舍里。在那里，她因为脾气暴躁、经常和其他妓女吵架而臭名昭著。据称她还是一个狡猾的小偷，她的前夫至少有一次是因为她的偷窃行为而丢了一份在梅费尔地区的工作。

查普曼戴了三个廉价戒指，但当时却不在她手指上。一定是杀人犯或者其他某个亡命之徒把它们拿走了，要么是为了用它们换钱，要么是为了当作纪念品。

她在头天晚上的经历和玻莉·尼科尔斯的同样悲惨。下午还早的时候，她告诉朋友阿米丽亚·帕尔默说自己生病了，不准备干活了，但是还必须做些什么才付得起当晚的床位钱。克劳欣汉姆旅舍的另外一个住户看见她曾出现在厨房里，已经醉醺醺了，从口袋里拿出一个盒子取出两片药片服了下去。她把盒子扔在地上，盒子摔成碎片。这时，她把剩下的药片放在地板上一个已经破破烂烂的信封里。当晚，也就是9月7日（星期五）凌晨直到9月8日（星期六）她都一直在喝酒，然后大约在凌晨一点三十五分的时候返回旅舍。这时旅舍的夜间看守人约翰·伊万斯要她付四便士的床位钱。

她答道："我没有。我身体虚弱，生病了，一直住在医务所里面。"但是，就像尼科尔斯一样，她补充道："不要把我的床位租出去，我马上就会回来的。"然后，她就上楼对副经理提墨西·多拿万重复了一遍，恳求他让她先赊账，住一晚上。多拿万拒绝了，把她架出屋外，让她出去把床位钱挣来再说。她离开的时候，还大声对伊万斯说："我马上就回来，布鲁米。告诉提姆给我留着床位。"当晚据称见过查普曼喝醉酒的所有目击证人可能都搞错了，她确实已经病得不轻了，但尸体解剖发现她体内几乎没有什么酒精。

从这时开始，人们的叙述就有些混乱了。有个人说，在斯皮多菲尔兹市场对面的十铃酒馆凌晨五点开张不久，看到她在里面，但是这个人似乎认错了人。伊丽莎白·达芮尔，也叫伊丽莎白·朗，在大约半个小时之后，看到一个妇女在汉伯里大街上，当时这个妇女正在和一位男子说话，她认为这个妇女就是安妮·查普曼。达芮尔说，这个男子看起来是个外国人，在东区所谓的外国人不过是对某个看起来像犹太人的居民的委婉称呼罢了。根据达芮尔的说法，这个男的问道："你同意吗？"查普曼答道："同意。"

住在汉伯里大街二十七号的年轻木匠阿尔伯特·卡多契说，他似乎听到隔壁二十九号的院子里面有激烈的打斗，并且有人大声呼喊："不！"但是警察无法断定他所听到的到底是怎么一回事，并且就像这个案件中的其他许多事实一样，这一点一直也是含混不清。

在苏格兰场的巡官亚柏林和他的同僚们看来，结论是必然的。杀死安妮·查普曼的男子就是杀死玛丽·安娜·尼科尔斯的凶手。

伦敦东区弥漫在恐怖之中，有人在谋杀妇女，但是警方似乎束手无策。几乎什么事情都被联系在一起了。杀死尼科尔斯和查普曼的那个凶手是不是也杀死了玛莎·塔伯拉姆呢？起初，警方似乎认为很可能是和她在一起的那个士兵把她杀死的。但是如果在这么短的时间内又有另外两个谋杀案发生在附近，那么，玛莎案的凶手可能就是同一个人干的。当然，我在这里并不是说没有如下这种可能性：杀死玻莉·尼科尔斯的人实际上是在模仿玛莎·塔伯拉姆谋杀案。

而有些人甚至认为杀害玛莎并不是这个人第一次作案。1888 年 4 月 2 日，另外一个妓女，名叫艾玛·伊丽莎白·史密斯，住在斯皮多菲尔兹，遭人抢劫、强奸，并且阴道内还被插入一个粗壮的物体，或许是一个瓶子。三天之后，她在伦敦医院死于腹膜炎。当时，警方认为她是被当地一个流氓帮派害的，但警方没有为之逮捕任何人。现在，在恐惧不安的居民看来，她不过是白教堂谋杀犯的热身活动的牺牲品而已。

众说纷纭的“皮革围裙”

突然间，遭人遗忘的伦敦东区进入了每个人的视野。新闻记者蜂拥而至，他们把东区居民描述成某个奇怪的外国种族。每个谋杀案的现场都成了“旅游胜地”。有人建议内政部悬赏提供杀手线索的人，但是内政部长拒绝了这个建议，他认为当地居民是如此的贫穷，他们很可能为了得到钱而提供一些虚假的消息，这反而会使得警方的工作变得更加困难。尽管他可能是受了地方报纸的影响，对这些报纸而言，玩弄事实以获得更加轰动性的故事是它们的生存之道，但他确实是遵守了内政部的政策。他的前任，受人尊敬的威廉·哈考特爵士规定，当发现悬赏会导致错误指控甚至会引发犯罪时，就不得悬赏。

东区谣言四起。检查过尸体的医生中，至少有一个医生说凶手有一定的医学或解剖知识。这是不是意味着凶手是一个邪恶的内科医生呢？伦敦医院及其医学院正好和玻莉·尼科尔斯被谋杀的地点面对面，中间隔着白教堂路。伦敦医院及其医学院是不是凶手的训练场和藏身处呢？可怜的东区人都是一些愤世嫉俗的、好猜疑的人，习惯于被人遗忘或者老是把事情往最坏的方面想。一个医务人员可能堕落成杀手，这显然还并不是不可想象的。

最盛行的猜测之一起于在安妮·查普曼尸体附近发现的皮革围裙。当警察开始询问白教堂地区的街头妓女时，最常听见的说法和一个恶霸式的皮条客有关。人们都称他为"皮革围裙"，因为他似乎总穿着一条皮革围裙，可能因为他是一个拖鞋匠。根据相关说法，皮革围裙经常出没在商业街附近，经常敲诈妇女，让她们交钱给他。他被描述成一个矮壮的男子，大约快四十岁或四十岁出头，黑头发、黑胡须、脖子非常粗。大街上的谣言都认为皮革围裙可能就是白教堂谋杀犯。

明显符合此种描述的人是一个名叫约翰·皮泽尔的犹太皮靴匠。曾经住在汉伯里大街的一个居民说，在 9 月 8 日凌晨他曾经看到他用一把匕首威胁一名妇女。皮泽尔打架很有名，也经常虐待妓女。在 9 月 10 日星期五早上，在穆尔伯里大街上的住所内，他被逮捕了。在他住所内发现了五把锋利的匕首。他被带到勒曼大街警察局，站在两排警察中间。一个女目击证人没有辨认出他。另外一个男目击证人则宣称，皮泽尔就是9月8日凌晨他看到的那个人，并且周围的人都把他叫做“皮革围裙”。皮泽尔对他所遭受的指控感到非常震惊，也非常愤怒，宣称他根本就不知道警方在说些什么。

尽管如此，他仍然可能就是杀人嫌疑犯，至少在几个小时内是如此。不久，对他的指控就土崩瓦解了。那个认为他就是那天早上威胁一名妇女的人，不能肯定停尸房内的安妮·查普曼就是那天早上遭皮泽尔威胁的那名妇女。警察调查了皮泽尔作出的在尼科尔斯和查普曼被谋杀的那些晚上他不在现场的辩解，并且证实他的话是完全真实的。一天半以后，他被释放了。

约翰·皮泽尔事例表明，我们必须谨慎从事。皮泽尔看起来确实很可能犯了这些罪行，并且他的许多表现特征也很符合相关情况，只是在警察调查了他的真实情况之后，他才被证明无罪。我为什么要在这里提这些呢？因为正如我们将要看到的，那些似乎可能是杀人犯的人，特别是那些很长时间后被怀疑为杀人犯的人，他们大多数都是因为符合此种间接证据而被怀疑的。我们还将进一步看到，有时候我们掌握的全部都是间接证据，但却足以判定相关嫌疑人有罪。这里需要记住的很重要的一点是：被我们怀疑为嫌疑犯的任何人，如果不像皮泽尔一样经过警方调查并被确认其不在现场的话，那么这个人就没有从我们这里得到“公平的审判”。当然，即使在这么多年以后的现在，也没有人能够完全记住这一点。但是，当你听到许多更为有趣的、更加奇特的说法时，记住这一点是很有必要的。

警察和新闻界共同努力，试图找出“真正的”皮革围裙，但是没有获得丝毫的成功，而对“白教堂魔鬼”身份的歇斯底里式的妄想还在继续蔓延着。

这个魔鬼到底为谁？一股很强的潜流在涌动着。移民到英国以逃避俄罗斯和东欧的迫害的犹太人，当时已经成了伦敦东区一股显著的力量。但是他们操着奇怪的语言，大体上都很自持，不爱交际，围绕着他们自己的社区打转，并且与异教徒，换句话说，也就是“真正的”英国人，保持着一种警觉的、不信任的距离。当你把以下两点结合起来时，即不论哪个群体成为某个地方的最新移民群体时都会遭到嫉恨，并且英格兰文化中有尽管柔和但却持续了近一千年的排犹传统，那么你马上就知道犹太人要成为现成的替罪羊了。还有两个额外的因素在作祟：不论证据如何不充分，但是相关证据都表明这个杀人犯要么在当地的牲畜屠宰场工作，要么从事鞋业或皮革业，而这几个行当中大部分人都是犹太移民。同样重要的是，没有人相信一个真正的英国人会做这么恐怖的事情，因此人们认为，显然这个杀人犯一定是来自非英语族群——也就是犹太人。

这么恐怖的事情到底有多严重呢？只是为了杀人而杀人，只是为了取走内脏而取走内脏，而不是为了抢劫，不是为了复仇，甚至也不是为了作出一种政治宣言？这是人们此前从未见过的。难道化身博士这个魔鬼人物已经逃离了莱森戏院的舞台，住在了白教堂地区？

色情杀人狂

1980 年 4 月，我和行为科学组的同事罗伊 · 黑泽尔伍德在《联邦调查局执法公报》上发表了一篇题为《色情杀人狂》的文章。我们写道：

色情杀人非常独特，与施虐杀人不同，前者中杀人犯往往会切下被害人的乳房、子宫和外阴。此外，尽管总是存在一些例外，基本上来说有两类人会从事色情杀人。这些人可以被标记为条理型的非社会人格和无条理型的反社会人格。

我们现在已经不用非社会和反社会这样的术语了，因为这两个术语确实很难理解，也很难区分。但是说条理型的罪犯倾向于是那种与社会能进行良好交往的人，这是没有什么问题的。问题是此类人只在乎自己，一点也不尊重、不在乎任何其他人的利益。他懂得他罪行的后果，但却还犯下罪行，因为这让他们获得一种在生活的其他方面无法获得的满足感和力量感。尽管此种人深刻地感受到自己能力有限，但是在其内心中，此种感觉还会和另外一种同样强烈的宏大的成就感争斗，而此种宏大的成就感和其个人极其有限的现实成就几乎没有丝毫瓜葛。此种人会对其犯罪作出计划，并且也很聪明，往往在离其居住地或工作地一定距离的地方作案，并会采取相应手段，使得罪行在尽量长的时间内不被人发现（例如，隐藏被害人尸体）。

另一方面，无条理型罪犯是一种孤独者，觉得自己已被社会抛弃。他还不够老练，无法很有条理地、很有计划地犯罪，也不会想到将尸体隐藏起来。相关罪行，特别是早期的一些罪行，往往离其居住地或工作地不远，因为在这样的地方，他才感到踏实和熟悉。我们往往会发现条理型的罪犯会强奸被害人，但是无条理型的罪犯往往不会这样做。并且，正如我们此前指出的，条理型的罪犯会切割尸体，以表示对被害人的轻蔑或者不让他人认出被害人；而无条理型的罪犯对尸体的毁损可能不仅代表了他的恐惧，而且代表了他基本的性好奇：身体的外表下面到底是什么？

将这两种色情杀人狂联系起来的是，两种人都对相关罪行有一种强迫性妄想症，此种妄想症在犯罪之前很久就已经开始了。几乎在我们看到或研究过的每一桩色情杀人案中，此种妄想都始于犯罪之前。具体说来，当罪犯是一个无条理型的色情杀人狂时，情况往往是，被害人可能只是适时适地地在罪犯已经准备行动、准备将某个人强行拉入其妄想中的时候出现了而已。此种谋杀中很少使用枪，因为它给罪犯带来的身体上的、性心理上的满足感太小。更可能的是，罪犯用他的双手、刀、短棍或者某种钝器。如果罪犯还切下了被害人的器官作为纪念品的话，这往往意味着罪犯想完全控制被害人，即使在被害人死了以后。

“色情”这个词无法不让人联想起“性”，并且实际上性是此类犯罪中的一个核心要素。但是正如我们已经指出的，犯罪的动机以及犯罪所满足的心理需要，可以用三个词来概括：操纵、支配和控制。这种操纵、支配和控制让罪犯获得一种高度满足感，而这种满足感是罪犯从生活的任何其他方面都无法获得的。

那么，性因素是如何进入此种犯罪的呢？很明显，对于色情杀人狂而言，性处在他的脑海和他的有关力量与控制的妄想之中。或许解释这一点的最好方法是采用纽约县地区检察官办公室刑事犯罪小组主任、与强奸犯做斗争的最伟大英雄之一、我的朋友琳达·费尔斯坦提出的“强奸”定义。在目前正在进行的有关强奸到底是性犯罪还是暴力犯罪的讨论中，琳达提出，强奸就是一种以性为犯罪手段的暴力犯罪。尽管白教堂连环谋杀案中，我们所面对的不是强奸问题，但是这个概念还是很有助益的。

在我和罗伊·黑泽尔伍德于1980年写的那篇文章中，我们提出，色情杀人狂的人格在人生早期就开始逐步形成了，而后来的研究也没有提出什么理由让我们修正此种论断。此种罪犯之前可能会有一种能导向暴力的行为样式，通常都是偷窥或盗窃女士衣物的行为，此种行为能够弥补此类人无法以一种成熟的、有信心的方式与女士交往的缺憾。条理型的色情杀人狂在青春期就会变得极有侵略性，他似乎是在为自认为所遭受的不公和蔑视而向社会复仇。他在与权威交往上有困难，并且只要可能，他都极想控制其他人。

如果我是在今天来考察这些案件的话，在查普曼谋杀案中，我可能早已怀疑罪犯是一个色情杀人狂了，这对于我们最后确定嫌疑人范围是非常重要的。尽管这一系列的罪行大体上似乎是一个无条理型的色情杀人狂干的，相关情况表明罪犯的个性可能居于条理型和无条理型的色情杀人狂之间。

色情杀人狂在白教堂连环谋杀案之前就已经存在了吗？或许，尽管可能出于如此那样的原因，此种犯罪被误当作一种抢劫或报复杀人而被忽略了，特别是当肢体毁损极端严重时。并且，我们要记住，在维多利亚时代和工业革命之前，城市都要小得多，城市社区也更加具有同质性。我们怀疑，有关巫婆、狼人和吸血鬼（喝人血、食人肉在无条理型的色情杀人案中并非不常见的现象）可能都只是描述极端可怖的暴行的一种方法而已，在欧洲和早期的美洲的那种很小的、紧密的小城镇中，人们无法理解怎么有人会犯下此种罪恶。

双重谋杀

每天晚上，警方都增派数以百计的警察深入伦敦东区，试图将罪犯抓个正着。据称，他们当中还有一个人男扮女装。这是抓捕杀害过路陌生人的谋杀犯的为数不多的几个有效方法之一。如果被害人认识谋杀犯的话，警方可以追踪一系列个人关系，并可获得可靠的目击证人。如果谋杀犯是一个在犯罪活动中遵循一定行为样式的抢劫犯的话，那么偶然的目击证人或者告密者可能会让他现出原形。但是，由于此前没有碰到过此类谋杀案，最好的方法就是利用人力，以防止罪犯再次作恶；或者如果这失败了的话，也可以安排好机关，避免他逃走。

9月30日，星期天，凌晨约一点钟。卖珠宝卖了整个下午和晚上的商人路易斯·迪姆舒茨正在往伯纳大街上的国际工人教育俱乐部赶，这是一个由犹太移民中的社会主义者和知识分子创办的兄弟组织。他听到意第绪语和俄语歌声从俱乐部打开的窗户里悠扬地飘出来。当时他正驾驶着一驾小型马车。当他转离伯纳大街进入达特菲尔德大院的入口时，马突然停住不动，再也不肯往前挪步了。迪姆舒茨注意到大门上靠着一捆什么东西，于是他用赶马车的长鞭碰了碰。之后，他划亮了一根火柴，发现实际上是一个妇女，似乎喝得烂醉。晚上这个时候，这种现象在周围是很常见的。迪姆舒茨担心这个醉酒的妇女可能是他的妻子，于是赶紧下了马车，匆匆地走到俱乐部里去——他妻子在俱乐部里工作。当发现不是妻子之后，他就和其他几个俱乐部成员一起回来看个究竟。他们更仔细地观察了这个妇女，发现她的喉咙已经被割开了。他们中有两个人马上就去找警察了，在路上他们碰见另外一个熟人，爱德华·苏普纳。他当时正在和伯纳大街交叉的费尔克劳大街上的蜂窝俱乐部外和一个妇女搭讪，可能是一个妓女。然后他们三个人一起去找警察，他们在费尔克劳大街和格洛甫大街的拐角处找到了巡警亨利·兰姆。之后他们一起回到了现场。

兰姆派人把威廉·布莱克维尔医生找来。威廉医生在凌晨一点十六分时赶到，这是他自己表上的时间。他宣布她已经死了，并且死了不到二十分钟，这意味着大约就是在迪姆舒茨发现她时的几分钟前后死亡的。正是他走到俱乐部里去找妻子的时候，杀人犯借机逃走了。布莱克维尔医生认为，她是站着被杀死的，罪犯用她脖子上的丝绸方巾把她的头往后拉，喉咙被切开了。现场有许多血迹，与前面几起谋杀案不同的是，被害人手上遍布的伤痕表明，被害人曾经进行了抵抗。

一个名叫玛丽·马尔科姆的妇女是当地一个裁缝的妻子，她歇斯底里地说，被害人就是她的妹妹伊丽莎白·沃茨·斯多克斯，她是从她大腿上的蝰蛇咬伤来辨认的。她宣称自己此前就有一种妹妹会在那天晚上被人谋杀的不祥预感。

同一天早上一点三十分，也就是迪姆舒茨发现尸体的三十分钟之后，伦敦市警察局的巡警爱德华·华特金斯正在米特广场上的巡逻区内来回踱步，每踱一个回合大约要十二到十四分钟。他觉得广场空旷而安静。

你们可能已经注意到我说巡警华特金斯是市警察局而不是都市警察局的警员。当时的（包括今天的）伦敦也面临着今天的美国执法部门所一直面临的许多问题之一：管辖区重合。伦敦市是指一片一平方英里的地域，包括商业区和旧城区，建立在原来的罗马时代的定居点之上。伦敦市北起伦敦塔西边的泰晤士河，包括圣保罗大教堂、英格兰银行、皇家法庭和伦敦市政厅。它有自己的警察力量，独立于罗伯特·皮尔的都市警察局。在美国，这是一种很常见的现象。比弗利山和圣莫尼卡都有自己的警察力量，独立于洛杉矶市警察局和洛杉矶县警察局，尽管从地理上说这两个城市都完全处在洛杉矶地区之内。华盛顿特区的不同地方，分别由哥伦比亚特区都市警察局、美国公园警察局、美国首都警察局和联邦特工行政保护处等的警察巡逻。因此，谁做了什么，又是在什么时候，这都可能成为问题。当一个罪犯思量得不够“周到体贴”，竟然不完全在同一个管辖区内犯罪的话，那么这对警方来说真会是一个很棘手的挑战。

那个发生“双重谋杀”的晚上，伦敦警方已经面临这个问题了。

在凌晨一点四十到一点四十二之间，巡警詹姆斯·哈维正在白教堂路上他负责的巡逻区内巡逻。白教堂路是通往米特广场的三条道路之一，属于伦敦市警察局的管辖范围。他没有看到任何可疑的人，也没有听到任何可疑的声音。三分钟之后，巡警华特金斯开始在广场上又一次巡逻，这次是从另外一头开始。这时他发现南边的一个角落里有一具尸体。一名妇女仰面躺在一片血泊里。当华特金斯用灯笼照亮现场时，他发现这个妇女的喉咙被切开了，下身的衣服被扯到她的腰上，下腹部也被切开，大肠都被扯了出来。华特金斯跑到附近一个仓库去寻求帮助，然后跑回尸体所在的现场。响应华特金斯的支援请求的警官中有一个把乔治·威廉·斯奎拉医生找来，医生说这名妇女是在几分钟之前死亡的。在后面的十分钟内，他们派人把弗里德里克·戈登·布朗医生找来了，他是伦敦市警察局的外科警医。

布朗医生凌晨两点刚过就到了现场，随后就对尸体进行了仔细的检查。被害人右手的一根手指附近有一个顶针。大肠被扯到右肩上。子宫和两个肾脏都被切走了，在现场没有找到。被害人的脸部和右耳被严重毁损，似乎是故意以一种宗教仪式般的方式来毁损的，不像尸体的其他部分是被罪犯胡乱切割的。布朗医生断定，实际上这个妇女在受到攻击后转眼之间就已死亡了，因为左边的总颈动脉大出血了。肢体毁损都发生在她死亡之后。

格尔思顿大街上的“留言”

伦敦市警察局在整个区域严密布控，希望抓到凶手，因为他的踪迹可能还没有消失。凌晨二点二十分，都市警察局的巡警阿尔弗雷德·朗经过格尔思顿大街，这是他当晚第一次出来执勤。格尔思顿大街北起白教堂路，正好接到与伦敦市警察局管辖区之间的分界线米德尔塞克斯大街上。似乎没有什么异常动静。三十五分钟之后，情况就发生变化了。一块血迹斑斑的布，还湿着，躺在格尔思顿大街108－119号（一个被称作文特沃斯模范住宅楼的出租公寓）入口前的平地上。后来证明，这块布是米特广场上的被害人所穿的围裙的一部分，并且可能是这个案件中唯一一个有档案记载的实物证据。

在那块围裙布旁边的墙上，朗看见了用白粉笔写的一句话。根据他的记忆，这句话是“犹太人不会罪无应得（The Juwes are the men That Will not be Blamed for nothing）”。

其他警官则称，墙上的留言是“犹太人必将罪有应得（The Juwes are not The men That Will be Blamed for nothing）”。

之所以会出现此种不一致，是因为没有什么与后来被称作“格尔思顿大街留言”的这句话有关的证据保留下来。H区的警长、督察托马斯·阿诺德也到达了现场。墙上歪歪扭扭的留言让他感到非常震惊，他担心，不论它是否与凶手有关，都会进一步加剧已经被有关“皮革围裙”的谣言激起的反犹情绪了。于是，他派一个警察用湿海绵把它给擦了。其他人，特别是伦敦市警察局的警察，说马上就白天了，天亮之后可以先拍照，然后再把它擦了也不迟。警务专员查尔斯·沃伦爵士过了些时候也到达了现场，他肯定了阿诺德的命令。他认为，这句话是某个想将一切都归罪于犹太社会主义者的人留下的。在日出之前，这句话被擦掉了，当时大约是早上五点三十分。

三个星期之后，在一片指责声中——有的是针对他个人，有的则是指责都市警察局在这个案件上的处理失误——沃伦爵士只好辞职。

即使格尔思顿大街留言被保存下来，并且后来能够证实确实是凶手所写，这也没有太多证据价值。墙上的粉笔字与钢笔字或铅笔字不同，它们很难反映出一个人的笔迹，因此要将墙上的粉笔字和任何其他人的笔迹相对照，这几乎都是毫无意义的。从行为学的角度来说，它可能有一些价值，但是我认为大体上说来，只能说写这句话的人是情绪不稳的、反犹的，或者二者兼而有之。

然而，发现围裙的地点却是一个更为重要的线索，因为从行为学角度来看，我们可以合理地推断格尔思顿大街处在凶手两个重要地点之间的路线上，也就是发生谋杀案的米特广场和杀手不为人知的住所或者当晚藏身之所之间的那条路线。在这一点上我们必须再谨慎一些，因为正如苏格兰场在搜索罪犯的嫌疑行进路线时所指出的，不论罪犯是在什么地方把这块布遗失的，大街上的任何一条野狗都可能叼着这块布走上一百码什么的。但是，我还是有信心认为大体方向是不会错的。我们还应当指出的是，米特广场和伯纳大街之间只有十二分钟的步行路程，而当晚的第一个被害人就是在伯纳大街上发现的。

然而，即使这样，我们也不能否认阿诺德和沃伦作出的擦掉这句话的决定所带来的重大后果。他们的这种做法引发了这个案件中的诸多阴谋说法之一：共济会参与了谋杀。我们不妨就在这里说说这个阴谋论。

警察队伍中的大多数人都认为墙上的“犹太人（Juwes）”就是正确拼写的“犹太人（Jews）”的一种错别字。当时伦敦东区的人已经非常嫉恨犹太人了，并且怀疑他们与这些谋杀案有关。但是还有另外一种解释。根据一些人的说法，在共济会的秘密传统内，Juwes是指参加所罗门国王的神殿建设的三个石匠，他们是叛徒，谋杀了神殿的设计师及大石匠希拉姆·阿比夫。他们三个人的名字是朱伯拉（Jubela）、朱伯洛（Jubelo）和朱伯拉姆（Jubelum）。根据传统说法，他们三个，也即三朱伯（Juwes），遭受了各种严刑峻罚。并且，作为对他们的惩罚和对其他人的警告，他们的舌头被割下来了，大肠都被扯了出来，搭在他们的一个肩膀上。当然，这让人联想起白教堂连环谋杀案中各被害人所遭受的肢体毁损状况，特别是大肠被扯出来搭到肩膀上尤其让人作这样的联想。然而，尽管罪犯的行为令人发指，被害人的舌头却都没有被割下来，这本来应当也是具有相当的象征意义，因此也是很重要的。就大肠被扯出来搭到肩膀上看，由于此种毁损是如此严重，即使你将它和历史上任何一种类似的酷刑联系起来，也不会显得有多么离谱。

那些参加过这个案件侦查的人，包括沃伦和短期参加这个案件调查的罗伯特·安德森博士，都是共济会会员。人们提出的共济会参与了谋杀案的说法认为，这些谋杀案是共济会一个大阴谋的一部分，而通过将墙上的留言擦掉，沃伦实际上是在试图保护其他共济会会员，即使这会摧毁证据、阻碍调查，他还是命令这样做。当然，如果我们接受这种观点，认为这句话是一种警告的话，那么为什么沃伦要在其他人看到它之前就擦掉它呢？无论如何，这种逻辑推论过于零散，从刑事侦查分析角度来看，是没有太多可信度的。然而，必须指出的是，共济会阴谋的说法继续传播着，并且后来变得越来越有鼻子有眼的，最后这个说法甚至和另外一个早已提出来的认为皇族卷入其中的说法扯上了牵强附会的关系。

总而言之，我倾向于同意伦敦警方的看法：这句涂鸦留言不过是一种巧合而已，与谋杀案无关。碰巧在围裙旁边的墙上？或许是这样，或许不是这样。在那个地区，此种涂鸦之作很常见，带类似情绪的就更是如此了。我们要问的第一件事情是："犹太人不会罪无应得"或"犹太人必将罪有应得"到底是什么意思？我认为，马丁·费多的解释是最符合逻辑的。马丁·费多是著名的英国学者、作家和犯罪历史学家，他是最有见地的、最渊博的开膛手杰克研究家之一。费多认为，格尔思顿留言的语法构造是伦敦佬喜欢用双重否定的一个体现。费多提示人们注意，格尔思顿大街正好处在米德尔塞克斯大街（衬裙巷）的拐角处，而后者正是伦敦最大的犹太人市场的所在地。将二者连接起来的是文特沃斯大街，这里有一个廉价鞋市场。考虑到当时的反犹情绪，以及人们可以从犹太商人那里买到各种廉价的鞋子、衣服和其他商品，费多解释说，这句话在伦敦佬的方言中可以被“翻译”为“犹太人是一帮不为任何事情承担责任的家伙（The Jews are the men who won't take responsibility for anything）”，并且这句话可能是一个心胸狭隘的、正发着怒的、拼写很差的伦敦东区人写下的，这个人当时可能觉得被一个不为鞋子的质量承担责任的犹太鞋商欺骗了。因此，这句表达愤怒的话不过是碰巧出现在围裙碎片旁边的墙上而已。

如果你像我一样接受费多的解释，那么想想这句话为什么和共济会的石匠传说无关呢？为什么这句话和共济会阴谋无关呢？这是因为，一方面在1888年的伦敦，“Juwes”所指为何已经很少为人所知了。根据费多的研究，在1811年到1815年之间，已经高度神秘的英格兰共济会仪式中早就不再在任何情况下提及朱伯拉、朱伯洛和朱伯拉姆了。知道如此罕见的东西的人，也不可能在出租公寓的入口处涂上这样一句话，特别是当他在犯下一宗无条理的血案要匆匆逃离时。如果说它确实是一个有关“背叛者”命运的警告的话，那么，当你行事神秘的时候，怎么会以这样一种草率的方式暴露自己的意图呢？不会的，因为这不合乎情理。

被害人身份确认

在10月1日下午，伯纳大街上的被害人的身份终于得到确认。尽管玛丽·马尔科姆认为这个死去的妇女就是她的妹妹伊丽莎白·沃茨·斯多克斯，但是斯多克斯女士却生机勃勃地出现在了世人眼前。实际上这个被

害人是伊丽莎白 · 斯特莱德，瑞典移民，四十四岁，是她前夫的侄子，也就是都市警察局的巡警沃尔特 · 弗里德里克 · 斯特莱德将她辨认出来的。很难知道她活着时会是什么样子，因为她的唯一一张为人所知的照片就是死后在停尸房照的。左下巴的所有牙齿都缺了，这似乎表明她和其他被害人一样，也患上了什么慢性疾病，并且生活贫困。

同样，就像其他被害人一样，她的婚姻至少在几年之前就已经破裂了。她从阴森的白教堂济贫院搬到花丁街上的公共公寓内，然后再与一个比她小七岁的名叫麦克尔 · 基德尼的人搬到多塞特大街上。基德尼有犯罪记录，并且据称他经常打她。周围的人都叫她朗 · 莉莈，她多次因为醉酒而被捕。

警方努力调查的结果显示，有人在 9 月 29 日傍晚六点三十分左右看见莉莈 · 斯特莱德在“女王桂冠”酒馆，然后大约七点钟的时候回到花丁街。大约在夜里十一点的时候，两个工人看见她离开位于白教堂路和商业路之间的塞托斯大街上的“泥瓦匠的臂膀”酒馆。她当时和一位在他们看来绝对是英国人的男子在一起，这名男子大约五英尺六英寸高。他们俩开玩笑地向莉莈喊道，当心她的护花使者就是“皮革围裙”。大约四十五分钟之后，另外一个工人看见她显然还和同一名男子出现在伯纳大街上。当时他们相互亲吻之后，男子告诉她说：“你现在除了祷告之外什么都可以说。”十五分钟之后，水果商马修 · 帕克卖了大约半磅葡萄给一名男子，他认为这名男子就是其他人看到与莉莈在一起的那个人。当时在下雨，他看到他们俩站在伯纳大街上，他的商店对面，就这样大约有半个钟头之久。后来都市警察局的巡警威廉 · 史密斯看到有一对男女还在那里，而这对男女和其他人的描述相吻合。

就像以前几个案件一样，这个案件也变得迷雾团团。码头工人詹姆斯·布朗看到一个女的和她的客人靠在费尔克劳大街边的一堵墙上，他认为那个女的就是莉莰·斯特莱德。当时她说：“今晚不行，或许改天晚上吧。”当布朗到停尸房看到斯特莱德的尸体时，他说他很肯定她就是他当时看到的那个女的。

但是同时，有一个名叫以色列·舒瓦茨的匈牙利犹太移民在返回位于伯纳大街上的国际工人俱乐部的时候，看到一个男子将莉莰推倒在地。他穿过大街，这时那个男子向他大喊“利普斯基！”，这是一句反犹口号，指的是最近被绞死的犹太人谋杀犯。舒瓦茨说他注意到附近有另外一个正点燃烟斗的男子，舒瓦茨害怕被打劫，赶紧跑开了。他完整地讲述了他所看到的一切，并且当警察把他带到停尸房时，他也说斯特莱德就是那天晚上他看到的那个女人。

大约在舒瓦茨看到这个情景的十五分钟之后，路易斯·迪姆舒茨就在大约相同的地方看到了尸体。那么，舒瓦茨所看到的是不是就是伊丽莎白·斯特莱德呢？如果是的话，那么她是被那个将她推倒在地的人杀死的吗？还是她从这个男子那里逃脱了，但是却又不幸遭到另外一个人的攻击？这个人是不是就是舒瓦茨看到的点燃烟斗的那个人呢？或许这个人和那个将莉莰推倒在地的人之间根本就没有什么关联。无论如何，他们中的任何一个都与巡警史密斯大约在十五分钟之前看到的那对男女中的男子外貌不符。

如果你无法解决各个目击证人陈述之间的冲突（这种情况司空见惯），那么，你就应当先把它们放在一边，从其他更可靠、更有根据的证据着手，不论是法医证据还是行为证据。如果后来又出现了新证据的话，你可以回过头来看看目击证人认为他们看到了什么，并且看看他们所看到的东西之中是否有一些正好契合。

确认米特广场上的被害人的身份要比确认伊丽莎白·斯特莱德的身份容易一些。她身上穿着、带着在人间拥有的所有财产，其中有一个芥末锡罐，里面有两张当票，一张上面的名字是安妮·凯利，与星期六晚上八点半的时候一名醉酒后被带到主教门警察局休息的妇女自报的名字玛丽·安妮·凯利很相像。接下来那个星期的星期二，一个失业的市场搬运工约翰·凯利跑到警察局，说他害怕那些当票是他的同居女友凯瑟琳·凯利的。她也叫凯瑟琳·康威，得自其当兵的第一任丈夫托马斯·康威。凯利所担心的事情发生了，尽管人们经常用她的昵称凯特或她婚前的名字艾多思来称呼她。正如原来几个悲惨的被害人一样，康威八年前因她过度酗酒而离开了她。然而，很明显她和凯利，尽管都极度贫穷，相处得倒是很好。

他们星期四刚从肯特郡回来，他们在那里替人拔蛇麻草挣点钱，就像季节性农场工人一样。这对于伦敦东区人来说，再普通不过了。他们可以呼吸到一点新鲜空气，还靠劳动获得一定收入。凯特和凯利回来之后，由于几乎还是一贫如洗，他们只好在鞋巷济贫院呆了一晚上，凯特在那里混得很熟。星期五，凯特给凯利几个便士，让他有钱呆在花丁街上的一个廉价旅馆中，她则跑到麦恩德济贫院，想在他们让她工作之前再赖着住一晚。星期六，她回到鞋巷见了凯利，把他的一双靴子拿去典当，当到两先令六便士。

两人买了一些蔬菜，吃了早餐，然后又一贫如洗了。凯特去找她女儿，想从女儿那里借点钱，但是没有找到她。第二次她被人发现就是那天傍晚了，当时伦敦市警察局巡警路易斯·罗宾逊发现她醉倒在人行道上。当时她自己根本就醉得站不起来，这就是她后来被带到主教门警察局的原因。

她在半夜醒来，要求放她走。巡警乔治·哈特许诺说她“能走”时就让她走，最后大约在凌晨一点钟的时候开门让她走了，当时他认为这么晚了，她应当无法再找到什么酒喝了。

“我回到家的时候，肯定会遭痛打的，”她说，她指的是当时猖獗的家庭暴力。

香烟商约瑟夫·拉文德、家具商哈里·哈里斯和屠夫约瑟夫·勒维说他们在凌晨大约一点三十五分看到凯特·艾多思在去往米特广场的一个入口处，与一个男子亲切地交谈着。但是这三个人中没有人看到她的脸，只看到她身上穿的衣物。

这是人们最后一次看到活着的凯瑟琳·艾多思。

案件之间的联系

现在，作为犯罪侧写师，我们要问的第一件事情是，这两个谋杀案之间是否有关联呢？最初的印象可能会是，是的，它们之间是有关联的。但在我们得出结论之前，先让我们来看看相关的行为证据。

两场谋杀发生地之间的距离步行只需十二分钟，两场谋杀之间相隔也不过二十到三十分钟。两个案件中的被害人状况很相似。那么，两个色情杀人狂在同一区域内、在同一时间段内、以相同的作案手法作案的可能性有多大呢？侦探们经常拿这样的问题问我。而如果后来我要到法庭做证的话，我也会被问到同样的问题，我只有指出它们之间有某种共同的行为模式，但不能将不同的案件联系起来。

1993 年小克力奥菲斯·普林斯被指控在圣地亚哥谋杀了六名妇女的审判中，我们很成功地做到了这一点。我们感觉普林斯极度危险，而如果控方能够证明六个谋杀案都是他干的，而不只是只干了其中一个有确凿的

DNA 证据支持的谋杀案的话，那么根据加利福尼亚法律，这就是一种“特别情节”，这样整个案件就会成为一个死刑案件。如果能做到这一点，普林斯就再也没有机会跑到大街上杀害更多的无辜者了。通过证明被害人的相似性、作案手法、作案特征、作案工具及地点存在类似性，我们向陪审团证明，两个或多个不同的但是行为特征却完全相同的凶手在同一时间段、在圣地亚哥的同一地区内作案，是完全不可能的。

但是我们现在正在谈论的白教堂双重谋杀案的情况也是如此吗？两个色情杀人狂在同一地点、同一时间段内作案的可能性有多大呢？我们首先要考虑几个问题。

首先，斯特莱德的喉咙被切开了，脸上和脖子上都有很严重的瘀伤，但是她的肢体没有遭受尼科尔斯、查普曼和艾多思那样的毁损。套用我们在匡迪格市的联邦调查局研究院使用的术语，作案手法是一样的，但是作案特征看起来却不相同。作案手法和作案特征是我们需要考虑的两个最重要的术语。它们都被用来分析罪犯行为并被用来追踪无名罪犯。但是它们是一项犯罪的两个不同方面。作案手法指的是罪犯用以作案的技巧，而作案特征指的是作案时不是必须做的行为，但是罪犯却不由自主地做了，以满足其在心理上的某种需要。如果一个银行抢劫犯用袋子将监视摄像机的镜头蒙住，这就是一种作案手法。而他如果感觉有必要在摄像机前脱光衣服，然后再跳一段裸舞的话，那么这就是他的作案特征了。这对他犯下相关罪行没有什么帮助，实际上，这还对他有害，但是他必须这样做，使得相关罪行能让他获得一种心理上的满足。

让我们再来看看有关这两个方面的更为现实的例子，这在白教堂连环谋杀案中是现成的。杀人犯闪电攻击安妮 · 查普曼，因为他认为他首先必须这样做，使她失去反抗，才能够从事相关罪行。但是当谋杀已经完成，被害人已死之后，他需要毁损她的肢体。这就是我们所称的作案特征。谋杀不是实现某个目的的手段，不是为了实现抢劫或表达某种政治宣言。罪犯之所以谋杀，是因为这可以让他切开被害人的身体，以满足他在性心理上的需要。

好，那么，有没有什么合理的因素，能解释斯特莱德和此前的其他三个被害人之间的不同呢？当然有。这就涉及路易斯 · 迪姆舒茨了。无名凶手在杀死莉茨 · 斯特莱德之后之所以不毁损其身体，是因为迪姆舒茨突然出现，使他必须在一切完成之前就逃走。但是，他的杀戮欲还未得到满足，因此他必须找另外一个妇女，一个脆弱的妓女，并毁损她的身体。这次，他在凯特 · 艾多思身上得逞了。实际上，或许他的时间是如此充裕，他写了一句含义模糊的句子在格尔思顿的墙上，让那些追捕他的人看到，并费尽心思去猜测它的意思。

到此为止，此种分析还算得上很好的刑事犯罪分析。但是我们碰到了另外一个问题，一个可能比作案特征上的差异严重得多的因素。对伊丽莎白 · 斯特莱德的解剖检验清楚地表明，她是被一把短刀杀死的，而不是用来杀死尼科尔斯和查普曼的长刀。或许这根本就不是一个问题。杀人犯可能不止有一把刀，特别是如果他是屠夫或者皮革商人的话。但是从犯罪分析的角度来说，这就是一个问题。为什么？因为凯瑟琳 · 艾多思也是被一把长刀杀死的。

如果当晚杀死第二个被害人的也是一把短刀，不论杀死第一个被害人的是不是一把短刀，那么我们也没有什么困难将它们联系在一起了。因为这可能意味着，无名罪犯可能想改变作案手法而改用了短刀，或者害怕在杀了第一个人之后，人们可能通过判断是长刀杀死她的，从而根据这一点来追踪他，因此他就改用了短刀。但是，实际情况是，罪犯是在晚上迟一点点之后用长刀把艾多思杀死了，这让我们马上想起尼科尔斯和查普曼，但是却并不一定是斯特莱德案件。

这是否意味着当天晚上还有另外一个杀人犯呢？可能。实际上，许多开膛手案研究专家都认为确实如此。

或许这是一种模仿的结果。但是时间和地点却如此相近，这怎么解释？在模仿者作案之后不到半个小时，被模仿的对象就在附近作案，这难道不是一种很难得的巧合吗？在犯罪活动中，此种巧合确实会发生，但是我认为这是极不可能的。考虑到被害人状态、作案手法和地点，我会建议都市警察局和伦敦市警察局将斯特莱德谋杀案和其他三个（或许是四个）谋杀案结合在一起考虑。

但是，罪犯用短刀杀死斯特莱德，这应当如何从行为上作出解释呢？我不知道。这是不合情理的。难道是无名罪犯突发奇想，带了两把刀在身边，当他杀了伊丽莎白·斯特莱德之后，觉得短刀不那么好用，于是就改用了长刀？或许吧。这没有精确答案。人们，包括罪犯，做各种各样的事情，都没有什么具体的、有意识的理由，而在分析中要考虑这样的因素，是很困难的。根据我的经验，每个大案要案都有各种证据裂痕。如果你是一个行为分析专家或者侦探，那么你一定会慢慢习惯此种模糊不清的状况的。你可能不喜欢这种状况，但是你必须学会忍受它。

“亲爱的老板”

如果说安妮·查普曼谋杀案使伦敦东区陷入了一时的恐惧的话，那么莉茨·斯特莱德和凯特·艾多思双重谋杀案则让整个伦敦陷入了一种剧烈的恐慌之中。现在，这个杀人魔鬼终于有了它的名字。

10 月 1 日，星期一，整个世界都注意到两份物证的内容：一份是一封信，另一份则是一张明信片。它们是从伦敦东区的不同地点寄到中央新闻社的，两份邮件之间相隔四天。早报《每日新闻报》和晚报《星报》刊登了它们。在这个时候，它们已经被转到苏格兰场进行分析了。警方自己也在散发，希望能够辨认出它们的行文风格或者笔迹的人能够露面提供帮助。那封信是用红墨水和蜡笔写的，书写流畅、整洁，内容如下：

1888 年 9 月 25 日

亲爱的老板：

我不断听说警方已经抓到我了，但是他们到现在都还没有抓到我。当他们自作聪明，并且自以为侦查方向正确时，我哈哈大笑。那个有关“皮革围裙”的笑话让我大发雷霆。我要不断攻击妓女，并切开她们，直到我真的被抓住为止。上次的行动真是让我爽极了。我没有给那位女士发出任何声音的时间。他们怎么可能抓得住我！我喜欢我的工作，并希望再次开始。你们马上又能见识到我的各种有趣的小把戏了。上次我把一些血装在一个姜汁啤酒瓶中，本来打算用它来写信的，但是没想到凝结成了浆糊，我没法用。我希望红墨水也能凑个数，哈哈哈！下次我再工作的时候，我会把女人的耳朵切下来，并奉送给各位警官，让你们也高兴一下，不论你们愿不愿意。留好这封信，直到我又做了点什么工作之后，再将它公开吧。我的匕首是如此的精致而锋利，只要一有机会，我就会立即一试身手的。祝您好运。

您诚挚的

开膛手杰克

请不要介意我用了我的艺名。

另外还有一段附言，写在正文的旁边，是用红蜡笔写的：

在还没有用完所有红墨水之前就把信寄出去似乎不够好，我的手痛恨我这样做。别指望有什么好运气！他们现在说我是一个医生呢，哈哈哈！

这封信的名称后来一直都被称为“亲爱的老板”，正是在这封信中，第一次出现了“开膛手杰克”这个名字。这个名字霎时间就完全替代了公共交谈和私人梦魇中的“白教堂连环谋杀案”。

另外一份邮件，是一张被称作“调皮的杰克”的明信片，是用红蜡笔写的，内容如下：

当我上次告诉你一些消息时，我可不是在开玩笑，亲爱的老板。明天早上你就会听到“调皮的杰克”所做的漂亮的双重谋杀了，这次第一个人发出了一点声音，因此没有顺利地完成我的工作。我没有时间切下耳朵来奉送给各位，非常感谢你们将上一封信保密，直到我这次又完成了我的工作。

开膛手杰克

这样，杀人魔鬼终于与这个世界通信了，并且说出了它那令人毛骨悚然的名字。可是，它真的这样了吗？

在这里我要说明的是，尽管警方当即就对这两个文件表示了怀疑，但是许多开膛手杰克研究专家在经过仔细考察之后，认为那封“亲爱的老板”信和那张“调皮的杰克”明信片真的是出自罪犯之手。我自己在进行了一定分析之后，同意苏格兰场的看法，认为它们是伪造的。

我们分析来自无名罪犯的文件，比如要求赎金的纸条和写给警方的信件，被称作心理语言分析。它不是笔迹分析，如果有必要的话，我们会请其他专家来给我们作笔迹分析的。它强调的是语言的实际使用以及风格，当然，还包括其间隐含的信息。

在所有像“开膛手杰克”那样给自己一个称号的杰克模仿者中，或许最臭名昭著的就是所谓的“约克郡开膛手”了。从1975年到1980年，他在英格兰北部用木棒击打妇女、用匕首扎她们，而且大部分都是妓女。有八名妇女先后死亡，三个成功逃脱。可以说这个案件引发了不列颠有史以来最大规模的追捕行动，而当时我正在英格兰的布拉姆希尔警察学院讲课。这个学院相当于美国匡迪格市的联邦调查局研究院，离伦敦大约一小时的路程。当时警方已经进行了成千上万次的访谈了。

正如在如此严重的案件中经常发生的那样，警方和媒体都收到了大量的自称是来自约克郡开膛手的信件。每封信件都被分析，但是我不认为警方真认为它们有什么证据价值。但是后来一盒时长两分钟的磁带被邮寄到警察局长乔治·奥得菲尔德那里，嘲弄警方无能，并且发誓要再次发动进攻。就像那封“亲爱的老板”信件被刊登在全英格兰的报纸上一样，这次每个地方都播放着奥得菲尔德录音带，电视、广播、免费电话，甚至还包括橄榄球比赛现场的广播。警方希望有人能够辨认出这个声音，最终辨认出无名罪犯的身份。

我在匡迪格市已经听过了一盒翻录的录音带。一天傍晚，当布拉姆希尔的课程结束后，他们来问我，对此我到底是怎么看的。我让他们向我描述了一下犯罪各个现场。无名犯罪人似乎总是首先使女性被害人陷入一种易受攻击的状态，然后对她们实施闪电攻击，然后就像白教堂谋杀犯一样，在被害人死后毁损尸体。我认为磁带上的声音口齿清晰，语言也很复杂，不像是一个从杀害妓女并毁损她们的尸体中获得生活满足感的人所能做到的，因此我就对他们说：“根据你们刚才对各个犯罪现场的描述以及我在美国时所听到的录音带来看，录音带中的声音不是约克郡开膛手的。你们别在上面浪费时间了。”干我这一行，能够对任何行为线索进行分析，不让警方浪费时间以及几乎总是有限的资源，这是非常重要的。而当涉及一个连环作案者时，浪费时间就是浪费生命。

真正犯下此种罪行的作恶者不会以此种方式与警方联络。他应当是一个没有踪影的孤独者，大约快三十岁或刚过三十岁，对妇女有一种病态的憎恨，可能是辍学者，也可能是一个卡车司机，因为这个人看起来似乎在各地跑来跑去。当 1981 年 1 月 2 日三十五岁的卡车司机皮特 · 萨特克力夫被偶然抓获时，他承认约克郡开膛手就是他，这在最后也得到证实。他的声音和录制并寄出磁带的那个人完全不同。最后才知道，这个冒名顶替者是一个已经退休的警察，他对警察局长奥得菲尔德心怀嫉恨。

我怀疑“亲爱的老板”这封信也同样如此。但是这封信写得很聪明，也很真实，这让一百多年来的许多人都被它牵着鼻子走。因此，就像奥得菲尔德磁带一样，我认为这封信一定是一个知道内情的人写的。最可能的是一个记者，我们可以从几个方面作出此种推断。

首先，信中的老板不是警察头子而是中央新闻社的老板。尽管某一类的以性为导向的罪犯与新闻界通信、自吹自擂并让世界知道他是如何看待自己的，这并非一种不常见的现象，但我们认为此种通信应当是写给某份具体的报纸的。例如，我们知道，《星报》和《每日新闻报》，还有许多其他报纸，都定期发布详细的、耸人听闻的白教堂连环谋杀案消息。另外一方面，对一个和新闻业没有什么关联的罪犯来说，即使要认识到出版多份报纸的是同一个新闻社，可能也是有一定困难的。而正如相关行为线索显示的，这个杀人犯在很大程度上是一个无条理型的、有心理缺陷的人，对他来说，要获得此种内幕信息尤其不可能。

在我看来，这封信中使用的语言进一步证实了这一点。从心理语言学的角度来说，“亲爱的老板”这封信是一个有文化的、表达力很强的人在模仿一个疯狂的谋杀犯的口气。这封信太有条理了，也显得太有智力和理性思维了，并且过于“矫揉造作”了。我认为一个犯下此类罪行的人是不可能会认为他的行为是“有趣的小把戏”的，也不可能会说他的“匕首是如此的精致而锋利”。

相反，这些都表明，写信者是一个了解如何使用语言、懂得新闻体系并希望这封信的内容得到快速传播的人，因此他就不把它寄到一个新闻组织，不让它只成为一种独家新闻。只要我们对维多利亚时代的新闻业进行简单考察，我们就会发现，当时的新闻业是一种随心所欲的、追求轰动效果的行当，真相和节制往往让位于制造轰动性的故事的需要。

每个人都在白教堂连环谋杀案中享有既得利益：伦敦东区人是罪犯的潜在目标；伦敦其他地方人们的自信从容而孤立的世界则被剧烈撼动了；警方从未面临过这样的挑战；政府越来越感到尴尬不堪；当然，还有新闻界。白教堂连环谋杀案简直让洛阳纸贵，让新闻记者忙得不亦乐乎。难道新闻报纸从开膛手杰克连环谋杀案中获得的利益还不够多吗？

并且，这也不全是新闻界进行纯粹的商业炒作的问题。某些报纸的日程安排是非常庞杂的。正如马丁 · 费多指出的，时逢伦敦郡议会选举，激进分子试图获得对东区的控制权，好让他们一夜成名。前一年，也就是 1887 年 11 月 13 日，查尔斯 · 沃伦领导下的都市警察局镇压了失业者在特拉法尔加广场进行的大规模游行示威活动。这个事件被称作“星期天血案”。白教堂连环谋杀案正好给激进的新闻界提供了一个现成的借口。谋杀案引发的恐惧正好让它们可以借题发挥："看看这里到底怎样了！他们在这里做了些什么？如果发生在西区的话，他们又会做些什么？"主流报纸必须报道这些谋杀案，否则就会被读者抛弃。

因此，"亲爱的老板"这封信，在双重谋杀发生之后立即发表，这有助于让这个案件继续牵制大众的注意力。然而，我还是同意助理警监罗伯特·安德森和警察局长唐纳德·斯文森的说法，他们认为这些东西是一个颇有胆识的记者写的，并且他们俩都说他们知道这个人的真实身份。

和这些因素同样重要的是，正如一个世纪之后的约克郡开膛手一样，此种无名罪犯是不会以这种方式与警方沟通的。与条理型的反社会罪犯不同，这种罪犯不会以这种方式来宣告自己的身份，特别是他不可能谈论他将来打算犯的罪行。这类罪犯只会想着他眼前正在做的事情。他也不可能给自己取一个绰号，特别是这样一个华丽的绰号。在我二十五年的经验中，与新闻界、警方联系，或者给自己取绰号、宣布自己身份的所有连环杀人犯，都接近于条理型的反社会罪犯，而不是无条理型的反社会罪犯。因此，我相信，在散播了"亲爱的老板"和"调皮的杰克"之后，新闻界实际上是妨碍了侦查活动的进行，警方将注意力花在其他方面，而不是那个真正的无名罪犯身上。

此外，如果你注意到了这个案件的时间脉络的话（这是任何一个侦查人员或分析人员都要注意的另外一个重要因素），那么可能注意到"亲爱的老板"上签署的日期是 9 月 25 日，邮戳日期则是 9 月 27 日。双重谋杀案则发生在 9 月 29 日晚上和 9 月 30 日凌晨。作者确实提到他要"把女人的耳朵切下来，并奉送给各位警官，让你们也高兴一下"。

凯瑟琳·艾多思的右耳垂确实被切下来了。这是不是一种凑巧呢？很可能。因为艾多思遭受的伤害如此多，作者几乎怎么说都可能是对的。如果作者真的就是罪犯本人，那么他为什么不提他打算对被害人施行的其他一些更大的肢体毁损活动呢？并且，他没有将耳朵寄给警方。

就时间来看，这封信在双重谋杀案发生之前的一天到达，这可能还是瞎猫碰到死耗子，但是作者可能并不是在完全没有根据地瞎猜，因为这个人可能密切注意着相关事件的发展——一个有上进心的新闻记者就会这样。尼科尔斯谋杀案发生在星期五。查普曼谋杀案发生在后一个星期的星期六。后面两周中没有发生谋杀案，因此如果还会发生谋杀的话，那么9月28日到29日这个周末是很可能的。由于那段时间内没有发生什么谋杀案，白教堂谋杀案故事都已经成了冷饭了，而如果你想重新唤起人们的注意的话，这正是时候。

而10月1日寄出的“调皮的杰克”明信片，是作者为了“跟上”实际发生的事情，并试图证实第一封信是真实的：“……漂亮的双重谋杀，这次第一个人发出了一点声音，因此没有顺利地完成我的工作……”人们总是相信他们愿意相信的东西，并且对于急切地想知道他们面对的怪物到底为谁的公众而言，这正是他们想得到的“真实”。

当然，在很重要的意义上，“亲爱的老板”这封信成了这个案件中的真实部分，并不断加强着人们对这个案件的印象。即使这封信不是真的，它也使得这一系列的谋杀案成为人们的不朽记忆。我怀疑，如果没有开膛手杰克这个身份的话，这个谋杀犯是不可能如此地抓住历史和公众的想象力的。

“来自地狱”

人们依旧极度恐慌。除了警方不断加强巡逻之外，人们也自发组织了自我保护组织，最知名的可能要属白教堂警戒委员会了。该委员会由乔治·亚今·拉斯克领导，他是一个建筑工人，专门从事修复音乐厅的工作。通过在《泰晤士报》上撰写有关这个案件的故事，拉斯克自己赢得了很高的知名度。

10月16日，拉斯克收到了一个邮寄包裹：一个外面包着褐色纸张的小木盒，上面是伦敦的邮戳。盒子中有半个肾脏，保存在酒里。肾脏外面包裹着一封写得很潦草的信：

来自地狱

拉斯克先生（Mr. Lusk）

先生（Sor）

我给您送来了半个肾脏，是我从一个妇女身上摘下并保存的（prarsarved）。另外一半我油炸吃了，味道好极了。如果您愿意稍等一会儿，我就会把那把血迹斑斑的匕首寄给您的。

签名　如果您做得到，就快来抓我吧

拉斯克先生（Mishter Lusk）

拉斯克认为这个肾脏和这封信不过是恶作剧而已，可能是医学院的某个或某些能随意出入解剖实验室的学生做的。但在朋友们的劝告下，他还是将它交给了有关当局进行分析。伦敦医院的托马斯·奥本肖医生认为它确实是人的肾脏，可能来自一个大约四十五岁、患肾小球肾炎的人，这对长期酗酒的人来说，并不是一种罕见疾病。许多其他专家也检查过这颗肾脏，至于它是不是艾多思谋杀案中失踪的肾脏，专家们也是众说纷纭。但是，此种可能性从来没有被排除。许多年中，有很多专家都认为这颗肾脏可能确实是被害人艾多思的。

我无法从法医学角度断定这颗肾脏确实是被害人凯瑟琳·艾多思的，但是那封信确实非常引人注意。尽管和前面的笔迹明显不同（或许可能是因为罪犯人格越来越分裂），那些倾向于相信“亲爱的老板”和“调皮的杰克”就是开膛手杰克的研究专家和其他研究这个案件的学生们，也认为拉斯克信件是真实的；而相信拉斯克信件的真实性的人，也相信前面两份文件的真实性。我可不敢那么肯定。笔迹专家们在这个问题上分歧严重，我无法指望得到他们的帮助。

我认为非常引人注目的一点是，尽管开膛手杰克这个诨名已经引起了极大的恐慌，拉斯克信件的作者却没有使用这个绰号。即使在被贴上一个这么“迷人的”称号之后，他自己还是没有使用它。由于我认为前面的两份文件是伪造的，我对这封信的真实性产生了极大的兴趣。尽管我前面说过，像开膛手杰克这样的一个杀人犯是不大可能与公众通信的，但是，在双重谋杀发生不久就被刊登出来的“亲爱的老板”那封信，可能迫使这个无条理型的罪犯自己出来“澄清视听”，或者说保持对局面的控制。他可能在看到“亲爱的老板”中提到的耳朵之后，将那半个肾脏寄出来，以表明自己才是真正的杀人犯。换言之，除非其他某个人抢了他的功劳，并试图替他界定他的人格和身份，否则他是不会觉得有与公众联络的必要的。

当他说这封信“来自地狱”时，他自己的身份感和情感取向得到了更为准确的体现。很显然，这封信是一个文化浅陋者对那封假冒信件的更聪明、更复杂风格的拙劣模仿，作者似乎是在证明他的智慧和本领与假冒者是可以平起平坐的，尽管在这点上他没有成功。我还想补充的是，以前曾是警官的唐纳德·卢姆贝罗——他是一个有才华的作家，还是这个案件的最重要专家之一，他同意这种观点：所有这些文件中，可能只有拉斯克信件是真实的。

怀疑这封信的真实性的人说，这封信的拼写，“先生（Sor）”、“保存（prasarved）”和“先生（Mishter）”是“舞台化的爱尔兰”方言；换句话说，实际上是一个受了教育的人在假装普通人的通俗。尽管这是可能的，但对我而言，这可能意味着是某个不那么熟悉英语拼写的人，可能是一个没受过什么教育的移民，用他所听所闻的英语来写这封信的。

这封信没有送给警方和新闻界，反而送给了当地一个临时的社区领导，这也是值得注意的，因为我非常相信，此类无条理型的杀人犯只愿意在他感觉舒服的圈子内展开活动。这我们将在随后作更详细的讨论。

并且，正如我们已经指出的，一个无条理型的杀人犯，由于对人体内部的器官有一种变态的好奇心，可能吃一点人体器官，这也并非完全没有可能。看看最后一句话，“如果您做得到，就快来抓我吧”，这可能有两个意思。其一即嘲笑警方，他总是可以从他们的眼皮底下溜走。另外一个意思可能就是一种寻求帮助的哀嚎，就像芝加哥谋杀犯威廉·海伦斯用被害人的唇膏写在墙上的话一样：“看在老天的份上，在我杀死更多的人之前，抓住我吧，我无法控制自己。”海伦斯杀死的人之中，有一个六岁的女孩儿，是在郊区下水道中找到的，她被切成了碎片。

我说拉斯克信件是真实的，我有没有可能犯错呢？当然可能。许多专家都不同意我的意见。但是我想说的是，与前面出现的其他文件不同，这封信与我所设想的无名杀人犯、开膛手杰克的形象非常契合。

心理战术

人们提出了五花八门的抓住这个难以捉摸的、前无古人的杀人犯的最好方法。有些是普通人提出来的，有些则来自所谓的“专家”。亚瑟·柯南·道尔爵士的第一部夏洛克·福尔摩斯小说《血字研究》前一年刚刚出版，他当时推测说，这个杀手可能是一个假扮妇女的男子。一个穿着血迹斑斑的围裙的中年妇女凌晨在外面走动，不大会引起什么注意。

几年以后，也就是1894年，柯南·道尔爵士向一个采访者讲述福尔摩斯将会如何破获这个案件。他提出的方法之一是，复制那封“亲爱的老板”并让公众对之作出反应。这是一种非常合理的心理战术。我手下的特警加纳·门罗就用这种方法成功地破获了佛罗里达州的罗杰斯谋杀案，当时在公告牌上展示杀手的笔迹，马上就确认了杀手的身份。但是，都市警察局试了此种方法，他们确实复制了这封信，并将之张贴在东区各地的海报栏上，可是没有收到任何效果。由于我不相信这封信是真的，因此对这一点也不感到奇怪。

唐纳德·卢姆贝罗在他的里程碑式的著作《开膛手杰克：来龙去脉》中提到一名报纸读者。这名读者在一封信中建议警方检查“调皮的杰克”明信片，因为“任何两人的拇指都不可能是一样的，应当对嫌疑人的拇指印进行取样，并用显微镜进行检查”。卢姆贝罗报告说，这封信被搁在一边，而直到这封信写成的十七年之后才进行了历史上第一次指纹定罪。

卢姆贝罗写道，当媒体开始散布消息，说杀人犯可能是一个堕落的医生或医科学生之后，有一个人提议在开膛手杰克可能读到的报纸上刊登这样一则广告：

伦敦急需医疗人士或医疗助手，年龄二十五到四十岁。可能要做尸体解剖助手。条件可商量。

尽管我不认为杀人犯是一个医疗人员，但是他可能确实有此种好奇心，因此这样一种策略倒确实可能引蛇出洞。

福布斯·文思洛医生，一个派头十足的内科医生，也是一名业余侦探，他认为杀人犯可能是一个被宗教狂热推着往前走的杀人狂，他建议让精神病院的管理人员一起和警察巡逻，因为这帮人更能够发现哪个人有此种倾向。他还提议在报纸上刊登这样一则广告：

需一名强烈反对伦敦大街上有醉倒妇女的绅士。该名绅士须愿意和某个认为应当取缔此种行为的人合作。

然后，警察就躲在事先安排好的会面地点，不论谁到场，都立即逮捕。

“黑玛丽”

11月9日星期五早上，印度军队退伍士兵托马斯·保耶尔——朋友和邻居都称他为“印度人哈里”——被他的老板约翰·麦卡锡派到米勒大院十三号收取房租，老板是这间房子的主人。米勒大院几乎就紧接着斯皮多菲尔兹市场的右边。到它南边的格尔思顿大街和到它北边的汉伯里大街，也就是查普曼谋杀案现场，都只要走一会儿就可以了。麦卡锡所拥有的那种房子中住着那种租户，对于房主和租户来说，收取租金都是一种极大的折磨。

米勒大院的入口是一条狭窄的、黑暗的通道，紧邻着麦卡锡的蜡烛商店。保耶尔敲了玛丽·简·凯利的房门，玛丽的各路朋友和客人也叫她

"赤姜"、"美丽的艾玛"或者"黑玛丽"。她是一个二十四岁的泼辣坚强的爱尔兰姑娘，几乎每个人都说她漂亮可爱，尽管我们没有她的任何照片。

当保耶尔敲她的门的时候，已经大约是上午十点四十五分了。这时候找她最合适不过。他敲了好几次门也没有人应答，于是开始怀疑她是不是交不起租钱才躲着他。他想撞开门锁，但是没有成功。窗玻璃碎了长长的一块，从来没有修补好。里面，一件旧大衣悬挂在窗户那里权当窗帘，让屋里还算有点隐私可言。他推开大衣，往里面看了看。房间只有十英尺宽十二英尺长，映入托马斯·保耶尔眼帘的景象是如此赤裸的恐怖，令他几乎瘫倒在地。床上躺着一具尸体，遭到严重毁损，被严重撕裂，大量肌肉都被撕下来了，内脏流出来铺了一床，还坠到了地上。尸体的外表和轮廓都已经模糊不清了。

当大脑终于对如此可怖的情景作出反应时，保耶尔冲下楼到麦卡锡的商店那里去。麦卡锡和保耶尔一起回到上面，他往破玻璃窗内看了一眼，马上就派保耶尔到商业街警察局去。

保耶尔和巡官沃尔特·贝克尔及警探巡警沃尔特·丢乌一起返回现场。丢乌是一个健壮的、开朗正直的人，因为经常穿黑色哔叽衣服而得名"黑哔叽"。他后来因为抓住了臭名昭著的下毒者豪利·哈维·克力朋医生而扬名一时。但是，在米勒大院十三号看到的场景让他感觉极为可怖，他的余生都受到了困扰。由于这是此种案件第一次发生在室内，可以采集很好的证据，因此他们有意不让现场受到破坏。直到下午一点三十分，当督察托马斯·阿诺德到达现场时，警方才破门而入。

整个床和周围区域都是血。按照乔治·巴格斯特·菲利普斯医生的叙述，尸体状况表明杀手进入了极度疯狂的杀人毁尸状态。脸被完全划开，头颅几乎被切下来了；乳房被切下来，下腹部被切开，内脏扔得满屋都是。尸体的大部分地方，包括阴部、右大腿和右臀的肌肉都被切下来了，露出了里面的骨头。现场没有发现心脏。杀人犯不仅要让被害人失去性能力，而且几乎是使了全力让她不成人样，让她完全被肢解。到现场查看过或检查过尸体的医生中，有一些人估计毁损尸体至少花了罪犯两个钟头，尽管由于颈动脉被切断，被害人早就死了。

普通人是很难将此种罪恶行为看成一种性妄想行为的，但是我们的研究表明这确实如此。这个妄想的部分内容是，摧毁被害人，让罪犯感觉到自己是她的唯一占有人。毁尸杀人犯小詹姆斯·克莱顿·劳森，当他与自己在加利福尼亚的阿塔斯科德罗州立精神病院邂逅的强奸犯詹姆斯·鲁塞耳·奥德姆结伙后，于一九七〇年代杀害了被奥德姆强奸过的许多名年轻妇女。对此，他相当坦白地说道："我切开她的喉咙，这样她就不会尖叫了……我要切割她的尸体，这样她看起来就不像一个人，我要摧毁她，让她在人间仙界消失。我开始切割她的身体。我记得我当时把她的乳房切下来了。此后，我所记得的一切就是：我在不断地切割她的身体。"

当被问及除奥德姆的所作所为之外，他在杀害被害人上发挥的作用的细节时，劳森坚持说："我没有强奸这个姑娘。我只想毁灭她。"

我认为，侦查人员在米勒大院十三号所看到的，正是同一种情况。

巡官弗里德里克·亚柏林到达现场，检查了房间。他从壁炉中残余的冒着烟的残余物推断，杀人犯将她的衣服放在壁炉里烧掉了，并且就是用烧衣服的火光为他的作案行为提供照明的。

在这个谋杀案发生之前的一年，玛丽·简·凯利时断时续地和比林斯盖特市场的鱼肉搬运工约瑟夫·巴内特住在一起。与他在一起的日子并不总是和谐美满的。1888 年 7 月，他由于偷窃丢了工作，在 10 月底，他搬出了他们俩合住的这个房间，原因是玛丽邀请了另外一个妓女与她共住。然而，他几乎每天都来看她，有时候给她一点钱用用。还有人说他想让她脱离卖淫业。

他最后一次看到她是在 11 月 8 日星期四。大约晚上七点三十到八点之间，他来到了玛丽的房间。当时玛丽与她的朋友莉姬·奥尔布卢克在一起。大约在十一点钟，有人说当时看见她和一个年轻男子出现在布里坦尼卡酒馆。大约四十五分钟之后，玛丽·考克斯，住在米勒大院的另外一个妓女，看到玛丽和另外一个男子在一起。这个男子一脸斑痕，有小胡子，还戴着帽子。她明显已经醉了。大约在十二点和一点之间，米勒大院的其他几个居民还听见她唱歌。

两点钟，她找到她认识的一个失业劳动工人乔治·哈金森，向他借六便士。哈金森一贫如洗，所以只能拒绝她。哈金森看到，当她离开时，另外一个男子迎了上来，当时他们俩都在大笑。他说当时这个男子可能说了这样的一句话："按我刚才说的，你会没事的。"

哈金森看不到这个男子的脸，但是他追踪他们俩到了米勒大院。他听见玛丽说："好了，亲爱的，来吧，你会感到很舒坦的。"

星期五凌晨大约三点四十五分，米勒大院的三名妇女说，她们当时听到"哦，谋杀！"的一声尖叫从十三号那个方位传过来。如果这声尖叫是玛丽·凯利发出的话，那么这可能就是她活着时的最后一声哀鸣了。

约瑟夫·巴内特遭到了警察长达四个小时的密集讯问。他们搜查巴内特的衣物，看看上面有没有血迹以及其他线索。他们最后认定他不是凶手。然而，最近他又成了嫌疑人，特别是在布卢斯·帕雷于 1995 年出版的著作《开膛手杰克：绝对真相》中更是如此。帕雷的理论是，巴内特谋杀了其他妇女，以吓唬玛丽放弃妓女行当，但是当他清楚玛丽已经厌倦了他并且不再需要他时，他最终在一阵疯狂躁怒中杀死了玛丽。在被警察审讯期间，巴内特承认他经常把报纸上报道的白教堂连环谋杀案念给玛丽听。

这个理论可以解释为什么此类谋杀突然间停止了。在凯利死亡之后，它们突然间烟消云散了。认为巴内特很可能就是凶手的人还指出，他善于用刀，有粗浅的解剖知识，是当地人，在这片区域内会感到舒心，因此可以在不让当地妓女起疑心的情况下顺利地接近她们，并且他总体上符合目击证人的描述。很明显，巴内特能够轻易进入玛丽的房间，而“亲爱的老板”中提到的姜汁啤酒瓶也出现在玛丽的房间中，这应当不只是一种巧合。

帕雷还引用了我在 1988 年一个电视系列片中所作的分析，还有我在匡迪格领导的小组所作的有关连环杀手的相关研究，他通过这些来进一步证明巴内特就是杀人凶手无疑。在某些方面来说他可能确实符合，比如年龄、种族、有一个因缺乏父爱而不完整的家、这片地区让他感觉舒服、由于失去工作而情绪更加紊乱等，但是这些毕竟只是一些表面特征，许多人都符合。他们几乎都可能成为某一类型的罪犯。你必须看看具体细节上他是否真的符合。我从没有见过，而且我也不相信别人见过，一个男子会以这种方式来残忍地杀害他所认识的妇女，即使是不那么熟的妇女，目的只是为了吓唬他自己的性伙伴，“给她一个教训”。特别是，在发生双重谋杀的那天晚上，这样一个人可能被第一个凶手吓走，他可能根本就不会去攻击莉茨·斯特莱德。

动机上也不符合。没错，确实有性虐待狂通过折磨妇女获得性满足。但是这里发生的肢体毁损全部都是在被害人死亡之后进行的，因此这一点就不符合了。此外，这些都不是事先计划好的、蓄意的谋杀，而都是躁狂的、失去控制的过度杀戮。如果凶手是某个与被害人有一定个人关系的男子，那么我们可以预料，这个人会残暴地过度刺伤或伤害被害人的脸，而不是这里出现的此种宗教仪式般的肢体毁损。这在逻辑上或行为类型上讲不通。任何与某名妇女有正常关系的男子，就像与玛丽明显有此种关系的巴内特一样，都不会犯下此类罪行。

那么，如果不是约瑟夫·巴内特的话（玛丽·凯利死亡后，巴内特没有什么理由继续杀戮，并且在遭到警察密集审讯后，巴内特可能已经吓坏了，这使得他不再继续杀戮，从而其余生得以保持清静），那么为什么开膛手在1888年11月9日之后就突然停止杀戮了呢？确实，这正是这个案件中最令人迷惑不解的所在之一。

我们在联邦调查局内进行的研究和相关经验表明，连环色情杀手不再杀人的原因有许多，但是自动停手一般都不包括在内。在极少的情况下，某个杀人犯在“完成”了他内心确定的目标之后会自动停手。这个方面最好的例子就是杀人犯埃德蒙·坎伯。一九七〇年代早期，他在加利福尼亚大学圣克鲁兹校园周围绑架并杀害了很多女大学生，他对妇女的仇恨实际上是针对他那作威作福的、恃强凌弱的母亲。最后他终于鼓足了勇气，趁母亲熟睡的时候用羊角榔头将她打死，将她的头切下来，并且强奸了无头尸体，还将她的喉咙扯出来扔到垃圾通道里。然后他打电话把母亲最好的朋友叫过来，当她到达屋内时，他用木棍击打她，最后将她掐死。在将魔鬼驱逐出他的世界之后，他在母亲床上美美地睡了一晚，然后第二天驱车到了科罗拉多的普韦布洛市，在那里的一个电话亭中打电话给圣克鲁兹警察，告诉他们过来抓他。但是正如我已经说过的，这种自动停手的杀手是少之又少。

更经常的情况是，连环杀手是因如下三个原因之一而停手的：他们被抓住了；他们因其他一些与他们的凶杀活动无关的犯罪（比如入室抢劫或室外抢劫）被捕；或者他们在犯罪时死亡了，要么是被同伙或其他某个罪犯杀死了，要么是自杀，或者由于其他一些“自然原因”而死亡。否则他们不会真正停手的，他们只可能不敢再呆在某个特定的地方，游走到其他一些与他们原来的罪行无关的地方继续作恶。

开膛手杰克案件中，会不会包含上面三个因素之一呢？我们可以看一看我们的行为分析，或许它能给我们一些提示。

犯罪侧写

被害人

所有的被害人都是有中等到严重酗酒问题的街头妓女。这些情况使得她们成为“高危”被害人，而这反过来又使得要确定犯罪嫌疑人非常困难。如果被害人身上发现了诸如毛发、纤维或精子的话，即使 1888 年已经使用了相关技术，侦查人员也很难断定这些是罪犯留下的还是被害人的其他伙伴或客人留下的。并且，由于这些妓女都是独立的，而不像今天的许多妓女一样受皮条客控制，因此对她们的活动或交易就鲜有监控。也就是说，妓女喝得醉醺醺后还在已经非常危险的伦敦东区大街上揽客，她简直就是自找麻烦，这种情况在今天都是非常危险的。

尽管有人认为巴内特是凶手，同时其他人还提出了许多别的所谓的“阴谋”理论，所有的合理证据都指出，被害人之所以成为目标，是因为可以轻易地被接近。凶手根本没有必要主动接近被害人。除了最后一个被害人玛丽 · 凯利之外，其他被害人都到了一定年纪，命运已将她们摧垮，可谓人老珠黄，因此可能是她们主动接近凶手的。在进行侦查时这些都是需要考虑的重要因素。

医疗检查结果

下面这些检验结果对行为分析来说都是非常重要的：

1. 没有性侵犯的证据。

2. 凶手瞬间将被害人杀死。

3. 凶手在早期闪电攻击时能够控制被害人。

4. 凶手将某些被害人的身体器官取走，表明有一定的解剖知识或某种好奇心。

5. 没有证据表明被害人在死亡之前遭受过身体折磨。

6. 死后尸体遭到严重毁损。

7. 有证据表明被害人遭到凶手扼颈。

8. 在大多数案件中，血迹都集中在一小片区域内。

9. 其中一个被害人的戒指被取走。

10. 最后一个被害人是在室内被害的，并且她的尸体遭到了最严重毁损。罪犯在现场呆了相当长的时间。

11. 所有案件中被害人都是在凌晨时间死亡的。

犯罪和犯罪现场分析

除了凯利谋杀案这一例外，所有的犯罪都发生在室外，并且它们之间相距不远。这就说明无名罪犯是在高危情况下犯罪的，因为这些地区往往是昼夜人流不息，特别是在冬天来临之前的暖季更是如此。四个室外被害人的尸体都是在罪犯完成犯罪之后的几分钟之内被发现的，罪犯没有想要将她们藏起来，这本身就说明罪犯是一个无条理型的杀人犯。所有谋杀都发生在星期五、星期六或者星期天的凌晨。

在靠近白教堂车站的巴克斯路上发生了第一宗谋杀案之后，无名罪犯缓慢地从东往西窜。如果用线条将第二个、第三个、第四个及第五个犯罪现场之间连起来的话，我们可以看到一个三角形。其他连环谋杀案中也出现过这种情况，人们认为，这样一个三角形区域是罪犯感觉安心的第二舒适区。当罪犯认为让他感觉安心的第一舒适区，也就是他在白教堂车站附近犯下第一宗谋杀案的地点，侦查力量在不断加强时，他就会这样运动。在我看来，白教堂地区肯定发生了其他一些谋杀，它们要么没有被发现，要么由于某种原因没有被当成是这个罪犯所为。例如，如果玛莎·塔伯拉姆谋杀案（不是发生在周末，而是发生在一个银行休息日，即星期一，这天人们不工作）被认定可能是开膛手杰克所为的话，我们可以注意到，这宗谋杀案发生在第二舒适区以外一点的地方，更靠西边了。我可以这样推断，罪犯之后往东去开展下一宗谋杀，最后慢慢地又回到了最让他感觉安心的第一舒适区。

尽管这个连环杀人犯的作案手法不断在演化，但是其作案特征或者作案的仪式化方面一直都差不多，只是变得越来越复杂，最后一个被害人的情况就是如此。在最后一宗案件中，罪犯有时间，也不为人所见，可以充分地实践他的种种妄想。如果后面还发生了其他谋杀，特别是当谋杀发生在室外时，我们预计，罪犯不会再进行如此细致的肢体毁损，因为他没有时间。

据称来自罪犯的信件

对于一个无条理型的、反社会的连环谋杀犯来说，与警察、媒体和家人联络是极不寻常的。当他们确实进行此种联络时，信件往往会提供只有罪犯本身才知道的犯罪细节。此外，它们往往能提供显示罪犯犯下此种可怖罪行的动机的信息。在我看来，这些谋杀案不是一个决心要与执法部门作对的人犯下的。尽管杀人犯知道他会受到全国乃至全世界的关注，但这不是他的主要目的所在。如果要花时间和执法资源来调查相关文件的作者身份的话，我认为应当重点调查拉斯克信件。

罪犯性格和特征

正如前面曾提到的，这些谋杀案可以被定性为色情杀人案。色情一词在这里与该词的传统意义没有太大关系，而更主要是指罪犯专门攻击被害人的生殖器和其他与性有关的区域。一般说来，当男性被害人受到此类攻击时，他们往往陷入过同性恋关系。尽管有人推测这个杀人犯可能是一个妇女（“开膛手吉尔”），但是不论在研究中还是在实践中，我在匡迪格都没有见过什么女连环色情杀人犯。因此，我们可以有信心地说，开膛手杰克实际上就是个男子。他是白人，如果罪犯是一个黑人、拉美裔西班牙人或亚洲人的话，他们在犯罪地点是极引人注意的。

犯下此类罪行的人的年龄一般都在二十五六岁到三十几岁之间。从犯罪现场所体现的罪犯的病态心理，以及尽管这些犯罪都是高度危险的但是他还能够避免其他人发现来看，罪犯的年龄应当是在二十八岁到三十六岁之间。然而，必须指出的是，年龄是一个很难推断的因素，因此我们不会仅因为某个人年龄不符合我们的推断就直接排除其作案的可能性。例如，在一九八〇年代末期的纽约州罗切斯特市连环妓女谋杀案中，尽管我们对连环杀人犯其他方面的推断都是正确的，但是我们却低估了他的年龄。连环杀人犯阿瑟·肖科洛斯此前已经因攻击和谋杀儿童而入狱十五年，而在出狱之后，他只是从他原来停手之处开始重操杀人旧业而已。

开膛手杰克似乎并不属此种例外。在我提出的初步分析中，我认为他犯罪时穿的衣服不是他平常所穿的衣服，因为他想让没有戒心的妇女觉得他似乎是个有钱人，因此在接近被害人这个事情上他就没有必要采取主动了。但是研究这个历史时期的专家们告诉我，与我在刑事侦查中看到的现代妓女不同，维多利亚时代的妓女相当贫穷，她们几乎会勾引任何人。事实上，她们甚至往往会对穿着太体面的以及明显不与她们相称的人保持更高的警觉。

我认为，罪犯一定来自这样一个家庭：母亲飞扬跋扈，父亲则软弱顺从，或者根本就没有父亲。很可能，他母亲严重酗酒，喜欢和很多男人一起寻欢作乐。结果，他一贯就没有受到很好的关照，并且与成熟稳健的成人榜样接触也太少，因此变得离群，与其他人不太能产生情感共鸣。他变得反社会、喜爱独处。最后他对其他人的愤怒内化了，而在青少年时期，他可能通过放火、虐待或折磨小动物来发泄心中不断郁积的破坏性情绪。在此种行为过程中，他发现越来越多的地方可以让他有优越感、权力感和控制感，并逐步学会了如何在不被人发现、不遭惩罚的情况下继续暴力性的破坏活动。

随着逐渐长大，他的种种妄想中又加入了一个重要的因素：控制和肢解妇女，因为他对她们好奇，但是在现实生活中此种好奇心却无法得到满足。在找工作时，他可能愿意找一个能让他单独工作的职位，这样就可以不断体验他的破坏性的妄想。如果能胜任什么工作的话，他可能是一个屠夫、殡仪师助手、医院或停尸房值班人员。如果得到了工作，他在周末和假日都会离开工作岗位。他是一个偏执狂，身上带了一把甚至几把匕首，以防别人攻击他。有此种偏执狂的想法，对他这样可能认为自我形象卑微的人来说，没有什么不合理的。他可能身体上有某种异常，比如有伤疤或者言语障碍，他心理上认为自己是残废。他不善与人社交，他的大部分人际关系都和妓女有关。由于当时的街头妓女不注意卫生，并且当时人们对许多性病都束手无策，他可能患上了某种性病，这让他更加憎恨、厌恶女性。

我们不认为此种罪犯可能结过婚，他也不可能和某个女性保持正常关系。如果他过去确实结过婚的话，那么对方可能是一个比他年纪更大的女子，并且他们的婚姻也只是昙花一现。

他应该是一个安静、害羞而不合群的人，有点孤僻、驯服，外表很是整洁干净。他可能在当地酒馆里喝酒，喝了酒之后变得更加放松一些，此时会更多地与人交谈。他在白教堂地区居住或工作，第一次谋杀离他的居住地点或工作地点很近。请注意：伦敦医院和尼科尔斯谋杀案现场之间只有一个街区之隔。

警方在侦查过程中可能多次询问过他。不幸的是，当时没有办法将此类信息关联起来。侦查人员和当地的居民对开膛手杰克到底是何种人物有了先入为主的看法。由于人们认为他看起来应当古怪或像个食尸鬼，他们可能让他在眼皮底下溜走了。

犯罪前后的行为

在每次杀人之前，罪犯都在当地某个酒馆喝酒，以缓解他心中的压抑感。我们可以推测，在黄昏的时候，他可能几乎走遍了整个白教堂地区。尽管他不是在专门寻找有某种外貌特征的妇女，但是他杀害妓女可不是什么偶然碰巧。他知道在什么时间和地点杀害被害人是合适的。其他许多妇女可能与他接触过，但是由于地点对他来说不够安全，因此没有受到攻击。

他犯罪后可能返回某个他能将手上的血迹洗干净并换衣服的地方。不像有条理型的杀人犯，我们认为他不会主动进入警方的调查范围，也不会出来提供虚假消息。

开膛手杰克在夜晚追捕他的猎物。当他没有发现新猎物时，他就可能返回原来作过案的地方。如果可能的话，他会在凌晨来到已被标记出来的相关犯罪现场，来重新体味他的犯罪经历。

在最后一宗谋杀案之后，这个罪犯不大可能自杀。若不是因为什么外在原因，他是不大可能自己突然停止谋杀的。

侦查或审问技术

如果嫌疑人被抓住的话，那么我建议在凌晨审问他，因为这个时候他感觉最放松，更可能谈论或写下他杀害妇女的动机。如果直接指控他进行了相关谋杀的话，他不大可能打抖或感到沮丧，因为他认为他的行为不过是在清除大街上的垃圾。然而，如果对他说他自己已经被被害人的血玷污了，那么，他在生理和心理上都会感到紧张。他不会和审问人员绕圈子，但是如果他们无法理解他为什么杀人的话，他会感到沮丧不堪。

嫌疑人

在一般的侦查中，就是在这个时候，也就是在我已经提出了犯罪侧写并作出建议之后，我们才会开始考虑地方侦查人员提出的嫌疑人名单。

我们已经讨论了约翰·皮泽尔，据称就是“皮革围裙”；还有约瑟夫·巴内特，他曾在一段时间内和玛丽·凯利同居。我可以轻易地就排除他们俩：皮泽尔确实不在犯罪现场，而巴内特没有作案动机。那么，还有其他什么人可能是嫌疑犯呢？

随着时间的流逝，随着来自世界各地越来越多的人对这个案件感兴趣并最终沉迷其中，人们提出了许多犯罪嫌疑人。人们调查开膛手杰克的身份，似乎就像调查谁是莎士比亚戏剧的“真正”作者一样，已经变成了一种罗夏测验①，它更多地揭示了观察者自己的主观想法，而没有揭示作为被观察者的罪犯到底为谁。我们可以看看以下种种说法。

埃迪王子

或许最令人着迷的说法是嫌疑人是阿尔伯特·维克多·克里斯蒂安·爱德华王子，也即克拉伦斯和阿万代尔公爵，他是阿尔伯特·爱德华，也就是威尔士王子（后来成为爱德华七世）的儿子、维多利亚女王的孙子。我的意思是，难道有比嫌疑人来自世界上最高贵、最强大家族这一猜想更引人侧目的东西吗？我可以告诉你，在花了二十五年的时间侦查和追踪最卑劣的罪犯之后，如果一个地方警察告诉我嫌疑人是类似于爱德华王子这样的一个人，这还是会立即抓住我的注意力。我要在这里指出的是，在实际的开膛手杰克调查中，这种说法从没有出现过。实际上，这种说法直到二十世纪六十年代才浮出水面，所以我对之可谓满腹狐疑。

二十八岁的爱德华王子被人称作“埃迪王子”，是王位的第二继承人。根据此种说法，埃迪王子可绝算不上什么汉诺威家族中最聪明、最优秀的代表，他因为生活放荡并且一度在白教堂地区和烟花女子鬼混而得了梅毒，这影响了他的脑子。痴呆症致使他杀害这些妇女，权当打猎。而作为一个猎鹿高手，他懂得如何肢解他的猎物。在白金汉宫的特务们知道发生了什么之后，他们将他交由皇家医生威廉·高尔监督，直到他于 1892

---

① 得名于二十世纪中叶瑞士心理学家罗夏。——译者

年 1 月死于肺炎为止。另外一种说法是，要么高尔实际上是自行将他处死了，要么就是在他的指挥下对王子实行了“安乐死”，因为王子对于女王来说是一个极大的累赘。他的未婚妻玛丽公主后来被许配给了埃迪王子的弟弟。后来，这对夫妇就成了历史上的乔治五世国王和玛丽皇后。这个故事的另外一个版本是，埃迪王子经常光顾伦敦东区的同性恋妓院，并进行了相关谋杀，以发泄他对妇女的疯狂仇恨和惧怕。

还有第三种说法，这从许多方面来说都是最有趣的一种。这种说法认为，埃迪王子秘密和安妮·伊丽莎白·克卢克结婚了，并且生了个女婴。由于安妮不仅出身寒门，而且是一个天主教徒（根据法律，皇室成员不能和英格兰国教之外的人联姻，否则他们就必须抛弃自己的身份、放弃自己的王位继承权），这可是一个超级大丑闻，可能会撼动整个王室的根基。女王的特务就将安妮抓起来，将她偷偷地关在一个疯人院（那里有谁会相信如此身份卑微的女子是威尔士王子的儿媳呢？），他们认为一切都已经搞定了。

但是出现了一点意外，事情往往如此。带婴儿的女佣玛丽·简·凯利将这件事泄露给了她的朋友玻莉·尼科尔斯、安妮·查普曼、莉茨·斯特莱德和凯特·艾多思，并以此要挟敲诈英国政府。因此，就有必要将所有这些人都杀死，好让一切都无声无息地过去。这里威廉·高尔爵士又出现了。他的责任是（显然他有医学知识）和一个马车司机及随从到东区去，找到这些女人，然后将她们一一杀死。高尔是共济会会员，他使用了惩罚三朱伯的宗教仪式来警告其他人不要干涉。

好了，这个“埃迪王子理论”问题可不少。其一（这个问题和犯罪侧写没有任何关系），根据证人描述、事无巨细的皇室日志以及宫廷文件，王子当时都不在现场。当然，王子避开人们的注意溜出来也是可能的，但是当有几十个甚至几百个人看着他时，这种可能性绝对微乎其微。

其二，即使不考虑没有任何当代或历史证据支持此种认为王子就是嫌疑人的说法，问题还是存在：在犯下了这些罪行，特别是在对玛丽·简·凯利进行了疯狂屠杀之后，有哪个人还能够与其他人相对正常地交往呢？他杀人的事一定会被某些人注意到的，世上没有不透风的墙。犯下这些罪行的人，是一个不知道如何与妇女交往的人，而不论阿尔伯特·爱德华王子个人的身体障碍或品格缺陷是什么，他肯定受了比较好的训练，能够体面地和妇女交往。此外，在我看来，这些犯罪都是一个无条理的、偏执狂的人犯下的。几乎无法想象，杀人犯，特别是如果他是爱德华王子的话，会不顾被人认出来的高度危险，计划好跑到一个不熟悉的地方去杀害并肢解他从未遇到过的妇女。同样的推理也适用于高尔医生；此外，他当时已经七十多岁了，并且曾经中风。

我们在刑事犯罪学中经常会碰到种种认为相关犯罪是某某人的阴谋的说法，而只要人们对开膛手杰克连环谋杀案还有兴趣，此种皇室阴谋的说法可能还会引起人们的兴趣。说这些谋杀案是一场阴谋确实是够引人入胜的。它们可以解释为什么这些谋杀是没有什么具体目的的，它们也符合俗套。例如，当我们说美国总统，这个世界上最有权力的人之一，之所以被人谋杀然后历史因之而改变，是因某个邪恶而强大的团体的阴谋之故。比起说他是被某个孤僻的、有人格缺陷的、认为自己没有什么前途，于是认为有必要靠刺杀总统作最后一搏以获得个人声名的偏执狂谋杀的，要更刺激、更吸引人。

但是如果你要对你提出的阴谋说法做出各种牵强的解释，才能使所有细节及它们之间的联系显得似乎是那么回事，那么此种说法就可能不是真实的。即使简单的阴谋也很难完成。想犯罪的人是不会如此缜密地、一步一步地思考如何犯罪的。

法兰西斯·汤姆伯蒂医生

法兰西斯·汤姆伯蒂医生于十九世纪三十年代出生在爱尔兰的一个穷人家庭，是十一个孩子中最年幼的一个。当他还是一个小孩时，他家搬到了纽约州的罗切斯特。从很小的时候起，他就是一个精力充沛的小混混，才十几岁就开始卖黄色文学作品给在运河上旅行的人，然后师从罗切斯特市一个声名狼藉的药剂师学习医药。之后，他从底特律市开始四处闯荡，自称为“草药医生”。不知何故，他成功地让许多人听信了他的大话，因此生活得颇为志得意满。当有关当局认定他为一个江湖骗子时，他就从一座城市搬到另外一座城市继续行骗。

后来他还开始穿非常精细的军装。在美国内战期间，他搬到了华盛顿特区。在那里，他宣称自己是军医，还是亚伯拉罕·林肯总统和尤利西斯·格兰特将军的朋友。战争结束后，他在美国各地旅行，不时地惹上法律上的麻烦。他的个人生活完全不为人知，尽管他是个外向的、夸张的家伙。有一次另外一个男子曾告他性侵犯。认识他的许多人都说他不喜欢女人，总是避开她们。

1888 年 11 月 7 日，他被伦敦都市警察局逮捕，因为他自 7 月份起连续以武力和武器极不体面地侵犯了四个男子，这引起了都市警察局的注意。在等候审判的过程中，他弃保潜逃到法国，然后又以假名弗兰克·唐森潜回美国。当他回到美国时，美国报纸已经发表了相关传言：伦敦警察怀疑他就是开膛手杰克。当参与开膛手杰克案件调查的沃尔特·安德鲁斯巡官被派到纽约时，汤姆伯蒂就立即逃离了纽约市，这使得有不少人相信了此种传言。据称，苏格兰场曾经要求他提供笔迹样本，他马上就消失得无影无踪，然后又出现在罗切斯特，和他姐姐住一起。1903 年他死在圣路易斯市。他那可观的遗产分给了许多侄子、侄女以及几个慈善组织。讣告中还提到他曾经是开膛手杰克案件的嫌疑人之一。在他的个人物品中，发现了几个人体子宫。

尽管这些发现很有趣，尽管当他离开英格兰时谋杀也突然停止了，尽管当时有关他的种种揣测满天飞舞，我还是不认为汤姆伯蒂是一个需要认真考虑的嫌疑人。没错，他确实是个同性恋者，但是我不认为他会有毁灭性地杀害并肢解异性的强烈欲望和疯狂精神状态。我还认为，不会有什么人在杀害了凯利之后，还能够像汤姆伯蒂一样继续正常生活，却再也没有展现出什么堕落的迹象。汤姆伯蒂是一个骗子，完全与我们要寻找的无名凶手相反。四处欺骗、四处逃亡的生活表明，汤姆伯蒂是一个有条理的、聪明的人。而正如我所指出的，我认为真正的开膛手杰克是一种不会寻求个人曝光的人，而这一点又与汤姆伯蒂恰恰相反。并且，所有迹象都表明，凯利谋杀案发生之时，他还处在警方的监禁之下。

塞沃林·克罗索斯基和内尔·克雷姆

塞沃林·克罗索斯基出生在波兰，他在那里当过外科医生的学徒，于1887 年来到英格兰。他开始时做理发师和美容师，最后在白教堂路和乔治场之间拐角处的一个地下室商店工作。但是有证据证明他是在 1890 年才在那里工作的，这已经是凯利谋杀案之后的事情了。之所以成为嫌疑人，是因为他靠近谋杀案现场，并且在 1895 年到 1901 年之间，那时他自称乔治·查普曼（取自和他同居的那个女人的名字，碰巧和第二个被害人安妮·查普曼之间有共同之处），连续毒死了与他结婚的三名妇女。他遭到指控、审判，被判有罪，最后于 1903 年 4 月被处以绞刑。当时留下的某些证据表明，亚柏林巡官认为克罗索斯基（或称查普曼）就是开膛手杰克。

同样，我们可以迅速排除他的作案嫌疑。他根本就不怎么符合目击证人的描述。是的，他确实住在那片地区，并且由于受了相关训练，他了解人体的内部构造。但是当谋杀案突然停止时，他还住在附近，继续他的买卖。他与数个女人建立了关系，而我认为开膛手杰克本人是不可能会这样的。他也有足够的条理性，连续与三个女人结婚并将她们分别杀死，尽管从技术层面上来说他可能并不是真的与她们之中的任何一个结婚，但谋财动机在这里似乎也完全扯不上什么关系。并且，没有哪个人会在砍死五六个女人后，又在不为人注意的情况下卑微地生活了十年，之后又重操杀人旧业，连续毒死自己的三个妻子。投毒犯就像爆炸犯一样，是所有谋杀犯中最胆小、最孤僻的。

现实生活中不可能有这样的人。

我们还可以根据类似的理由来排除其他被怀疑为嫌疑人的投毒者。这些人中最引人注目的或许就是内尔 · 克雷姆医生了。他在多变的一生中也曾经纵火、敲诈勒索以及进行非法流产手术。他因为用“士的宁”[①]毒死了四个伦敦妓女而于 1892 年被判有罪。现在你明白为什么他的名字也会出现在开膛手杰克案件的嫌疑人名单上了吧。

据称，在绞刑架上，当马上要被绞死时，他曾大喊“我是杰克……”这时他脚下的活动板已经移开了。

尽管这句话确实搅得人心急火燎的，但是要说克雷姆是开膛手杰克，

① 又称马钱子碱，一种剧毒药物。——译者

就需要解决一个现实的问题。据记载，他于 1881 年 11 月到 1891 年 7 月之间，被关押在乔利耶市的伊利诺伊州立监狱中。因此，由于被关押，他根本就不可能出现在犯罪现场。

詹姆斯·梅布里克

从 1993 年起，对开膛手杰克的真实身份进行调查的任何人都要努力对付詹姆斯·梅布里克是杰克本人的可能性这一问题。尽管在那之前，他从来没有被认为是嫌疑人，但在当年，一本题为《开膛手杰克的日记》的书出版了。

这本书的目的是要描述一个成功的利物浦棉花经纪商，作为白教堂连环谋杀案的真凶，是如何过着一种不为人知的秘密生活的。还有另外一件事情使得梅布里克成为引人注目的所在。据称他本人也是砒霜谋杀的牺牲品，而他那美丽的美国妻子因此遭受了审判，最后被判有罪，险些就没有逃脱绞刑架之苦。

1887 年，梅布里克和来自南方的美女弗洛伦斯·伊丽莎白·钱德勒的婚姻已经摇摇欲坠了。他有一个情妇，他妻子也有一个情人。当时他的生意也在走下坡路，为了惩罚妻子对他的不忠，他开始不断打她。他患有忧郁症，于是用砒霜给自己治疗——用砒霜部分是为了他的健康，另外也是一种性兴奋剂。

1889 年 4 月，梅布里克病倒了，最后于 5 月 11 日死亡。弗洛莉（弗洛伦斯的昵称）成了嫌疑人，因为在她的房间内发现了一包砒霜，并且人们发现詹姆斯已经变更了他的遗嘱，不让她继承财产。梅布里克的尸体里面确实有砒霜，但是由于他多年来一直用砒霜给自己治病，因此谁能说得清他体内的砒霜到底是如何出现的呢？即使这样，弗洛莉还是遭到审判。

审判法官是詹姆斯·史迪芬爵士，他的儿子詹姆斯·肯尼斯·史迪芬是埃迪王子在剑桥的家庭教师，也成了开膛手杰克案的次要嫌疑人之一，这部分是因为他创作的诗歌表明他对妇女的一种极端严重的、偏执狂般的仇恨。在审判到来时，史迪芬法官已经有点年迈不堪了。并且，根据大部分人的说法，他把审判程序完全搞错了。在弗洛莉被判有罪之后，他判了她死刑。后来弗洛莉得到减刑，在狱中服刑十五年后被释放了。她于1904年回到美国，直至1941年去世。

支持詹姆斯·梅布里克就是开膛手杰克本人的证据是一篇六十三页的日记。这篇日记写在维多利亚时代一本相册中的相页上。1991年，利物浦废金属商人麦克尔·巴雷特的酒友托尼·德弗罗将这本相册交给了他。德弗罗在那之后不久就去世了，并且根据巴雷特自己的说法，他对日记来源知之甚少。

日记作者并没有说他是梅布里克，但是日记中提及的许多东西表明作者就是梅布里克本人。《开膛手杰克的日记》这本书中就有该日记的照片，附有作家谢利·哈里森的详细背景介绍和评论，是这本书的英国出版商将哈里森拉入出版计划的。当这本书面世时，广告大肆吹嘘说："世界上最大的谋杀疑案终于真相大白了！"

通过哈里森和其他人的帮助，日记交给许多笔迹专家、墨水和纸张专家、历史学家进行了鉴定，但是没有什么定论。有些人说日记确实是那个年代的，其他人则宣称日记是精心伪造的。日记中的笔迹和梅布里克其他一些为人所知的笔迹样本都不同，但是有些据称是专家的人认为这不是什么大问题，因为作者很明显有多重病态人格，他可能有多种不同的书写风格。我认为日记是伪造的，但是让我们接着看下去吧。

日记的基本主题是，作者对自己妻子的不忠非常伤心、愤怒，因此就干下了那一系列的谋杀案，因为他认为妻子简直就是个妓女。他不能杀她，因此他通过杀戮真正的妓女来发泄心中的怒火。作为一个著名的利物浦商人，他不可能在自己家周围作案，因此他就在商务出差过程中到其他某个地方作案。由于他经常在利物浦的白教堂大街上做生意，因此选择了伦敦的白教堂大街作案。还有人提出了极奇特的说法，说杰克这个名字是取自詹姆斯（James）的前两个字母和梅布里克（Maybrick）的后两个字母。

最后一段是这样的：

我在这里署下世人皆知的名字，历史会告诉你们，爱能对一个生来温存的男人带来什么样的影响。

您诚挚的

开膛手杰克

1889年5月3日

首先，如果你相信我的话：爱确实能让许多事情发生在一个温存的男士身上，但是开膛手杰克的所作所为却不属此列。

有许多证据表明这本日记是伪造的。有证据表明，日记是分几次就写完的，而不是像真正的日记那样断断续续地完成的。苏格兰场的一个专家认为日记中的许多花体字是在写完之后添上去的，好让日记看起来确实是维多利亚时代的遗物。在该书出版前被召集来对日记进行鉴定的专家之一马丁·费多就发现，日记中出现了二十多处年代日期错误。有些部分似乎是根据报纸的报道写出来的，而不是根据后来为人所知的实际犯罪情况写出来的。

并且，还有其他一些与犯罪现场有关的问题。作者提到他在米德尔塞克斯大街（或称衬裙巷）上有一个藏身处。但是，杀害凯瑟琳·艾多思的凶手在逃避警察追捕时，从米特广场逃离，途经米德尔塞克斯大街，然后将布满血迹的围裙碎片扔在格尔思顿大街，之后又返回米德尔塞克斯大街，这可能吗？这看起来似乎不合理。

更重要的是，一个五十岁的、有家有孩子并且也不反社会的男人，怎么会突然之间就变成了一个无条理型的连环杀手呢？这绝不可能。如果经过深思熟虑之后决定要通过杀死妓女来发泄对妻子的怨恨，并且必须在出差旅行时于另外一个城市谋杀妓女；在那里他会隐藏起来，只在夜间攻击妓女，将她们撕裂，然后回到他自己原来的世界和家中；任何作出此种计划的人，都不可能是一个无条理型的杀人犯。实际上，我从没有见到过比这种计划更有条理的了。任何做出此种详尽计划的人，对女性都不可能有这样疯狂的仇恨。而正如我们在提到其他嫌疑人，比如约瑟夫·巴内特时所说的，即使他在对女性有疯狂仇恨的情况下能制订详细的杀害女性计划，那么他也不可能重新回到正常的生活轨道，并且也不可能说之后任何人都没有注意到他有些什么异常。

我看过许多连环杀人犯写的日记和文字记录。这份日记中引人注目的不是它出现了什么错误，而是它未能真正揭示什么东西。李·哈维·奥斯瓦尔德、瑟罕·瑟罕和阿瑟·布莱默（只需提这三个人就足够了）都做了大量记录，极为详细地介绍了具体细节。如果这份日记确实是真实的话，我认为它肯定会更清楚地说明相关犯罪或犯罪方法，但它却没有。在真正的杀手日记中，我们应当可以看到作者详细地说明自己的病态观念，而不仅仅是像这份日记一样，只是在那里简单地、捶胸顿足地为他杀害这些妇女找了一个借口。梅布里克日记中，所有这些都看不到，因此应当被认定是精心伪造的。

警方所知几何

我们本可以详细介绍更多的嫌疑人，实际上有几十个呢。但是这些所谓某某人是嫌疑人的说法都不值得认真一书，因为它们没有提供什么有助于调查该案的新信息，因此不必为它们浪费太多纸张。

那么，杰克难道真的是一个这么难以捉摸、极端聪明的犯罪天才吗？实际上不是。他熟悉他作案的地方，并且他很幸运。底层妓女们喜爱黑暗角落和狭暗胡同，因为她们没有什么室内的场所好与客人完成性交易。而这样的地方正好是极有利于像杰克这样的罪犯的。

现在，让我们来看看警方认为是嫌疑人的那些人。同时，我还会根据警方留下的行为证据，对警方采取的行动进行简单勾勒。

最后，对杰克的身份到底为何，警方是否有什么好的想法呢？他们可能确实有。

事实上，在玛丽·简·凯利谋杀案之后，警方花费了大量人力物力的侦查行动马上就减弱了，比前面谋杀案后警方行动的力度要小许多。我们已经提到，警方处在极大的压力之下，受到大众和媒体的广泛批评和谴责。他们减少在白教堂地区的警力，难道不怕又出现一个类似的谋杀案吗？如果了解官僚和公务员们是如何对外界压力做出反应的话，你就很难想象他们为什么这么快减少在白教堂地区的警力。因此，我们可以这样推断，他们当时有理由相信，尽管杀人犯还没有抓获，还没有交付正义审判，但是恐怖时期已经结束了。

那么，苏格兰场可能知道了什么，或者至少他们认为自己知道了什么？

我们借助于三个主要资源来解决这个问题：麦克诺登备忘录、罗伯特·安德森博士（爵士）的一九一〇年回忆录《我的官场生涯的另一面》；以及所谓的“斯文森旁注”，实际上是苏格兰场的警察局长唐纳德·萨塞兰·斯文森在他收藏的安德森所写的那本书中亲笔写下的评论。1987年马丁·费多的书《犯罪、侦查和开膛手杰克之死》出版后，他家的后人才将之发表出来。

梅尔维尔·莱斯利·麦克诺登爵士是负责苏格兰场的刑事调查局的助理专员，他是在1889年以助理警察局长的身份进入苏格兰场的。因此，我们必须指出他的信息可能不是第一手的，尽管他可能获得所有重要信息。备忘录是在1894年写成的，包括他亲笔写下的七页，它们被标记为“机密”放在文件档案中。他提到了三个可能的嫌疑人：

(1) M.J·德鲁维特，医生，出身世家，在米勒大院谋杀案之后突然失踪，其尸体于12月31日在泰晤士河中被找到（据称尸体在水中泡了有一个月之久），也就是说在谋杀案发生的七个星期后才找到。他性变态，而且从我自己掌握的信息看，我认为他的家人都觉得他就是谋杀犯杰克无疑。

(2) 考斯明斯基，波兰犹太人，白教堂区居民。这个人由于多年来沉溺于手淫而变得精神失常。他对妇女，特别是妓女有极端的仇恨，并且有很强的杀人倾向；1889年他被送到疯人院。与这个人有关的许多情况都表明，他是一个极可能的“嫌疑人”。

(3) 麦克尔·奥斯特洛格，俄罗斯医生，曾入狱，最后被当作杀人狂而被关押在疯人院中。这个人的前科简直是罄竹难书，而在连环谋杀案发生之时他是否在附近就不得而知了。

在回忆录中，罗伯特·安德森提到一个底层波兰犹太人，他没有说这个犹太人的名字，但是他提到，这个犹太人“被关押在疯人院中，唯一一个曾经看清楚谋杀犯的证人一眼就认出了他，但是当这个证人知道他也是犹太人时，就死活也不肯断言罪犯就是他了”。

安德森提到的这个目击证人可能就是约瑟夫·拉文德，也就是那个可能在米特广场入口处看到凯瑟琳·艾多思和开膛手杰克在一起的香烟商人。其中的波兰犹太人可能就是麦克诺登备忘录中提到的阿伦·考斯明斯基。

考斯明斯基是一名理发师，于1882年移民英格兰。接纳白教堂地区大部分精神病人的科尔尼·海奇疯人院的记录表明，他早在1885年就患上了精神病。在一八八〇年代末期，他在外面游荡，在大街上捡零碎食物吃，并且拒绝接受任何人给的食物。他从不洗澡，有一次还用一把小刀威胁他的姐姐。从1890年起，他的余生几乎就是在各个疯人院之间辗转。

在唐纳德·斯文森保留的安德森的那本书中，在谈论波兰犹太人和拒绝指认这个犹太人就是凶手的那几页旁边的空白处，唐纳德·斯文森写道：

由于嫌疑人也是犹太人，还由于他的指认会让这个犹太人被判有罪，这样证人就成了使凶手上绞架的工具了，而证人自己不想让自己内心蒙上这样的阴影。

他继续写道：

在这次身份辨认之后（嫌疑人也知道他被认出来了），伦敦就再也没有发生过此类谋杀案了。

在最后一页他写道：

犯罪嫌疑人是在滨海家园（或许是西布莱顿的警察康复中心，嫌疑人和证人被带到这里很明显是为了让他们远离伦敦公众的注意）被人指认出来的，我们当时费了很大劲才将他送到那里让人指认，而他自己也清楚他已经暴露了。

在嫌疑人返回他哥哥在白教堂区的家时，他被（伦敦市刑事调查局）警方日夜监视着。不久之后，嫌疑人的双手被捆在身后被送到斯特普尼济贫院，接着又被送到科尔尼·海奇疯人院，不久之后就死了——考斯明斯基就是犯罪嫌疑人。

其余嫌疑人

1988年我被邀请参加皮特·乌斯迪诺夫主持的电视特别节目并进行开膛手杰克案的犯罪侧写，我同意了，但条件是我只对他们提供的证据、材料和犯罪嫌疑人进行分析。他们提出来供我分析的嫌疑人有罗伯特·唐斯顿·史迪芬森，他常常被人称作罗斯林·唐斯顿医生；蒙塔格·约翰·德鲁维特和阿伦·考斯明斯基，他们是麦克诺登提到的三个嫌疑人中的两个；皇家医生威廉·高尔爵士；还有克拉伦斯公爵爱德华·阿尔伯特王子。

这五个人当中，我们目前为止还没有提到的也就是史迪芬森了。他是一个自吹自擂的骗子，宣称自己懂得巫术。当时他正好在白教堂地区，并且据称对开膛手杰克案非常感兴趣，有一次还把杰克作案过程表演了一番，让旁观者啧啧称奇。由于他深陷所谓的巫术之中，因此在犯罪过程当中有仪式化的肢解行为是很自然的。他可能也能够带着被害人到一个让他感觉安全的地方，而不是随便就在大街上某处谋杀她们。尽管也有人支持此种说法，我在他那晦暗的背景资料中没有找到什么东西能够让人怀疑他很可能就是杀人凶手。

埃迪王子和高尔，我们已经讨论过了。因此，让我们来看看剩下的其他两个：德鲁维特和考斯明斯基。 这之前让我们先来看看麦克诺登提到的第三个嫌疑人麦克尔 · 奥斯特洛格。

奥斯特洛格是一个移民，要么来自俄罗斯，要么来自波兰。他以前是个刑事犯，可能还是个医生。他太老，也太高，不符合目击证人的说法。 1887 年他被投入监狱，但当他出现了精神病症状时（可能是假装的），就被转到了苏雷贫民疯人院，然后于 1888 年被释放。由于 11 月 18 日他在巴黎因行窃而被投入监狱，因此在连环谋杀案过程中，他有段时间是不在伦敦的。 1904 年他又出现在伦敦，已经有一点瘸了，居住在圣伊莱斯基督贫民救济会中。

警方确实在关注他的行踪，并且当他在连环谋杀案期间没有按照要求到警察局报到时，警方非常担心。他时而在时而又不在精神病院可能也是麦克诺登对他感兴趣的原因之一。但是，同样地，我发现我们所知的事实中，没有哪条可以有说服力地说明他就是开膛手杰克。他的个人背景资料中也没有什么东西表明他有做出我们在这一连环谋杀案中看到的野蛮暴力的倾向。并且，尽管精神上有毛病，他看起来似乎非常有条理，也过于“头脑清楚”，不符合我们所要找的罪犯的个性。

那就让我们来看看蒙塔格·约翰·德鲁维特吧。德鲁维特之所以成为引人注意的嫌疑人之一，主要在于他的死亡时间。1888 年 12 月 31 日，他被人从泰晤士河中打捞起来。警方估计他在泰晤士河中的时间可能超过了一个月。他的外套被沉甸甸的石头压住了，身上有一些现金，还有他任教的布莱克希斯的一所男校发给他的两张支票。这两张支票或许是学校发给他的解雇补偿支票，因为据称他因要求与一些学生发生性关系而惹上了麻烦。尽管被人说成是医生，但实际上他是老师，当时正在努力争取做低级出庭律师。他的家族中有精神病史，还有忧郁症史。在他父亲死后，母亲进了疯人院。

长久以来，我对人们认为德鲁维特可能就是开膛手杰克本人总是感到有点诧异。除了他死得不是时候，凑巧赶上白教堂谋杀案之外，几乎没有什么东西能让他真正能和这些谋杀案联系在一起，也几乎没有人知道他和白教堂区有什么联系。他的个人背景资料中也没有证据表明他有什么暴力倾向，而一个人是不可能突然之间无缘无故地犯下我们正在讨论的此种谋杀罪行的。

但是阿伦·考斯明斯基却很可能就是谋杀案的真正凶手。他是一个有精神病史并且据称不喜欢女性的移民理发师，符合目击证人的描述、无条理的个性和警方的描述。谋杀案中的肢解行为和恶劣程度明显地逐步加剧，而玛丽·简·凯利谋杀案确实让我觉得，这就是一个处在精神崩溃边缘的人的所作所为。这不是说他会像埃德蒙·坎伯一样自首，或者自杀。相反，这表明他可能无法继续这样下去太久了。而他是如此偏执，宁愿吃街上的垃圾也不愿意接受别人给的食物，这也似乎很符合开膛手杰克的性格。

并且，他的名字也是唯一一个同时出现在上面提到的三个主要文件中的名字（尽管安德森提他时没有指明名字）。根据斯文森的说法，当考斯明斯基受到监视时，谋杀案就戛然而止了。尽管有人曾对这三个前警官的记忆提出质疑，但是没有理由认为他们三个在关键地方都搞错了。马丁·费多广泛研究了这三个人的生活和著作，他认为，罗伯特·安德森就与开膛手杰克连环谋杀案相距甚远的各种其他题材所写的东西，都很精确可信。因此我们没有理由在这里怀疑他的准确性。

我们找到的这个疑犯，是一个犹太移民，正是为白教堂区的许多居民所怀疑、害怕和厌恶的。他是犹太人这一点对进行刑事侧写或对他犯罪有什么重要影响吗？没有。开膛手杰克肯定是伦敦东区的一个贫民。当时伦敦东区的贫民中有许多都是犹太移民。每个种族和民族中都会有令人恶心的、有谋杀欲的个体。事情就是这样。

尽管考斯明斯基似乎符合我提出的行为分析，我在电视节目中还是指出，在事情过去一百年之后，我无法证实考斯明斯基就是真正的杀人凶手。我所说的只是，开膛手杰克不是阿伦·考斯明斯基，就是一个类似他这样的人。我当时确实是这么说的。

但是，在节目播出之后的多年中我发现，认定考斯明斯基还有许多问题，后来我得到了当时没有提供给我的一些信息。其一，斯文森在一个关键事实问题上犯了错误：考斯明斯基并不是在谋杀案之后不久就死掉了，实际上他在疯人院住到了 1919 年！在这段时间中，他往往很离群，但是没有什么暴力迹象，并且从没有什么迹象表明他就是开膛手杰克。我认为像开膛手杰克这样的偏执狂一定会大肆谈论他的所作所为。考斯明斯基看起来过于温顺安静，不大可能会是那种在夜间游荡找机会杀死正巧出现的被害人的野兽。

我们再来看看马丁·费多的研究。他也相信警方所称的考斯明斯基就是开膛手杰克连环谋杀疑案的答案所在。但是刚才这些让我困惑不已的问题同样也让他困惑不已。他认为安德森所描述的那个人可能确实就是个犹太人，但是安德森可能把名字记错了，因此费多全面检查了该地区内的监狱和疯人院档案。他仔细检查了所有人的名字，最后找到了一个极可能就是杰克本人的犯罪嫌疑人。

大卫·科恩是一个波兰犹太人，当时二十三岁（和考斯明斯基同岁），他当时就是在谋杀案结束之后被关入科尔尼·海奇疯人院的。他最早由警方在1888年12月12日带到白教堂医务所，当时警方“发现他四处游荡，无力照顾自己”。

与考斯明斯基不同，科恩极端反社会，处在严格监禁之下。当给他穿任何衣物时，他都会将它们撕得粉碎。他寡言少语，当开口说话时，说的是外语。疯人院值班人员认为他说的是德语。尽管我们知道他在谋杀案期间在白教堂地区，但不知道他到底住在哪里，也不知道他是否有工作。

12月28日，他生病了；1889年春天和夏天，他正处在逐步康复的过程当中，突然又病情恶化，最后于10月20日死亡。死因记录是“癫狂衰竭”。此种诊断，尽管根据现代标准显得极为粗糙，但还是很符合我所提出来的行为分析。玛丽·简·凯利的杀手当时就处在精神崩溃的边缘。

记录上他的地址是莱曼大街八十六号，这不大可能，因为这是新教徒男孩俱乐部的地址。然而，费多马上就研究发现，莱曼大街八十四号是“无家可归犹太人临时住所”，看起来他住在八十四号，这在逻辑上也是很可能的。但是这个临时住所只让刚刚到达英国的移民住上两周。被犹太同胞们带入这个临时住所的犹太移民，在登记之后往往都被安排到某个传统的犹太行业中，不是裁缝就是鞋匠。科恩当时被登记成裁缝，但是他很可能是一个鞋匠。由于当时人们根据皮革围裙推测杀人犯是个鞋匠，这足以使得他改变自己的行业登记，以保护自己。

将莱曼大街八十四号错说成莱曼大街八十六号，这让人觉得很正常，但是怎么会把考斯明斯基和科恩搞混呢？在费多看来，有一种解释是合理的。科恩不过是一个类似约翰·杜伊[①]之类的姓，英国人当时记录犹太移民的名字时，如果他们的真实姓名很难发音或拼写的话，他们就用科恩来表示他们的姓。因此，伦敦市警方在追踪考斯明斯基，但是苏格兰场却在追踪科恩，这是完全可能的。苏格兰场只知道他们追踪的人已经死了，但是却并不知道他的真实名字。

另外一个被称为纳森·卡明斯基的家伙则把这件事情搞得更加复杂了。他是一个犹太移民，靴匠，和考斯明斯基、科恩的年龄及基本情况相仿。在谋杀案发生之前，他在一家济贫院医务所治疗梅毒，然后突然就毫无理由地在记录上消失了。他住在开膛手杰克的第一舒适区域的中心。没有他的死亡记录。

因此，我认为，不同的警官和机构把这三个有精神疾病记录的波兰犹太移民搞混了，这是完全有可能的。我没有十分重视人们提出的这些谋杀案是一场精心安排的阴谋和丑闻掩饰行动的观点，但是我看到许多愚蠢的官僚做派的人十分着迷于此种说法。他们三个之间共同之处是什么，并且到底谁更符合白教堂谋杀犯的行为特征呢？

正如我们已经看到的，在这么多年过去以后，我们不大可能确定谁是真正的凶手，但是此类罪犯的相关行为证据非常丰富，也催人深思。因此，我现在已经可以说开膛手杰克要么就是警方所知的大卫·科恩……或者是某个非常像他的人。

---

① 约翰·杜伊在英语中实际是指“某人、某某”。——译者

第二章

丽兹·伯登

丽兹·伯登拿起斧头
给了她母亲四十下
当她看到自己做了些什么以后
她又给了她父亲四十一下

这就是十九世纪美国最臭名昭著的谋杀案被人们记住的主要方式。但是如果这个非常凄惨的歌谣的无名作者们是负责任而且讲究真实的人的话，他们就会在一定程度上牺牲悦耳动听的歌词，将它们改成更能反映这个未正式破案的案件已知事实的样子：

一个无名罪犯拿起了一把手斧
给了丽兹·伯登的继母十九下
九十分钟后

他或她又给了伯登的父亲一十又一下

第一下就已经致命了，另外十下则是彻底的过度杀戮行为。但是正如我们将会看到的，在行为学上来说此种过度杀戮和我们在白教堂连环谋杀案中看到的情况不属一个类型。

那么，这宗光天化日的谋杀案，这宗发生在工业革命鼎盛时期的美国新英格兰地区一座虽小却繁荣的城镇的谋杀案，不仅让新英格兰震惊，而且像四年前发生的开膛手杰克连环谋杀案一样，在几天之内就让整个美国乃至全世界都不安的谋杀案，到底是怎么一回事呢？首先，这位正常的、富裕的妇女以前从未被控犯有残酷地杀人致死的罪行。如果白教堂谋杀案揭示的是，在一个自信而自足的社会中，由于邪恶人士的存在，可能会偶然出现一些残暴和丧失良心的行为的话，那么这里的这个案件揭示的则是，在看起来似乎正常的家庭中，暴力犯罪可能也潜伏左右，而这可能意味着更为复杂的、严重的良心丧失。

这里我很难不提及同样有趣、同样离奇的另外一宗没有正式破案的、据称也是家庭内谋杀的案件。这宗案件发生在一百零二年之后，也就是 1994 年：当时尼科尔·布朗·辛普森和罗纳德·戈德曼死在前者在洛杉矶市布伦特伍德区的公寓外边，那里离丽兹·伯登案发生地相隔有一整块大陆之遥。两个案件中的被告都是形象正直的、富裕的、社区栋梁式的人物，他们都得到了钱所能买到的最好的律师团的辩护。律师团都竭力宣称，被告没有犯下用在现场没有发现的刀具残酷杀害一男一女的罪行，并且两个被告身上也都几乎没有发现任何血迹。两个案件都悬赏可观，希望有人能够提供与杀人凶手有关的信息，而最后也都没有人获得悬赏。并且在两个案件中，整个世界都注意着审判过程中说出的每一个字眼，但在审判过程当中，被告都选择了沉默不语。事实上，两个被告在公开审判中所说的话不过就是简单地宣称他们无罪。

全世界的人们都在问，一个富裕的、著名的、英俊的和魅力十足的前橄榄球明星，怎么能够在一时的杀人怒气中，将前妻和另外一个无辜的旁观者残酷杀死，他们实际上在重复着一个世纪以前人们问过的类似问题：

一个娴静的、彬彬有礼的、富裕的前主日学校[①]教师，一个活跃在教堂和慈善机构之中而且是“女性基督徒节欲联盟”的著名成员的人，怎么可能是魔鬼呢？

这个问题，尽管两个案件之间有种种不同，但还是在两个案件相隔的一百多年间，不断地有人提出来。从许多方面来看，这个问题就是刑事行为学的核心所在。

秋河市伯登家

先让我们从没有什么争议的事实开始吧。

1892 年 8 月 2 日，星期四，温暖潮湿的早晨，马萨诸塞州秋河市警察局长陆福斯 · B · 西利雅得接到了中心警察局打来的紧急电话。是报刊经销商约翰 · 康宁汉打来的。康宁汉当时在霍尔马房，他看到亚德来德 · 邱吉尔女士发疯似地跑到她的马车司机汤姆跟前，叫汤姆去找一个医生来。她的邻居安德鲁 · 伯登，该市最富裕、最知名的市民之一，在他第二街上住所内的客厅里遭到了凶残的攻击。当她看到康宁汉之后，说了声请帮忙打电话报警。

① 指星期日对儿童进行宗教教育的学校。——译者

康宁汉于是打电话报了警，但是，这是在他打电话给《秋河市环球报》好让他们得到独家新闻之后的事情了。

伯登家有四个成员：安德鲁·杰克逊·伯登，该市最著名的商人之一，年届七十；他的第二任妻子，雅比·德尔菲·戈莱迪·伯登，六十四岁；还有安德鲁与他已经去世的前妻萨拉·安东尼·摩尔斯·伯登生下的两个已经成年的女儿，四十一岁的艾玛·勒诺拉和三十二岁的丽兹·安德鲁。另外还有一个与他们同住的女佣，二十六岁的爱尔兰移民布里奇特·苏利文，她住在安德鲁家已经有两年多了。

1890年，秋河市有八万人口，是世界上生产棉纺织品最多的城市。如果有哪个人的名字可以和秋河市的起源和繁荣联系在一起的话，那就是伯登。尽管安德鲁·伯登被与建立秋河市并且到了第三代还在享受着富裕生活的伯登家族联系在一起，但他不过是这个富裕家族的远房堂兄，他是在没有享受到该家族的任何权势的情况下长大的。他的祖父是最初成功创业的伯登诸兄弟中的一个，而他父亲则一事无成。安德鲁所有的一切（他可拥有不少），都是他自己白手起家得来的。开始时是做棺材，然后自己开办了殡葬企业，并将企业利润投资在房地产、银行和制造业之中。现在，高大、清瘦、白发苍苍、满脸胡须，而且不论天气如何几乎总是穿着很厚的黑色套装的安德鲁·伯登，是联合储蓄银行的主席，商业制造公司、BMC德尔菲安全储蓄和信托公司、环球纱纺厂、特洛伊棉纱纺织厂的董事，数个农场的主人。到了1892年，他的个人财富据估计已经达到了五十万美元之巨，这在当时可是一笔巨大的财富。

或许由于完全都是靠个人奋斗出来的缘故，安德鲁以公平、顽强和精明著称。在个人生活中，他极端节俭，从来不用什么当时即使比他财富少得多的人都在尽情享有的奢侈品，比如电和室内抽水马桶。他在第二街九十二号普通的两层楼房地下室有厕所，卧室中则有便桶，每天早上都要倒空它们。根据所有可获得的研究材料看，安德鲁从来没有什么幽默感，他不觉得有什么理由要进行此类逗乐，这让他两个女儿感觉很沮丧，因为她们认为父亲那过分节俭的生活方式使得她们在社会上取得成功的机会很少。

在案发当天的早晨，艾玛离开家去费尔海文探望朋友，那里离秋河市大约有十五英里远。但是家里当时有一个人过夜，他是约翰·文尼卡姆·摩尔斯，五十九岁，是安德鲁已经去世的妻子的弟弟。他在衣阿华州住了二十年，但是三年前搬回了东北部，住在南达特茅斯市。他是8月3日星期三下午到达的，然后就离开家到安德鲁在斯湾溪的一个农场上去了。通常来说，农场中的鸡蛋是由农场承包人在星期四带给他的。但是，星期三晚上，摩尔斯把每周都要由承包人送来的鸡蛋带回来了。接下来，摩尔斯明显是在和他的前姐夫谈论一些商业上的细节。尽管有人说他们谈到了安德鲁想立一份遗嘱，但是在这一点上没有什么书面记录。

伯登家的气氛通常都很阴沉严峻，而那个星期三可能格外不快。早上七点钟，雅比跑到街对面的锡伯里·沃伦·博文医生那里去，说她和安德鲁昨天晚上感觉胃极不舒服，而且呕吐得厉害，她担心有什么人想毒害他们。在快速进行检查之后，博文医生告诉她说没什么要紧的，然后就打发她回家了。在上午晚些时候，为了确认一下他们的病情如何，博文医生来到伯登府上。安德鲁很不耐烦地说，他没有生病，并且他不想接待什么事先没安排好的商业拜访。由于就像在其他事情上一样，安德鲁在饮食上极端节约，因此胃肠不适可能是因为吃了家里已经连续几餐都在吃的炖羊肉的缘故，而当时天气是很暖和的。布里奇特也有同样的症状，认为炖羊肉肯定已经坏了，但是安德鲁不让她倒掉。

星期四，约翰·摩尔斯与安德鲁和雅比共进早餐。丽兹没有和他们一起吃饭，她通常都是如此。尽管还住在这间小屋子内，但丽兹很少和父亲及继母一块吃饭。摩尔斯大约是在早上八点四十的时候离开的，在邮局逗留了片刻，然后就到城里看望其他亲戚了，也就是去艾莫里家了。爱莫里夫妇后来说，从上午九点四十分到上午十一点二十分，摩尔斯都和他们在一起，并且根据他们的印象，在摩尔斯离开他们之后，他应当是取道新贝德弗德回家的。

雅比让布里奇特去擦洗所有的窗户，里外都得擦。这在任何一个炎热的夏天都是一件可怕的工作。而且，这天早上对布里奇特来说尤其困难，因为她早上烧了早饭，在早饭后刚刚清理好桌子，还感觉很不舒服。大约上午九点钟，她只能暂时停下手头的活，跑到屋外的院子中呕吐了一顿。

几分钟之后，安德鲁上班去了。邱吉尔太太，住在他家北边的邻居，看到他离开。布里奇特还在后院中呕吐，雅比则在楼上整理约翰·摩尔斯住过的那个房间。当布里奇特回到屋里时，她听到雅比和丽兹在餐厅里谈话。

在一个他名下的正在改造的商店里，安德鲁·伯登告诉木工，他感觉不舒服，马上要回家。他回到家时大约上午十点四十分。他用钥匙开前门，但是发现里面被闩上了，这在白天来说是不正常的。因此他就敲了门，是布里奇特过来把门打开的。她费了好大劲才把门闩打开，当时正站在楼梯上的丽兹还嘲笑她没用，连门闩都打不开。

安德鲁身上带了一个白纸包裹。我们不知道包裹里面有些什么。自从去年曾有人入室行窃，他就一直用钥匙把他和雅比的卧室锁起来。他拿了放在壁炉架上的钥匙，从后楼梯到楼上去。当安德鲁回到楼下时，丽兹告诉他，伯登太太（一段时间以来她突然不叫她“妈妈”了）收到一张生病的朋友递来的纸条，已经出去了。安德鲁坐在客厅中的长沙发椅上打个盹，当时他还是像平常一样戴着领带、穿着西服，双脚放在地毯上。

为了不打扰他，布里奇特就到餐厅里面去，开始擦那里的窗户。丽兹来到餐厅里，手上拿着一块烫衣板，在放置妥当之后，她就开始烫手帕了。

“麦姬，你今天出去吗？”丽兹问道。丽兹和艾玛都以“麦姬”来称呼布里奇特，麦姬是安德鲁家前女佣的名字。很明显，习惯是很难改变的。安德鲁和雅比则叫她布里奇特。

布里奇特回答道：“我不知道。我可能出去，也可能不出去。我感觉不是很舒服。”

“如果你出去的话，请一定要记着把门锁上，因为伯登太太去看望一个生病的朋友了，而我可能也要出去。”

“丽兹小姐，谁生病了？”布里奇特问道。

“我不知道。她今天早上收到了一张纸条。她可能去城里了。”

布里奇特觉得有点古怪，因为害羞、不美、矮小、肥胖的雅比每次打算出去时都要和布里奇特说的，而且雅比也很少出门。但是布里奇特还是接受了丽兹的说法。

当布里奇特擦完了餐厅的窗户时，丽兹对她说道：“今天下午在萨简特商店有布料甩卖，八分钱一码。”

这让布里奇特感觉兴奋，她回答说：“那我可要去买一点。”然后她就留下丽兹一个人在餐厅中烫手帕，上楼到自己阁楼的房间中休息一会儿，希望能够感觉好一些。她没有脱鞋就躺在床上。天太热，不大可能睡得太沉，但是她开始打瞌睡，直到听到市政厅的大钟敲了十一下。她在床上又躺了几分钟。

这时她听到丽兹在楼下大声喊道：“麦姬，下楼来！”

“怎么了？”布里奇特问道。

“赶快下来！父亲死了！有人闯进来把父亲杀死了！”

布里奇特赶紧起床，冲下两层楼梯。当她想进入安德鲁打盹小睡的起居室时，丽兹说道：“哦，麦姬，不要进去！”之后丽兹就告诉布里奇特去把博文医生找来。

犯罪现场

亚德来德·邱吉尔太太买完蔬菜正在回家的路上，这时她看到布里奇特·苏利文从锡伯里·博文医生在街对面的房子处徒劳无获地冲回来。她把包裹放下，往伯登家那里跑去，她很害怕布里奇特的行动意味着某个人病得非常严重了。丽兹当时正站在房子旁边的纱门后面，似乎满眼迷茫。邱吉尔太太向她喊道：“丽兹，怎么了？”

“哦，邱吉尔太太，”丽兹答道，“赶快过来！有人把父亲杀死了！”

邱吉尔太太绕过篱笆，冲到丽兹跟前。“你父亲在哪里？”她问了好几次，丽兹才答道：

“在客厅里。”

邱吉尔太太跑进客厅，看到了血迹遍布的现场。当她几分钟之后出来时，她问丽兹当谋杀发生时她在哪里。

丽兹回答说她在屋后面的谷仓中，她到那里去找一些铁，好在马上就要到来的旅行中用来做钓线上的坠子。当她听到有动静时，就出来了，看见纱门洞开。

“你母亲呢？”邱吉尔问道。

丽兹回答说：“我不知道。她早上得到一张纸条，去看她一个生病的朋友去了。但是我不清楚，或许她也被杀死了，因为我觉得我似乎听到她回来。”然后她接着说道，“父亲一定有什么敌人，我们都病了，我们认为牛奶被人下了毒。我必须去看医生。”

这个时候，亚德来德·邱吉尔太太自己已经动身去找博文医生了，她启动了事情此后发展的链条，执法当局因此介入此案。

当时的情况是，秋河市警察局的大部分警员都去罗得岛的落矶岬进行一年一度的野餐和吃蛤会了[①]。西利雅得派来了一个名叫乔治·W·阿伦的不太有经验的年轻警官，他是西利雅得当时手头上可以差遣的为数不多的几个人之一。

同时，博文医生来到了现场，不久之后布里奇特也回来了，她是和丽兹最好的朋友艾丽斯·鲁塞尔一起回来的。博文马上就进入客厅，他看到安德鲁·伯登的尸体。尸体在沙发上半坐半躺着，头靠在伯登仔细地叠好用作枕头的大衣上。他的靴子还在脚上，整个脸却已经面目全非了。地板上、沙发上面的墙和墙上挂着的那幅画，都溅满了血迹。但是衣着却没有被人动过，并且除了脸上之外，任何其他地方都没有受到什么明显的伤害。

屋里的人最关心的问题是雅比到底身在何处。丽兹说她出去看望她一个生病的朋友了。由于雅比的交际圈有限，因此布里奇特认为，她可能去看望的人只会是她同父异母的妹妹萨拉·怀特海德太太。布里奇特说她可以去找怀特海德太太，如果雅比和她在一起的话，只告诉她说伯登先生病得很重，她要马上赶回家，等她回家后才告诉她已经发生的可怕的一切。

丽兹再一次说，她怀疑雅比已经回来了，但是如果她真回来了的话，

① 在美国指以吃蛤为主的海滨旅行。——译者

那么她听到这么多动静之后，为什么不下楼来看看呢?“麦姬，”丽兹说道，“我几乎可以肯定我听到她回来的。你到楼上去看看吧?”

这可是布里奇特最不愿意做的事情，因为她害怕她的料想成真。她坚持说道，“我不想一个人上楼去。”

邱吉尔太太说她和布里奇特一起上楼去，她们俩就从楼梯上去了。

来到上面的时候，她们看见了雅比，脸朝下躺在客房里，膝盖顶在地上，好像是摔倒时造成的。她们俩冲下楼，发现丽兹已经躺在那里了。

艾丽斯·鲁塞尔问道：“还有另外一个人吗?”

“是的，她在楼上。”亚德来德·邱吉尔回答道。

这时警官乔治·阿伦已经到了伯登家，他看到大街上离伯登家不远处有一个名叫查尔斯·索耶的房屋油漆匠。他让索耶在房屋外守着，自己则进入房子进行调查。前门锁着，因此阿伦绕到后面，最后从屋后左边的纱门进去了。当他到达那里时，博文医生已经走了，他去发电报叫艾玛回家。

阿伦被眼前那令人毛骨悚然的场景震惊了，他马上就搜索了第一层的其他地方，然后冲回警察局将他的发现报告给局长西利雅得，留下查尔斯·索耶在屋外看守着。其他警员也回到了警察局，西利雅得派他们和阿伦一起去现场。上午十一点四十五分，七个警官来到了伯登住所，此外还有布里斯托尔县的验尸官威廉·多兰。

根据两具尸体之间的相对温度、尸体上的血迹以及对消化系统的内容物进行的检查，多兰断定安德鲁至少比雅比晚死一个小时。

安德鲁·伯登遭攻击的部位是脸部。一只眼睛被砍成两半。鼻子被砍下来了，从眼睛和鼻子到耳朵之间有十一处明显的砍伤。当他被发现时，伤口还直往外冒鲜血。尽管攻击极其凶残，但是身上的衣服却没有搞乱。

伤口是被一种锋利的、很重的工具造成的，是当他在睡觉时被人从上面攻击的。

雅比·伯登的尸检表明，她被人用一种锋利的器械砍了十九下。和她丈夫的情况一样，第一下可能就足以致她死亡了。她的头颅已经碎裂，明显也是置她丈夫于死地的同一凶器造成的。罪犯有一下没有打准，打在了她的脑后部，几乎靠近脖子的地方，削下了一块头皮。当她的尸体被发现时，血迹已经变黑、凝固了。

麦克尔·穆拉里警官问丽兹屋里可有什么手斧之类。

“有的，”她答道，“到处都是。”后来，在验尸官的追问下，她又说她不知道屋里是否有什么手斧。这不过是丽兹的回答中多个令人困惑的不一致话语的第一个而已。

布里奇特和穆拉里来到地下室，穆拉里在那里发现了四把手斧。第一把是生锈的羊角斧。第二把上面布满灰尘，似乎很少使用。第三把的斧刃则陷在灰中，斧柄只剩下了几英寸，从斧柄的木纤维来看，似乎是最近才断的。第四把上面有干了的血迹和毛发。

这时，约翰·摩尔斯回来了，因为安德鲁要他来共进午餐。他溜达到后院，从谷仓后面的树上摘了几颗梨，在那里吃了几分钟，很显然他不知道屋里所发生的一切。

警官威廉·梅得利走到谷仓那里，爬到谷仓的阁楼上。丽兹说她在这里找一些铁做钓鱼用的坠子，因为她打算在费尔海文和艾玛会合后一起去钓鱼旅行。他发现阁楼地板上布满灰尘，没有什么人最近到过的迹象。这时，博文医生已经回来了。他将丽兹带到楼上去，给她注射了溴代咖啡因，以缓解她的头痛，让她的神经镇静下来。（第二天晚上他第一次给她注射了以后还要多次给她注射镇静用的硫酸吗啡。）艾丽斯·鲁塞尔注意到，当丽兹到楼上时，她将她一直在穿的浅蓝色衣服换成了紫色和白色相间的套装。

警方发现丽兹一只鞋子的鞋掌上有一个很小的血斑点，在她的一件裙子上则发现了另外一个血斑点，直径大约十六分之一英寸。这些血斑点符合人血的特征，后来进行的实验检查表明，衣服纤维外面的血迹的浓度要比里面高。这一点是很重要的，因为丽兹解释说裙子上的血斑点是因为“被跳蚤咬”才出现的，这在当时是月经血的一种委婉说法。当时的上流社会中人们可不用“月经”这样的词汇，即使是在和警方交谈时也是如此。

下午三点钟，安德鲁和雅比·伯登夫妇的尸体被搬到餐厅内，放在像折叠桌一样的殡葬板盖上。在那里多兰医生进行了尸体解剖，而两个被害人早上还在那里吃过早餐呢。他将胃脏取下来，并捆扎好，派专人将它们送到哈佛大学化学教授爱德华·S·伍德医生那里去。

楼上，副警察局长约翰·福利特正在询问丽兹，问她是否可以提供谋杀到底是何人所为的线索。她说，几个星期以前，她父亲与一个她不认识的男子吵架。除了这个男子以外，她想不起来还会有谁了。然后福利特就直截了当地问道，她舅舅约翰·摩尔斯或者布里奇特·苏利文是否可能是杀害她父亲和母亲的凶手。她特别提醒福利特，雅比不是她母亲而是继母，然后说约翰舅舅和布里奇特都不可能是凶手。

那天晚上大约六点钟之前，艾玛从费尔海文赶回来了。伯登夫妇的尸体还在餐厅中，等待殡仪员的到来。警官菲利普·哈林顿继续询问丽兹。最后警察离开了，将房子封锁起来，以避免好奇者进入。外面已经聚集了一大帮围观者了。布里奇特和博文医生的仆人呆在一起，而艾玛和丽兹则留在屋中。约翰舅舅住在雅比被人杀死的那个客房内，艾丽斯·鲁塞尔睡在伯登夫妇的卧室里。

当晚执勤的约瑟夫·海德警官报告说，他看到丽兹和艾丽斯拿着柴油灯到地下室拿便桶。几分钟之后，丽兹自己一个人又下去了一趟。他可以看到她俯在一个水槽上，但是不知道她在做什么。

丽兹的说法

8 月 5 日，《秋河市环球报》刊登了对丽兹姑父的访谈。姑父名叫希拉姆·哈林顿，和安德鲁唯一的妹妹陆亚娜结了婚。访谈文章宣称，哈林顿前一天晚上曾经和侄女丽兹说过话，而她之所以未表现出什么伤心或激动，是因为“她天生就不怎么情绪激动”。

这可成了一个关键问题。在许多观察者看来，丽兹情绪平静，完全没有人们所想象的她热爱的父亲（如果不是她继母的话）死后本应当有的那种反应。现在，我们可以从犯罪行为分析的角度来认真研究这个因素；但我总是警惕自己不要在真空中考虑丽兹，也就是说，只注意她一个人。我这几十年来和杀人犯、被害人及他们的家庭打交道的经验表明，人们对可怖的精神创伤的反应是非常个人化的。这里情况是如此，而在我们考虑小查尔斯·林德伯格和琼贝妮特·拉姆齐案件时，情况也是如此。

我在那些亲朋丧生于暴力犯罪的人们周围出现，这是我的工作性质决定的。其中一些人，比如杰克、特鲁迪和史迪芬·科林斯、吉纳、佩姬和杰尼·施密特，他们为我们的读者所熟悉，也是我们的老朋友。我也曾经和那些因举国瞩目的案件中丧失亲人的其他一些人聊过天，也同他们呆一起，比如约翰·沃尔什和马克·克拉丝。我敢说，一个人对无法言说、无法想象的东西所作出的反应，不论其是对着天空尖叫还是完全沉默不语，都是非常私人的、内在的，因此除非你真正了解相关个人，否则仅根据此种反应就做出判断是极端危险的。因此，如果伯登谋杀案由我来办理的话，至少在现阶段，我不会过多地执迷于丽兹的情绪反应，不论是以这样还是那样的方式。

但是从刑事侦查学角度来说，确实存在几个极端有问题的地方。首先是时间问题。雅比可能大约是在上午九点三十分被人杀死的。安德鲁则在上午十一点过几分钟时死亡的。难道杀人犯在屋里逡巡了一个半小时，等待安德鲁回家？如果是这样的话，那么他身藏何处呢？房子设计陈旧，没有什么走廊，只有一些很小的壁橱。要从一个房间到另外一个房间，你必须直接从房门进去。那些家里人因隐私之故而不愿开着的门往往被锁起来了，而且还用家具顶住了。因此，难道杀人犯偷偷地听着布里奇特和丽兹或其他某个在屋里的人的动静，并且成功地使自己不被人发现达九十分钟之久？如果他的计划是要杀害年迈的伯登夫妇（似乎没有什么其他的明显动机），他为什么不在丽兹、艾玛和布里奇特不在家的时候潜伏在屋里呢？难道他离开了，但是当他看到安德鲁回家时，又想办法第二次进入了屋内而没有被人发现？没有任何有人强行进入屋内的迹象。事实上，安德鲁自己也没有办法进来，后来还是布里奇特给他开的门。

安德鲁·伯登戴着一枚金戒指、银手表，并且口袋中有八十多美元，这些都没被人动过，而且屋内也没有被人拿走什么东西。因此入室抢劫和入室行窃都应当被排除在外。

解决所有这些问题的最好逻辑方法当然就是：屋里根本就没有什么外人闯进来过。因此丽兹和布里奇特就成了主要嫌疑人。

布里奇特的讲述非常直接，警方似乎没有发现可以下手的地方。但是丽兹的讲述中就包含了许多有趣的细节、漏洞和不一致之处，即使你不考虑她在得知父亲和继母死亡之后的奇怪反应的话。

没有迹象表明雅比那天上午离开过那间房子。她的同父异母的妹妹萨拉·怀特海德，布里奇特认为她只可能去拜访的人，后来被证实根本就没有生病，那天也没有出城，而且也没有送什么纸条给雅比。事实上，认识雅比的人中没有人生病，也没有人知道有什么纸条。警察搜查了伯登家，没有发现任何纸条。

丽兹告诉警察，在父亲回来之后不久，她曾经到过谷仓，这能解释她为什么没有看到谋杀、为什么没有成为被害人。但是对不同的人讲述时，她会为她到那里去提供不同的理由。她说她需要铅供她在计划好的钓鱼旅行中作坠子用。而她却告诉艾丽斯·鲁塞尔她需要铅来修补一个碎了的纱窗。两种说法都不符合警官梅得利的观察：阁楼上的灰尘极厚，在那里留下任何脚印都会存在较长时间。

另外一个细节也同样令人困惑。根据史密斯药店店员艾黎·本斯的说法，在谋杀案发生之前的那天，丽兹到过药店，那离她住的地方只有几分钟的路程。她要本斯卖给她十分钱的氢氰酸，也就是氰化氢溶剂，她说要用它来杀死海豹皮斗篷中的虫子。本斯解释说，他不能卖给她，因为她没有处方。这时，根据本斯的说法，她明显变得焦躁不安，并宣称她以前买这东西可没有遇到过什么麻烦。丽兹否认她曾经到过史密斯药店，尽管另外一个店员和顾客都指认她在上午十点到十一点之间到过那里。后来，另外一个目击证人说，在早些时候，丽兹还曾试图从另外一个药店买毒药。

8月6日，星期六，是安德鲁和雅比·德尔菲·伯登的葬礼日。殡葬仪式是由里夫仁兹·艾德文·奥古斯都·巴克和威廉·沃克·贾伯主持的，他们俩都是秋河市中心公理会教堂的神父。然而，伯登夫妇没有按计划埋葬在橡树林公墓区。警方被告知，伍德医生想亲自对尸体进行检查。因此在哀悼者离开之后，殡仪人员又将尸体搬了回来，之后尸体的头颅被切下来，上面的肌肉也切除了，同时用石膏制作了头颅的模子和身子放在一起。

（尽管不是真的，但是长期以来，不知由于什么原因，总有人宣称安德鲁的头颅没有放回到他的棺材中，而迄今为止其头颅在哪里还是一个未知数。实际上，他的头颅后来被埋在他的脚下，雅比的头颅也埋在她的脚下。这是这个令人毛骨悚然的案件的另一个惊悚的传闻。）

那天，艾玛和丽兹登报声明，愿意给“能够确保抓捕并使杀害安德鲁·J·伯登及其妻子的罪犯被判有罪的任何人”以五千美元的巨额悬赏。

同一天，在葬礼结束后，秋河市市长约翰·W·考福林和警察局长陆福斯·西利雅得告诉丽兹，说她已经正式成为嫌疑人。

星期天早上，鲁塞尔小姐和艾玛看到丽兹把一件蓝色棉花竖纹灯芯绒衣服放在厨房的炉子里烧。“你要做什么？”艾玛问道。

“我想烧掉这件旧衣服，”丽兹答道，“上面都是油漆。”

艾丽斯说道：“如果我是你，就不会让任何人看到我做这件事情，丽兹，”然后接着说道，“我害怕将这件衣服烧掉可能是你做过的最糟糕的事情，丽兹。”

丽兹很奇怪地回答道：“哦，那么你为什么还让我这样做呢？你为什么还让我烧掉那件衣服呢？”

这件衣服可能实际上确实也是布满油漆，其他人证实了这一点，但是烧掉它还是非常令人感到奇怪的。伯登家可是非常节俭的，他们用不能再穿的旧衣服做拖把。或许这是丽兹第一次有意识地或下意识地对家里的那种节约行为作出的反叛。

第二地区法院的法官乔西亚·科尔曼·布莱斯代尔主持了聆讯，丽兹在这次聆讯中做证。所有的证词都保密。这时她还没有请律师辩护，而正如我们所看到的，律师辩护是随后进行的审判中最为关键的因素之一。

警察局长西利雅得签发了逮捕令，她被正式传讯。大陪审团指控她犯有杀害她父亲的罪行：

布里斯托尔县秋河市的丽兹·安德鲁·伯登，于1892年8月4日，在布里斯托尔县秋河市，确实凶恶、残暴、蓄意地对安德鲁·杰克逊·伯登进行了攻击，用来攻击的武器是一种锋利的砍切器械，该器械的名字和更详细情况陪审团不得而知。安德鲁·杰克逊·伯登遭到她凶恶的、残暴的、蓄意的攻击，砍切、击打或擦伤了头部。安德鲁·杰克逊·伯登身上有十处致命伤，因为这些致命伤之故，安德鲁·杰克逊·伯登先生当场死亡。

因此陪审团在宣誓之后宣布，丽兹·安德鲁·伯登，确实凶恶地、残暴地、蓄意地杀害了安德鲁·杰克逊·伯登，这扰乱了合众国之治安，也违背了相关法律的规定。

8月12日，星期五，她请的著名律师安德鲁·J·詹宁斯出庭在警察局内举行的法庭审判上宣称："囚犯认为自己无罪。"

她被带到马萨诸塞州唐顿市的监狱中，在秋河市北边八英里处，因为秋河市没有关押长刑期女犯人的地方。秋河市以前从没有出现过长刑期女犯人。

8月16日，伯登夫妇的遗体，除了他们的头颅之外，终于下葬到了橡树林公墓中。

8月22日，法官布莱斯代尔举行了为期六天的初步审判，也就是合理根据调查。丽兹在这次没有做证，此前聆讯中她所作的证词的秘密记录被当成了初步审判的证据。

作案凶器在初步审判阶段还是问题之所在，今天它也还是一个疑问。在检查完成之后，爱德华·伍德医生做证说，在伯登家地下室中的任何一把手斧上，他都没有发现人的血迹和人体组织，其中一把斧头上的血迹和毛发来自一只奶牛。

尽管如此，在审判的最后阶段，9月1日，法官布莱斯代尔还是作出了审判，他进行了痛苦但坚决的论证，值得我们一看：

现在，漫长的调查已经结束，法官只有一件他认为是自己的职责的事情要做了。如果他可以说“丽兹，我认为你可能无罪，你可以回家了”的话，那么，他自己肯定会感到高兴，而且也会得到许多人的赞同。但是，从被严格、全面询问的证人提供的证据性质来看，法官所能做的只有一件事情。假设某个时候某个人曾站在那里，他被人发现在那间对伯登太太来说是死亡之所的客房附近。假设某个人被发现在伯登先生附近，并且他第一个看到伯登先生的尸体，而他所能做的唯一解释就是不合理的：他一会儿在外面的谷仓中找钓线坠子，一会儿又在外面的院子中，一会儿又因为其他某件什么事情出去了。那么，人们还会怀疑我们应当怎么处理这个人吗？因此我所能做的就只有一件事情了，尽管它让我感觉痛苦不堪：法庭的判决是你可能是有罪的，法庭命令你等待高级法院的审判。

11月7日，大陪审团开始对丽兹·安德鲁·伯登的案件进行了为期三个星期的讨论。当控诉人侯西亚·M·诺尔顿完成陈词时，他请詹宁斯开始为被告人辩护。这可大大出乎人们的意料，因为人们在马萨诸塞州可没有听到过这样的事情。这实际上等于说这两个人是在大陪审团跟前开展了一场审判活动。

一度看起来似乎对丽兹的指控会被认定不成立。没有目击证人，也没有找到作案工具，并且动机也成问题。案件中对她不利的主要间接证据就是她在案发现场附近，最有机会杀害伯登夫妇，而任何其他犯罪场景设想都不像这个那样令人满意。

12 月 1 日，艾丽斯 · 鲁塞尔做证说丽兹曾烧掉了一件衣服。第二天，丽兹被指控犯下三宗谋杀罪：谋杀父亲、谋杀继母以及同时谋杀他们俩。审判日期定在 1893 年 7 月 5 日。在审判日到来之前，丽兹总共在唐顿监狱里呆了九个月。

审　判

艾玛和丽兹 · 伯登继承了父亲的遗产，因此她们有很多钱，用钱组织了最好的律师辩护团。除了安德鲁 · 詹宁斯以外，她们还聘请了四十二岁的波士顿律师梅尔文 · 俄亥俄 · 亚当斯。亚当斯曾经做过地区助理检察官，是刑事控诉方面的专家。而辩护团的核心成员是尊敬的乔治 · 德克斯特 · 罗宾逊，五十九岁，前参议院议员、众议院议员和马萨诸塞州州长。在这个被称为“缩微世界”的法院体系中——或者说在这个“利益冲突”的竞技场中，这看你怎么看了——当罗宾逊还是马萨诸塞州州长的时候，他曾经任命贾斯丁 · 杜威为高级法院法官，而贾斯丁现在可是丽兹谋杀案的三个主审法官之一。艾玛和丽兹支付给罗宾逊的辩护费用达到了二点五万美元之巨，这大约相当于当时法官年收入的五倍。有人称，罗宾逊开始不肯接手丽兹的案件，后来他确信丽兹无罪之后才答应下来。在第一次见面之后，罗宾逊建议丽兹开始穿黑色衣服。一旦被判有罪，他告诉丽兹，就可能被判处绞刑，尽管自从 1778 年起马萨诸塞州还没有哪个妇女被判处过死刑。

这是其他案件和审判中的众多手法之一，我们发现在丽兹案中这种手法奏效了。我几乎忘记告诉你们，我曾无数次将自己看到刚刚被捕的嫌疑人和数月后他在法庭上的样子作过比较。他变得干净利落，理了发，穿着比较保守的套装，眼睛看起来充满渴望、深沉而脆弱。这就等于是向陪审团说，这个极棒的年轻小伙子是不可能犯下你们刚才听到的那种可怖的罪行的。有时候，当我走入法庭，看向辩护席的时候，几乎无法区分谁是被告谁又是辩护律师。

为了帮助侯西亚·诺尔顿进行控诉，马萨诸塞州总检察长阿瑟·E·皮尔斯伯里给他派了四十岁的威廉·亨利·穆迪，他时任埃塞克斯县地区检察官，这是他第一次参加谋杀案审判。穆迪后来成了众议院议员、海军部长、美国总检察长和最高法院大法官。在这次审判之后不久，诺尔顿就将取代皮尔斯伯里成为马萨诸塞州的总检察长。

1893年5月31日，离预定的审判日期还有五天，秋河市发生了一件出人意料的事件。这个事件因为发生在审判地点附近而引人注目，同时其影响也非常错综复杂。

史迪芬·曼彻斯特，乳牛场农民，送完牛奶之后回到家中，发现他二十二岁的女儿玻莎躺倒在厨房铁炉旁边，她被人砍死了。身上由于抵抗而留下的伤痕和衣服上的裂痕表明她与凶手进行了激烈的搏斗。史迪芬和玻莎两人住在农场的房子中，他此前的两任妻子都离开了，据说是因为他既低俗又刻薄。

这次还是威廉·多兰医生做的尸体解剖。他说尸体的“头盖骨及其以下部位有斧头留下的二十三处不同的伤痕”。这和雅比·伯登脑后的伤痕非常类似。

和雅比谋杀案一样，这宗谋杀也发生在早上。现场几乎没有什么血迹，没有丢什么值钱的东西。杀人犯很可能在曼彻斯特的房子内呆了相当长的时间。

对秋河市的居民来说，这宗谋杀案的意义是显而易见的。当被控谋杀的女犯还关在外地的唐顿监狱时，秋河市发生了一起几乎一模一样的谋杀案。这可是我听过的最好的不在犯罪现场证明。安德鲁·詹宁斯律师几乎是非常愉快地对新闻记者说道："那么，难道警方又要说这是丽兹·伯登所为吗？"突然之间，人们就提出了另外一种看法：伯登夫妇是被一个作案手法类似的无名罪犯杀害的，不大可能是丽兹·伯登。什么东西还能比这更引起人们的"合理怀疑"呢？控方清楚陪审团候选人之中的每个人心里会怎么想。

后来，在对丽兹的审判就要开始的那天，一个大约快二十岁或二十出头的名叫荷塞·克雷拉的葡萄牙移民被捕了。他曾经做过史迪芬·曼彻斯特的临时工人，和史迪芬就解雇费问题发生过激烈争执。很明显，他返回农场想和史迪芬彻底解决这个问题，但是史迪芬当时不在，克雷拉就与玻莎交涉，并且在一时的丧心病狂之后将她杀死了。他在房子周围等了一会儿，希望等到他的主要目标回家，但是过了些时间之后，他重新考虑了一下，最后离开了。

克雷拉是一个葡萄牙人，特别是一个来自亚述尔群岛的葡萄牙人这一事实，给秋河市居民造成的影响，就像在白教堂连环谋杀案中，因发现皮革围裙而谣传凶手就是犹太人对伦敦东区人造成的影响一样巨大。贫穷、没有文化的葡萄牙移民是马萨诸塞州这个角落最低等、最遭人怨恨的种族。因此能够犯下杀死安德鲁·伯登夫妇罪行的人，很可能就是一个"葡萄牙人"。一个真正的美国人是不可能犯下如此罪行的。

后来证实，克雷拉直到 1893 年 4 月才从亚述尔群岛来到美国，这已经是伯登谋杀案八个月之后了。但是当这个信息公布时，伯登案件的陪审团已经选定并且被隔离了。当然，对任何其他人来说，他们心中还是照样强烈地保留着另外一种潜台词：如果一个残暴的葡萄牙移民可以闯入房内，并在一时的丧心病狂中用一把斧头或手斧杀害玻莎 · 曼彻斯特，而且在附近等待房主回来的话，那么，伯登夫妇遭遇的不幸可能是同样的。

对丽兹 · 伯登的审判于 1893 年 7 月 5 日上午在布里斯托尔县高级法庭进行。这可是那个世纪最为著名的刑事审判，比起德里德 · 斯格特案件、约翰 · 布朗案件、草市爆炸案，甚至安德鲁 · 约翰逊总统弹劾案都毫不逊色，而且它引发的兴趣和喧闹也同样如此。伯登谋杀案不仅成了秋河市居民每天谈论的主要话题，而且成了整个新英格兰的日常谈资，就像一百零二年之后的辛普森-戈德曼谋杀案不仅吸引了洛杉矶的注意力，而且吸引了整个国家人民的注意一样。正如在辛普森审判中会发生的那样，全国乃至世界的媒体都云集法庭。富裕、知名的人从没有被人砍死过，而且他们的孩子也从没有被控犯下此种罪行。如果此种事情可以发生在像安德鲁 · 伯登夫妇这样的人身上，那么谁都有可能身陷这样的不幸。

秋河市地区检察官诺尔顿是一个不那么积极的控诉人，是总检察长阿瑟 · 皮尔斯伯里硬把他拉来担任此职的。总检察长本来打算亲自参加死刑案件的审判。但是当审判日来临时，皮尔斯伯里发现，来自丽兹的支持者的压力，特别是妇女团体和宗教组织的压力，正在逐步加大。丽兹所在的"女性基督徒节欲联盟"公开宣称，联盟对她"有不会动摇的信心，她是一个人见人爱的同事和修女"。同样地，秋河市最著名教堂中心公理会教堂中丽兹的牧师们和教徒们都认为，像丽兹这样一个善良、娴静、高贵的女士是不可能犯下此种滔天罪行的。

第一天主要耗费在陪审团成员选择上了，他们都是白人男子，然后控方提出了指控。威廉·穆迪代表控方作了控诉陈词，提出三个主要论据来支持控方提出的指控：丽兹·伯登有谋杀父亲和继母的倾向，并且计划这样做；证据表明她确实这样做了，也就是将他们谋杀了；她的行为和自相矛盾的陈述表明她不是无辜的。同样重要的是，穆迪明确地指出，当布里奇特在屋外擦洗窗户、听不到屋内有什么声音时，被告人有杀害她继母的时间。接着，当安德鲁·伯登回家之后，布里奇特到自己在阁楼上的房间睡觉去了，穆迪继续说道，丽兹不在谷仓内，而是单独和她父亲在一楼。

由于没有什么搏斗的痕迹，顺理成章地，杀人犯就是某个与两个被害人都很熟悉的人，这不会引起他们的任何警觉。控方坚称，符合此种标准的唯一人选就只有丽兹·伯登了。

控方传唤了建筑师和工程师托马斯·基艾兰，政府派他对伯登住所进行了彻底的丈量。在交叉质询过程中，他承认，某人躲在前厅的衣橱中并且不被屋内任何人发现，这是完全可能的。那天下午，法官们让陪审团参观了伯登家，让他们亲自考察犯罪现场。

约翰·摩尔斯做证说，从星期三他到达伯登家里起，直到星期四谋杀案发生后他返回伯登家时止，都没有见过丽兹·伯登。最初他也被当作嫌疑人之一，但是他让警方相信他确实不在犯罪现场，并且对他在谋杀案发生期间的行踪做了详细而完全的说明，甚至连他坐过第几路有轨电车、售票员帽子上的号码和他见到的每个人的名字，他都做了详细说明。看起来就好像他事先知道需要这些证据，因此当时就详细地记下了所有一切一样。

布里奇特·苏利文做证说，她不知道丽兹曾提到的、雅比得到了一位生病的朋友送来的纸条这回事。当罗宾逊问她，当她在屋外擦窗户时，有没有可能某个人会趁她不注意溜进屋里，她承认曾在院子的某个角落里隔着篱笆和邻居麦克尔·凯利医生家的女佣聊过天。

这个案件的关键所在是作案动机问题。诺尔顿和穆迪传唤了不少证人来证明，安德鲁·伯登想立一份新遗嘱。根本就没有发现什么旧遗嘱，而且它是否真的存在也未获证明，尽管约翰·摩尔斯做证说，安德鲁·伯登曾对他说立了一份遗嘱，但是后来又做证说在他来伯登家之前，安德鲁没有提到过立了遗嘱的事。根据摩尔斯的说法，“新”遗嘱的内容是，给艾玛和丽兹每个人留二点五万美元，安德鲁五十万财产中的其余部分都留给雅比。接着，诺尔顿进一步证明安德鲁有意将他的农场留给雅比，正如他已经将当时由雅比同父异母妹妹萨拉·怀特海德居住的一所房子的所有权转到雅比名下一样。这很明显就是伯登姐妹和继母之间不和的原因。她们担心这可能明显预示着父亲对未来的安排。

当地裁缝汉娜·基福特回忆了 1892 年 3 月她与丽兹之间的一次对话。在那次谈话中，她将雅比说成是丽兹的母亲。

丽兹责备她不能说雅比是她的母亲，并且还接着说雅比是一个“一无是处的庸妇”。

“哦，丽兹，你不会真这样想吧？”基福特说她当时是这样回答的。

“我就是这样想的，”丽兹回答道，“我和她之间可没有什么关系。”

布里奇特做证说，她在伯登家的两年多时间中“没有听到这家人之间有什么矛盾，没有发生过争吵和任何诸如此类的事情”。

然而，不论如何，有关丽兹杀人倾向的证词是含混而自相矛盾的，既没能证明丽兹和她父亲之间的关系严峻而冷淡，也没能证明他们的关系正常而温暖。当然，就像当涉及人的行为时的其他情况一样，这取决于是谁在作判断。

然而，法院的两项裁决成了丽兹谋杀案最终结果的关键所在。

7月10日，星期六，控方要求引入丽兹在聆讯阶段所作的证词。乔治·罗宾逊表示反对，因为丽兹当时并没有被正式指控，并且还没有请律师辩护。星期一，法庭重开，法官不允许采纳丽兹此前做出的相反的证词。尽管在今天，辩护律师不在场这个理由对被告极为有利，但是许多法学家还是对当时这个决定感到困惑。

针对记录中出现的另外一个矛盾，辩护律师让博文医生做证，说她给丽兹注射的吗啡可能让她思维迷糊混乱。

最戏剧性的时刻还属审判的第七天。爱德华·伍德医生做证说，他检查了两个被害人胃里的内容物，没有发现什么毒药证据。他还检查了斧柄几乎完全断下来的那把手斧——警方认为这把手斧最可能是杀人凶器，但是没有发现什么血迹。他说杀人犯自己身上应当会有不少血痕。（我们还记得在谋杀案发生后的十分钟之内邱吉尔太太就看到了丽兹。）当伍德医生说他可以出示被害人的真实颅骨来说明凶器是如何被用来砍人的时候，丽兹晕倒了。好一个真正的淑女，过于敏感，无法承受如此直接的展示。法庭允许她离开。显然，陪审团成员都不会认为这一点是对她不利的。

说手斧就是杀人凶器只不过是警方的推测而已。如果警方和控方不能确实找到凶器，那么凶器可能就是被罪犯（不论罪犯为谁）拿走了，这就使得该案的关键点之一留下了让人有合理怀疑的巨大空间。

7月14日，星期三，控方传唤了药店店员艾莉·本斯。辩方提出反对。在听取了控辩双方就丽兹购买氢氰酸的企图是否和本案有关进行的辩论之后，法官们认定，本斯的证词，以及丽兹试图买毒药的全部行为，都是不相关的，因此不可采信。

然而，艾丽斯·鲁塞尔说丽兹在谋杀发生的前一天晚上曾拜访她，也就是8月3日星期三，艾丽斯讲述的情况令人毛骨悚然。艾丽斯说丽兹告诉她："我感觉很沮丧。我感觉似乎有某个什么东西悬在我头上，我无法摆脱，并且它还无数次抓住我，不论我身在何处。"

丽兹在告诉艾丽斯她父亲和继母生病之后，继续说道："有时候我认为我们家的牛奶可能被人下了毒。"

艾丽斯在谋杀发生当天将丽兹对她说过的话讲述给警方听，警方立即查封了伯登家的牛奶，并对之进行了测试，但是没有发现什么不正常。

丽兹还提到此前有一次曾有人闯入屋内，另外闯入谷仓内的事情则发生了两次。她甚至说她曾经看到一个"奇怪的男子绕着她家跑"。

"我有时候担心父亲可能有什么敌人。"她说道。

另外一个问题是，安娜·豪兰德·伯登宣称，丽兹曾对她讲述家里的不快生活。当时她们俩（和安娜的妹妹凯莉·林德利·伯登一起）刚刚从欧洲旅行十九周回来。这次旅行是安德鲁送给丽兹三十岁生日的礼物。有人说安娜和凯莉是丽兹的堂姐妹，但是审判记录中说她们之间没有什么亲戚关系（当然，伯登在新英格兰地区是一个很显赫的姓氏）。安娜·伯登说，在到美丽的欧洲旅行享受了自由和兴奋之后，丽兹不想回到令人窒息的家庭生活中去。

当辩方律师反对引入这种说法的时候，法官们作出决定，说这一证词过于模糊含混，没有直接说明丽兹对父亲或继母有什么恶意，因此证词被排除在外。

辩方仅用了两天时间来进行辩护。他们主要是传唤了证人来证实在伯登家附近有一个神秘的年轻男子出没。他们的观点是，某个人潜入屋内犯下谋杀罪行。他们说，由于女士们都不愿意抛头露面，因此没有哪个妇女站出来说那个致命的早上曾邀请雅比，这样所谓的纸条没有办法获得证明也就是很自然的了。辩方强调丽兹身上没有血迹，并驳斥了这种说法：谋杀的方式（杀人犯和被害人的相对位置）可以让杀人犯轻松避免血迹溅到自己身上。

安德鲁·詹宁斯试图向陪审团证明如下几点：如果无法以排除合理怀疑的方式证明丽兹是有罪的，那么丽兹就必须被推定为是无罪的。没有什么直接证据是不利于丽兹的，而且某些间接证据之间的链条也是脆弱牵强的。没有发现杀人凶器；没有得出什么站得住脚的动机，并且被告人的性格或此前的行为都没有表明她有能力做出如此暴力的行径；在谋杀案发生的那段时间中，其他人有机会潜入屋内。

为了抵消艾丽斯·鲁塞尔所作的丽兹曾烧毁一件衣服的证词的影响，艾玛出庭做证，说是她自己让丽兹去烧掉这件衣服的，烧掉无法洗干净的脏衣服这是家里一贯的习惯。像安德鲁·伯登这样极端节省的人的家里会有这种习惯，真是有点奇怪，况且人们都知道他家是用旧衣服来做拖把的。

艾玛做证说，丽兹深爱着父亲，并且父亲每天都戴着丽兹送给他的戒指。她强调，她和丽兹在警察搜查家里时是完全配合的，并且已经充分地证明她们没有什么好掩藏的。

对大多数旁观者来说，艾玛简直是一个令人不可思议的谜。她是如此不爱交际，几乎没有人知道她有什么照片。她被说成是一个害羞、矮小、相貌平平、脸瘦、身子细的女人，总之是一个完全不出众的四十一岁的老姑娘。她在审判过程中竭力支持丽兹，尽管其中一个证人，也即中心警察局的日班女看守汉娜·里根曾做证说，在 8 月 24 日艾玛来探望她妹妹的时候，她听到这两姐妹发生了争吵。

“艾玛，你已经出卖我了，对不对？”丽兹指责道。

“没有，丽兹，我没有。”艾玛答道。

“你出卖我了，我会让你知道，我是不会、绝对不会屈服的。”

“哦，丽兹，我没有。”艾玛坚持说道。

丽兹没有为自己辩护。

7月19日，星期一，辩护律师罗宾逊作了总结陈词，强调了詹宁斯提出的各个要点，认为：如果说丽兹是真正的杀人犯的话，丽兹也不可能在不被任何人注意的情况下，换下血迹斑斑的衣服，而且不可能将它们藏匿得无影无踪。

接着诺尔顿开始作总结陈词，第二天才完成。他向陪审团描述了他所认为的最可能发生的场景。他认为，丽兹杀死了她一直憎恶的继母，然后在想到她无法面对自己的父亲的时候，就连父亲也一块杀死了。

在双方都完成了总结陈词之后，首席法官梅森问丽兹是否想说什么。这是她在整个审判过程中第一次开口说话：“我是无辜的，让我的辩护人替我说吧。”

判　决

杜威法官对陪审团的指示一直是整个审判过程中最具争议的问题。他指示陪审团考虑丽兹的良好品格，以及她向慈善事业的献身，并且要记住：控方的逻辑链中任何一个不可证明的因素“对政府提出的指控来说都是致命的”；甚至他还更为强烈地重申：“如果任何已确立的事实——不论此种事实是证据还是非证据——与认定她有罪并不合理一致的话，那么就不能说她的罪行已经成立”。

7月20日，星期二，三点二十四分，陪审团宣誓之后开始讨论案件。同一天下午四点三十二分，陪审团宣布他们的讨论已经结束。这和一个世纪之后的O·J·辛普森审判一样。

陪审团认为丽兹完全无罪。

这个案件直到今天还没有正式破获。

许多评论家宣称丽兹审判和最后判决代表了法律对大众情绪的胜利，而如果我们查看一下真实审判记录的话，这可能确实如此。但是从除严格的法律角度之外的任何一个角度来看，这个案件一直都令人困惑，也一直没有最终解决。比丽兹·伯登案件让人长久地感觉不安相比更重要的是，正义没有被实现。

因此，我们这些行为分析家应当如何来分析这个谋杀案呢？并且，分析完成之后，我们又能得出什么样的能让我们更接近正义的结论呢？

谋杀案性质

如果今天我们来看这个案件的话，首先要做的事情就是，根据相关的多标准的准则和分类来给谋杀案定性。或许有些东西可能看起来是不证自明的，但是对所有刑事侦查都很重要的是，我们必须以一种合逻辑的、一步接一步的、能让我们对自己行进方向越来越有信心的方式前进。一个优秀而又经验丰富的侦查人员从不认为任何事情是当然的。这几乎就像飞行员在飞行前进行的飞机检查一样。他可能此前对每一个部件都检查了上百万次，但是一旦忽略了其中某个部件，而且碰巧就是这个部件出了问题的话，那么他和乘客都将飞向毁灭。正如我无数次看到的，先得出一个简单但是错误的结论，然后再循着这个结论进行此后的逻辑推论，这是一个太容易犯的错误。这样的话，最后你当然能够得出一个合乎逻辑的、推理良好的结论，但它却是错误的。

首先，这宗谋杀案就是我们所称的个人谋杀案，这是指人际倾轧导致的谋杀行为。但是在我们能确切地做出此种结论之前，需要看看其他几种可能性。

屋内或被害人没有丢失任何有价值的物品，这几乎可以排除重罪谋杀（在另一犯罪过程中，比如入室行窃中犯下的谋杀罪）和普通的刑事谋杀。但是，我们要指出的是，由于被害人是一个拥有相当财产的人，我们必须考虑到这可能是一宗雇凶杀人案（也就是买凶杀人），或者是一起和保险/继承有关的谋杀案。有时候杀人者有多种动机，因此我们在往下接着讨论时应当把它们都记在心里。

另外这也完全不符合其他两种类型的谋杀。它看起来可不像白教堂连环谋杀案中那种与性有关的谋杀；并且也没有证据表明它是一起团体谋杀案，这可能包括邪教谋杀或极端分子谋杀、人质谋杀或我们所称的多人激情谋杀——两个或两个以上的人，一时受当时情景的激发而犯下了谋杀罪行。

考虑到谋杀案发生在家里，我们必须认真考虑它是不是家庭内部谋杀案，这是个人谋杀案的一个类型。此种类型的谋杀案中，我们还可以分出激情式家庭谋杀和预谋式家庭谋杀，二者之间的主要区别是后者中罪犯可能有一定的计划，并且是按计划进行的。

根据直接的法医证据和间接证据，第一个被谋杀的是雅比。这既可能是激情谋杀也可能是有预谋谋杀。第二个被杀死的是安德鲁，这一定是事先计划好的。尽管控方提出了自己的看法，但是我们还是有理由相信第一起谋杀可能也是事先计划好的。

无论如何，两个被害人的脸上都有持续不断的手斧砍痕，数量上完全超出了将他们立即置于死地的必要，这种情况在家庭谋杀案中是很常见的。我们认为，这不仅表明罪犯对被害人有长久的、深刻的仇恨，而且也表明罪犯想让被害人完全不成人样。在白教堂连环谋杀案中，我们可以把罪犯切走外阴和取出阴道、子宫及卵巢的行为看成罪犯试图使被害人失去性别身份和性能力的行为。这里，脸部遭到重创表明，罪犯企图让被害人失去其现实身份，企图让自己与被害人之间的熟悉完全消失。

重要的一点是，安德鲁是在睡觉时遭到攻击的。第一击就可能已经完全将他置于死地了，也防止了他喊出声来引起其他人的注意。然而，从雅比身上的伤痕来看，很明显在谋杀她的过程中罪犯曾经掐过她，掐痕显示罪犯一定是和被害人面对面的。

被害人情况

我们已经知道安德鲁·伯登商业地位显赫，而且他似乎节俭得有点夸张。没有什么迹象表明他是个和蔼可亲的人。但是从我们所能收集到的证据来看，尽管他日常生活中要求自己和家人都必须节俭，但是对妻子和女儿都稍微大方一些。毕竟，他让女儿在她三十岁生日时花很多钱到欧洲去旅行。他整洁、沉默、粗鲁，但我们要记住的是，当时的社会规范是努力工作养家糊口的男子反过来也是要统治家庭的。当时的新英格兰尤其如此。

自从 1891 年家里曾经失窃起，安德鲁就将他自己的卧室锁起来，尽管他把钥匙放在楼下壁炉架上很显眼的地方。除非我们进一步看看这个家庭内的机制，这看起来很奇怪，但我们进一步了解这个家庭内部的氛围之后就不会这么觉得了。尽管无法证明，我认为安德鲁可能怀疑丽兹就是那个入室行窃者。多年以来，城里私下都流传着丽兹是个盗窃癖的传言。就我们所知，伯登家从来没有提到她的此种癖好。安德鲁把卧室门锁起来但是把钥匙放在显眼的地方可能就是对丽兹的一个轻微警告。

丽兹的行为在多大程度上是为了引起她父亲的注意的，这可以有不同的心理解释。1845 年安德鲁和第一任妻子萨拉·安东尼·摩尔斯结婚。萨拉死于 1862 年。艾玛当时刚过十二岁，而丽兹只有两岁半。两年之后，安德鲁和雅比·德尔菲·戈莱迪结婚了。雅比是一个害羞、矮胖和毫无幽默感的人，来自像伯登家一样显赫的家庭。雅比当时三十六岁，以前没有结过婚。

由于安德鲁是一个严格的有强迫欲的人，再加上丽兹行为古怪，一直就有流言说安德鲁符合性虐待者的特征，而丽兹则很符合遭受性虐待的被害人的特点。他让他的家庭远离社交，他这样做看起来当然是为了让自己保持对他人的权力和控制力。对第二任妻子的选择，几乎和他在生活中的其他任何事情上一样，他表现出了令人瞩目的实用主义。他选择了一个社会地位显赫但外表却不吸引人的、没有其他什么前途的女士，因为她会为此感激他，并进而顺从他；他没有选择一个年轻一些的可能给他生个儿子的妻子，他可是一直想要个儿子的。

雅比非常喜欢比她自己年轻得多的同父异母妹妹萨拉·怀特海德，雅比慷慨大方、随和的个性只有在妹妹家里才显露出来。除了和萨拉以及萨拉的女儿外，雅比似乎没有其他真正亲密的关系。自从因安德鲁把某些财产的所有权转到雅比名下而发生争吵之后，丽兹再也不叫雅比妈妈了，而是改口叫伯登太太。她一点也不介意直接和朋友们讲，在家里和雅比在一起时感到多么的压抑。

主要嫌疑人及其动机

好了，那么我们下面该怎么办呢？

我们要考虑的下一个因素是此次谋杀案中更加惊险的一个方面。谋杀案发生在光天化日之下，在犯罪率低的地区，在一条总是人来车往的熙熙攘攘的大街上。由于谋杀案发生时还没有汽车，因此交通比起现在可能要慢一些。此外，我们从布里奇特·苏利文的口中得知，安德鲁·伯登平常进出的门被锁起来而且里面还闩上了。有没有这种可能性：某个人从当时还没锁的门潜入室内，然后将它锁住，以防止其他人进来？这是不太可能的，因为这样一个人主要关心的问题是如何才能迅速地逃离出去。布里奇特开门闩时还费了很大劲，这说明没法从这里迅速逃离。

由于我们已经排除了职业入室行窃者和偶然入室行窃者的可能性，那么，哪类罪犯可能会冒着危险犯下此种罪行呢？

如果酬金足够高或者能获得的其他利益足够大，雇佣杀手是很可能愿意冒风险的。我们可以不假思索地假想这样一种情形：与安德鲁有商业往来的许多人当中有某人想让他在“商业界消失”。但是这种设想有两个问题：其一，侦查人员没有发现此种敌意的存在。安德鲁是一个强硬的、精明吝啬的商人，但是没有人想除掉他，而且也不会因他之死而大大获益；其二，雇佣杀手没有理由连雅比也一起杀死。因此如果这样的一个无名罪犯潜入伯登家，以为伯登会在，但是后来却发现不在的时候，他可能就会马上离开那里，并等待下一次机会。

当然，此种逻辑推论中有一个例外，那就是，如果谋杀的真正动机是和保险或继承有关的话，那么雅比就是一个关键目标了。在这种情况下，哪些人有可能愿意买凶杀人呢？嫌疑人范围很小：艾玛、丽兹，可能还有雅比的同父异母妹妹萨拉·怀特海德。

我们可以合理地将萨拉·怀特海德排除。她不仅和雅比关系亲密，而且和伯登家之间也没有什么过节。安德鲁已经将他的部分财产转给她了，而且看起来安德鲁还会给她更多，据称伯登姐妹俩对此是极端反对的。另外，即使怀特海德太太决定为了她姐姐雅比能继承伯登家的财产而这样做，那么她肯定也得让安德鲁先死，这样的话，根据法律，雅比才能首先继承她丈夫的财产。事实上，雅比先死了，这样财产就只能由伯登的继承人继承了，也就是艾玛和丽兹。

实际的财产继承也是如此。雅比先被杀死，这可不是偶然的。

现在只剩下两姐妹了，而且她们也有合理的动机。但是如果艾玛或丽兹要雇用一个杀手的话，那么受过训练的职业杀人犯难道不会让整个犯罪看起来像入室抢劫，或者至少让一切看起来很清楚就是某个外人潜入室内做的？买凶杀人，然后却使得犯罪现场和相关间接证据直接对丽兹不利，那么买凶杀人有什么意义呢？除非杀手是艾玛雇用的，她的目的是为了陷丽兹于不义，这样艾玛就可以独吞家产了。但是这可能让整个事情显得过分复杂了。艾玛的个性中没有什么东西显示她是个不择手段的人，并且更重要的是，当她有完全摆脱妹妹的绝佳机会时，她坚定地站在妹妹一边，坚持认为妹妹丽兹没有犯下如此可耻的罪行。

在做了以上讨论之后，我觉得已经可以排除买凶杀人了。让我们继续往下看吧。好了，不是所谓的入室抢劫或入室行窃，也没有什么杀手。有没有可能是一个无条理型的罪犯干的呢？说这是一个疯狂的精神病人所做的谣言可谓满天飞。或许他进入了屋内，在两次谋杀之间相隔的一个半小时里，躲在楼下的那个衣橱中，没有被人发现。但是，在如此疯狂地过度杀害雅比之后，到如此疯狂地过度杀害安德鲁之前，他是不可能做到这一点的。当内心如此骚乱、沸腾不堪时，没有哪个人能够在那么长的时间内那样好地控制自己。我从没有看到也从没有读到过任何此类事情。荷塞·克雷拉在杀死玻莎之后，在屋外等待史迪芬·曼彻斯特返家，但是最后也只能放弃并离开了，而他还是个内心对史迪芬十分怨恨的人。并且，从现场来看，如果杀人犯是一个无条理型的凶手，那么在楼上进行的第一次谋杀和在楼下进行的第二次谋杀之间，他居然没有留下任何血迹，那么我所能做的就只有啧啧称奇了。况且他藏身的衣橱中也肯定会留下血迹。

因此我会告诉当地警方他们自己所得出的结论：可能是某个和伯登家亲近的人干的，罪犯不知道他们何时出入，但是对屋内构造却很清楚；罪犯是某个出现在屋内却不会引起怀疑的人。

那么，符合此种特征同时又会有谋杀动机的人有哪些呢？我们可以看到有艾玛、丽兹和布里奇特。在 1892 年 8 月 4 日上午九点三十分到十一点之间，这几个人中谁又能接触伯登夫妇并且有下手的机会呢？由于艾玛到费尔海文去了，因此我们可以来看看丽兹和布里奇特。

布里奇特可能会有什么动机呢？什么东西在不断地加重对她的刺激呢？那个温暖而潮湿的早上她感觉不舒服，当时呕吐不止，而且由于长期的辛勤工作而身体虚弱。然而雅比还是坚持让她去擦洗房子的所有窗户，里面的和外面的都要擦。或许她当时精神崩溃了……无法自持了。两年多以来的家务压力在她心中郁积，她将她所有的沮丧和愤怒都发泄到不幸的雅比身上。然后她就跑开了，或者还留在屋内，在安德鲁回来之后，对安德鲁下了同样的毒手。但是为什么她不杀死丽兹呢？让她活着比让安德鲁活着还要危险。

并且还有另外一个问题。布里奇特喜欢她的工作，并且还想保住自己的工作。没有迹象表明她曾经和主人发生过什么激烈的争吵。她与他们相处得很好，而且伯登夫妇也算比较尊重、体谅她。他们甚至直接叫她的本名，而不像艾玛和丽兹那样只叫她麦姬而不是布里奇特。

那么丽兹和布里奇特两人不谋而合呢？或许她们之中某个人或者两人一起杀死了伯登夫妇，丽兹继承了遗产，然后再支付金钱以感谢布里奇特付出的努力。

同样，我们必须考虑个性问题。布里奇特的个性中似乎没有什么东西会让她采取如此大胆的举动。她可能自己都会感到害怕。警方发现她非常胆小。没有什么东西表明她可能有为金钱（不论多少）而犯下此种罪行的胆量。如果布里奇特确实卷入其中，一个有她那种个性的脆弱的年轻仆人，在警方的审讯下也会完全崩溃，特别是如果警方当时用了恐吓战术的话。布里奇特对丽兹有所怀疑。丽兹是屋内仅有的另外一个人。而丽兹故意提起那场廉价布料销售，很可能就是找个借口把布里奇特支开。

尽管艾玛在谋杀案期间似乎已经出城了，但是她也避不开嫌疑。在收到布朗医生发来的电报之后，她并没有坐从费尔海文返回秋河市的第一趟火车。她也没有坐第二趟和第三趟。她坐了第四趟，直到晚上才回到家中。在我看来，这并没有表明有什么阴谋，但是我不能完全排除这种可能性：当她知道父母被谋杀时，对实际上是怎么一回事至少有一种模模糊糊的担心。约翰舅舅的情况可能也是如此。他溜达回来，并且尽管大街上已经人头攒动了，他还是站在后院中吃树上掉下来的梨。

提出开膛手杰克就是克拉伦斯公爵、王子埃迪的《王子杰克》一书作者弗兰克·斯皮尔林，又在他写的《丽兹》中提出，实际上艾玛就是杀害父亲和继母的凶手。他认为，艾玛当时以她在十五英里之外的费尔海文来证明她不在犯罪现场，但是她秘密地坐马车回到了秋河市，潜伏在楼上，谋杀了继母和父亲之后又坐马车回到费尔海文市。一旦丽兹遭到指控，那么姐妹俩可以齐心协力相互保护。然而，似乎艾玛一度曾想出卖丽兹，而丽兹则要求她们应当平分遗产。

此种说法的问题是，几乎没有什么证据来支持它，只是一种假设而已。在我看来，这是让事实来符合理论而不是让理论来符合事实这种常见倾向的绝佳例证之一。所有与艾玛有关的行为证据都表明她是一个害羞、谦卑、胆小的女人，常被丽兹支使。她几乎不可能制订出这样复杂的计划来杀害她的父亲和继母。

另外一种说法则和所谓的让安德鲁不安的私生子威廉·伯登有关，他是安德鲁与当地一位名叫菲贝·哈萨维的妇女所生。作家阿诺德·R·布朗在他 1991 年出版的《丽兹·伯登：传说、事实和最后篇章》中提出了威廉就是杀手的说法，这本书有趣又发人深思。

根据这种说法，威廉·伯登当时向父亲索要财产，因为安德鲁正在制定遗嘱。安德鲁拒绝了他提出的要求。威廉在一时愤怒之下，先杀死了雅比，然后在得到丽兹同意的情况下躲在屋内，最后杀死了他父亲。由于地位不合法，进而使得他提出的继承安德鲁的财产的要求也可能不合法，丽兹、艾玛、约翰舅舅、博文医生和詹宁斯律师一起努力掩藏了他的罪行。这些人后来要么是给了威廉一些钱，要么是威胁他，要么两种情况都有。他们决定让丽兹充当嫌疑人，接受谋杀审判，因为她最终总能指认真正的凶手，如果有必要的话。威廉很明显着迷于手斧，并且可能和玻莎·曼彻斯特谋杀案有牵连。阿诺德·布朗提出，这可能是一起买凶杀人案，目的是为了让丽兹洗脱罪责。尽管这个说法非常引人入胜，但是似乎没有什么证据支持它。实际上，莱昂纳德·里贝罗——全面深入的著作《丽兹·伯登：过去和现在》的作者这样写道："没有什么证据支持布朗先生的说法。"相反，和丽兹有关的行为证据却有相当好的记录。

丽　兹

让我们来看看丽兹的情况。从照片上看，丽兹还是个儿童和少年时非常可爱。但是在发生谋杀案的那段时间，她已经长成了一个可以说是相貌非常平庸、圆脸、强健的妇女，和我记得看过的一部有关丽兹的电视片中由已经去世的天才美女伊丽莎白·蒙哥马利扮演的丽兹并不是很像。丽兹住在父亲家里，已经是一个未婚老姑娘了，和继母相处得也不好，没有什么出人头地或改变现状的真正前景。可以说艾玛也是一样的，但是艾玛并不是一个像丽兹那样的有很强烈的社交愿望的外向妇女。自从亲生母亲死后，艾玛基本上就开始专心照顾丽兹了，这是她向躺在床上的临死时的母亲许下的诺言。

丽兹很任性、顽固，并且希望得到关注，这几乎肯定将会使她和父亲发生冲突。在聆讯阶段，她经常表现得很好斗。十年级时她辍学了，心情灰暗，服用了大量药物来治疗这种忧郁症。她非常希望能够依着自己的想法按照与她家的社会地位相匹配的生活方式来生活。这首先是要在“山上”买一幢房子，当时这可是城里最好的地方了。丽兹所艳羡的那些人，大抵都是她那些富裕的堂兄妹们，他们继承了前两代人的遗产，花起钱来毫不在乎。然而，她父亲一分一厘都很抠，可没有什么兴趣讲究这种门面虚荣。他给了丽兹很多零花钱，丽兹得到了她想得到的所有上等衣服，但是安德鲁认为第二街九十二号的房子可以完全满足整个家庭的需要。他都不想要电器，也不想要什么现代的抽水马桶，那么他当然就不可能举家搬迁到“山上”的某幢豪宅中去。

丽兹左右为难。她渴望搬出去，以一种显赫方式生活。但是她显然自己办不到这一点；而即使她可以，有像她这样的社会地位的单身女人，当父母尚在时却一个人搬出去不和家人住在一起，这是非常不合适的。那样的话她不可能被她渴望融入的上流社会所接受。她真正的希望就是嫁给一个富裕的绅士，但是她都三十二岁了，因此这几乎也不大可能了。她多年中曾有几个恋人，但是她和他们的关系持续时间都很短。家里周围的男人都是工人，她也不愿意让住在山上的年轻男士来拜访她家那令人尴尬的房子。

情况可能越来越令人绝望了。早在 1887 年，也就是五年前，安德鲁就已经开始将房地产转给了雅比和她的同父异母妹妹，艾玛和丽兹则害怕她们会不断地侵蚀掉父亲的财产。如果情况确实如此的话，那么当年届七十的父亲哪天突然归西，她们就只能任由雅比摆布了。

我们知道在谋杀案发生前的那天晚上，安德鲁和约翰·摩尔斯在一楼的客厅中谈论了一些商业上的事情。似乎有迹象表明安德鲁在征求约翰对他要立的遗嘱的意见。因此不论丽兹是否想慢慢毒害父母，此次讨论可能加剧了丽兹采取相关行为的紧迫性。一旦父亲立下了遗嘱将所有财产转交给雅比，一切都晚了。

她父亲此前是否真的立有遗嘱呢？我们不知道。没有发现什么遗嘱，尽管像安德鲁·伯登这样小心谨慎的人不立遗嘱是很难想象的。或许烧掉的不仅仅是那件脏衣服。

有很强的证据表明，至少有一段时间，丽兹和安德鲁关系亲密，尽管他和雅比的婚姻可能让他们之间的感情变得复杂微妙。他一直戴着丽兹送给他的一枚代表她对父亲的爱和忠诚的戒指。在她成长的过程中，父女俩也经常一起去钓鱼。而且，尽管已经五年没有钓鱼了，她还是对钓鱼活动一往情深。五年没有钓过鱼这个事实，让她所说的到谷仓中找坠子的说法变得可疑。

在被案例研究家们认为是伪造出来的另外一个故事中，提到了 1892 年 5 月可能发生了一桩加速事件进程的有趣事件。有些人说丽兹把鸽子关在谷仓中，谋杀案前不久有人闯入过谷仓。安德鲁推测说是想偷鸽子的男孩子们干的。因此为了不让他们再行骚扰，他就拿了一把手斧到谷仓里，把所有的鸽子都杀死了，只留下一把血迹斑斑的斧头给所有人看，包括丽兹。

这件事和三个月之后发生的谋杀案之间的联系似乎过于细微、牵强，但是，如果确实发生过的话，那么我们当然不能忽略它可能造成的影响。至少，这件事表明两个人已经明显无法理解对方的精神或情感需要了。

我认为说丽兹在许多方面都认为自己才是受害人，这没有什么过分的。在《犯罪分类手册》“分阶段家庭谋杀”那一节中，我们写道：“在犯罪发生之后，对家庭成员和亲密朋友进行的采访表明，被害人生前往往表达过自己的担心，或者害怕他或她自己的安全出了问题，甚至有一种不祥的预感。”如果丽兹确实在她的内心中发生过杀人犯和被害人两种角色之间的斗争转换，那么她在谋杀案发生之前的那天晚上在痛苦之中拜访了艾丽斯·鲁塞尔，这完全符合此种心境。

1892 年 7 月末，丽兹和艾玛到马萨诸塞州的新贝德弗德去了一次。根据相关记录，她们是因为在斯湾溪的那个农场（当她们还是小姑娘时常去）的转让问题上和家里发生了争吵之后离开家里的。她们去看望朋友，艾玛去了费尔海文的布朗内尔思家，丽兹则去马里昂看望几个熟人。但是在新贝德弗德时，丽兹决定和一个中学老同学在一块呆上几天，直到 8 月 2 日才回家。从那时起，安德鲁和雅比就一直在抱怨肚子不舒服，而雅比后来还跑到博文医生那里去说可能有人在试图毒害他们。（请再注意一下上面提到的《犯罪分类手册》中的那段话。）

第二天丽兹就被人看见想在药店买氢氰酸（莫非是想再试一次？），并且她也正是在那天晚上去拜访艾丽斯·鲁塞尔的。

行为分析

个性和犯罪前分析就到此为止。我们来看看犯罪现场。

丽兹宣称她发现了刚刚被杀害的父亲的尸体，但是却没有离开房子。相反，她派布里奇特出去叫医生，并叫来一个邻居，即使她可能认为杀人犯还在屋内。邱吉尔太太说，丽兹当时似乎并没有担心她们的安全。

同样，就继母被害一事而言，丽兹说她认为继母刚刚回来了，因此要布里奇特（后来由邱吉尔太太陪同）到楼上去找她。

在那个疯狂的杀人犯可能还在屋内的情况下还让她们上去?

丽兹没有试图逃离房子，或者让其他人到安全的地方去，也没有任何人向博文医生和闻讯赶来的警官说罪犯可能还在屋内。

在家庭谋杀中，杀人犯往往让其他某个人去发现尸体，而不是他或她自己去“发现”。

要认定可能是某个闯入屋内的外人干的，我们需要解决以下的行为问题：某个人进入屋内、在屋内呆了不止一个半钟头、没有引起任何家庭成员的注意。这个人必须像美国海军海豹突击队队员那样行动隐秘，而且有他们那种刺杀技巧。从我的经验来看，大街上的某个陌生人进到屋内然后就直接上二楼，这完全是不可能的。他不可能知道谁会在里面，那里的环境怎样。他应当会怕被人逮个正着。即使杀人狂也不会在屋内呆上九十分钟，并且他应当会杀死丽兹和布里奇特。若没有对房子关键部分的了解的话，是没有人会进入房子内的。而这是我们将在下一章中要讨论的问题。

正如我们已经说过的，没有发现过雅比收到的什么纸条，尽管丽兹和艾玛为此提供了巨额悬赏。说雅比出去了可能是防止当安德鲁回家时去楼上看她的必要步骤。

通常在家庭谋杀中，我们应当会看到罪犯作出相应努力，让犯罪现场看起来像某个外来罪犯强奸或抢劫未遂，或者让犯罪现场看起来像是某个外人而不是屋内某人或家里人做的样子。我认为我们在本案中没有看到此种努力的原因是因为，布里奇特在屋里屋外忙来忙去的。丽兹知道，当她在伪饰现场时，布里奇特发现她的可能性太大了。而且，要让现场看起来像抢劫，那么她必须拿走什么东西，但是由于她还在屋内，该怎么做呢？她应当知道房子可能被警方全面搜索。

安德鲁·伯登在犯罪现场的照片显示，他的羊毛外套折叠在沙发扶手上，似乎他是用它作枕头。尽管他确实可能这样做了，但是这可完全不符合他的性格。他对他的衣服小心谨慎，正如他对每件事情都如此一样，因此他不可能将他下午在商业活动中还要穿的外套揉折成那个样子。

那么，我们就要问，他实际上是将之挂起来了或者将之挂在某个椅子后背上，而杀人犯则将之放在那里以避免身上溅上什么血迹，这是不是可能的呢？这样，当谋杀完成之后，将之折叠起来就好像安德鲁用它做了枕头，因此上面血迹斑斑是很正常的？只有某个没有在谋杀之后立即逃离现场的人会这样做。

那么其余的血迹呢？当然了，那件丽兹在炉子中烧掉的衣服，在其中一次谋杀中，她可能穿着它。也可能她在谋杀时脱得精光，然后迅速地洗干净，尽管我认为那个年代如此骄傲自负的妇女不会脱下所有衣服，更不用说可能会被布里奇特看见了。从某些方面来看，罪犯要想到这种策略，比起其想到谋杀本身来说，要更加困难。

房内一个脸盆中发现了血水。但是当也检查过伯登夫妇尸体的秋河市内科医生阿尔伯特·C·德德里奇问起时，他被告知，是其他医生或警官中的某人在接触了犯罪现场后在里面洗了手。

同一天下午，威廉·梅得利警官注意到，地下盥洗室中有一些小手巾，上面似乎都是血。他问丽兹这是怎么回事，丽兹说他对博文医生解释过了。博文后来则向梅得利说没有问题，暗示说那是月经布，男人们对这种东西都有一种格外神经质般的洁癖。没有人去检查丽兹是否真的来了月经，没有人检查提桶中的潜在证据。那些手巾不可能在两天前就在那里的，否则布里奇特在洗东西时肯定会注意到。

在审判当中，提桶内装的是月经布就被当作一个事实而被接受了。乔治·罗宾逊提醒陪审团，"伍德教授说他不愿意说那不是月经血……你们完全知道你们家里的情况，你们很清楚那是怎么一回事。你们都是男人，都是人。你们对之有自己的感想。我不想把它们牵扯进来，但是你们肯定不会忽略这些东西的。"

确实没有人忽略这一点。

策　略

因此如果你们相信丽兹·伯登是杀害她父亲和继母的凶手的话，那么在调查过程中能做些什么可能让最后的判决大体符合真实情况？根据我们在侦查支持组的许多案件中的经验来看，我认为确实可以做点什么。当然，正如在白教堂连环谋杀案中一样，这意味着假定人们有我们现在具备但当时却没有的对犯罪行为和犯罪实践的了解。但是如果当时有这些信息的话，那么我们又确实能让丽兹放弃抵抗吗?

我会试图做的第一件事是利用监狱看守所看到的丽兹和艾玛之间出现的关系紧张。利用此种紧张关系的方式之一是，和城里到处出没的无数记者中的某个记者交个朋友，准确地告诉他我们对这个案件的大体分析。我会告诉他根据我们的经验，在此种性质的案件中，几乎总有一个主犯和一个从犯，从犯自己几乎也是顺从主犯的受害者，被主犯控制，但是从犯完全知道到底发生了什么，而且其现在一定非常担惊受怕。

我们会试图破坏主从犯之间的微妙心理关系。主犯可能想得到所有的钱，并且完全控制一切。他们之间的忠实关系是单方面的。由于这个人能够冷酷地杀死两个人，他或她也可以轻松开展下一次谋杀。而且，即使她不诉诸暴力，她也可以轻易地背叛和指责她的女恩人。

我会确保在我试图接触目标对象时，她就已经看到相关报纸文章了。这些文章可能让她心中生起的恐惧得到证实。这个策略中很重要的一点是，必须把艾玛和丽兹隔开来，因为丽兹的个性是如此具有支配力。

并且我不仅会将此种方法用在艾玛身上，我还会用在约翰舅舅身上，因为我们并不清楚是他们两个还是其中某个人知道相关内幕或者心中隐藏着对丽兹的恐惧。

当然，我还会试探丽兹。当罪犯可能面临死刑时，要罪犯直接招供是很困难的。招供对他没有任何好处，却会让他失去一切。因此我们会试图安排某种能保全面子的场景，让罪犯往里面钻。

读过《心灵追踪者》的读者还记得，拉里·金·贝尔，南加利福尼亚哥伦比亚市的残忍的虐待狂，他绑架了十七岁的莎莉·菲·史密斯和九岁的德布拉·梅·黑尔米克。当时就是通过制作一份有效的行为侧写报告，外加警方一流的工作而抓获他的。警察局长吉姆·梅茨和他的探员们知道他们抓住了真凶，但是他显然不愿意招供他犯下的滔天罪行，因为这些罪行会让他坐上南加利福尼亚的电椅（最后他确实被判电刑处死）。

因此他们让我来对付他。我给他讲了联邦调查局对连环杀手的一些背景研究，我们如何管理监狱及如何了解真正的杀手心中的所知所想。

“拉里，我们的问题是，”我解释道，“当你被带上法庭的时候，你的律师可能不会让你做证，而你则可能永远没有机会来解释你的所作所为了。这样，他们将只了解你坏的一面，罪恶透顶，一个冷血杀人犯。我们发现许多人做此类事情时，简直就是一场噩梦。当第二天早上醒来时，他们自己都不相信自己已经犯下了如此罪行。”

我在这样说时，贝尔不停地点头表示同意。

我知道如果我直接要他招供，他肯定会否认的。因此我斜靠过去，问道：“你是什么时候开始为你犯的罪感到沮丧不安呢？”

这时他说道：“当我看到描述被害人家人在公墓中祷告的一张照片和一篇报刊文章时。”

“拉里，你现在坐在这里了，这是不是你做的呢？是不是？”

他看着我，眼中充满泪水，说道：“我所知道的一切就是，坐在这里的拉里·金·贝尔是不可能做这种事情的，是那个名叫拉里·金·贝尔的坏蛋做的。”

如果让我来对付丽兹，我会想到使用同样的战术。我首先将从现场的血迹谈起，问她到底都跑到哪里去了；她是如何洗掉的，又是如何烧掉那件衣服的。她可能比贝尔还要更复杂老练，因此我们使用的方法必须能够和她的智力水平相称，但是大约我们会这样开始：

“丽兹，根据我们的经验和研究，我们知道此种行为不像是一名妇女能够做得出来的，特别是不像一名有你这样的地位和教养的妇女做得出来的。因此如果你确实卷入其中的话，我们知道肯定有什么强大的、迫不得已的因素促使你这样做，而你对这些因素却没有明显的意识控制。我们只能想象失去亲生母亲，然后在这么多年中和雅比生活在一起，对你来说是怎么一回事。我们知道她多么会操纵一切，她是如何欺骗你父亲的，她又是如何悄悄地让你的父亲背离你和艾玛的。艾玛照顾你、保护你，现在你意识到你照顾、保护她的时机终于来了，你想确保，在父亲去世之后，你和她都有很好的未来。”

我知道这番话她肯定会加以注意的。她可能会保持安静，仔细倾听，分析我说了些什么，试图想象出我到底是何方神圣，并且这对她会有什么影响。如果我所面对的是一个无辜者，那么我预计，几乎我所说的每句话都会遭到她的强烈反对。但是丽兹会慢慢上我的当的。

“你父亲那边又怎么样呢？我们知道他试图全力以赴地去爱你。但是请往回想想，先抛开你们之间的旧伤新恨吧。他是不是爱你爱得过分了些，或者爱的方式不对？你是如此地像你母亲，他爱你母亲可远胜过爱雅比。艾玛知道些什么吗？她看到过些什么？你可能一直把一切深埋在心中。我知道这有多么痛苦，但是我看到过其他类似的案件，我知道到底发生了什么，我能理解。我知道凡事总是有个理由的。他对你做了些什么？我们无法改变过去，丽兹，不论是久远的过去还是刚刚流逝的过去。但是我们要做的是让人们理解，你为什么做了你所做的一切。我会留一沓纸给你，当想起什么的时候，我希望你能够把它记下来。有时候这可能是最简单轻松的方式了。”

然后我就会离开，让她有时间来写写自己的故事。但是，在我离开之前，我会再说一些这样的话：“丽兹，一个做了这一切的人需要的不是惩罚，而是帮助。她不想被关在监狱之中，而是想呆在其他某个机构之中。”

她最初可能对这一切都不屑一顾，但是，只要我能够让谈话继续下去，并让她有所参与，那么我相信一定会有些有用的信息浮出水面的。

实施此种战术的另外一种方式是，想办法在报纸上发表一篇文章。这篇文章是对我的采访，说我是警方从外面邀请的专家顾问。但是在采访中，我会说我和某些侦查人员及警察局的看法有些不同。我说大多数警员都认为这是一种计划周全的、冷血的谋杀行为，但是我相信这是激情式的犯罪，是出于无法控制的一时愤怒，罪犯本人在那一刻也完全不清楚自己在做些什么。我会说罪犯在做这些行为时就好像是在做梦一样，但是可能有什么东西让罪犯自我意识到"天哪，这可能确实是我做的"，这可以帮助罪犯为自我辩护，因此让她信任我，并且在我接下来与她交谈时，她也会乐于相信我的观点。我会让她把我看成她可能的救生索：她可能无法逃脱谋杀罪名，但我却能理解她。

结　局

审判结束两个月之后，丽兹和艾玛搬到了她们在法国大街七号买的一幢有十四个房间的砖房之中。丽兹将之命名为"枫园"，并让人把这个名字刻在大门前的最高一级石阶上。丽兹这个时候已经开始叫自己"丽兹贝斯"，她发现自己已经不可能再回到原来工作的教堂了，因为到处都是流言，她遭到社会的排斥。相反，艾玛则继续去原来的教堂。

奇怪的是，控诉人威廉·穆迪收到了丽兹邮寄来的一个包裹，里面有官方拍下的审判的照片，包括犯罪现场的照片，并且还附了一张手写纸条，上面大约说穆迪肯定会喜欢把它们当作"一件有趣事情的纪念品"。

正如我们料想的，像其他谋杀亲密家人的罪犯一样，在其余生中，丽兹·伯登再也没有犯下任何其他为人所知的暴力行为。事实上，她成了一个极端热爱动物的人，并且是动物保护运动的热情支持者。

1897年，丽兹被指控从普罗维登斯市[1]蒂尔登·瑟伯公司的商店中偷窃了两幅画，价值少于一百美元。这个事件最后是私了的，尽管有谣言说，为了让控方放弃对她的指控，她同意在一份承认她谋杀了父亲和继母的自白书上签名。但是最后证实“签名”纯属伪造。

1904年，丽兹遇到了一个名叫南斯·奥尼尔的漂亮、迷人的女演员。随后的两年中，她们俩基本上是形影不离。丽兹在枫园为奥尼尔的演艺界朋友举行了一次奢华的宴会之后，艾玛就搬到普罗维登斯住了。大约1923年前后，艾玛搬到了新罕布什尔州的新市，她在那里租了间房子，开始了默默无闻的平静生活。

1927年7月1日，由于胆囊手术后引发感染，丽兹·伯登死在秋河市，时年六十七岁。她的遗嘱中没有提到艾玛，艾玛也没有赶回来参加她的葬礼。九天之后，艾玛死于慢性肾炎。就像丽兹一样，她把所有财产都捐赠给了各种慈善机构。

两姐妹都被埋葬在秋河市橡树林公墓她们家的那片墓地中，和父亲、母亲、继母以及早夭的姐姐艾丽斯·埃丝特在一起永眠。

谋杀案发生之后的第二天，布里奇特就离开了，再也没有回来。据称她可能回到了爱尔兰，尽管这种说法从来没有获得证实。十九世纪九十年代末期，她住在蒙大拿州的安纳康达市，在那里她和一个同姓苏利文的男子结婚。直到1943年她都没有谈论起那宗谋杀案。她曾经得了严重的肺炎，据信马上就要不久于人世。她把她最好的朋友叫到床边，说有一个秘密要告诉她。但是当朋友到达时，布里奇特已经开始康复，因此她什么也没有说。她后来告诉她朋友的唯一一句有关丽兹的话就是，她一直喜爱丽

---

① 美国罗得岛州的首府。——译者

兹。1948 年 3 月 25 日，她在蒙大拿州的贝特市去世，时年七十三岁。

秋河市九十二号那幢房子迄今依然屹立着。从 1996 年起，这幢房子就成了一个旅馆。好奇的或者完全没有恐惧感的人甚至可以住在约翰 · 摩尔斯住过的客房中，也就是雅比 · 伯登被谋杀的现场。那个房间和楼下安德鲁被谋杀时所在的客厅的装修几乎就和 1892 年 8 月那个温暖而潮湿的日子一模一样。

第三章

林德伯格绑架案

幸运林迪，高空飞翔
天晴刮风，飞行无阻
毫无恐惧、不可匹敌，知道每一片云朵
一个让母亲自豪的儿郎

神勇林迪，孤单前行
独自驾着小小飞机
幸运林迪，为人们指明了方向
他就是当今的英雄儿郎！

正如 1927 年流传下来的这些抒情歌曲所说的那样，从那年 5 月的一个早晨直到二十世纪三十年代之间，上校查尔斯·奥古斯都·林德伯格成了世界上最著名的人物。他当时二十五六岁，英俊不凡，有着中西部人顽强的作风，而且是前美国国会众议院议员的儿子。他勇敢、大胆、喜好幻想，同时又谦逊、害羞。他完成了据说是不可能的事业：驾着他那银色的小型单引擎飞机“圣路易斯精神号”，独自从纽约飞到巴黎，历经三十三个小时，挑战死亡。他立即成了“孤胆雄鹰”“幸运林迪”，总之，就是人们心目中的终极英雄，集所有最优秀的美国人的品质于一身。后来，在墨西哥旅行中，这个世界上最著名的、最适龄的单身汉遇到了安妮·斯宾塞·马洛。她害羞、敏感、美丽，是百万富翁、外交家、大使杜威特·惠特尼·马洛的千金小姐。杜威特·惠特尼·马洛是金融专家，在J·P·摩根创始人去世之后，成为该公司的高级合伙人。查尔斯向安妮求婚，美国公众则开始每天都随着这对新式贵族的生活周转。

他们的第一个孩子被绑架瞬时之间就成了“世纪犯罪”，毫无疑问是自从林迪在五年前的历史性飞行之后最具爆炸性的新闻。并且，尽管后来发生了许多案件，包括原子弹间谍团伙案、约翰·肯尼迪和罗伯特·肯尼迪以及马丁·路德·金刺杀案、梅森家族谋杀案、尼科尔·布朗·辛普森和罗纳德·戈德曼谋杀案，以及其他许许多多的案件，这次绑架案一直还是“世纪犯罪”。

多年以来，相关事实和证据已经不知道被多少人不断费尽心机地详细审查过，因此我们几乎不能提出什么全“新”的说法。就像白教堂连环谋杀案一样，该案也是人们在心理上极倾向于提出一种看法，然后剪裁事实使之符合他们提出的观点的那种案件。在这里，我们想从相反的方向着手——侦查人员都应当如此，首先仔细审查相关事实和证据，然后对它们作出合理的解释……不论此种解释是否符合官方的档案记录。几乎有上百万页的证据、报告和证词，几乎没有哪个人能够将所有的东西都看完。但是，当你往下读时，请记住：这里提出的每个因素可能都对确定到底发生了什么及其原因有重大影响。

就像开膛手杰克谋杀案一样，林德伯格案件是一种随时可能出现的、偶然的、出人意料的罪恶案件。像丽兹·伯登案件一样，它也关涉到最体面、最正直家庭的幕后情况。除了这些东西之外，它还让人想起地位和声名可能给人带来的种种恶果。

查尔斯·林德伯格自己也为出名困惑苦恼、心情复杂。他接受了人们的奉承和盛大欢迎仪式，和世界各地的领袖见面会谈，参加无穷无尽的颁奖晚宴和各种约会，接受了各种委托和顾问职位。圣路易斯市举办的一个他所得到的奖品展览，一年之中就吸引了上百万的参观者。他明白他对任何东西的评论都会立即成为新闻，而每个大胆的新探险计划，不论是开拓一条新航线还是测试一项新技术，都只会进一步增强自己的光辉形象。但是他自己又对这一切都表示怀疑，很不愿意自己的精神生活受到侵扰，但媒体却几乎在任何时间任何地点都不放过他，这让他厌烦不堪。由于生活在从未松动过的公众注意之下，林德伯格简直痴迷于保护自己的隐私。

不在世界各地旅行时，林德伯格夫妇就居住在新泽西州恩格伍德市杜威特·马洛和伊丽莎白·马洛夫妇的宫殿般的寓所"明日山庄"中。而至于他们自己的家，林德伯格则看中了离新泽西州霍普维尔市几英里外绍尔兰德山中的一片幽静的、面积为四百二十五亩的林木遍地的山地。这片土地处在亨特顿县和梅塞尔县之间的交界线上。林德伯格在飞机上曾看到这块地方，认为这里就是他们梦寐以求的安乐窝。他喜欢上这块地方还有一个原因：它适合建造一个私人机场。这对夫妇花了八万美元，在那里建了一幢传统风格、有二十间房间、刷得雪白的房子，屋顶是厚厚的石板瓦盖，并且安装了各种现代化的设施。它是由"明日山庄"的设计师切斯特·阿尔德里奇设计的。查尔斯和安妮希望在这里开始他们养儿育女的平凡生活。建造过程中，他们在这片土地和普林斯顿之间租了一个古旧的农舍居住。

在媒体几个月来连篇累牍地热烈报道各种谣言之后，全世界终于等到了翘首以待的消息。1930 年 7 月 22 日，也就是安妮的二十四岁生日时，她在明日山庄产下了一个七磅六盎司的男婴。他们给他取名叫小查尔斯·奥古斯都·林德伯格，并以“查理”称呼他。但是在媒体头条中，他不久就成了“小林迪”、“小鹰”或者“幼鹰”。电报、信件、礼物如雪花般从全世界飞来。如果说父亲是世界上最知名的男士的话，那么查理就是世界上最知名的婴儿。他每天生活的详细细节都是各大报纸争相刊登的重大新闻。在其 1998 年写成的杰出传记作品《林德伯格》中，A·斯格特·博格曾提到，一直有人愿意一次付两千美元来交换“林德伯格家的任何秘密”。

由于谣言是如此荒唐，极不情愿的林德伯格觉得自己必须在纽约召开记者招待会澄清相关事实。他亲自出马禁止了报纸上五篇系列报道，包括《赫斯特报》，这家报纸刊登了一系列报道，提出了婴儿有残疾或有某种缺陷等种种揣测。当被问及他希望儿子长大后做什么时，他暴躁地回答道：“我不希望他成为他自己不想成为的任何人，也不希望他做他自己不想做的任何事情。我认为每个人在选择自己的生活和工作上都有绝对的自由。我对他所抱的一点期望是，当他长大了应该上学去时，不会有记者跟踪。”

霍普维尔庄园

林德伯格周末呆在马上就要完工的霍普维尔庄园中，星期一早上返回五十英里外的马洛庄园。林德伯格的全职工人包括英国人管家亚洛伊西亚斯·“奥利”·华特莱，还有他的妻子艾尔希。1931 年 2 月，林德伯格聘用了贝蒂·高当查理的保姆，贝蒂和安妮年纪相仿，苏格兰人，最近才移民到美国，是明日山庄的一个佣人强烈推荐的。查理头上已经长出了金色的卷发，长着和他父亲一样独特的轻微颏裂的下巴。安妮当时已经怀上了第二个孩子。她也开始认真考虑成为职业作家的目标了，并且开始记录自己的经历和查尔斯最近到远东的旅行。她最担心的是，尽管尽了最大努力保障安全，尽管查理每时每刻都有人照管，还是可能有人偷偷溜进来拍他的照片。

斯格特·博格详细记录了犯罪发生前的对话。像往常一样，1932 年 2 月 27 日，星期六下午，林德伯格一家离开了明日山庄，驱车从恩格伍德来到马上就要完工的霍普维尔庄园度周末。但是到了星期天，当时已经二十二个月大的小查理感冒了，他鼻塞，不停地打喷嚏，感觉不好。2 月 29 日，星期一，小查理依旧不舒服，在午饭之后，安妮打电话给在明日山庄的贝蒂·高，说他们会呆在霍普维尔的家中，直到查理感觉好一些为止。当天晚上，林德伯格从纽约打电话回来，说他晚上要呆在城里，计划第二天晚上回来。他当时在洛克菲勒学院开展生物研究。

星期二早上，孩子似乎感觉好多了，但是安妮自己却感冒了。她又给贝蒂·高打电话，让她来霍普维尔。贝蒂·高下午很早就到了，接替安妮，好让她去休息。下午马上要到三点钟的时候，根据博格的说法，她们两个人一起到婴儿房，发现查理已经好多了。他在客厅里一直玩耍到大约五点三十分，然后贝蒂·高就将他带到楼上的婴儿房。如果你面对房屋正面站的话，婴儿房就在二楼的最左边。贝蒂·高喂他吃了一点麦片粥，然后大约在六点十五分的时候，安妮来了，她们准备让查理睡觉了。她们用维克司牌香水擦洗剂擦了擦他的胸部，之后贝蒂用一些剩下的乳酪色的棉织法兰绒布给他做了件汗衫。她们给他戴好尿布，穿上一件羊毛背心，还有一件灰色的、登顿博士牌的二号睡衣。林德伯格不让他吸吮大拇指，因此给儿子戴上了金属拇指保护器，和他的衣袖夹在一起。贝蒂把他放在黑色的木质四帐柱婴儿床里面，并给他盖好了毯子。

安妮想关上百叶窗，但是她发现角落上的一个窗户弯曲变形很严重了。她大约在七点三十分的时候离开了婴儿房，贝蒂·高则又呆上了几分钟，让一扇窗户半开着，好在熄灯之前能流通点空气，之后就离开去洗宝宝的衣服了。在那之后，她又回来看了看他，并将毯子和床垫夹在一起，好让他暖和一些。然后她就到了地下室，去晾刚刚洗好的衣服，并和艾尔希·华特莱一起在客厅中吃了晚餐，当时大约晚上八点整。

二十五分钟之后，林德伯格回到了家中。实际上，他本来应当参加由纽约大学在沃尔多夫·阿斯托里亚九点举办的宴会，但是由于安排出了问题，因此他开车回到了霍普维尔。他是从车库穿过厨房进来的。他和安妮坐下来一起吃晚餐，当时大约八点三十五分。在晚餐之后，他们一起到了起居室，这里占据了一楼后半部的中心区域。

刚过九点钟，林德伯格觉得似乎听到什么奇怪的声音，后来他说好像是木质水果箱被撬开的声音。他认为或许是从位于房屋前半部的厨房中传出来的，厨房后面就是餐厅。安妮回忆说，大约在查尔斯开车到车库前的十五分钟，她听到汽车轮胎碾压车道上的鹅卵石的声音。但是没有人到过那里。林德伯格夫妇养的狗“瓦古什”，任何时间都没有叫过，因此安妮也没太在意。

这个时候，贝蒂·高接到了她男朋友打来的电话。她男朋友名叫亨利·“雷德”·约翰逊，挪威水手，当时在一艘游艇上做甲板船员。他们那天晚上本来是要出去的，但是由于贝蒂被叫到霍普维尔，因此约会取消了。相反，约翰逊告诉她，他要开车去康涅狄格州的哈特福德看望他的弟弟。

在起居室呆了一会儿之后，安妮和查尔斯来到了楼上的卧室。卧室就在起居室的正上方，处在房屋的后半部分，一段很短的走廊将卧室和婴儿房连接在一起，走廊经过他们的浴室。查尔斯洗了个澡，然后穿戴停当，又到楼下的图书室去读书。图书室挨着起居室，在屋子左边的角落里，在查理的婴儿房正下方。同时，安妮也洗了个澡，大约在十点钟的时候就上床睡觉了。

大约在同时，贝蒂·高到婴儿房检查宝宝怎么样了。她不想打扰他的睡眠，因此只是拉开浴室中的灯。这时外面已经很冷了，因此她就关上了那扇半开的窗户，并插上了电暖气。

但是当她来到宝宝床边时，听不到宝宝的呼吸声，吓了一大跳。在昏黄的灯光下，他好像已经不在婴儿床里面了，因此她用双手在婴儿床上到处摸了又摸，想探个究竟。

她赶紧从连接林德伯格夫妇卧室的门走到了卧室里。她看见安妮正从浴室里出来。“孩子在您那儿吗，林德伯格太太？”贝蒂·高焦急地问道。

“没有啊。”安妮回答道，感觉很疑惑。或许在上校林德伯格那里呢，她这样说道，然后就到婴儿房去了，贝蒂则冲到楼下的图书室去了。

“林德伯格上校，孩子在您这儿吗？”贝蒂问道。由于大家都知道林德伯格是一个非常喜爱开玩笑的人，她接着说道：“你可不要吓唬我。”

林德伯格感到奇怪，为什么查理不在婴儿床上，于是立即起身，亲自去婴儿房查看。他先来到他和安妮的卧室，走到衣橱边，取下了自己的来复枪，并上好了膛。然后，他和安妮一起回到了婴儿房。

婴儿床空空如也，屋内冷得有些奇怪。林德伯格四下打量了一下，发现角落的那扇窗户（也就是那扇百叶窗变形的窗户）的插销没有插上，并且微微地张开着。林德伯格注意到窗户正下方的暖气片上有一个白色小信封。他当时沉着冷静，在有关当局到来之前，一直都没有去碰它。

“安妮，”他说道，“我们的宝宝被人偷走了！”

“我儿子刚刚被绑架了！”

晚上大约十点二十五分的时候，奥利·华特莱打电话到霍普维尔警察局长的办公室报案。林德伯格则打电话给自己的律师，也是他在纽约市的好朋友亨利·布雷肯里奇。然后他打给位于特伦顿的新泽西州警察厅，和中尉丹尼尔·J·唐纳通了话。“我是查尔斯·林德伯格，”他说道，“我儿子刚刚被绑架了。”

唐纳问他绑架发生在什么时候，并且让他将宝宝的模样及穿着描述了一遍。挂了电话之后，唐纳把林德伯格打来电话的事对警探路易斯·J·伯纳曼说了。他们简短地讨论了一下，认为首先要确认这不是一场胡闹而已。于是唐纳决定给林德伯格府上打个电话，确认打电话给他的那个人就是林德伯格上校本人。当林德伯格接听电话时，唐纳告诉他警方已经出动了。同时，林德伯格来到屋外，寻找潜入室内者的蛛丝马迹，但是一无所获。

到达现场的第一批警官，也就是地方警长的副官们，是在十点四十分到的。他们查看了婴儿房里面，并且查看了那扇角落里的窗户的外面。他们注意到地上有脚印，顺着脚印从那里一直追踪到房子西南部七十五英尺之远的地方。他们发现那里有一个木梯在地上，很明显是一个自制的木梯。木梯很轻，做工粗糙，分成两节，折叠在一起。木梯的横档之间隔得很开，并且上半截的扶手已经裂开了。大约十英尺远的地方，他们发现木梯的第三截，是安装在另外两截之上的。如果把这个木梯完全打开安装起来，大约二十英尺长，但是如果折叠起来的话，马上就会缩短成六点五英尺长。

十时四十六分，电传警报传遍了整个州，指示警方拦截任何可能带着穿睡衣的宝宝的车辆。到了十一点，整个州范围内都设立了路障，特拉华州、新泽西州和康涅狄格州的警方都得到了通知。

第一个到达现场的州警是来自兰波特维尔的下士约瑟夫·A·沃尔夫，他是十点五十五分到达的。其他许多警官也陆续到达，包括上校H·诺尔曼·舒瓦茨科普夫，他三十七岁，是新泽西州警察厅厅长、西点军校毕业生、一战退伍老兵（指挥“沙漠风暴”行动进攻伊拉克的将军的父亲）。随同他的是副厅长、少校查尔斯·舒费尔。

贝蒂·高自己检查了整个房子，从地下室到阁楼搜了个遍，打开了每一个衣橱。安妮回到卧室，打开一扇窗户，朝外张望。她听到外面似乎有哭声，但是艾尔希·华特莱告诉她那不过是一只猫在叫。

下士沃尔夫注意到，在婴儿房拐角处的那扇窗户下有一个箱子，上面有黄泥巴。然后他出去查看，看到窗户下湿湿的地面上有许多脚印。他当时没有直尺也没有卷尺，因此将这些脚印和自己的九号鞋子比较了一下，发现脚印比他的鞋子要大一些。警方没有制作这些脚印的石膏模型。

到了十一点十五分的时候，其他州警也陆续到达了。他们报告说发现了两种不同的脚印，是两个人留下的。但是后来又改口说只发现了一个人的脚印。这似乎有点模糊不清，但这不过是这个极度让人揪心的案件中无数让人感觉含混不清的地方之一而已。一种解释是，他们后来断定小一点的脚印实际上是安妮自己留下的。她说她白天曾经去过婴儿房外面，当时她把鹅卵石扔到窗户上去吸引宝宝，逗他玩儿。但是博格和其他人则称，在窗户下面，靠近曾经放过那个梯子的地方，很明显有一个鞋印，鞋印上有纺织品纹路，这表明这个人的鞋子上包裹了袜子或其他某种袋子。在木梯留下的印迹附近，警官们发现另外一个可能的证据：巴克兄弟公司生产的一把九点五英寸长、木柄、四分之三英寸规格的木工用凿子。

侦查人员感到奇怪，为什么那条狗没有叫，从而引起家里人注意可能有人潜入室内，但是林德伯格解释说“瓦古什”当时在屋子的另外一边，它在那里睡觉，不可能透过风声听到离它那么远的任何声音。

这时，林德伯格的律师亨利·布雷肯里奇到达现场。他陪同他的客户兼朋友林德伯格以及舒瓦茨科普夫和其他警官来到婴儿房。来自莫里斯顿兵营的下士弗兰克·A·凯利是犯罪现场技术专家，他开始提取指纹。除了一个不那么完整的污迹之外，没有发现什么指纹。甚至也没有发现安妮·林德伯格或贝蒂·高的指纹，这个事实直到今天还令人困惑、引起争议。凯利拍了照，并且提取了那个皮革箱子上的泥土样本，还取了窗户附近的硬木地板的样本。

布雷肯里奇打电话给联邦调查局局长J·埃得加·胡佛。哈丁政府时期，布雷肯里奇担任助理国防部长，他们就是在那个时期认识并最后成为朋友的。具有讽刺意味的是，胡佛一直是拜访林德伯格在霍普维尔家宅的尊贵客人之一，此外还有阿梅丽亚·埃尔哈特、维尔·罗杰斯、威利·波斯特和阿尔伯特·爱因斯坦。胡佛告诉布雷肯里奇说他们会全力合作的。

凯利拍照之前，木梯已经被搬到屋内了，因此他没有机会按照木梯在犯罪现场的原样将它拍下来。他又试图提取指纹，但是这次又没有任何收获。横档上的泥土看起来和在婴儿房发现的泥土的黏度一模一样。他还试图在凿子上提取指纹，但还是没有发现什么指纹。

凯利于是转而研究起婴儿房内的那个白色信封，用自己的小刀将它小心翼翼地切开。他从里面取出了一张折了一次的白纸。上面的字迹是蓝墨水写的，那个人似乎手有点发抖。他把纸条交给林德伯格看。

亲爱的先生：

请准备好五万美元。其中二点五万美元是二十美元一张的，一点五万美元是十美元一张的，另外一万美元是五美元一张的。在大约两到四天之后，我们会告诉你把钱放在哪里。

我们警告你不要将任何事情公开或者通知警方你的宝宝被绑架了。

所有信件上的标志都是签名（singnature）外加三个洞。

最后一句话指的是信纸的右下角。那里有两个交叉在一起的蓝色圆圈，每个圆圈的直径都比一英寸长一点。两个圆圈交叉部分被涂成了红色，上面扎了三个小洞，一个在左边，一个在中间，另外一个在后边，中间间隔大约一英寸。信上没有发现什么指纹。

当天亮时，许多记者都来到了林德伯格家，聚集在那里。舒瓦茨科普夫在房屋旁边、婴儿房对面的车库建立了临时指挥部，但是他发现根本没有办法保护现场不被破坏。

种种说法不断浮出水面，说这片地区出现了很奇怪的人。奥利·华特莱说他曾经看到有男子和妇女驾着一辆蓝色的小汽车靠近林德伯格家拍照。他让他们离开，但是后来他看到那名妇女躲在灌木丛后面拍照，并且主要集中拍摄那扇婴儿房的窗户。

据称星期二有两个驾着蓝黑色汽车的男子曾经打听如何去林德伯格家。后来警方追查出那辆车是布鲁克林区一个居民的，他说这辆车是在那天被偷走的。

在特伦顿，警方被告知，午夜的时候，铁路司闸员曾经看见两个男子和一名妇女抱着一个孩子站在站台上，等去纽约的那趟火车，并且看起来紧张兮兮、神色慌张。这几个人从来没有被查认出来。

舒瓦茨科普夫要求得到一张列有所有参加过建造林德伯格庄园的人的名单，因为要对所有这些人进行调查。他还要求得到所有在霍普维尔庄园和明日山庄工作的仆人的名字。没有人能够理解，为什么绑架犯会冒此种风险，而不是等到屋内每个人都睡熟之后再采取行动，这样孩子的失踪可能会要久一些才会被发现。这一点，还有那条狗没有叫，都让舒瓦茨科普夫开始把精力集中在家务仆人身上。

但是同时，他必须承认，林德伯格家在外并非不为人知。它的建造过程曾经被各种全国性杂志报道过，并且还有详细的照片和平面设计图。林德伯格家位于该州内的最高点之上，很容易就看见它，特别是在晚上，对于任何躲在林子中的人来说更是如此。由于只有一条进出的通道，家人的进出活动很容易被监视。罪犯随身带来了一把凿子说明他并不知道那扇窗户的百叶窗无法完全关上。由于婴儿床中的毛毯当时基本还保持着原样，因此似乎他是被人抓住头部拽出来的，并且罪犯可能出手很粗野。屋内没有什么气味或者氯仿麻醉剂，但是这不意味着罪犯没有用什么化学物品和药品让婴儿保持安静或让他完全没有知觉。

主持大局

林德伯格是通过控制自我和他身处的各种情形来逐步建立自己的事业和声名的。尽管儿子的生命处在危险之中，他还是不想放弃控制权。由于他的声名，他有资格施加影响和掌管局面，即使在警方正在进行侦查时也是如此。舒瓦茨科普夫极度崇拜这位飞行英雄，因此基本上只好围着他转。

在请教了布雷肯里奇之后，林德伯格认为让孩子安全返回的最佳办法是按照绑架犯的要求去做。但是这并不容易。在绑架发生之后的头几天中，霍普维尔收到了成千上万的邮件。三个州立警察局全天工作，不停地分拣这些信件，以图寻找线索。

要记住的重要一点是，在那段大萧条期间，绑架已经成了一种常见的刑事犯罪。某些大城市竟然出现了一些绑架集团。只是在两年前，也就是 1930 年，光芝加哥市就收到了四百起绑架案报案。查理 · 林德伯格失踪之后的那天，俄亥俄州奈尔斯市就有一个男孩被绑架了。那年 3 月，十六个绑架犯被判有罪，并被投入监牢。实际上，安妮的妹妹 1929 年差点就被绑架了。

在等待绑架犯消息的过程中，几种行动方案渐渐成型。林德伯格认为罪犯是职业罪犯，因为现场没有留下什么指纹，而且很了解林德伯格家，也了解宝宝的房间。他怀疑有某个犯罪团伙卷入其中，于是想和黑社会接触一下，看看能不能和他们达成什么交易。

由于绑架犯很明显熟悉林德伯格家的房子，并且也熟悉婴儿房的具体位置，还做了一把木梯，且要求的赎金也不是很高，因此诺尔曼 · 舒瓦茨科普夫认为他是当地人，而不是什么职业罪犯。

舒瓦茨科普夫的得力警探、中尉阿瑟 · T · 基顿希望考虑一下这种可能性：绑架可能是内部人士所为，是某个家务仆人干的，因为在周末之后罪犯立即就知道，由于宝宝生病了，林德伯格一家人不会返回马洛的庄园，而他们平时的习惯是度完周末就回到马洛庄园的。此前他们没有在哪个星期二呆在霍普维尔过夜。

查尔斯和安妮对家里的仆人绝对相信，并且这种信任从未动摇过。

就像四十年前的丽兹·伯登案件一样，由于林德伯格在对查理被绑架的反应上几乎过分克制，因此不少人对他表示怀疑。他是如此的无动于衷，据称，这要么是因为他并不在正常意义上真正爱他的儿子，要么是因为他可能与这宗绑架案有关。于是流言四起，说这个小男孩有某种缺陷，要么是在精神上，要么是在身体上，而一向追求完美的上校是无法忍受这一点的。

我提出这一点的主要目的是为了批驳它。首先，几乎没有稍微可信的证据表明这个孩子有什么不正常。更为重要的是，我看过许多处在极端悲伤中的父母，知道父母对此种恐怖事件的反应是非常个人化的。某些人泪如泉涌，其他人则镇静非凡。大部分父母则居于二者之间。但是没有所谓的“正确的”和“错误的”反应。面对可能发生在自己身上的最糟糕事情的人，都是以自己不由自主的方式来作出反应的。

有一次在电视节目《美国最大通缉犯》上，我和主持人约翰·沃尔什正巧谈到过这个问题，因为这和一个他们当时正在播放的案件相关。沃尔什职业就是罪犯追击者，并且他亲身经历年轻的儿子亚当被残酷谋杀的巨大痛苦。他当时就简洁明了地说道：“谁有资格说一个人应当对此种事情作出何种反应呢？”

在丽兹·伯登案中，丽兹的超然反映出一个算计精明的女谋杀犯的心理。而在查尔斯·林德伯格案中，林德伯格的超然则反映出一个曾经不断面对死亡但是却完好无损地超越了死亡的男士的坚强个性。因此每种反应都意味着某种不同的东西。如果表面行为极容易解释的话，那么几乎不要什么训练，任何人都能成为犯罪侧写师。

安妮全力以赴来应对这一事件，她极度依赖她母亲的精神支持，并将她内心的恐惧记录在日记之中。她父亲，杜威特，总是她的力量之源，但他在前一年 10 月 31 日死于脑出血。安妮周围的人担心，这种压力和无数不眠之夜会影响她腹中的胎儿。为了做一点有建设性的事情，安妮写下了宝宝的日常食谱，并且将之交给了媒体。第二天宝宝的食谱几乎出现在美国的每一份报纸上。安妮和查尔斯还发表了一份声明，说他们愿意和绑架犯私下接触，或者和绑架犯指派的任何中间人接触。他们说他们绝对会保守秘密，他们唯一感兴趣的是找回他们的儿子。他们不会“试图伤害和宝宝安全返回有牵扯的任何人”。

新泽西州总检察长威廉 · A · 史蒂文斯发表了一份个人声明，强调林德伯格夫妇的痛苦，以及他们想找回儿子的强烈愿望；但同时强调绑架犯不可能得到任何豁免。

3 月 2 日，他们收到了一张明信片，上面写着：“宝宝很安全。请等候消息。按我们说的去做。”没有红圈也没有蓝圈，上面的笔迹和婴儿房中发现的那个纸条上的笔迹不一样，但是警方显然认真严肃地对待它了。然而他们发现，这是一个精神上有问题的十七岁男孩写的，他只是希望看看他写的东西会不会出现在报纸上。

要　求

3 月 4 日，他们收到了第二封勒索信，责备林德伯格惊动了警方，并且将赎金提高到了七万美元，因为警方介入让他们要额外注意自己的行踪和安全。婴儿房那张纸条下部出现的两个交叉圆这次又出现了。第二封信用墨水写在那张纸两面，是从纽约市布鲁克林地区邮寄过来的。

亲爱的先生：我们警告过你不要公开任何事情，也不要通知警方。现在你必须为你行为的后果负责，这意味着在一切平静下来之前，我们都会扣着宝宝。我们现在无法安排任何会面。我们知道这对我们来说意味着什么。现在你要么让这件事成为一种全球性爆炸新闻，要么尽快得到你的儿子，让整个事件迅速平息下来，这对我们双方来说都是最好的。不要担心宝宝，两位女士日夜轮流地守护着他。她们会按照报纸上的食谱给宝宝喂食的。

我们也愿意让他平安健康地回家。我们以前提出的赎金要求是五万美元，但是现在我们必须让另外一个人加入来帮忙。这五万美元中，二点五万美元应当是二十美元一张的，一点五万美元是十美元一张的，另外一万美元是五美元一张的。不要在钱上作任何标记，也不要让它们的号码是连续的。我们随后会告诉你将钱放在哪里。但是，在警方撤手不管这个案件以及报纸安静下来之前，我们是不会这样做的。这次绑架我们已经准备了好些年了，因此我们对一切都有充分准备。

由于害怕警方可能截获这封信，绑架犯给布雷肯里奇的办公室发了另外一封，要求转交给林德伯格。

亲爱的先生：你是否收到了我们 3 月 4 日在布鲁克林地区波罗礼堂附近寄过来的信？我们知道警方介入了你们的私下信件往来。这种情况下我们怎么可能作出相应安排呢？以后我们会将信件寄到百老汇大街二十五号的布雷肯里奇那里。我们不会接受你派出来的任何中间人。我们以后会作出安排的。不要担心宝宝，他很好，我们会根据食谱来给他喂食。非常感谢你提供了他的食谱。我们很愿意让你的儿子安全地回家。

现在你要么让这件事成为一种全球性爆炸新闻，要么尽快得到你的儿子。你为什么不按照我们留在婴儿房的信中说的做呢，那样的话宝宝可能早已经回家了。警方无力做任何事情，因为我们准备这次绑架已经达一年之久了。但是我们担心宝宝身体可能不够强壮。

我们当时提出的赎金是五万美元，但是现在我们必须安排另外一个人来照顾宝宝，好让他坚持得长一些。我们预计大约要七万美元：其中二万美元是五十美元一张的，二点五万美元是二十五美元一张的，一点五万美元是十美元一张的，剩下的一万美元是五美元一张的。我们再一次警告你不要在钱上作任何标记，也不要让它们的号码是连续的。我们随后会通知你如何把钱送给我们，但是在警方放下本案和媒体安静下来之前，我们是不会这样做的。

现在，尽管我刚刚说过并不是任何人都可以成为犯罪行为分析专家，但是我认为你们肯定会同意，这些信中有几点是非常清楚的。写信的人的母语不是英语，他不是在美国出生的，甚至也不是出生在美国的文盲。尽管许多基本词汇他都拼写错了，但是许多很难的词汇他都拼写对了，这说明他当时在用字典。这些信件表明，写信人不是美国文盲，而很可能是一个讲德语的人，因为信中“好（good）”写成了“好（gut）”、“事情（thing）”则成了“事情（ding）”。

因此林德伯格从一开始就错了：这不是美国某个有组织的犯罪集团干的。他们不会蠢到直接把与他们的犯罪事业如此紧密相关的事情告知他人，这会过于“不职业”。此外，当他们的要求没有得到满足时，他们要求的会比这更多，而且会对林德伯格提出更直接的威胁。

有没有可能绑架犯不止一人呢？或许是，或许不是。我们从信中无法推断出这一点。这些信件看起来是出自一个人之手，并且参加案件调查的各种笔迹专家都没有对此种观点提出任何异议。然而，绑架犯经常自称“我们”，即使其实只有一个人，因为这样他们可以表现得比他们实际更加强大、更具组织性。而写这些信的人，在宣称此次绑架案“已经准备了一年之久”时，他显然也是想达到同样的效果。

尽管这些东西看起来如此明显，但是林德伯格还是决定和黑社会接触。阿尔·卡彭，直到后来因为逃税遭到指控为止，曾经一直都是芝加哥地下犯罪集团的领袖，当时正在库克县监狱中，马上就要转到亚特兰大的联邦监狱去。卡彭曾经无情地干掉他的敌手，比如海米·维斯，后来又在1929年情人节在一个名叫“北边车库”的地方，在搜索维斯的继任者乔治·“巴格斯”·莫兰未果之后，杀死了七个男子。卡彭表示，自己为林德伯格儿子被绑架感到极端愤怒，在道德上受了伤害，他个人愿意出一万美元，交换能让宝宝安全返回的任何信息。他还告诉《赫斯特报》专栏作家阿瑟·布里斯班，说他敢肯定是黑社会干的，他认为自己能够让孩子完璧归赵，如果可以让他在狱外呆上足够长的时间来完成这一任务的话。毫不奇怪，联邦警察根本就对此不屑一顾。

但是林德伯格认为黑社会确实卷入了，并且宣布他授权私酒商萨尔瓦多·斯皮太尔和欧文·比茨与绑架犯接触。这两个人的同伙莫里斯·罗斯纳成了林德伯格的“秘书”，并于3月12日宣称宝宝还活着，谈判进展顺利。他向林德伯格要二千五百美元，林德伯格满足了他的要求。不久之后，萨尔瓦多·斯皮太尔和欧文·比茨不经意间证实了自己确实是黑社会分子，当时联邦禁酒当局就进入布鲁克林某个港口的一船私酒而逮捕了他们并对他们提出了指控。然而，由于他们和林德伯格之间的关系，对他们的指控立即就被撤销了。

同时，或许是所有人中最奇怪、最神秘的人物粉墨登场了。

杰夫希粉墨登场

约翰·F·康登，时年七十二岁，胡须花白，几乎总是穿着干净利落的黑色衬衫和黑色西服，是布朗克斯地区一所学校已经退休的物理教师兼校长。他认为布朗克斯是世界上最美丽的地方。尽管大家都称他为“博士（Doctor）”①，但我们没有发现他获得了哪个专业的博士学位，而且他显然也不是什么医生。吉姆·菲舍，我早年在联邦调查局时他是那里的特警，现在则是教授兼作家。在他很重要的一本书《林德伯格案》中曾提到，康登自称为学者。从康登后来和警方以及媒体打交道的行为来看，我推测康登一定是这样一位教师：喜欢站在教室前面自言自语；他可能对帽子掉在地上都大肆评论一番；他也极端爱国，爱得有些矫揉造作；他为这起针对美国最伟大的英雄的犯罪而感到震惊，认为这是国家的耻辱，希望自己能帮上什么忙。我认为，同样可能的是，他还想通过这个将要成为历史上最轰动性的事件获得某种个人关系并满足他自己的妄自尊大。

当读到斯皮太尔和比茨这两个卑劣的黑社会暴徒正在充当中间人的消息之后，康登写了一封信给《布朗克斯家庭新闻报》。这封信发表在该报3月8日那一期上。这封信中，康登提出自己来充当林德伯格和绑架犯之间的中间人，并且愿意另外投入自己辛苦挣来的一千美元，作为给绑架犯额外的赎金。我认为，从这件事上，康登的自以为是已经再清楚不过了。

由于这份报纸在布朗克斯区之外几乎是默默无闻，调查人员中没有人重视康登的提议，如果说他们确实知道他的提议的话。当然林德伯格也

① 英文中 doctor 既有“博士”之意，也有“医生”之意。——译者

没有。

信在报纸上发表之后，康登出去了，直到晚上十点钟左右回到家中。回到家时，按照习惯，他所做的第一件事情就是检查那天的邮件。其中一个信封上的笔迹粗糙潦草，在里面有一份手写信件：

亲爱的先生：如果你愿意担当林德伯格案件中的中间人，请严格按照我们的话去做。将这个信封里面的另外一封信亲手交给林德伯格先生，里面说得一清二楚了。不要告诉任何其他人。一旦我们发现媒体和警方都被惊动的话，那么什么安排都会立即取消，所有的事情又要进一步被耽搁了。在你从林德伯格先生那里拿到钱之后，请在《纽约美国人》上刊登如下几个字：

钱已备齐。

在得到这个通知之后，我们会给你进一步指示。不要害怕，我们不会要你那一千美元，自己留着用吧。你要做的只是绝对按照我们说的去做。每天晚上六点到十二点之间都要呆在家中，因为这段时间我们会和你联络。

在信封里面还有另外一个更小的信封，上面有两行字，字迹和刚才一样：

亲爱的先生：请将这封信交给林德伯格上校先生。不要通知警方，这可是为林德伯格先生着想。

尽管里面警告了不要告诉任何其他人，但是康登发觉对这样一个重大发展，自己没有办法完全一声不吭。至少，他自己说，他必须把这个消息告诉他的大英雄林德伯格上校。他没有汽车，因此他决定告诉他的朋友阿尔·莱克，他有车。

莱克以前是一个拳击手，案发时在房地产业工作，据称经常在一八八街和格兰特林阴大道交叉处的马克思·罗森海因酒店里出没。康登乘电车到了酒店。但是当他到达时，莱克不在那里。由于实在忍不住，康登把这封信给罗森海因看了。罗森海因建议把这封信给他们俩另一个共同的朋友米尔顿·加格丽奥看。米尔顿·加格丽奥是一个布匹商，当时碰巧在那里。加格丽奥有一辆汽车，并且同意驾车送康登到霍普维尔去。三个人讨论了他们应当如何做，最后决定，康登先打电话过去取得林德伯格家的信任，这样是最好的。

康登当时就打通了电话，但是电话被转了又转，最后转到某个自称他负责接听林德伯格上校所有电话的人那里。这个人是林德伯格上校的私人秘书罗伯特·泰耶尔。康登先自报家门，不厌其烦地详细列举了他的学历和教职。在这一点上，有不同的说法。泰耶尔说和康登通电话的就他一个人。但喜欢自我夸耀和吹嘘的康登则宣称他是和林德伯格先生亲自交谈的。我倾向于怀疑他的说法，但是无论如何，康登确实读了那封信，然后电话那边要求他打开另外一封信，并大声把它读出来：

亲爱的先生，康登先生是我们派出来的中间人。你可以将那七万美元交给他，放在下面这么大的盒子中：

康登解释说上面画了一张图，大约长、宽、高分别为七英寸、六英寸和十四英寸。然后，他继续读道：

我们已经告诉你应当用多大面额的纸币了。我们警告你不要设下任何陷阱。如果你或者其他某个人通知警方的话，那么一切都要进一步拖延了。我们收到钱之后，会告诉你到哪里去找你的儿子。你可以开着飞机来，因为那里离你家大约有一百五十英里远。但是我们会在把宝宝放到指定地点之后再等待八个小时才告诉你宝宝的具体地点。

“就这些了吗？”那边（林德伯格或泰耶尔）问道。

康登说没错，就这些，但是接着又说信件底部有两个交叉在一起的圆圈。这可引起了那边听电话的人的注意。他们商定，应当让林德伯格马上看这封信。因此，康登、罗森海因和加格丽奥就在午夜刚过之后开着加格丽奥的车出发了。他们大约在凌晨二点的时候抵达，亨利·布雷肯里奇在厨房里和他们会面。

康登被带到楼上的卧室中和林德伯格见面。一看到这封信的笔迹、错误拼写和签名圆圈，林德伯格就知道这是真的。这些都没有被公开。那个盒子的草图好像是透视图，就好像木工画的一样，这让人很容易联想起那把自制木梯。

康登对那天晚上的描述非常夸张，几乎让人恶心。他写道，当他被介绍给安妮时：

……她几乎是本能地向我伸出自己的双臂，显示出自古以来的母性本能。

“你能帮我找回我的孩子吗？”

“我会竭尽全力把他找回来。”

当我靠近一点时，我看到她那温柔的黑眼睛中闪烁着晶莹的泪水。我朝她笑了笑，摇了摇我的食指，表示对她的责备。我假装粗俗地威胁安妮·林德伯格：

“如果有任何一颗泪珠掉下来的话，我会立即撒手不管这个案件。”

她抹掉了脸上的泪珠。当她的双手离开她的脸蛋的时候，她冲我笑着，甜美而大胆。

“你看，博士，我现在不再哭了。”

“那就好，”我说道，“这可好多了。”

这个回忆录不仅几乎令人作呕，而且也和安妮对自己当时情感的更深刻、更真实的描述大相径庭。但是，这让我们在一定程度上清楚地看到约翰·康登的个性和他看待问题的视角。

罗森海因和加格丽奥开车回到了布朗克斯，但是林德伯格邀请康登在那里过夜，康登马上就应承下来。甚至还不仅如此。早上很早的时候，他就溜进了婴儿房。他到处打量，然后就伸手到他所称的“孤胆小鹰的婴儿床”上去，拿下了那两个依旧还把毛毯和床垫别在一起的别针。在玩具箱中，他取出来一些木雕的动物。然后他问林德伯格是否可以带走这些玩具和安全别针，这样如果他与绑架犯会面的话，他可以通过观察宝宝对这些动物的反应来辨认宝宝，并且可以通过问与他会面的人他们在哪里见过这些东西，以确认他们就是绑架犯无疑。林德伯格同意了。早餐过后，林德伯格、布雷肯里奇和康登到了楼上，写了一张简单的纸条：“我们于此授权约翰·F·康登博士作为我们的中间人。”这张纸条上的日期是 1932 年 3 月 10 日，查尔斯和安妮都在上面签了名。

媒体的问题又出来了。布雷肯里奇准备根据信上的指示在《纽约美国人》上面刊登“钱已备齐”的通知，但是如果康登在上面签名的话，记者就会立即知道他是中间人，然后会到处围追堵截他。这就意味着一切都会马上中止。

因此康登建议用他名字中的首字母JFC，后来就想出了“Jafsie（杰夫希）”这个名字。绑架犯可能能够认出来，但是其他人则不会。

在布雷肯里奇开车送他回家之前，康登花了一个多小时看小查理的照片，这样到时就可以辨认出来了。布雷肯里奇则打算住在康登在迪凯特大街二九七四号的家中，直到他们得到绑架犯的消息为止。

维奥利特

同一天，纽瓦克警察局的警官们正在对所有在马洛太太的明日山庄中工作的二十九个家仆展开询问。在舒瓦茨科普夫看来，贝蒂·高有重大嫌疑。她知道宝宝在那里，并且知道通往婴儿房的直接通道。她还曾经在底特律工作过，那里曾有一个名叫斯格特·高的歹徒到处作案，有时候也绑架索取赎金。但是很难确立这个匪徒和贝蒂之间有什么关联。并且，她对调查人员的回答看起来都很真实、适当。

新泽西州警察厅还要求康涅狄格州哈特福德警察局逮捕了贝蒂的男朋友雷德·约翰逊，并对他进行审问。除了知道孩子3月1日的具体所在之外，他还有一辆绿色的克莱斯勒双门小轿车，而当地一个居民则报告说他曾经看到林德伯格家附近出现过一辆绿色小轿车。已经检查了近四百辆绿色小轿车了，但是当警官们检查到约翰逊的克莱斯勒轿车时，他们发现敞篷座位[1]上有一个空的牛奶瓶。约翰逊解释说他平常喝很多牛奶，他开车

[1] 在旧式汽车后面，设于行李厢部位，使用时可以打开行李厢的盖作靠背。——译者

时喝完牛奶就把空瓶子扔在后座上。警方继续关押了他达一个星期之久，但是无法找到什么漏洞，并且他的背景中似乎也没有什么东西表明他可能参与了此次绑架案。最后，对约翰逊的调查没有给警方带来任何进展。绑架案已经过去两个星期之后，舒瓦茨科普夫发表了公开声明，说约翰逊无罪。但不幸的是，约翰逊被查出来是非法移民，因此舒瓦茨科普夫将他交给了移民局，省却了自己的许多麻烦。

总体上来说，马洛和林德伯格家的仆人们都非常配合，并且他们的回答都很符合事实，只有一个令人奇怪的例外。

维奥利特·夏普，二十八岁，女佣，于 1929 年离开英格兰的布拉德菲尔德来到多伦多。在多伦多工作了九个月之后就来到纽约市，想找一份更好的工作。在一个职业介绍所登记之后不久，她就被马洛家聘用了。她的妹妹艾米莉则在康斯坦斯·奇尔顿家工作，后者是安妮·林德伯格的妹妹伊丽莎白在一所私立学校的同事。照片显示，维奥利特长相一般，但看着还挺顺眼，微胖、黑头发、大大的褐色眼睛。根据所有记录来看，她是一个友善的好仆人，几乎所有其他仆人都很喜欢她。据称她当时和明日山庄的管家、佣人总管塞普提默斯·班克斯正在恋爱。班克斯以前曾经做过英国贵族的管家，还做过工业家安德鲁·卡耐基的管家。其他佣人认为总有一天维奥利特和塞普提默斯是要有情人终成眷属的。他们结合的唯一障碍就是塞普提默斯酗酒，他几次被解雇都是因为这个原因。但是每次马洛太太都原谅并重新聘用他，让他回来工作。维奥利特让他作出保证，一年之内绝对不沾酒瓶子。

绑架案发生的当天，是维奥利特接听了安妮打到明日山庄找贝蒂·高的电话。贝蒂离开之前对维奥利特说，孩子病了，因此林德伯格夫妇自己不会过来了，她现在要过去。

当谈到维奥利特的时候，警官们以为这和此前进行的例行询问没有什么不同，但是事实情况却并不完全如此。她看起来很紧张、焦虑，并且在谈到3月1日她到底去了哪里的时候，她的话让人费解。晚上大约八点钟的时候，她接到了上一个星期天她和妹妹艾米莉在恩格伍德散步时遇到的那个男子打来的电话。当时一个男子开车经过，并且向她招手。她以为自己可能认识他，所以也冲他招手。他停下来，说可以开车送她们回家。后来她发现不认识他，但是他似乎非常友善，并且说他会打电话再带她出去，她答应了，尽管她和塞普提默斯·班克斯之间已经形成了谈婚论嫁的默契。

3月1日晚上，维奥利特和这名男子，外加另外一对，一起出去了。他们四个人看了场电影。看完电影之后，他又开车送维奥利特返回明日山庄，并和她一起走到了佣人们住的房子门口。他们在那里说了晚安就分手了。她答应在3月6日再和他见面的，但是后来没有遵守约定。

那么这名男子到底是谁呢？他叫什么名字？维奥利特不记得了。另外一对又是何许人呢？同样她还是回忆不起他们的名字。

看了什么电影？她不记得。那么，电影讲的是什么呢？她一点都不记得。电影院的名字叫什么？她说在恩格伍德，但是不知道名字。

警官们告诉她，他们知道这是非常熬人的，而且她可能过于紧张了。她马上回答说她并不紧张，但是他们没有权过问她的私人生活。警官们要她讲讲3月1日做的其他事情或去过什么别的地方，但是她什么都不说。

当一些警官们在询问时，其他警官搜查了维奥利特的房间。尽管没有发现任何线索或直接证据，但是发现了一张纽约城市银行的存折，上面的余额是一千六百美元。考虑到这可是处在大萧条的中期，维奥利特的月薪为一百美元，而且她为马洛家工作的时间还不到两年，她还经常寄钱给在英格兰的家人，这个数目本身就引人注意。当然，她没有住宿开销，因此从技术上来讲，如果她非常节俭的话，攒下这些钱来也是有可能的。但是，由于她的逃避和敌对态度，使得警官们只能对她严加盯防，要是她当时和其他佣人一样对警官们的提问采取合作态度的话，就不至于此了。

“公墓约翰”

上面签有“杰夫希”的那则广告刊登在3月11日的《纽约美国人》上。同一天下午，康登太太接到了一个电话，她后来说这个人“口音粗哑、低沉、含混”。打电话的人要她丈夫接电话。她说他在福德汉姆大学，但是下午大约六点的时候会回来。打电话那个人说他晚上七点会再打过来，并要康登博士呆在家里等着。

当这个神秘男子再一次打电话来时，康登和布雷肯里奇已经回到康登家了。

“你收到了我签名的那封信了吗？”他问道。康登立即辨认出这男子的母语应当是德语，这个男子是按照信上拼错的单词签名（singnature）来发音的。

“你是从哪里打电话过来的？”康登问道。

“韦斯切斯特。”这个男子答道，之后还问了康登几个问题来确认他的身份。康登清楚地听到他在和某个人说话。

康登听到和打电话给他的那个人说话的另外一个人说：“Statti citto！”康登认为这是意大利语，意思是：“你给我闭嘴！”

“你还会得到我们给你的消息的。”这个神秘男子说道，然后就挂了电话。

舒瓦茨科普夫上校认为可以监听康登的电话，但是林德伯格否决了他的提议。林德伯格可以否决舒瓦茨科普夫这个警察部门领导的提议，这一事实充分说明飞行家林德伯格的独特影响和权力。林德伯格一直都是自己完全控制局面，并且最终完成了他想要实现的目标，不论是在职业生涯还是在私人生活中都是如此。他认为找回他儿子的最好办法就是和绑架犯“诚实地交往”。因此警方没有办法利用打给康登的电话来追踪绑架犯的所在。

但是林德伯格选择的其他一些人可不是那么好控制的。3 月 12 日，莫里斯 · 罗斯纳，这位林德伯格刚刚任命的“私人秘书”和负责与犯罪团伙联系的联络官，对媒体宣布，他知道宝宝还活着并且很健康，不久就要回到父母身边了。同一天，纽约市警察专员爱德华 · 穆尔鲁尼宣布罗斯纳最近刚刚因为土地欺诈而遭到起诉。后来他被判无罪，有些人说这是得益于他和林德伯格之间的关系。

3 月 12 日，星期六，康登来到布朗克斯区一个家具木工那里，让他按照信中的规格做一个木箱子。康登按照他多年以前别人送给他作礼物的一个投票箱来设计这个箱子，这样的话，如果某人拿着这个箱子，就很容易辨认出来。他给了那个木工三美元。

当天晚上六点，康登和他的朋友阿尔 · 莱克以及亨利 · 布雷肯里奇回到了家中，这时门铃响了。他们认为这就是他们一直在等待的绑架犯的联络暗号，但是没想到却是米尔顿 · 加格丽奥和马克思 · 罗森海因。布雷肯里奇很担心他们的到访可能已经把绑架犯吓走了。后来，八点三十分左右，门铃又响了。这次是一个名叫约瑟夫 · 佩罗尼的出租车司机。佩罗尼解释说，在炮山路和诺克斯街道交叉处，有一个穿着褐色外套、戴着褐色毡帽的男子向他招手，要他把一封信交给康登博士，于是他就带来了。在布雷肯里奇和加格丽奥进一步追问下，佩罗尼说，那个男子声音粗哑，德国口音，并且在离开之前还写下了佩罗尼的出租车车牌号。

康登打开了信封，里面写着：

康登先生：我们信任你。但是我们不会来你家，太危险。即使你自己也不知道你是否被警方盯着。请按照我们说的去做：

从这里的杰罗姆大街开车到最后一个地铁站。在地铁站左边大约一百英尺处有一个法兰克福香肠摊位，旁边有一个很大的开放式走廊，在走廊中间的一颗石头下面你可以看到一张纸条。

这张纸条会告诉你到哪里去找我们。按照上面说的去做。

三刻钟之后，请到达那里，把钱带上。

下面就是熟悉的圆圈签名。

盒子还没有做好，钱也没有准备好，但是康登认为还是应当按着信上的指示去做。当他到达目的地时，可以向与他会面的那个人解释。阿尔·莱克可以开着他的福特双门小轿车把他送到相关地点。

康登是在那个已经关门的香肠摊位边下车的。他在走廊里面的一块石头下面发现了一个信封。他回到车中，打开信封。

穿过大街，顺着连接公墓和二三三街的那堵篱笆一直开车到公墓。我会在那里和你会面。

纸条上提到的公墓是伍德朗公墓，面积四百亩，和凡·科特兰特公园之间隔着一道锻铁栅栏。康登在前门等着。这时有一个人经过，看了看康登，但是没有停下来。后来，莱克说他认为这个人很可能就是出来探虚实的。康登又等了大约十五到二十分钟，这时他看到栅栏里面有人朝他挥舞一方白色的手帕。康登仔细观看：这个人穿着褐色外套，戴着软毡帽，和出租车司机佩罗尼的描述一模一样。这个人把手帕放在他的脸前面，声音粗哑地问道："你收到我的通知了吗？你带钱来了吗？"

"没有，"康登回答道，"没有看到宝宝，我是不会带钱过来的。"

这时他们听到脚步声。这个阴沉的男子说康登带来了警察，康登说他没有这样做。这个男子爬上公墓大门，跳了过来，落在康登旁边。"太危险了，"他说，于是就往北朝杰罗姆大街奔去。康登注意到，他们听到的脚步声实际上是公墓保安的脚步声。在告诉这名保安一切都很正常之后，康登开始追赶那名男子。这对于一个已经七十二岁的老人，即使是像康登这样极端注意自己身体的老人来说，可不是件什么容易事。

跑了大约半英里之后，他终于在凡 · 科特兰特公园中的那个湖的南边追上了那名男子。那名男子停了下来。"你应当为自己感到羞耻，"康登以自己惯有的语调嘲笑他，"没有人伤害你的。"

"太危险了，"那名男子应声道，还努力把帽子往下拉了拉，竖了竖衣领，以防别人认出他来，"这可能让我坐三十年牢。"

他们俩走到网球场旁边的一个棚屋边。康登指了指旁边的长椅。他估计这名男子可能三十五六岁，五英尺九英寸高，一百六十磅，嘴巴小，颧骨高，眼如杏仁，眼窝深陷。现在这个男子的口气已经不那么粗暴了，而是看起来完全陷入了某种思绪之中。他又说起如果被抓住的话他可能坐三十年牢。"而我只不过是一个中间联络人而已。我甚至会被烧死。"

"你为什么说你会被烧死呢？"康登问道。

"如果宝宝死了怎么办？如果他死了我不会被烧死吗？"我们不清楚

他是指在地狱遭受火烧的酷刑还是指新泽西州的电椅。无论如何，康登因为他所说的这句话而感到忧心。

到目前为止还没有人公开表示宝宝可能已经死了。但是，尽管舒瓦茨科普夫和他的同事们没有这样向林德伯格夫妇表示过，他们显然在考虑这个可能性。几乎已经过了两个星期了。绑架是最危险的一种犯罪，因为这样的案件中绑架犯需要和被绑架犯家属持续不断地往来，而家属可能总是和警方保持着紧密的联系。而且，由于这个案件被广泛曝光，实际上每个人都在寻找这个被绑架的宝宝。因此绑架犯需要尽力快速地摆脱这个案件。事情拖得越长，他让被绑架的宝宝活着的可能性就越小。

康登质问这个奇怪的男子，问他到底是什么意思。康登说，如果宝宝已经死了的话，那么就没有什么好谈的了。

“宝宝没有死，”这名男子答道，“宝宝比原来在家时可好多了。我们喂给他吃的东西比林德伯格太太在报纸上公开的食谱还要丰富。告诉她不用担心，告诉上校不用担心。宝宝安然无恙。”

为了搞清楚与他接头的这名男子是不是真的，康登问了他几个问题来查他的底细。后来还拿出了从查理的婴儿床上取下来的安全别针。这名男子认出它们来了。“你叫什么？”康登问道。

“约翰。”康登进一步追问后，了解到他是一名来自波士顿的水手，斯堪的纳维亚人。两个人在一起交谈了长达一个多小时。谈话过程中，约翰说宝宝现在正躺在离这里坐飞机大约要六个小时的一艘“船（boat）”上，有两名妇女在精心照料着他。他还说他们这个绑架团伙包括四个男子，他说带头的是一个政府高级雇员，并且贝蒂 · 高和雷德 · 约翰逊都与此无关。他们准备了一年，直到等到宝宝现在已经足够大，他们在绑架他之后还能让他活着。他说星期一他会送来表明这个团伙实际上就是绑架小查理的人的证据。

什么证据呢？康登想知道。这名男子回答说是孩子的睡衣。钱准备好之后，康登要在《布朗克斯家庭新闻报》上刊登一则广告。这时，这名男子起身走了，消失在漫漫黑夜之中。当时大约晚上十点四十五分。

康登找到莱克，开车回到家中，这时布雷肯里奇正在焦急地等待他们详细说说会面情况。康登说如果下次见到他的话，他肯定能够认出这名“公墓约翰”。布雷肯里奇打电话给林德伯格。康登此前没有看到那封曾提到他们准备了一年才进行绑架的信件，因此当他报告了这个细节，还有诸如口音和发音等细节时，布雷肯里奇和林德伯格认为他们可以断定公墓约翰就是绑架团伙成员，而不是什么胡乱来勒索钱财的人。

康登和布雷肯里奇起草了一份广告，刊登在《布朗克斯家庭新闻报》上：

钱已备齐。没有警察。没有密探。没有记者。我一个人来，就像上次一样。杰夫希。

3 月 13 日，星期天，警方请来了伊拉斯塔斯 · 米德 · 哈得逊博士，他是内科医生，同时也是笔迹鉴定专家，警方希望他能为他们发现别的什么东西。在仔细研究了犯罪现场之后，他从查理的玩具中找到了十三个指纹，这是极端重要的，因为由于小查理是在家里而不是在医院里出生的，此前没有采集过他的指纹样本呢。哈得逊还在木梯上发现了五百多个不完整的指纹。大部分指纹都没有什么用，但是这表明在这个曝光率最高的案件中，有许多人曾经碰过这个木梯。

第二天，星期一，康登接到了公墓约翰打来的电话。“我们寄睡衣寄得晚了一些，”他说，“不过马上就到了。你不久就可以看到它了。”然后就把电话挂了。

3月15日早晨，星期二，康登收到了一个褐色纸包裹。康登认出了上面的笔迹，于是立即打电话给布雷肯里奇办公室。不到一个小时，布雷肯里奇就来到了康登家。他们俩打开了包裹，里面小心翼翼地折叠着一件灰色、单件式、二号登顿博士牌羊毛睡衣，看起来似乎确实是查理的。睡衣里面有一张纸条，两面都写上了字。正面写着：

亲爱的先生：上次我们派来的人没有拿到钱。我们在3月12日见过面之后，不能再进行秘密会面了。此种安排对我们来说太危险了。我们不会让我们的人像以前一样出来了。这完全不可能了。我们为什么要带孩子出来，冒着这么大的危险呢？让另外一个人又去上次那个地方实在是太危险了。看起来你们似乎担心我们不是那帮人，并且担心孩子是否还活着。好了，下面是我们的签名。

这封信上确实带着熟悉的签名。和第一封信上的一样，带三个洞。背面写着：

现在我们寄来了孩子的睡衣，尽管这又让我们破费了三美元，因为我们必须给这个去邮寄的人支付报酬。请告诉林德伯格太太不要担心，孩子还活蹦乱跳呢。我们喂给他吃的东西，只会比食谱上的多，而不会比这少。

你是否愿意在没有见到孩子之前支付七万美元的赎金（不是五万美元）？请通过《纽约美国人》告诉我们。我们不想采取其他方式，因为我们不想暴露我们的安全地点，也不想转移孩子。如果你愿意接受这个条件，请在报纸上刊登：

我接受，钱已备齐。

我们的计划是：

在我们收到钱的八个小时后，会通知你到哪里去找孩子。如果你要什么花样的话，一切后果自负。

如果还有人怀疑这确实是一起有组织、有预谋的犯罪的话（应当没有人会怀疑，尽管警方当时还在同时追踪几条线索），这封信就会让他们哑口无言。在据称准备了一年的绑架案中突然将赎金提高两万美元，这看起来确实挺奇怪的。但是，当他们抱怨说由于必须给另外一个人付钱让他代为邮寄，而寄睡衣作为信物又花去他们另外三美元，这完全表明了绑架犯的层次或他们的绑架活动的层次。到此为止，康登已经见过公墓约翰，而且听到了他的口音，和几封信上的拼写和语法相吻合。从某些方面来看，至少绑架犯中已经有一个人露面了。

第二天凌晨一点三十分，林德伯格亲自来到了康登家。为了避开记者，他是乔装改扮之后出来的。林德伯格仔细查看了睡衣，几分钟之后，他说睡衣确实是查理的。他接着说道，自从查理第一次穿这件睡衣起，已经洗过几次了。他和安妮认为得到睡衣是一个好兆头，因此不想事情拖得太久。他知道康登的杰夫希身份也不可能长久保密。他告诉布雷肯里奇和康登按要求刊登“钱已备齐”通知，并且增加了几句话：“约翰，包裹收到，一切如常。指示我下一步该怎么做。杰夫希。”

但是没有什么反应。布雷肯里奇刊登了另外一则署名杰夫希的广告。3月21日，康登收到了回信。信是两天前从布朗克斯寄出来的。上面还是有两个交叉的圆圈签名。

亲爱的先生：你和林德伯格太太知道我们的计划。如果你不接受我们的条件，那么我们就会一直等下去，直到你同意我们的条件为止。我们知道你最后肯定还是会来找我们的。但是，林德伯格先生和林德伯格太太，你们还等什么呢？除非你按照我们的要求在报纸上刊登广告，否则我们是不会和你或林德伯格先生联系的。

我们再一次提醒你，这次绑架筹划了长达一年之久。警方要找到我们或者这个孩子，连门都没有。你这样只会把事情弄得更加复杂。你是否把那个小包裹给林德伯格太太看过了呢？里面有查理的睡衣。他很好。

反面写的一行字是“林德伯格先生，别搜索了，那只是在浪费时间”。

布雷肯里奇感到奇怪。这表明约翰没有看到他们此前刊登的那则广告。事情可能有点糟糕了。他们在3月22日又在《布朗克斯家庭新闻报》上刊登了一次。这次又确认收到了睡衣，但是强调必须在看到孩子之后才能把钱交给他们。

这样做有一些显而易见的理由，也有一些不那么明显的原因。除了通过杰夫希这个渠道之外，林德伯格还在试图利用其他渠道，希望其中哪个渠道能顺利地让查理安全归来。比如罗斯纳-斯皮太尔-比茨渠道，尽管罗斯纳吹嘘了一通，但他那里毫无进展。此外弗吉尼亚州诺福克一个名叫约翰·休斯·科迪斯的工业家，也是一位造船厂主，他曾经拜访他的主教牧师哈罗德·多布森-皮卡可，说他曾经为一个酒类走私犯修理了一艘船，那个走私犯说绑架查理的那帮人曾经要他去邀请科迪斯做中间人。多布森-皮卡可是在墨西哥城认识马洛夫妇的。林德伯格不知道如何处理科迪斯那个渠道，特别是当康登出现之后更是如此，但他还是不想完全放弃这一线索。

此外还有贾斯顿·布洛克·明斯，三十二岁，侦查员，他曾经是调查局（联邦调查局的前身）的成员，在一个谋杀案中曾是被告。他最后被判无罪，但是他的名声依旧比较糟糕。当J·埃得加·胡佛1924年开始担任联邦调查局局长时，他立即开除了明斯。接下来明斯就卷入了一系列的欺诈之中，最终他被投入了亚特兰大的联邦监狱。当林德伯格绑架案发生时，明斯和他以前的一个客户联系上了。这个客户名叫伊万琳·沃尔什·麦克里恩，华盛顿社交圈名流，当时是希望钻石公司的女老板，她和作为《华盛顿邮报》出版人的丈夫分居了。明斯说绑架犯曾经邀请他一起参加这次绑架行动，但由于他是一个正直的人，因此就拒绝了。但是，这让他非常适合与他们进行谈判。在亚特兰大监狱中他和这帮人的头儿见过面，而如果麦克里恩太太愿意支付给他一万美元的话，他有信心让孩子安全返回。麦克里恩太太很愿意支付这笔钱，并且还额外给了明斯其他开销费用。

最后，明斯和科迪斯所说的都不是真的，两个人最后都遭到欺诈指控，被判有罪，最后被投入监狱。科迪斯的刑期后来被暂缓执行。

查尔斯·林德伯格毫无疑问是愿意支付赎金的。他变卖了许多股票来筹集现金。他只给一个机关打电话寻求帮助，那就是财政部。财政部让他和国税局局长埃尔默·埃雷联系。最终让阿尔·卡彭因逃税而坐牢的战略就是埃雷制定的，他身上因此有了传奇色彩。“孤胆雄鹰”现在还在想着和绑架犯诚实地交往，但是当埃雷听说林德伯格让J·P·摩根公司为他准备好七万美元，但却不对这些钱的号码作任何记录时，他说，除非以更加合理的方式来做这件事，否则他可帮不上什么忙。追踪赎金流向是抓住绑架犯的最有效手段之一。而如果林德伯格不同意记录钱币上的号码的话，埃雷认为调查人员就会被罪犯远远甩开，根本无法有效率地抓住他们了。最后，林德伯格同意按照埃雷的指示去做，因为埃雷使他确信，这种战术不会让孩子有什么危险。绑架犯根本就不知道他们记录了那些钱币上的号码。

埃雷不仅记录了用作赎金的纸币上的号码，而且还萌生了一种极富创造力的办法。财政部当时已经计划让美元在大约一年之后脱离金本位制。作为此种过渡的一部分，剩下的金币和金圆券都会收回，取而代之的将是银圆券。银圆券上面不会再有金圆券上面的黄色圆图章了。埃雷的想法是，用金圆券做赎金，一旦脱离金本位制之后，这些钱就很好辨认了。他让他的手下把钱装在两个袋子之中，面额都按照绑架犯的要求来办。第一个袋子中是五万美元，除了一点四万美元之外，其他都是金圆券。第二个袋子中是两万美元，也就是四百张面额五十美元的金圆券，这在流通过程当中很容易被发现。所有钱币上面的号码都不是连续的。

然而，林德伯格不能同意的是，在转交赎金的地点周围布满警察或者追踪康登，直到他和公墓约翰或其他某人接上头为止。林德伯格和布雷肯里奇担心，约翰会受到惊吓而逃走。于是他们在 3 月 27 日星期日的《布朗克斯家庭新闻报》上刊登了另外一则广告："钱已备齐。请提供简单代码，方便我们在报纸上使用。杰夫希。"

星期二康登发现他的邮箱中有一封回信。

亲爱的先生：没有必要提供任何代码。你和林德伯格已经很清楚我们的计划了。我们将和孩子呆在一起，直到我们亲手拿到了赎金为止。但是如果我们的交易没有在 4 月 8 日之前完成的话，我们会外加三万美元。到时就不是七万美元，而是十万美元了。

林德伯格先生没有必要追踪那么多的虚假线索了。我们就是绑架查理的人。我们的签名和第一封要求赎金的信上的签名是一样的。但是如果林德伯格先生喜欢再浪费一个月时间的话，我们可以帮他的忙。

他总得来找我们。如果他还等下去的话，那么我们会让赎金翻番的。没有必要担心孩子，他很好。

林德伯格和布雷肯里奇根据这封信判断，他们时间无多了。绑架犯听到有关约翰·科迪斯在和他们接触的传言之后，感到懊恼不已，而且已经厌倦林德伯格夫妇和他们绕圈子了。我和同事们认为，这意味着绑架犯越来越感到沮丧绝望，我们正可以利用这一点。当然，参与调查的任何人都受到林德伯格对这个案件想法的约束，因此要设立什么圈套几乎是不可能得到许可的。但是我们在其他绑架案中所采取的策略，在这个案件中也可以做，如果当时我们在场的话。当然，自从那时起，联邦调查局已经参加了无数绑架案件调查，他们最自豪的一件事情是，他们几乎没有失去任何“包裹”，也就是赎金。

布雷肯里奇在 3 月 31 日的《布朗克斯家庭新闻报》和《纽约杂志》上同时刊登了“钱已备齐”的广告。 4 月 1 日，康登收到了他们一直在等待的信件。上面的邮戳是福德汉姆车站的，信件指示林德伯格在星期六晚上准备好钱，再刊登一则广告告知他们，然后在他们收到钱的八个小时之后会告诉林德伯格孩子的所在。康登认为应当“一手交钱一手交人”，但是林德伯格害怕这会触怒约翰。

林德伯格和布雷肯里奇一起到了康登家，他们把钱交给康登，好放在那个特别定做的箱子当中。他们努力让第一个袋子装进去了，但是装着另外两万美元的箱子却无论如何也塞不进去。因此康登决定单独拿着这个袋子。

4 月 2 日，星期六，下午，最新一份署名杰夫希的广告又发表了。林德伯格、布雷肯里奇和康登还有莱克在康登家的起居室等候约翰的消息。由于情况会很危险，林德伯格告诉康登说，如果他现在想退出的话，他会非常理解的。但是康登告诉他，他现在没有打算要退出。上校舒瓦茨科普夫很不情愿地答应说警方不会插手。

赎金交接

晚上大约七点四十五分，一名出租车司机按响了门铃，把一个信封留在门前的台阶上。林德伯格和布雷肯里奇在后面看着，康登撕开了信封：

亲爱的先生：请注意，请顺着东特拉蒙特大街往东走，直到东特拉蒙特大街三二五号。那里是一个托儿所。卑尔根温室花卉店门外面有一张桌子，你会在桌子下找到一封信，压在一个石头下。请遵照上面的指示去做。

绑架犯又在反面警告说：

在路上不要和任何人说话。如果我们听到警车的警笛声的话，我们警告你，我们有我们的武器。把钱放在一个包裹中。

我们给你三刻钟到达那里。

林德伯格的计划是他开车送康登到会面地点去，并在那里等他。最后一刻，莱克建议林德伯格开他的福特双门小轿车。约翰此前见过他的车，因此这次他就不会觉得加入了什么他没有预料到的可疑因素。

他们被指示去的地方又是一个公墓——圣·雷蒙兹公墓。特拉蒙特大街就在它的北边。纸条中提到的卑尔根温室花卉店在特拉蒙特大街和惠特莫尔大街的交叉路口处。靠近卑尔根花卉店的大门边，他们看到一张桌子。林德伯格在那张桌子前停车。康登出来，看见石头下面压着纸条。他把纸条拿进汽车，和林德伯格一起看。

到大街对面去，走到另外一个拐角处，顺着惠特莫尔大街往南走。带着钱。一个人走过来。我会和你见面的。

林德伯格说他也要去，但是康登提醒他纸条上说只能一个人去。林德伯格勉强同意了，把投票箱给了他。康登说在见过约翰之后就会回来。

由于惠特莫尔大街太黑，灯光很差，康登并没有顺着惠特莫尔大街往南走，而是顺着特拉蒙特大街往东走，那里灯光好，康登感觉更安全一些。但是他没见到任何人，因此回来告诉了林德伯格。但是还没等林德伯格说话，康登听到墓堆那边传来了一个声音。

“嘿，博士！”听起来是公墓约翰的声音。

这里人们的叙述就有点分歧了，这不过是许多分歧之一罢了。根据某些人的说法，康登当时答道：“没错。”接着这个男子就大喊道：“嘿，博士。这边，在这边！”根据其他人的说法，康登并没有回答，直到这个男子第二次叫他时他才答应了一声。这一点对于林德伯格自己听到了多少对话这个问题来说，是很重要的。当时他留在小汽车中，并且多年以后他被法庭传唤来辨认约翰的声音。如果他当时让警方监视现场的话，那么这就不会是什么大问题了。

康登顺着惠特莫尔大街走到公墓内去了，声音就是从那里传过来的。到了里面，他看到一个身影在坟堆后面，和他平行地往前走。他开始跟着这个男子，下了小土坡，直到来到一个通道上，两边都是五英尺高的水泥墙。这个男子爬过墙，穿过通道，又攀过通道另外一边的一道低矮栅栏，然后就蹲在一个篱笆后面，正好就在康登现在所站之处的左边。

这个男子喊他。康登大胆地叫他站起来。他认出来这个男子就是公墓约翰。他穿着黑色西服，戴着和上次同样的软毡帽。“你拿钱来了吗？”他问道。

“没有，”康登答道，“在汽车里。”

“谁在那里？”

“林德伯格上校。”

“他带了武器吗？”

“没有，他没有。”这当然是在说谎。康登知道林德伯格上校带了一把手枪。约翰说在收到钱八个小时之后，他无法把孩子交回来。两个人在这个问题上谈来谈去，费了好几分钟。康登最后要求约翰开立一张收据，并且还要约翰写一张纸条，清楚地说明孩子现在身在何处，这样他才能够回去取钱。约翰说他身边没有什么东西。他们两人都同意准备好双方各自要求的东西，并在几分钟之后回到原地。

这时康登突发灵感，他打算为他一直仰慕的大英雄林德伯格多做点什么。这段时间很困难，他对约翰说。林德伯格并不像许多人想象的那样富有。他能够拿出来的钱也就是最初他们要求的五万美元了，后来另外加的两万美元，林德伯格可拿不出来。但是如果约翰愿意接受五万美元的话，那么他马上就回到车边把钱取过来。

约翰耸了耸肩膀："那好吧。如果没有七万的话，我们可以只要五万美元。"

当时是九点十六分。康登回到了林德伯格那里，告诉林德伯格相关情况。林德伯格给了他那个盒子，还从口袋中拿出另外那个袋子。康登告诉他把那个袋子收好，并对他说他和约翰谈过了，赎金减少了两万美元。

当康登和约翰在马上就要到九点三十分时又一次见面的时候，约翰问道："你带钱来了吗？"

"带了，"康登回答道，"你写好了纸条吗？"

"写好了。"

康登把箱子递了过去。约翰打开箱子，简单检查了一下里面的钱。他告诉康登六个小时之后才可以打开他交给他的那个信封。他们最后握了握手。康登又提出要约翰带他去见孩子，但是徒劳无益。

约翰转身走了，消失在公墓之中。康登回到汽车边，非常失望，因为他没有把查理抱回来，但是很乐观地认为不久他就可以把查理抱回来了，同时还很高兴因为他为林德伯格省了两万美元。

实际上，尽管康登成功地耍了一个花招，但是他的花招引起了更大的问题。那个有两万美元的袋子中装的都是面额为50美元的金圆券：最容易发现和追踪的纸币。当埃尔默·埃雷得知康登耍的诡计时，他立刻就垂头丧气。康登的行为等于是消灭了调查过程中可资利用的四百个潜在的"红色信号旗"。

回到车上之后，康登告诉林德伯格说他同意了约翰提出的六个小时之后才能打开那个纸条的要求。让康登奇怪的是，这个极端正直的飞行员居然说他会遵守这个约定。但是在往回赶时，康登让林德伯格把汽车停下来。他说只是他向约翰作出了承诺而已，林德伯格却没有，因此林德伯格没有什么义务要等六个小时。

林德伯格打开了信封，里面写着：

孩子在“内利号”船上，一艘二十八英尺长的小船。船上有两个人。他们是无辜的。你会在马脖子海滩和靠近伊丽莎白岛的盖伊角之间找到这艘船。

终于，他们有了一线希望。

大搜索

林德伯格知道纸条中所指的这片水域，他在那里应该能够发现“内利号”船舶。这片地区围绕着玛莎葡萄园岛，他和安妮就是在那里度的蜜月。

在康登家停留了一下，把布雷肯里奇和莱克接上，并且给霍普维尔的家发了一份加密电报说钱已经交付了之后，他们开车到了马洛夫妇在曼哈顿第七十二街上的家中。在那里，他们看到了国税局官员，包括局长埃雷。他们根据康登对约翰的描述，画了一个草图。

林德伯格这回可算又把相关事情掌握在自己手中了。他循着自己的直觉，驾着飞机，把马萨诸塞州海滩周围搜了个遍，并且还得到了海军战机和海岸警卫队武装快艇的帮助。同时，财政部把记有所有赎金钱币上的号码的一份五十七页清单分发给全国所有银行和金融机构。而康登则带着联邦调查局的人员回到了圣·雷蒙兹公墓，他们在那里搜索证据，并且制作了康登所说的约翰曾经站过地点上的脚印的石膏模型。

在搜索了一整天之后，没有发现“内利号”的任何影踪，也没有发现任何其他可疑船只。林德伯格回到霍普维尔，筋疲力尽，最后开始相信绑架犯欺骗了他。第二天，他和布雷肯里奇驾着自己的洛克西德·维佳号飞机，沿着海边一直搜索到弗吉尼亚。但还是徒劳无获。这时，在绑架案发生一个多月之后，斯格特·博格写道，安妮似乎终于绝望了。

查尔斯继续搜索，但是媒体逐步了解了一些事实。4月8日，一个银行出纳员向记者泄露，林德伯格支付了赎金，但却没有找回自己的孩子。第二天，舒瓦茨科普夫证实了这个说法。4月11日，星期一，《纽约时报》爆出了约翰·F·康登就是杰夫希的新闻。记者瞬时之间就踏破了康登家的门槛。他作为中间人的可能性，如果还有和绑架犯进一步接触的可能的话，已经完全丧失了。

但是他可谓一夜成名，他的每个行为都被媒体爆炒。他迫不得已换了个没有公开登记的电话号码。当媒体和陌生人不再来叨扰他时，警方却又来了，让他看数不胜数的嫌疑犯照片、辨认无穷无尽的嫌疑人。他是唯一一个面对面看过绑架犯的人。最后他还周游各地讲述事件经过，出版了一本名为《杰夫希告诉你一切！》的书。

4月13日，舒瓦茨科普夫的私人朋友、从杰希城市警察局借调到州立警察厅的侦查员哈里·沃尔什去明日山庄讯问维奥利特·夏普。这是纽约警察在3月10日对所有佣人做了例行审问之后，警方第一次审问她。由于完全了解了她在第一次审问中的敌意和不合作，沃尔什努力表现得很真诚，不用任何恐吓的语气。然而，维奥利特还是和以往一模一样，没有变得自在放松哪怕一丁点儿。这次她说终于记起来3月1日她没有去看电影，这就是为什么她当时记不起电影的名字、其中的人物、所讲的故事以及到底是哪个电影院的原因了。事实上，她说，她和她的约会伙伴以及另外一对人到了一个名为皮纳特·格雷尔的路边酒吧去了，从恩格伍德开车到那里大约要一个小时。自从上次审问之后，她终于回想起她的约会伙伴的名字叫厄尼，高瘦、浅色头发。他们之间确实曾经谈到过林德伯格夫妇的儿子，但只是一些幽默话而已，没有什么更特别的。这就是她能够提供的所有信息。

和纽约警方一样，对维奥利特所说的，沃尔什感到极不满意。他和州立警察厅的上尉约翰·兰博讨论了这件事情。维奥利特的话显然不像是真的。她实际上已经和塞普提默斯·班克斯订婚了，她表现良好，并且她非常感激马洛家能在这种大萧条中给她工作做。但同时她又怎么会不顾可能给雇主脸上抹黑而跑到一个路边酒吧，还和一个她连姓都不知道的男子一同在地下酒吧中喝酒？并且还有一个令人困惑的细节：4 月 6 日，维奥利特的妹妹艾米莉在未通知警方的情况下离开美国回国了。她是在 3 月 1 日，也就是绑架案发生当天申请了回英格兰的签证的。

这个时候伊万琳·沃尔什·麦克里恩终于明白过来贾斯顿·明斯不过是在大肆花她的钱而已，于是就让她的律师来处理这件事。律师联系了 J·埃得加·胡佛。但是另外一个注定要失败的渠道却还没有完全暴露。4 月 16 日，星期六，约翰·科迪斯宣称孩子还活着。林德伯格同意在后一个星期一和他在霍普维尔见面。林德伯格从科迪斯口中得到了有关一个由五个斯堪的纳维亚人组成的绑架团伙的更多细节，这个团伙是公墓约翰领导的。另外还有一个德国女护士也卷入其中，所有那些赎金信件都出自她的手笔。

科迪斯描述了这个团伙是如何麻醉孩子的（尽管在婴儿房没有发现什么气味），然后他们带着孩子下了楼梯，从前门溜走了，因为木梯太不结实了。他们有这幢房子的平面图。他们告诉科迪斯在一扇门上，他们用过的钥匙还在那里。后来林德伯格去查看了一下，钥匙果然还在那里。孩子被直接带到了新泽西州的梅伊角[①]，他们从那里坐船到了围绕玛莎葡萄园岛的那片地方。哦，那帮人之所以要求增加两万美元是因为另外一个地下组织也要求出一笔钱得到这个孩子。

尽管舒瓦茨科普夫一点也不相信科迪斯所说的，但是由于他说的东西和这个案件中的其他方面很契合，因此林德伯格和安妮认为应当认真对待。林德伯格到梅伊角去找科迪斯，他们在一起时，整个事情反反复复，都好几个星期了，也没有什么可观的进展。到了5月的第二个星期，林德伯格和科迪斯一起坐着科迪斯朋友的船“抹香鲸号”出去了，他们计划要坐船到新泽西州海岸边的水域中与那帮绑匪见面。好几天他们都呆在“抹香鲸号”上，因为科迪斯的情报人员告诉他，他们必须在一艘名叫“玛丽·B·莫斯”的渔船和绑匪见面。

5月12日下午，当时林德伯格还在梅伊角。这时名叫威廉·阿伦的四十二岁卡车司机正开车往霍普维尔方向去，卡车上装的是木材，离玫瑰山大约半英里的时候，他在普林斯顿-霍普维尔公路上停了下来想去解手。他从路边一直走了大约七十英尺，到了树林中。在那里他看到一个孩子的脑袋，还有一条腿露出了地面。他叫他的伙伴奥维尔·威尔逊一起过来看个究竟。然后他们就回到城里去找警察。他们在一个理发店旁边发现了巡警查尔斯·威廉姆森。他和他们一起回到了那个地方，那里离林德伯格家大约有四英里，晚上可以清楚地看到林德伯格家里闪烁的点点灯光。

那个孩子的尸体躺在一个浅浅的凹地中，好像是一个人用脚踩出来的。被雨水浸湿、已经变黑的尸体俯卧在那里，上面盖着树叶、布满昆

① 新泽西州南部的一个半岛，位于大西洋和特拉华海湾之间。——译者

虫，几乎就要成骷髅了，就像一片黑色阴暗的植被中间的一个人体骨骼模型。左腿自膝盖以下都不见了，左手和右臂也不见了。大部分器官和身体下部都已经不见了，被动物吃掉了。尸体已经腐败得不成样子，起初几乎没有办法确认其性别。令人伤心的是，眼睛、鼻子和微微往两边裂开的下巴很明显是查理的。当时一个侦查员想把尸体的头颅放正，好移开尸体上的衣服，但是却不小心刺穿了脆弱的颅骨。

尽管尸体已经面目全非了，但衣服却基本上还是完好无损的。两个警官开车到了林德伯格家。在那里贝蒂·高描述了查理当时穿的衣服，并且给了他们一些那天晚上她给查理做汗衫时用的棉织法兰绒和线的样品。

诺尔曼·舒瓦茨科普夫亲自到现场查看。不仅尸体身上的法兰绒和线与贝蒂·高给的样品相符，而且T恤衫和安妮买的其他九件收在包裹中的T恤衫也一模一样。舒瓦茨科普夫把消息告诉了贝蒂·高，然后告诉了伊丽莎白·马洛。她们俩一起打电话给安妮，伊丽莎白只是简单地告诉女儿，“孩子和他父亲在一起”。安妮然后就打电话给了她在底特律的婆婆。

尸体被搬运到特伦顿格林伍德大街四一五号的斯维茨-马格卢姆殡仪馆。沃尔特·斯维茨除了是一个殡仪师之外，还是梅塞尔县的验尸官。贝蒂·高来到殡仪馆辨认尸体，她根据衣服、头发、脸部特征和查理所特有的脚指头相互挤压在一起等特征辨认出死者确实就是查理。

后来对尸体进行了解剖，官方记录上记载解剖是由查尔斯·H·米歇尔来做的，但实际上解剖和尸检的是沃尔特·斯维茨，因为米歇尔已经老迈不堪，并且还有关节炎。解剖实际上是由斯维茨进行的这一事实直到1977年才披露出来。孩子的儿科医生菲利普·凡·尹建当时也在场，将解剖结果和他此前给孩子做的检查记录相比较。尸体上没有发现什么掐痕或枪伤。死因似乎是颅骨大面积碎裂，这是根据里面有已经腐败的一大块血液凝块来判断的。孩子死于绑架的当天晚上，或许是因为当时木梯塌了，而装查理的粗麻袋（在路边发现的，里面有和查理的头发相吻合的金黄色头发）掉在地上了。绑架犯可能是由于手中抱了孩子，因此木梯才塌的，而查理可能是在下落过程中撞在了房屋的混凝土墙根上。

发现查理的尸体本可以让下面这种可恶的流言终于烟消云散的：由于查理有身体缺陷，因此是林德伯格自己把孩子杀死的。但是，实际上孩子没有什么缺陷。某些人，在媒体中最不负责任者的添油加醋下，似乎还是坚信林德伯格自己杀死了查理的说法。但是在我工作的侦查支持组中，我们已经无数次看到过罪犯处理孩子尸体的方法。这些方法让我们对谋杀犯的个性和动机有很大程度的把握。有些父母确实杀害自己的孩子，这是一件令人悲伤的事情，但是正如我们将在第六章中看到的，他们杀害自己的孩子时是有自己的独特方式的。

同理，他们对孩子尸体的处理方法也是很独特的。当然，在某些情况下，比如在南加利福尼亚发生的苏珊·史密斯案件中，绝望疯狂的母亲把汽车开到湖中让孩子淹死，这就不涉及什么尸体处理问题了。但是不论何时我们看到父亲或母亲杀死孩子之后对孩子尸体的处理，我们几乎总是发现，孩子的尸体得到了仔细的处理或“保护性的”处理。尸体被包裹起来，得到体面的埋葬，尽显父母对孩子的“关爱”。

而我们在林德伯格案件所看到的尸体，则是被罪犯随便丢弃在路边，因为孩子对罪犯已经没有什么用处了。他们确实草草地埋葬了他，但那只是为了躲过侦查。并且罪犯似乎也没有故意污辱尸体或给他摆个什么象征性的姿势。某个除了自己之外对别人一点都不关心的人才会那样做。

另外还有一小点要注意。读者可能认为我是在泄露机密：让父母们知道在杀害自己的孩子之后要以何种方式处理尸体就可能逃过嫌疑，让我清楚明确地再告诉读者一点吧：任何认为自己可以胜过法律的人，在犯罪过程当中和此后，总是会犯下非常多的行为错误，总是会因疏忽而留下非常多的其他行为线索，因此我们是更容易而不是更难侦破他们的恶行。

新泽西州警方开车到了梅伊角，他们找到了还傻傻地呆在“抹香鲸号”甲板上等待进一步和黑社会团伙接触的林德伯格。他匆匆忙忙地赶回家安慰安妮，说尸体检验表明查理死得并不痛苦，死亡过程也不长，并且既然他自一开始就已经死去，那么他们所做的任何事情、任何决定，都已经无法改变既成定局了。查尔斯到斯维茨那里第二次去辨认尸体。对于查尔斯而言，痛苦的大搜索终于结束了。

警方主持侦破活动

即使查理已经死亡了，媒体还是不放过林德伯格家。曾有一个摄影记者偷偷地溜进殡仪馆对查理的尸体拍照。这些照片在大街上卖五美元一张。由于害怕查理的坟地会成为马戏场，林德伯格火化了查理的尸体，然后把骨灰放到自己的飞机上，撒播在层层云海。林德伯格感觉这里最安全、最舒适。

现在，他需要控制的案件已经结束了。警方可以做任何必要的事情，去把那些曾如此令人恐怖而深刻地改变了他和安妮的生活的绑匪们找出来。

安妮和查尔斯搬回了明日山庄，永远放弃了几乎就要完工的霍普维尔庄园。他们从此没有在那里再呆哪怕一个晚上。他们最大的愿望就是，安妮生产之后，尽力远离媒体、警方和那如梦魇一般的记忆。

赫伯特 · 胡佛总统宣布，联邦执法机构会全力支持舒瓦茨科普夫，他说："我们上天入地也要找到这个胆敢犯下如此罪行的罪犯。"

尽管有国税局和财政部，特别是埃尔默·埃雷的积极参与，但是胡佛总统还是任命了联邦调查局局长J·埃得加·胡佛来带领联邦侦查机构全力破案。就像胡佛主政联邦调查局的几十年中一直都有的一个臭名昭著的习惯一样，这次他也将所有其他机关都踢开了。但是新泽西和纽约州的很多警察局以及许多地区检察官还是参加了此案的调查。总之，许多人都在为这个案件的破获而全力工作，几乎可以说他们之间是摩肩接踵。现在绑架案已经过去了好几个月了，犯罪的踪迹也已经开始消退，而对已经是众矢之的的舒瓦茨科普夫的批评却几乎从来没有真正消失过。

为了验证查理是如何被绑架并被杀害的，舒瓦茨科普夫命人做了一把一模一样的木梯，并且在林德伯格在场的情况下，亲自在犯罪现场重新演示了查理被绑架的全过程。当重一百六十五磅的舒瓦茨科普夫从木梯上下来时，手上抱着一个重量和查理的体重一样的沙袋。他的脚落在第一个横档上，两边的扶手裂开了，就像罪犯们用的那个木梯的情形一样。这时，舒瓦茨科普夫松开沙袋，沙袋碰到了图书室的水泥窗台。

他还将罪犯写的那些信件交给独立笔迹专家，其中最引人注目的是七十四岁的阿尔伯特·谢尔曼·奥斯邦，当时许多人都认为他是美国笔迹专家中的泰斗。就像此前研究过这些信件的其他人一样，奥斯邦也断定这些信件出自一个人之手，这些信件中的某些错误拼写、字母的颠倒和异常笔迹都是一样的。并且他认为写这些信件的人是德国人，那些令人费解的句子按字序被翻译成德语时，在句法上还是通顺的。奥斯邦还写了一段作为样本，其中包括这些信件中的许多关键字，侦查人员可以通过让嫌疑人写这段和林德伯格案件没有什么关系的话来辨认他们。

奥斯邦和他的同事在分析这些信件的同时，舒瓦茨科普夫将那个木梯的部件交给其他专家分析。这里的关键人物是阿瑟·科勒，他是位于威斯康星州麦迪逊市的农业部森林服务实验室木材技术专家。根据作家兼教授吉姆·菲舍的说法，科勒在木梯中发现了至少四种木材：北卡罗来纳州松木、美国黄松木、绿枞木和白桦木。

尽管舒瓦茨科普夫请来的专家的表现令人印象深刻，尽管纽约警察局马不停蹄地从一个个警察局、监狱、罪犯记录中追踪公墓约翰，尽管有所谓的约翰·科迪斯、贾斯顿·明斯和莫里斯·罗斯纳这三条和绑架犯沟通的渠道，但公墓约翰似乎从人间完全蒸发了。人们所知道的一切不过就是康登所讲述的他和约翰见面的过程，以及林德伯格在一百多英尺远的地方所听到的他说过的几个单词而已。

重新审问维奥利特

调查工作那一块，侦查员哈里·沃尔什认为绑架案一定和内部人士有关。那个绑架孩子的人不仅知道婴儿房的准确位置，而且还知道林德伯格夫妇在周末之后没有回到恩格伍德。绑匪知道婴儿房的准确位置可能可以从报纸对林德伯格家房子的披露报道上得到解释，但是，林德伯格夫妇二人基本上也只是在最后一分钟才决定要呆在霍普维尔庄园中的。

沃尔什认为，那些知情人中最可疑的就是维奥利特·夏普，舒瓦茨科普夫也很急切地想从她那里找到突破口。但是 5 月 9 日，星期一，她得了急性扁桃体炎，必须住院。在她做了手术还在医院中恢复的时候，查理的尸体找到了。林德伯格确认了那就是他儿子的尸体并且将之火化后的第二天，维奥利特不顾医生的劝阻出院了。舒瓦茨科普夫等了一个星期，然后派出州立警察厅的外科医生里奥·哈格迪到明日山庄去检查她的身体，看看她是否适合接受再一次的审问。哈格迪和当地内科医生哈里 · D · 威廉姆斯认为她身体还是太虚弱，建议先不要对她进行审问了。尽管如此，沃尔什还是在 5 月 23 日晚上（星期一）审问了她。当时陪同他的有舒瓦茨科普夫和中尉阿瑟 · 基顿。林德伯格也在场。

在林德伯格在场的情况下，维奥利特比警方前两次审问她时显得顺从、合作。但是她的说法还是充满漏洞和矛盾。例如，她无法解释为什么她第一次说去看电影，但是第二次却改口说她当时去的是一家酒吧。她甚至无法解释为什么她和厄尼一起出去，因为她几乎从不和陌生人出去。并且警方发现，在维奥利特获悉贝蒂 · 高要去霍普维尔、查理及其父母不回明日山庄的一个半小时之后，她那神秘的约会伙伴厄尼曾打电话给她。

7 月 9 日，星期四，沃尔什又对维奥利特进行了新一轮审问。他当时认为，来自纽约州白草原市的骗子、以前曾是出租汽车公司经营人的厄尼斯特 · 布林科特，可能就是那个维奥利特想不起姓什么的神秘男子。3 月份他们搜查她的房间时，发现了六张布林科特的商务名片。维奥利特看起来比她刚出院时还要虚弱，病得更厉害。

沃尔什给她看布林科特的照片，问她照片上的人是不是就是 3 月 1 日和她一起出去的那个男子。

“就是他。”她肯定地说道。

那么，她房间中既然找到了布林科特的名片，她怎么会不知道他姓什么呢？她说她对那些名片一无所知。

她已经变得歇斯底里了。沃尔什叫了个医生进来。沃尔什同意暂停审问，但是说第二天要在他的办公室再一次进行审问。马洛太太的秘书劳拉 · 休斯当时担任审问记录员。当维奥利特离开房间时，她朝休斯诡谲地笑了笑，然后还朝她眨了眨眼睛。沃尔什和医生都没有注意到这个细节。

那天晚上，维奥利特又变得歇斯底里了，这次贝蒂·高和其他佣人都在场。维奥利特诅咒说，警方不能把她带走，而且她不会再回答任何问题了。第二天，沃尔什打电话给明日山庄，告诉维奥利特说州立警察厅的一辆警车要到明日山庄带她到他的办公室进行新一轮审问。

在警车到达之前，维奥利特·夏普已经死亡了。她把银器擦亮剂氯化氢放在水中，喝了下去，下了楼梯，然后将剩下的倒在食品贮藏室中。

那天晚上晚些时候，厄尼斯特·布林科特出现了，他主动联系了白草原市警方。他告诉警方他不认识维奥利特·夏普，和林德伯格夫妇以及绑架案没有什么关系，并且也完全不清楚他怎么会和这个案件联系在一起，也不知道他的商务名片怎么会出现在维奥利特·夏普的房间中。3月1日晚上，他当时正在康涅狄格州布里奇堡拜访一个朋友。警方让康登医生来辨认，看看布林科特是不是就是公墓约翰。刚一见面，康登就认定他不是公墓约翰。

纽约警方把他转交给新泽西警方，在那里他继续被讯问。他用笔写了一遍奥斯邦编写的那个段落样本。布林科特的妻子也可证实在案发当晚他不在犯罪现场。

7月11日，星期六，一个名叫厄尼斯特·米勒的二十三岁公共汽车司机告诉新泽西州科洛斯特警察局，他就是3月1日晚上和维奥利特·夏普出去的那个厄尼。警方这次简直是丈二和尚摸不着头脑。米勒还提供了另外一对的名字。现在疑团越来越多，可是答案却越来越少。

自从维奥利特·夏普自杀以后，林德伯格案件专家和林德伯格案件迷们一直都在研究，维奥利特的自杀，除了是她的个人悲剧之外，还带来了什么其他后果呢？有些人指责说是舒瓦茨科普夫和沃尔什不停地以审问来骚扰她致死的。维奥利特的妹妹艾米莉，在苏格兰场对她进行了调查但最终认定她和此案没有牵连之后，就是这么说的。其他人则认为维奥利特担心，警方对她和她的那些微小的不得体行为的兴趣，可能使她失去塞普提默斯·班克斯的爱，并且还可能让伊丽莎白·马洛炒她的鱿鱼，这会让她失业。有人还提出，多年以前她就在英格兰和人结婚了，警方对她死缠着不放会暴露她的这桩“丑事”。但是进一步的侦查表明，这个说法是完全没有根据的。

维奥利特·夏普的自杀让我想起里奥纳多·莱克案。1985 年 7 月，时年三十八岁的里奥纳多·莱克因为从一个木材场偷了一把价值七十五美元的老虎钳而被南旧金山警方逮捕。警方在他的皮箱中发现了老虎钳和一支装有消声器的口径为二十二毫米的手枪，于是就把他带到警察局，指控他偷窃和非法携带武器。当时他身上有一份驾照，上面的名字是罗宾·斯塔普雷，但是驾照上的照片一点也不像他。在警察局呆了几个小时之后、他要求喝杯水。还没有等警察反应过来，他就从皮带扣的秘密夹层中拿出一颗氰化物胶囊吞了下去。接下来他昏迷了好多天，最后死了。

我们这些专攻行为证据的人，一看到诸如这样的事情，脑海中就会立即浮现出各种疑问。为什么一个遭轻微指控的人会马上自杀呢？后来证实，这些轻微指控根本不是他自杀的原因。里奥纳多·莱克是一个强奸杀人犯，他和他的伙伴查尔斯·内格强奸并杀死了许多年轻妇女，并且把他们的丑恶罪行录下来，就好像低俗电影一样。他们不断重播这些录像带来体验性高潮带来的快感。当莱克因为与此不相关的罪行而被逮捕起来之后，他担心他的真正罪行马上就要暴露，那样的话他一切都完了。

我不是说维奥利特·夏普偷走了林德伯格的孩子，米勒和他的同伴可以很好地证明她不在犯罪现场，我甚至也没有说维奥利特·夏普是这个绑架团伙中的成员。但是说她自杀是因为受不了警方的审问和这一系列事情给她带来的心理创伤，在我看来，这很成问题。

说我们这些执法人员在例行讯问中听到不完整的、逃避式的、敌对的回答时就会心生疑团，这确实没错，但是我们那种情况下心生疑团是有很好的理由的。在初次对马洛的佣人进行审问时，维奥利特·夏普应当知道警方对这个如此严重的案件是非常认真严肃的，因此说她只因为感到厌烦、感到愤怒就在回答问题时表现得那样傲慢倔强是不合情理的。如果她像某些人说的那样是那么地担心她在马洛太太那里的声名，那么她就会非常合作，只要她没有什么好掩藏的。并且，你不会只因为你受够了警方的骚扰，就以如此痛苦的方式突然之间结束自己的生命。就像里奥纳多·莱克一样，幕后肯定隐藏着其他一些不可告人的东西。

我和马克·奥尔谢克在特伦顿市新泽西州立警察厅查看过的有关林德伯格案件的无数档案文件和证据中，有一本维奥利特·夏普的红色小日记本。其中，我们读到了诗歌、评论和对她个人生活的各种记述。让我们印象深刻的是，她一直都认为，尽管外面的人把她看成是一个佣人，但是她不想一辈子做个佣人。她的内心渴望一种层次更高的、更壮丽的、更诗意的生存方式。总有一天，她能够脱离这个围城，得到她梦想得到的生活。

那么，是不是说我觉得她认为参与这宗骇人听闻的绑架案是她进入这个更好世界的门票呢？不是。那么她是否参与了那些信件和公墓约翰提到的一年多的准备工作呢？答案依旧是否定的。她的背景和天性中，没有什么东西表明她会考虑以非法活动来解决自己的问题或实现自己的渴望。

但维奥利特·夏普的个性显示，她是一个极端渴望提高自己的年轻妇女，她极端希望别人喜爱并赞赏她。我认为很可能在 1932 年 3 月 1 日及此前的某些时候，她向某个或某些外人泄露了林德伯格一家来来去去的各种日常活动。她可能完全是无辜的。但是当她知悉查理被绑架时，我认为，她内心肯定一下子全明白了，并且意识到她居然也毫不知情地参与了这起绑架案。或许绑匪实际上并不是从维奥利特·夏普那里得到有关林德伯格家的信息的，而是从某个其他人或其他地方得到的。但是从维奥利特和警方接触时的行为态度来看——尽管林德伯格一直宣称他绝对相信她和其他佣人是完全无辜的，她当时肯定担心她无意识地背叛了她的主人，增强了犯罪分子实施犯罪的能力。或许她就是这个案件中“丢失的链条”？

联邦调查局一份档案文件这样写道：

在我们的直接讯问下，她说在和厄尼约会之前没有任何男友。但是当问她是否认识纽约市《每日新闻报》的一个名叫麦克凯尔维的新闻记者或摄影师时，她承认她和麦克凯尔维出去约会过几次。（根据侦查员沃尔什的说法，麦克凯尔维曾承认，维奥利特·夏普提供给他的第一条有关马洛家的信息是有关林德伯格孩子的性别的，当时所有的报纸都想得到这条消息，而维奥利特透露给他的这个秘密让他颇风光了一回，因为在任何其他报纸得到这个大家都极想得到的消息的五个小时之前，他就把这个消息通知《每日新闻报》了……）

维奥利特不肯回答她是否把这个消息告诉了麦克凯尔维。

在这里，我们看到，尽管维奥利特可能确实是无辜的，但是她确实是愿意向外人透露明日山庄和马洛家族内发生的事情的。

在维奥利特自杀以及苏格兰场宣布艾米莉·夏普和这个案件没有牵连之后，这个方面马上就被人们抛到脑后去了。但是我不认为我们可以就这样轻易地放弃维奥利特这条线索，也不能轻易放弃我所怀疑的她在提供使得罪犯能够得逞的情报上所扮演的角色这个线索。在考察本案中后面还要发生的事情的时候，我们必须牢记这一点。

罪犯踪迹扑朔迷离

维奥利特死了，其他人也纷纷被认定无罪，也没有发现公墓约翰的任何踪迹，绑匪的行踪已经越来越扑朔迷离了。

让人觉得有点欣慰的是，7 月 22 日国会通过了被称为“林德伯格法案”的法律，其中最著名的条款是，若绑架案发生一周后还未获侦破，那么就推定绑架犯已经越过了州的边界，联邦调查局这时就应当对该案享有主要管辖权。这个法律至今还有效，后来的这些年中这个推定期限已大幅缩短了。这个法律还规定联邦对绑架犯最高可处以终身监禁。

8 月 16 日，星期二，安妮生下了另一个男婴，这次是在她母亲在曼哈顿的东六十六街四号的公寓中生产的。她和查尔斯给他取名乔恩，查尔斯再次请求媒体不要打扰他和他的家人。这次他的请求同样被当作耳边风。

纽约市内外已经出现了用作赎金的某些钞票了。但是银行工作人员注意到钞票上的号码时，却没有什么方法去追踪是谁把这钱花出来的。这是不是意味着公墓约翰和他的同伙（如果他有同伙的话）还在这片地区呢？或者这些钱已经过手第二次甚至第三次了呢？警探詹姆斯 · 芬保留了一份标针地图，上面标出了用作赎金的钱出现的每一个地点。

那年秋天，纽约一个名叫杜德利 · D · 舒恩菲尔德的精神病学家和纽约市警察局接洽，纽约市警察局则和新泽西州州立警察厅联系，舒恩菲尔德请求让他来分析绑匪留下来的那些信件。舒瓦茨科普夫当时也是一筹莫展，于是同意让舒恩菲尔德试一试。

根据吉姆·菲舍在《林德伯格案》中的说法，舒恩菲尔德认为："绑匪得了一种痴呆麻痹症（今天这种病被认为是一种精神分裂症）。尽管绑匪自认为自己无所不能，但他实际上是一个毫无能力的人，社会地位低下。他因自己的地位感到愤怒和沮丧，他认为他之所以如此全是其他人的错。他认为，是社会中的某些力量在阻碍他实现生活中的宏伟目标。"

"林德伯格上校显然就是这个人根本无法相比但是却想成为的那类人。他有权有势、富裕、得到全世界的尊敬。绑匪认为林德伯格就是他的对手，是他必须击败、愚弄和羞辱的人。这就是他犯下此种罪行的无意识的动机。舒恩菲尔德说这样一个人会单独作案，并且甘冒巨大的个人风险。"

菲舍接着写道："舒恩菲尔德断定，绑匪四十岁，德国人，曾经坐过牢。他有同性恋倾向。他能做点手工活，诡秘、不愿和人交心。他还认为，绑匪在体格上可能和林德伯格差不多。如果他结婚了的话，他肯定是一个暴君式的丈夫。他会有女性朋友，但是大部分时间中他都和男人混在一起。由于他行踪诡异、谨慎、多疑，因此要抓住他是非常不容易的。"

暴力犯罪者，特别是性犯罪者感觉到自己不足及无能，因而与他人的无所不能及富足之间产生强烈冲突，这是很常见的。这样一个人可能会忌妒像林德伯格这样的真正成功的、似乎总是心想事成的人物。这样的一个人很可能希望把一个大英雄扳倒，使他变得像普通人一样，遭受生活中最基本的痛苦。而推测绑匪是个德国人，这并不牵强。

如果读者接受这个人是单独作案的说法（我并不接受），那么单独作案有其自己的某些特征。他必须是行踪隐秘的，并且力图不让任何人知道相关罪行。他必须是能做手工活的，因为如果他单独作案的话，就必须能够自制木梯。重大罪行的罪犯并不是突然之间从哪个地方冒出来接着就完全成熟老练起来的，因此很可能他曾经坐过牢。当隔壁屋有孩子的母亲在而楼下则有孩子的父亲在时，却径行从婴儿床上把宝宝抱走，这确实是一种极大胆的高风险行为，因此绑匪肯定是一个甘冒巨大个人风险的人。并且，犯下任何臭名昭著的罪行的人，当联邦调查局和三个州中一半的警力都在追捕他的时候，不可能是倾向于和人交心的那种人。这确实是早期犯罪侧写的一个很好的例子，而舒恩菲尔德也在这个学科的发展和历史中赢得了令人尊敬的一席之地。

1934 年 8 月，康登认为自己看到了公墓约翰。当时他在布朗克斯区的一辆公共汽车上，他认为他看到约翰当时穿着工人服装，正顺着路边往前走。康登以其典型的方式冲司机喊道：“我是杰夫希！停车！”但是当康登下车准备追他时，他已经消失得无影无踪了。

木梯溯源

1933 年早期，阿瑟·科勒给那个木梯的每个部件都单独取了名称。从最下面那一截开始，他从一到十一标记了木梯的横档，并以十二到十七标记了三截木梯两边的总共六个扶手。让人最感到奇怪的是标记为十六的那根扶手，也就是最上面那一截木梯的左扶手。它之所以引起科勒的兴趣是因为只有它上面才有四个额外的方钉孔，这表明这截扶手以前是用在别处的。换句话说，造到最后一截时，可能木材不够了，因此只能从其他某个东西上临时取下一根木材来用。

科勒进一步确定，有八根横档是美国黄松木，是从一块木板上切下来的，并且是用一个有问题的刨木机刨的，因为上面留下了很多独特的印迹。另外五根扶手是美国长叶松木做的，上面的刨痕非常独特，科勒认为可以通过这些特征来确定是哪个木材厂做的。他总共向靠近大西洋海岸的超过一千五百家木材厂发出了问询，告诉它们他在寻找的刨木机的规格：这种刨木机刨木头会有多快，还有会用多少个刨刀等。

通过不懈的调查，从南卡罗来纳州麦考密克的木材厂，到纽约的哈里根-麦克勒兰德公司，再到布朗克斯区白草原大街上的全国木材和木制品公司，科勒终于找到了一些具有同样特征的木板。1933 年 11 月 9 日，科勒在那家公司的储藏仓库找到了他认为绝对一样的木板。他认为标记为十二到十五的木梯扶手就是这家公司的木材切割机切割的。

但是这家木材厂却说，他们不会对付现金购买木材并从他们那取走木材的任何人作出任何记录，因此科勒的出色努力只能算一种部分的胜利。这家公司的所有雇员的指纹都被采了样，但是几乎没有什么收获。

赎金的踪迹

1933 年 4 月 5 日，新任总统富兰克林 · D · 罗斯福宣布，美国将脱离金本位制，为了防止黄金囤积，命令总值超过一百美元的所有金币和金圆券在 5 月 1 日以前都必须上交兑换成同等面值的新纸币。侦查人员希望这个命令的一个附带作用是，当金圆券开始上交时，银行人员可以更留心列在长达五十七页文件上的赎金纸钞的号码。在向公墓约翰支付了赎金之后不久，他们就下发了这份文件。

事实上，在 5 月 1 日，内装二千九百八十美元的金圆券的袋子被人交上来，要向在纽约市的联邦储备银行兑换新纸币。每一张都是赎金里面的钱。和这些赎金一起交上来的存款凭证上的名字是住在西一四九街五三七号的 J · J · 福克纳。后来查明这个名字是假名。直到今天，这依旧是人们最后一次听到J·J·福克纳的名字。而且，赎金线索，就像其他能用来追踪公墓约翰或其他绑匪的线索一样，已经完全没有什么效果了。

还有一些赎金里面的金圆券单张单张地出现，其中大部分都被折成了八折。接触这些金圆券的银行职员和出纳人员的记忆都很粗略，但是基本上都说是一个中等身材、蓝眼睛、高颧骨和尖下巴的白人男子交上来的。毫不奇怪的是，这名男子操着外国口音，并且总是戴着一顶软毡帽，拉下来挡住他的前额。尽管很模糊，这些描述和康登对公墓约翰的描述很符合，并且也很符合约瑟夫·佩罗尼对那个让他把信封交给康登的男子的描述。

在阿瑟·科勒已经找到全国木材和木制品公司的时候，赎金中的小额钞票，五美元和十美元的，开始出现了。它们出现在上曼哈顿的第三大街和莱克星顿大街以及德国人聚集的约克维尔地区。科勒完成了这个阶段的工作之后不久，格林威治村的洛·谢里丹电影院出纳员赛希尔·巴尔收到了一张五美元的金圆券，折成了八折。她对那个人的描述和以前别人对他的描述是一致的：套服加黑色毡帽。但是也就这些了。“世纪犯罪”依旧没有破获。

1934年1月，赎金出现的频率更高了，大约每周都会出现四十美元，全是十美元一张的。绑匪可能用完了五美元的，不久他可能还要动用二十美元一张的钱。但是到了夏天时，这种钱突然不再露面了。这可能和报纸对赎金的新一轮报道有关。这次，各大报纸报道说，纽约市警察局规定，只要任何人交上一张赎金里面的钱，就会得到五美元的奖励。根据舒恩菲尔德作出的对罪犯的行为特征分析，林德伯格案中的那个绑匪是很谨慎的。

到了9月份时，又出现了一些面额为十美元的赎金里面的钱，接着又在布朗克斯的福德汉姆路周围地区出现了二十美元一张的。更多的十美元和二十美元的钱出现了，这次又是在上曼哈顿、约克维尔和布朗克斯地区。

嫌疑人终于出现

1934 年 9 月 18 日，终于出现了一丝转机。布朗克斯区康恩交换银行的出纳主任当时正在清点钞票，发现了两张十美元的金圆券。那两张都是赎金中的钞票。其中一张上面的旁边用铅笔写着“4U－13－14 N.Y.”看起来好像是汽车牌照的号码，而当时警方确实要求，汽车加油站的人员和任何其他与汽车有关联的人员记录下相关汽车的牌照号码，如果司机用金圆券付款的话。康恩交换银行附近有三个加油站是把收到的钱存在该银行中的。其中一个加油站是曼哈顿第一二七街和莱克星顿大街交叉处的沃伦·昆兰加油站。当警探詹姆斯·芬来到这个加油站询问那里的工作人员时，经理沃尔特·莱尔和他的助手约翰·莱昂斯都回忆说那张钱确实是他们那里收的：是一个中等身材的白人男子付的，德国口音，开着一辆蓝色的 1930 年道奇轿车。他加了九十八美分的汽油（请记住，这可是 1934 年的价钱！）并且用那张十美元的钱付的款。他当时是从口袋里的一个白色信封中拿出那张钱的。

莱尔仔细盯着那张钱看。“怎么了？”那个男子问道，“这钱没有问题。”经理这时说现在这种钱可不多见，那个男子表示同意。“我现在大约也只有 100 美元这种钱了，”他说道。

莱尔当时主要担心的是这张钱可能是假的，因此他记下了汽车牌照号码，并且在把这张钱放在现金柜中时，还把牌照号码写在上面了。

在纽约机动车管理局，詹姆斯·芬发现这个牌照号码是一辆蓝色的 1930 年道奇轿车的，车主是德国出生的木工，三十五岁，名叫理查德·霍普特曼，住在布朗克斯的威廉斯布里奇区的东二二二街一二七九号，也就是这条大街和尼德汉姆大街交叉的一个十字路口附近。这离伍德朗公墓很近，离全国木材和木制品公司只有十个街区，离圣雷蒙兹公墓四英里，离沃伦·昆兰加油站大约只有十英里。

瞬时之间，詹姆斯·芬和同事们感到眼前一亮。他们立即开始监视那幢两层楼的房子，霍普特曼及其妻子在二楼租了一个有五个房间的套间。9 月 19 日，星期三上午，马上就要到九点钟的时候，霍普特曼出来了，走到单独建的、破旧的单汽车车库前，打开了一个挂锁，然后就进去了。霍普特曼为屋主造了这个车库，条件是他住在这里时车库交他一个人使用。不久之后，他的车就出现在尼德汉姆大街上了。霍普特曼，中等身材，和其他人的描述很相符。

如果 1934 年我在那里并参加了这个案件的话，我会同样为霍普特曼这个嫌疑人的出现感到极度兴奋，尽管我几乎不了解他的任何其他方面。除了犯罪现场之外（罪犯对之缺乏控制），任何一个与这个案件有关的地点，包括最初的会面地点、赎金交接的地点、木材厂、使用赎金的地方，甚至约翰·康登的房子，都在理查德·霍普特曼的舒适区域内，围绕着他的住所。如果他就是绑架犯，如果他就是公墓约翰，那么他确实是可能让所有事情都在他期望的地方进行的。再加上这个人是个德国人，符合人们的描述，还是个木工，我们似乎已经抓到历史上最重大的嫌疑人了。

几分钟内，警方就逮捕了霍普特曼，把他拉出汽车，搜了他的身，并将他铐起来。他们搜查了他的钱包。里面的钱中有一张二十美元的金圆券，折成了八折。他说在家里还有几百美元这样的钱，他保留下来是为了抵御通货膨胀。一战之后的德国，通货膨胀简直猖獗不堪。

他们从他口中得到了一些基本信息。霍普特曼的第一名字是布鲁诺，尽管美国这边任何人，包括他的妻子，都只知道他的中间名理查德。在一战期间，他在第一〇三步兵团服兵役共二十个月，他才十四岁就被征入伍了。战争夺走了他两个哥哥的生命。他最初是通过藏在德国轮船“汉诺威号”上到美国来的，当时二十三岁。当船到达美国之后，他被发现了，之后就被遣返回德国。一个月之后，他又偷偷溜上“汉诺威号”，但是在船起锚出海之前，他又被人发现了。他跳下海，躲过了逮捕。两个月之后，他躲在“S·S·乔治·华盛顿号”上，这次他终于成功了。坚决果断是霍普特曼的根本特点。他找到了一个洗盘子的工作，后来成了机师，最后成了木匠。1925 年 10 月 10 日，他和一个名叫安娜·舒艾福勒的酒店女服务员结婚了。八年之后，她生了个儿子，名叫曼弗雷德，小名布比。安娜·霍普特曼曾经在戴尔大街的一个兼做面包的酒店工作，但是 1932 年 12 月，她为了全天照顾布比和家里，就辞职了。

当警方搜查霍普特曼的公寓时，安娜回来了，她感觉非常震惊。警方发现里面的家具都很好，看起来都很昂贵，他们感到非常吃惊。更让人印象深刻的是，里面有一个值三百美元的最新款式的落地收音机。三百美元在那个年代可是一笔大数目，特别是当时正处在大萧条时期。安娜一点也不明白为什么家里突然之间涌进来这么多警察和侦探，他们根本就不对她作任何解释。当她进入主卧时，发现丈夫靠在床边，和一个警官铐在一起。霍普特曼用德语告诉妻子说警官之所以来到家里，是为了前一天晚上他与别人赌博的事。

警探们问他把林德伯格案件中收到的赎金藏在哪里了。他坚持说他不知道。联邦调查局特警托马斯·H·西斯克指着窗外的车库问他，是不是把钱藏在车库中了。霍普特曼说除了公寓里面的钱之外，他其他地方没有什么钱了。当问他在德国是否有犯罪记录时，他说没有。

警方扣押了十七个笔记本，他们要用这些笔记本来查对笔迹。在其中一本中，他们发现了一个木梯的详细示意图，和绑架案中用的那个木梯很相像。

布鲁诺·理查德·霍普特曼被带到了纽约市警察局在下曼哈顿地区的第二管区警察局里。警方采取了他的指纹，犯罪现场工作队搜查了他的汽车，寻找血迹、毛发和肌肉纤维。没有发现什么东西，而且他的指纹和木梯上的指纹都不相符。除了那些笔记本之外，警方似乎还没完没了地让霍普特曼写了无穷无尽的笔迹样本。他写下的许多笔迹样本都和绑架犯留下的赎金信件中的笔迹很类似。

在早期关押阶段，警方殴打他，粗暴地对待他，连续许多个小时都不让他吃睡。尽管在那个年代此种做法很普遍，但是这一点也让人感觉很可悲，这是对犯人权利的粗暴侵犯。

漫漫审讯中，警探们获得了更多的霍普特曼的生活细节。他直到1932年4月或5月之前一直都做木匠，有每小时一美元的可观收入。此后，他放弃了大部分工作，专心进行股票投资。他说1931年他开始投资股市就已经获得了成功。请记住，这可是大萧条中最严重的时期，而霍普特曼还是一个受教育很少的移民。霍普特曼说，林德伯格的孩子被绑架期间，他在为曼哈顿的梅杰斯迪克公寓做木工。他还承认，过去他曾到全国木材和木制品公司购买过木材。他承认他自己保存了三百美元的金圆券，但是无法解释为什么林德伯格案件中的赎金会在他这里。

警方让霍普特曼站到他们非常马虎地安排好的一排人中去。所有其他人都是看起来很强壮高大，是脱去制服的警官。出租汽车司机约瑟夫·佩罗尼指认了霍普特曼。让警方气恼的是，约翰·康登说他能够指认或愿意指认霍普特曼，但是目前却不行。警方认为，康登或许又在故弄玄虚。

9月20日，星期四，警方在审讯霍普特曼的同时，搜查了他屋后的车库。一个警探撬开了钉在两个托梁之间的一块木板之后，发现里面有一个架子，上面整整齐齐地码着面额十美元的钞票共一百张。另外一个包裹中还有八十三张。另外一个警探则发现一个一加仑的虫胶盒子，里面装着很多装有十美元和二十美元的金圆券的袋子。警方总共在那里发现了一万一千九百三十美元的金圆券，都是林德伯格绑架案中的赎金。很显然这就是为什么霍普特曼把车库封得这么严实的原因了。

面对这样的证据，霍普特曼承认自己在钱这个问题上撒了谎，但是坚持说自己所说的其他一切都是真实的，并依旧说自己对林德伯格绑架案一无所知。他说，这些钱是一个名叫艾西多·费什的朋友留给他的，是他在一个皮毛进口公司的合作伙伴。

费什后来马上就成了和这个案件联系在一起的神秘名字。1933年12月，由于得了肺结核，费什离开了纽约，坐船回到了德国。他返回了自己的家乡莱比锡，并于1934年3月29日死在故里。根据霍普特曼的说法，费什当时把他个人的一些财产和物品留给他保管，其中包括一些手提箱、皮箱和一个用绳子捆好的鞋盒。霍普特曼对里面装的是什么东西一点也不感觉好奇，因此他把鞋盒放在厨房里的餐具柜顶层上面。直到后来下了一场大雨，雨水漏进了柜子。他把顶层架子上被雨水淋湿的东西拿了下来。拿下鞋盒时，他把它打开了。让他感到吃惊的是，里面有湿漉漉的总共一万五千美元金圆券。他没有向安娜透露这个秘密，晾干这些钱之后，就把它们藏在车库中了。1934年8月份的时候，他开始动用这些钱。他认为自己有权用七千美元，因为艾西多离开美国时，在他们的合伙商业活动中欠他的钱就是那么多。

费什的德国亲戚们说费什简直不名一文，而他在美国的朋友们也都宣称，当他离开美国时，欠了他们不少债。有趣的是，费什死了之后，霍普特曼写信给费什家人，通知他们艾西多交给他保管了哪些物品，但就是没有提到那个鞋盒。

此外，让霍普特曼处境更糟糕的新信息出现了。警方调查发现，他对他过去在德国的生活也撒了谎。事实根本不像他向审问人员所坚称的他在德国没有任何犯罪记录。实际上，1919年，他因为大盗窃罪、小盗窃罪、持械抢劫和窝藏被盗赃物而被判有罪，当时他二十岁。根据1934年11月2日的一份警方备忘录上的记录，堡曾县法庭曾经记录了他犯下的九宗罪行。其中一次，他闯入德国本布鲁赫市市长家中，当时他就是用一个木梯从二楼的一扇窗户爬进去的！持械抢劫罪是因为他持枪抢劫两名妇女的蔬菜。他后来在德国塞康逊的本特辛监狱坐牢三年多。他之所以要偷渡到美国来，是因为当时他马上又要因一系列入室行窃罪而被警方逮捕。

霍普特曼曾经多次逃脱警方的看管，一次是越狱，另一次则是跳下警车逃走。

1932年夏天，大约绑架案发生的四个月之后，布鲁诺·霍普特曼让安娜回德国探亲。这次探亲的主要目的是要看看当地警方是不是还在追捕他，或者他回到德国是否安全。人们告诉安娜，如果他回德国，只要警方发现他，他就会立即被投入监狱，因此他也就断了回德国的念头。

尽管纽约警方对他进行种种威胁，并极端粗暴地对待他，霍普特曼还是不愿承认他和绑架案有什么牵连。并且康登博士还是不愿意来辨认他，真是让人感觉异常棘手。尽管有如此多的障碍，纽约和新泽西警方很清楚现在他们手上掌握了什么。空耗了两年多的时间之后，他们终于抓住一个嫌疑犯了。

公开审判

1934 年 10 月 8 日，布鲁诺 · 理查德 · 霍普特曼被新泽西州亨特顿县大陪审团指控犯有谋杀小查尔斯 · 奥古斯都 · 林德伯格的罪行。一个星期之后，他被关押在位于弗莱明顿的亨特顿县监狱等候审判。威廉 · 兰道夫 · 赫斯特的《纽约日报》为霍普特曼聘请了来自布鲁克林区的著名辩护律师爱德华 · J · 莱利，条件是安娜 · 霍普特曼要给《纽约日报》提供独家消息。长期执业的莱利律师马上就要退出律师行业了，当时他严重酗酒，并且，用莎士比亚戏剧中李尔王的话来说，他“处理事情时……已经不在他的最佳状态了”。莱利强烈相信霍普特曼是有罪的，并且在审判前故意不见他。莱利的助手是新泽西州的三名律师，C · 劳埃德 · 菲舍、弗里德里克 · A · 波普和艾格波特 · 罗斯克兰斯。和莱利相比，这三名律师更倾向于认为霍普特曼是无辜的，他们进行了更为精心的辩护。特别是菲舍，直到最后还站在霍普特曼一边。

1935 年 1 月 2 日，审判在位于新泽西州弗莱明顿的亨特顿县法庭开始了。审案法官是托马斯 · W · 特伦切德，控诉方代表则是大卫 · T · 维伦茨。如果说这宗绑架案是“世纪犯罪”的话，那么这次审判就是“世纪审判”了。世界各地的报纸蜂拥而至。法庭中临时架设了成百上千条电话线路，法庭的那条大街顷刻之间就开始人流涌动。H · L · 门肯称这次审判是“自经济复苏以来的最重大的事件”。这是有声摄像机第一次在法庭上使用。此次审判中有声摄像机所带来的影响，导致了半个世纪之后它们被禁止在法庭上使用。

就像广大民众一样，媒体也早已认定霍普特曼就是凶手。它们宣称，美国人是很显然不会犯下如此可怖的罪行的，尽管几乎总是有美国人在犯着同样可怖的罪行，只不过他们没有针对如此著名的人物罢了。

尽管康登没有来警察局辨认霍普特曼，但是在审判中，康登出庭做证两天，他认定布鲁诺·理查德·霍普特曼就是公墓约翰。林德伯格也从他说话的声音中辨认出他就是公墓约翰。长达五天的做证中，有八个笔迹鉴定专家，其中包括著名的阿尔伯特·S·奥斯邦和他的儿子阿尔伯特·D·奥斯邦，都认定霍普特曼就是写下所有赎金信件的那个人。辩方的一个笔迹专家约翰·特兰德利则不同意这个结论。

阿瑟·科勒出庭做证，说绑架案中所用的那个木梯中标记为十六的那根扶手确实是直接取自霍普特曼家阁楼中的一块木地板。

1月24日，霍普特曼开始为自己辩护。首先是进行了长达五天的让人精疲力竭的证人做证，其中包括大卫·维伦茨进行的长达十一个小时的铁面无情的交叉质证。

2月13日，在经过二十九次开庭、一百六十二个证人出庭做证、出示了三百八十一份证据之后，陪审团离开审判庭开始讨论这个案件。经过十一个半小时的讨论，陪审团回到法庭宣布霍普特曼犯有一级谋杀罪，并且没有提出建议对之予以宽大处理。这根据新泽西州的法律，就意味着要处以坐电椅处死的刑罚。

上诉阶段，有几个人，其中包括爱德华·莱利，到监狱中见过霍普特曼，希望他能够坦白，这样可以让他的死刑判决减轻到终身监禁。霍普特曼拒绝了所有建议，包括著名辩护律师塞缪尔·莱伯维茨和新泽西州州长哈罗德·G·霍夫曼在最后一刻提出的建议。哈罗德·霍夫曼为这次侦查和审判感到不安，并且认为判霍普特曼有罪并没有使全部真相大白于天下。

当上诉已经穷尽之后，布鲁诺·理查德·霍普特曼还是坚称自己是完全无辜的。1936 年 4 月 3 日，他死在位于特伦顿市新泽西州州立监狱的电椅上。但是，有关他到底有罪还是无罪的争议却没有随着他的死亡而消失。

除了某些很小的例外，目前我们在这章中所写的任何东西都是被公认为事实或者被人们合理接受的解释。后面的内容几乎全是有争议的。这是林德伯格案件中最严重的问题之一，也是为什么整个案件在七十多年之后的今天还让人如此着迷和引人争议的原因所在。这个案件中的许多问题都取决于你相信什么证据，或者说你相信谁的证据。

有关这个案件的著作何止百万、千万字。每一代人中，支持两边的人都同样难以驳倒且令人印象深刻。目前，那些认为霍普特曼确实就是单独从事这宗绑架案的最坚定的、最雄辩的、研究最深入的人当中，最突出的就是吉姆·菲舍。据我所知，1987 年他准备写作自己的《林德伯格案》以及续集《霍普维尔的幽灵》时，阅读的相关记录不比任何人少。A·斯格特·博格，作为当今最著名的、最受人尊敬的传记作家，为写作《林德伯格》，自己做了广泛研究，他认为确实就是霍普特曼独自绑架了林德伯格的孩子。另外一方中，我们有安东尼·斯卡杜托，他于 1976 年写下了《替罪羊》一书；还有路德维奇·肯尼迪，他于 1985 年写作了《飞行员和木匠：林德伯格绑架案和被诬陷的理查德·霍普特曼》一书。这些书的书名就是不言而喻的。

每个作者都接受了不同的事实。如果你顺着一套事实往下走，你会发现说霍普特曼有罪是极成问题的。但是如果你顺着另外一套事实往下走，你又会觉得霍普特曼有罪几乎是显而易见的。

让我们来考虑给布鲁诺·理查德·霍普特曼盖棺定论的主要证据。

赎金

这可是个棘手难题。霍普特曼不仅几乎拥有赎金的三分之一，而且向警方撒谎。至少，他和绑匪有直接或间接的关系。正如前面曾提到的，二十世纪二十年代和三十年代中雇人绑架是如此猖獗，以致出现了一个专事把赎金洗白的地下洗钱行业。绑匪（或其他职业罪犯）把非法获得的钱折价卖给另外一个人，以防政府当局通过赎金来追踪并逮捕他。那些钱要么是霍普特曼从匪徒那里买来的，要么是他从那个神秘的艾西多·费什那里买来的，要么就是当时钱到他们两个人的手上时，已经过了另外一个人的手。

然而，我必须说，霍普特曼收下费什的那个鞋盒并且将之放在厨房的餐具柜上时，他一点也不对里面到底装的是什么感到好奇，这在我看来是非常不真实的。难道我们要认为，要不是屋顶漏了，雨水漏到了餐具柜中，霍普特曼根本就不可能看过里面的东西吗？

更为重要的是，霍普特曼从木工业中退出来的时间太凑巧了。这个时间和赎金交付时间几乎完全吻合。侦查人员发现，到 1932 年 4 月 1 日以前，他几乎没有现金资产。但是他却想让我们相信，作为一个以前在投资中从来没有赚过什么大钞票的移民商人，当职业投资家们都输得精光时，他却突然之间能够通过股市投资来很轻松地养活自己的家人，并购买精美的新家具和昂贵的收音机。我们必须查看嫌疑人的背景，而就霍普特曼而言，他的说法显然不合逻辑。

索要赎金的信件

本案中总共有十五封索取赎金的信件。控方在审判过程当中组织的专家力量是令人印象深刻的。霍普特曼说话的方式和这些信件中的行文遣词几乎是一致的，这点毫无疑问。并且由他书写的那份赎金信件样本段落中的字母以及单词构造和赎金信件中的极为相似。例如，霍普特曼不仅将“签名（signature）”说成“签名（singnature）”，还将之写成“签名（singnature）”，而我们在赎金信件中也一再地看到这种拼写。

霍普特曼的辩护律师们认为，这些专家的证言不过是在说，霍普特曼的书写风格和实际写下赎金信件的人一样都是欧洲风格的，而且任何和霍普特曼背景类似的人，可能都如此。我不是一个笔迹鉴定专家，尽管多年以来我和许多笔迹专家共过事。虽然笔迹鉴定不是一门精确的学科，但是在我看来，这些证据表明了：赎金信件和布鲁诺·霍普特曼的笔迹、风格、句法以及拼写之间是有极为紧密的联系的。

还在侦查的早期阶段的时候，苏格兰场的一个分析人员就断定，赎金信件上的两个交叉的圆圈表明，写赎金信件人的名字首字母缩写应当是BRH。两个蓝色的圆圈代表的是B，红色的中间交叉部分则代表了R，而信纸上的三个洞则代表了H。我对此表示怀疑，因为在绑架案发生之时，霍普特曼已经开始叫自己理查德而不是布鲁诺了。但是，如果说这种说法是正确的话，那么霍普特曼就有了脱不开的重大嫌疑。根据我在刑事罪犯个性分析和心理语言分析中的全部经验来看，我必须承认我几乎不会想到以这种方式解释赎金信件上的签名。

目击证人和耳闻证人

控方提出了许多证人，他们能够指认布鲁诺·霍普特曼出现在案件的不同阶段中。这些人包括：曾看到他在绑架案发生之前在林德伯格家周围游荡的林德伯格的邻居们、来到康登家的那个出租车司机、康登本人、林德伯格、格林威治村电影院的出纳员，还有那个将霍普特曼的牌照号码写在金圆券上致使霍普特曼被捕的加油站工作人员。

所有这些人当中，康登的指认是最为重要的。康登是唯一一个和公墓约翰呆在一起有相当长时间的人，并且只有他才和约翰进行了真正的交谈。康登开始不愿在由警方人员组成的那堆人中指认他。但是在案件到了审判阶段时，他却坚决认为霍普特曼就是他所看到的公墓约翰。那么，这之间到底发生了什么呢？

可能发生的情况是，警方或控方找过他。霍普特曼极端符合公墓约翰的特征。有不少证据对他不利，并且警方坚信自己抓对了人。但是康登并不完全肯定那堆警察中的霍普特曼就是和他接触的那个人，而他是严肃认真地对待自己的证人身份的，他不想让无辜者蒙罪，也不想让警方因为他作出的不那么肯定的指认而偏离正轨。但是到了审判阶段，可能有某个人以下面这样的方式来恳求他指认霍普特曼。

“康登博士，我们知道霍普特曼就是我们一直在找的那个绑匪。他甚至和您对公墓约翰的外观描述都极端吻合。我们所需要的不过就是您在法庭上确认这一点。如果你愿意指认他的话，那么我们就可算让他落网了。如果你不指认的话，那么这就可能让陪审团感觉疑惑不堪，让辩方有机可乘，而凶残杀害那个可爱的小男孩的凶手就肯定要逍遥法外了，同时您极端仰慕的林德伯格夫妇受伤的心灵则永远无法愈合。”

对付像康登这样自以为是的人，这种话是有效果的。当你让像他这样的某个人接受你的此种请求时，他就会变得越来越肯定了。这也就是为什么我总是要求目击证人的证言能够和其他某些形式的客观证据相印证的原因之一。

林德伯格那里的情况可能类似。“上校，我们抓住的人就是真正的凶手，是他让您失去孩子的。您自己曾说那个人是德国口音。您现在要说的就是，这个人的口音就是您那天听到的那个人的口音。”

每个其他证人之所以做证可能都有他们各自的动机。其中一个邻居曾被许诺说他可以得到一点赏钱。其他一些人和布鲁诺·理查德·霍普特曼的接触是非常偶然的，因此甚至只要说很可能是霍普特曼就能影响陪审团。除了少数几个高度引人争议的证人之外，警方和控方都无法证明霍普特曼当时在犯罪现场。

我不是说这些人的指认都是错误的。所有这些人可能都见过布鲁诺·理查德·霍普特曼或听过他说话。或者他们可能也没有。我只是说，在我看来，他们对霍普特曼的指认，包括康登和林德伯格的指认，没有一个看起来是足够可靠、足够可信的。在研究事实到底是怎么一回事的过程当中，我是不会以任何方式依赖他们的指认的。

有一点非常有趣。如果电影院出纳员塞西尔·巴尔的指认是正确的话，那么霍普特曼拥有林德伯格案件赎金的时间，比他宣称的从费什那里得到鞋盒的时间要早很多。

凿　子

除了木梯之外，现场还发现了一把规格为四分之三英寸长的巴克兄弟牌木工用凿子。看起来，罪犯是想用这把凿子来撬开窗户或百叶窗，如果必要的话。当警方检查霍普特曼的木工工具箱时，里面没有此种四分之三英寸长的凿子，而且里面唯一缺的工具就是这种凿子。这并不是一种能绝对认定罪犯的证据，但这确实是对霍普特曼非常不利的证据，特别是考虑到其他证据时更是如此。

在《飞行员和木匠》中，路德维奇 · 肯尼迪宣称，警方在霍普特曼的车库中实际发现了两把四分之三英寸的凿子，一把是巴克兄弟牌，另外一把是斯坦利牌；直到安东尼 · 斯卡杜托接触这两把凿子之前，它们都一直在警方手中。我们向新泽西州立警察厅管理员马克 · W · 法尔奇尼问过此事。法尔奇尼对这个案件及相关证据有全面的了解，但是对于霍普特曼是有罪还是无辜则没有什么个人意见。他告诉我们他不知道肯尼迪和斯卡杜托的消息来源于何处。警方根本就没有保管过这样的凿子。

然而这是另外一个取决于你听信哪种证据的绝好例证。

壁橱门背后的电话号码

1934 年 9 月 24 日，星期一，也就是警方在霍普特曼的车库中发现赎金之后的第四天，纽约警察局侦查员亨利 · D · 布拉克曼发现，霍普特曼儿子的卧室壁橱门上一块木板的背后，有用铅笔写下来的一个号码和一个地址。警方发现这个号码就是康登博士在换成未公开登记的电话号码前的那个电话号码，也就是说，这个号码就是康登和公墓约翰接触时家里的电话号码。上面的地址也是康登家的地址。布拉克曼还发现这块木板上有两个钱币号码，一个是一张五百美元的钞票号码，另外一个则是一张一千美元钞票上的号码。

当布朗克斯县地区检察官塞缪尔 · J · 法利就这个问题质问霍普特曼

时，霍普特曼承认上面的笔迹看起来确实是他的，但是他不记得他什么时候写下来的，并且继续坚持说，他和绑架案没有任何关系。而至于他为什么会把康登的电话号码写在那里，他只说他当时可能只是对报纸就绑架案的报道作出的一个下意识反应而已。

“我当时肯定是读报纸对绑架案的报道时看到康登的电话号码和地址的，”他告诉法利，“我对这个绑架案有点感兴趣，并且对它作了点记录。或许我当时正好在壁橱中，并且恰巧在看报纸，因此就顺手记了下来。”

什么?

路德维奇·肯尼迪说这个证据可能是某个报纸新闻记者和警方开个玩笑写在上面的，这个记者肯定是想办法进入了霍普特曼的公寓。路德维奇·肯尼迪甚至说出了那个记者的名字。并且，路德维奇问道，霍普特曼没有电话，他为什么要写下康登的电话号码呢?

我们可以先来看看路德维奇·肯尼迪说法中的第二点。尽管霍普特曼没有电话，但是他必须记下电话号码，因为他要打电话和中间人联系，比如从某个公用电话亭给中间人打电话。如果要和这个人打电话联系的话，当然就必须有他的电话号码。如果这是非法活动的一部分，那么霍普特曼当然会想把这个号码写在隐蔽处，而儿子卧室壁橱内就是一个绝佳选择。

再让我们来看看“这不过是记者开玩笑”这种说法：确实，在那个犯罪现场不像今天这样保护得那么严实的年代（今天对犯罪现场的保护往往也未达到应当达到的程度），这确实是很可能发生的一种情况。但是令我不解的是，如果上面的笔迹确实不是霍普特曼的话，那么，像霍普特曼这样谨慎小心的人，怎么会承认那是他写的呢?

我觉得他应当会说：“我不知道这是什么，也不知道为什么会出现在这个地方，这是我第一次看到这个东西。如果你们说这是一个证据的话，那一定是某个人想栽赃到我头上！”

但是他却并没有这样说。因此要么就是确实是他写在那里的，要么就是他有很强的理由认为确实是自己写在那里的，而且他不想再被警方查出还在不断地说谎。

梅杰斯迪克公寓

霍普特曼自己提出的辩护理由中更惹人争议的一个方面是，他说案发之时他实际上已经开始在梅杰斯迪克公寓做木工活了。他宣称 1932 年 3 月 1 日，绑架案发生当天，他一直到下午五点钟还在那里工作。这就意味着，他要在绑架案实际发生的时间赶到林德伯格家是很困难的。控方宣称上班时间和薪水记录表明，霍普特曼是直到 3 月 16 日才开始到梅杰斯迪克公寓工作的。

路德维奇·肯尼迪则提出证据说，证明霍普特曼 3 月 1 日确实在曼哈顿做木工活的工作记录被人篡改了，这样从记录上看霍普特曼就是在 3 月 15 日之后（也就是另外一个工资支付周期）才在那里工作的。控诉人大卫·维伦茨和布朗克斯地区检察官曾经看到过这些工作记录，并将之交给了纽约市警察局“保管”。从此工资支付记录就没有人再见过了。显示霍普特曼是在 4 月 2 日辞去工作的工作记录似乎也被人篡改了。辩方曾经给梅杰斯迪克公寓管理人爱德华·摩尔顿发传票，让他把工作记录带到一个引渡听证中来，但是摩尔顿最后却没有来。控方提出的霍普特曼 3 月 1 日身在何处的说法有许多疑点，因此这就使得人们对控方的观点产生了严重怀疑。

标号十六的扶手

这是这个案件中对布鲁诺·理查德·霍普特曼不利的一个最重要证据。它现在还是现代犯罪学历史上最为著名的证据之一，就像肯尼迪总统刺杀案中的“神奇子弹”和辛普森案件中的手套一样。

首先，让我们来看看那架木梯。它经常被描述成是“做工粗糙的自制品”。但是当你仔细观察它时，却会发现它的设计实在是精巧。它之所以看起来是做工粗糙的，是因为非常轻，而且上面横档之间的间隔比一般木梯要宽。它当然必须很轻，这样才方便携带。当我和马克·奥尔谢克检查它时，我们认为，制造这架木梯的人心中很清楚横档之间的间隔应当宽一些，但同时不能宽到不好往上爬的地步。也就是说，横档之间的间隔不能宽得不能用。

木梯的分截结构同样是设计精巧的。头两截是通过铰链折合在一起的，第三截则可以安装在第二截上面，如果有必要的话。建造木梯的人肯定经过深思熟虑，而且对木梯应当做成什么样子可谓胸有成竹。

建造木梯的人很可能是个木工。

请不要忘记霍普特曼的笔记本中出现的木梯草图。

现在让我们来看看阿瑟·科勒研究时所使用的两种方法。第一种方法是，利用木材样本和切削刀片的样式来确定这些木材最可能来自什么地方，它们是在哪里制作的、运输的或销售的。最后他确定木材是出自布朗克斯区的那个木材厂，难道这会仅仅是一种令人惊异的巧合吗？让人更惊异的是，霍普特曼曾经在全国木材和木制品公司工作过。当然，就像这个案件的任何事情一样，有些人对科勒所使用的方法、技巧及假设提出了质疑。但是我没有发现什么强有力的理由，让我相信科勒的分析是不正确的。

现在让我们来看看和木梯有关的核心问题。1934 年 9 月 26 日，星期三，也就是亨利 · 布拉克曼在壁橱的门背后发现电话号码和地址之后的第三天，警方又到霍普特曼的阁楼中查找线索。根据官方记录，他们注意到地板上有一个缺口：西南角有一块八英尺长的地板不见了。在那个缺口处，下面的四个靠在一起的托梁上有四个钉孔，那块木板可能就是被钉子钉在托梁上面的。通过比较纹理和钉孔，科勒认定，绑架案中的木梯上的标号为十六的扶手就是取自阁楼这块不见了的地板。根据控方的说法，霍普特曼造木梯造到最后时木材不够了，因此只好随手取了一块地板来充数。

但是就像其他事情一样，在这一点上同样也是众说纷纭。霍普特曼的辩护律师们指出，警方是已经在阁楼中鼓捣多次后才发现这个缺口的。可是，对警方来说，这种缺口难道是很难发现的吗？然后他们还指出，在霍普特曼被捕之后，只有警方能够进入这个阁楼，甚至联邦调查局也被阻挡在外。1934 年 9 月 28 日，联邦调查局局长 J · 埃得加 · 胡佛在一份备忘录中说这个问题不过是由于对管辖权有误解而造成的。胡佛尽管不高兴，但还是接受了警方的解释。但是从技术角度来说，如果你想制造假证据的话，这确实是绝佳时期。

警方有这样的机会，而且会有这样的动机。但是让我们从宏观层面来看看。我们已经检查过那架梯子，还看过了阿瑟 · 科勒提出的纹路相符的分析，我们认为他的说法是很有说服力的，尽管标号为十六的那个扶手的末端和阁楼中那块木板的剩余部分之间有几英寸的间隔。

这意味着，如果确实是警方伪造了证据的话，那么他们必须从木梯上取下真正的标号为十六的扶手，并从某片木板上切下一条来冒充。此后，他们必须从霍普特曼的阁楼中取走一块木板，并李代桃僵地将他们用来制作假扶手的那块木板的剩余部分安装上去，同时还必须仔细搞出新的钉孔，并且这四个钉孔必须和四个托梁上的钉孔完全对上。他们还必须毁掉原来的那个扶手，并且要确保替代扶手的纹路、颜色、上面的曲线和损伤痕迹看起来要和原来的几乎一模一样，这样任何人若将它和犯罪发生后拍下的真正的扶手的照片相比较，都无法看出它们之间有什么区别。

并且，那些安排此种移花接木的人肯定是比任何人都有自信心的，参与此种计划的每个人都必须是完全可靠的，没有任何人会泄密。因为只要一个人泄密，不仅对霍普特曼的追查可能完全进行不下去了，而且他们之中的每个人都会丢掉工作，并因伪造证据而在监狱中呆上很长的时日。影响证人让他们在指认霍普特曼时显得更加肯定一些这是一回事；而完全伪造证据，特别是当联邦调查局已经感到不满、极可能猛烈抨击警方时，还去伪造证据，这又是另外一回事了。为篡改证据而让此前几乎没有人见到过的工资记录消失这是一回事，而让木梯中的扶手消失，这完全又是另外一回事了。

尽管一个能得到许多木材的木工怎么会从他自己阁楼的木板上取下一块来充数让我着实纳闷，但是由于以上原因，我很难相信那个标号为十六的扶手不是像警方和控方所说的那样，确实是取自犯罪现场留下的那个木梯的。

综合分析

我认为我们需要认真考虑的一个问题是：布鲁诺·理查德·霍普特曼是否得到了公正的审判。除了乱哄哄的气氛和全国上下一片以血还血的呼声以及霍普特曼是来自一个在战争中和美国对立的国家的一个外国人这一事实之外，许多其他因素也对霍普特曼极为不利。他自己的主要辩护人爱德华·莱利私下认为霍普特曼是有罪的，并且曾说过他希望霍普特曼被电椅处死。由于莱利很糟糕地处理了这个案件中的多个方面，并且在审判之前总共只和霍普特曼见过三十八分钟的面，辩护律师团中的其他成员和他都有矛盾。莱利只找来一个笔迹专家，这个专家的证词可谓含糊其辞，他同时还赶走了另外一个自认为能证明赎金信件上的笔迹不是霍普特曼的笔迹的专家。莱利的五个小时总结陈词非常混乱蹩脚，当时他刚刚从午餐桌上的酒气中出来。现场的大部分人都认为莱利当时喝醉了。

如果我们不仅考虑霍普特曼的主要辩护人把这个案件搞砸了，同时还考虑证人有极大的可能性已经被人所左右，而且在拘禁过程中霍普特曼遭到警方虐待的话，那么我们对这个案件还能说什么呢？这样的话，问题就不仅是他是否获得了一个完美的、哪怕仅仅是公正的审判了，而是他是否就是绑架犯本人了。

读者可能已经注意到我在对这个案件的描述中，有一点奇怪的现象。那就是，在叙述 1932 年 3 月 1 日之后发生的事情时，我都以复数来称呼绑匪。事实上，新泽西州警方和联邦调查局进行调查的假设也是绑匪可能不止一人。但是当布鲁诺 · 理查德 · 霍普特曼被捕之后，所有一切认为绑匪可能不止一人的说法几乎都从人间蒸发了。事实上，当霍普特曼被捕时，几乎所有的、去发现其他可能嫌疑人的努力都完全停止了。

这难道合理吗？我可不这么认为。

有不少证据表明绑匪不止一人。其一就是，康登博士认为他听到公墓约翰在和他通话时，电话那边有另外一个人在讲话。其二就是，林德伯格和阿尔 · 莱克都有这样的感觉，约翰在公墓附近安排了一些人望风，这些人盯着林德伯格的汽车并时刻留意警方是否在场。

此外赎金信件中的细节也可以说明问题。我不认为赎金信件中的自我称呼是“我”还是“我们”有什么实际意义。仅根据此种自我称呼本身来确定是否有多人参与作案是毫无意义的。我想告诉读者的是，靠后站一站，好看清楚全部的信件在说些什么。这时，你会看到，信件中很详尽地提到有两个护士在一艘船上照顾孩子。很明显，实际并不是这么一回事。孩子当晚就死了，并被绑匪当即扔弃。

但是，不停地说孩子被两个护士照顾得好好的，这对于一个不那么老练的、只是突然之间想靠绑架孩子来换点赎金的人来说，过于复杂了。在我看来，由两个护士来照顾孩子，这实际体现的是原来计划好的内容。但是由于孩子意外坠地，碰到窗台或者墙角而死亡了，一切都落空了。但是绑匪是不能承认孩子已经死了的，因为那样就无法得到赎金了。因此绑匪就坚持自己原来的设想，甚至还费尽心机在丢弃孩子之前脱下了孩子的睡衣。在我看来，这都表明绑匪不止一人。

并且犯罪现场也表明绑匪不止一人。马克、我以及研究助手凯瑟琳·约翰斯顿·拉姆斯兰德在霍普维尔庄园呆了好几个小时。现在它已经成了一所州立男校了，但是整个建筑物和林德伯格夫妇抛弃它时没有什么差别，图书室中的镶板、婴儿房中的壁炉架和壁炉上面的代夫特[①]瓷砖都保持原样。

通过查看这所房子和周围地带，通过推理分析，我们认为，一个人要单独完成这宗绑架案，几乎是不可想象的。最简单、最有效的方法是将木梯直接放在婴儿房的窗户下面，但是这样就必须把木梯直接放在一楼图书室的窗户的前面，而这样的话，林德伯格上校很可能就坐在那里看书。因此木梯必须放在旁边一些。这和地面上留下的脚印相吻合。但是这样一来，要爬进窗户并从那里爬出来，是非常不方便的。绑匪要站在木梯上把

① 荷兰城市，自十六世纪起生产陶瓷。——译者

窗户撬开、爬进去、抓起孩子、把他放在一个袋子中、然后爬出窗户、再回到木梯上，不摔下去才怪呢；如果不放下装着孩子的那个包，想都别想。因此把孩子从窗户中带到木梯上的唯一有效的方法是通过人传递。

那么，到底是一个绑匪在里面把孩子递出来，由外面一个绑匪接着孩子呢，还是家里一个佣人把孩子递出来，然后由外面那个绑匪接着孩子呢？两种情况都可能发生，但是说此种传递是在两个绑匪之间进行的更加合理，因为我们没有什么很好的理由去怀疑屋内的佣人中有哪个人当天晚上直接参与了绑架行为。但当时肯定有某个人有时间把所有的脚印、指纹等都擦掉了，而这个人肯定对这个房间非常熟悉，因此不至于浪费任何时间。我不认为一个人可以完成这一切：晚上尽量靠近房子，带上木梯、袋子和凿子爬上墙，爬上窗户，进到屋内，取走孩子。当晚肯定有多个人参与了行动。

除了这个问题之外，还有一个情报问题。罪犯们必须掌握最新信息。当晚孩子本不应呆在霍普维尔的。只有几个人知道这个消息。难道对林德伯格夫妇的习惯所知寥寥的布鲁诺·霍普特曼真的这么幸运，碰巧在孩子睡在霍普维尔的唯一一个星期二晚上绑架了他？这是极不可能的。

难道霍普特曼开车到了恩格伍德，停靠在明日山庄附近，发现孩子不在那里，然后就回到车上（车内装有木梯），开了一个多小时，在几乎穿越了该州的一半路程之后到达了霍普维尔，然后再实施他的作案计划？他到明日山庄时，又是怎么发现孩子不在那里的？难道他偷偷溜进了明日山庄，没有发现孩子之后，就马上离开了？难道他敲了门假装随便地问起孩子在哪里？难道他做这一切时，都没有人发现他吗？这可不合什么情理，并且也与霍普维尔发生的绑架案的时间很不相符。

不论当晚偷走孩子的是谁，这个人肯定得到了内幕消息。这并不意味着哪个佣人有意地参与了这宗绑架案，而是说某个人，很可能就是维奥利特·夏普，不小心向和绑匪们有直接联系的某个人透露了有关孩子的信息。尽管警方详细审问了霍普特曼，但是没有发现什么东西证明霍普特曼和哪个掌握此种信息的人有什么直接联系。

到底谁是真凶?

那么布鲁诺·理查德·霍普特曼到底有没有参与绑架呢?

我认为他参与了。如果没有的话，那么霍普特曼就是执法历史上运气坏得最难以置信、难以形容的人了：他是个非法德国移民，而碰巧所有迹象都表明，写赎金信件的那个人是个非法德国移民；他的笔迹及习惯和赎金信件又如此相近，以致许多笔迹专家都认为二者乃出自同一人手笔；他碰巧又符合目击证人的描述；他又因为（如他自己所说的）以前曾到霍普维尔周围地区打猎，所以碰巧有那里的地图；他碰巧是在犯下了包括持械抢劫、入室行窃和以木梯潜入别人家中在内的一系列罪行后来到美国的；他碰巧又是个熟练木工，自己的一本笔记本中碰巧又有木梯的草图，而绑匪实施绑架的关键又恰巧就是一架由个人私下设计制造的木梯；碰巧一封赎金信中又出现了看起来可能是木工画出来的一个钱箱的草图；他碰巧又从生产那个木梯中的某块木材的木材厂购买了材料，并在那里工作过；他碰巧在自己的车库中藏了大约三分之一的赎金，并且在这个问题上向警方撒了谎；他又碰巧在赎金交接的那个时候起发了大财，从而能够过一种更好的生活；他碰巧住在康登和公墓约翰初次会面的那个公墓以及交赎金的那个公墓的附近；他又碰巧由于记忆的淡化而忘记了：他儿子壁橱中杰夫希的电话号码和地址实际上都不是他记下来的！而这么坏的运气还没完呢：他买的一桶钉子和那架木梯中使用的钉子又碰巧出自同一批！

我们可以继续这样罗列下去，但是我认为读者肯定已经明白了。

霍普特曼的个性是强迫性的、有控制欲的。就像他同时代的许多男人一样，他控制他的家庭、控制钱、作出决定。妻子只需一味地忠心顺从就够了。他对她保守了许多秘密，并且没有人曾提出她知道绑架案的某些东西或知道藏在车库中的赎金。她甚至不知道丈夫的第一名字是布鲁诺，直到警方告诉她，她才如梦初醒。她信任他，并且，可以理解的是，他也不想使她的信任落空，为此即使丧命也在所不惜。

因此，我只能断定布鲁诺·理查德·霍普特曼参加了林德伯格绑架案，尽管他不是单独作案的，也不一定就是主谋。他的背景显示他是一个爱冒风险的人，不但犯罪记录显示如此，而且他来到美国的方式也是如此。此外，相关记录显示，当他确实卷入了某宗犯罪时，他往往是和别人一起行动而不是单独作案的。

我怀疑，由于他有这样的背景，由于他是个熟练的木工，因此德国移民圈内有某个或某些人来找他参与此案。那些没有找到的赎金就是被那些人瓜分了，其中一些可能是通过J·J·福克纳的银行存折而洗干净的。由于绑架案十分猖獗，因此这可能被他们当作一种快速致富的捷径。还有什么比在世界上最著名的人身上一试身手更好的选择吗？他可能负责开车并在窗外接住孩子。现在，在物证缺乏并且没有对他进行访问的可能性的情况下，这已经无从知晓了。

如果霍普特曼就是公墓约翰，那么他可能并没有进到婴儿房中，因为他第一次和康登会面时，曾对康登说带有“签名（singnature）”的赎金信是放在婴儿床上的——或许最初的计划就是如此，但是实际情况是，这封信被留在了窗台上。

那么，一个罪恶的德国移民犯罪团伙可不可能对屋内的构造有足够的了解，以至能够顺利完成绑架呢？这是有可能的。至少一方面，林德伯格庄园的建筑计划被报纸披露了。当然，这并不能成为像绑架这样“精妙的”行动所必需的第一手经验。而即使对这一点，我们也可以给出解释。

马克·法尔奇尼曾经在这个案件的档案中看到一份令人震惊的文件。这是联邦调查局纽约作战办公室第 62－3057 号文件，它是写成于 1932 年的对林德伯格案件的一个总结。这份文件中有一节标题为“亚洛伊西亚斯·华特莱，常被称为奥利·华特莱”，该节部分内容如下：

华特莱是查尔斯·A·林德伯格上校夫妇于 1930 年 5 月聘用的。他的妻子则是林德伯格在新泽西州霍普维尔庄园的看管人。并且，在房子建成之后，他就一直住在那里。在林德伯格夫妇不在的时候，他经常充当旅游者和其他一些好奇参观者的导游，带着他们在屋子里和周围地带转悠。

就是它了！这样任何人都可以事前对房屋进行一番调查。这在明日山庄是不可能的。查理通常居住的明日山庄实际上离布朗克斯区更近，从布朗克斯区接近那里也更方便，中间就隔着哈得孙河的对面。但霍普维尔却是一个更易受攻击的地方，因此罪犯就选择了在那里作案。而这要求对霍普维尔的房屋有具体的了解。

连续生病好几个月之后，华特莱死于 1933 年 5 月，时年五十岁，因此警方从来就没有顺着这个线索追踪下去。

绑架主谋是不是就是那个神秘的艾西多·费什呢？很可能，尽管除了他是个骗子，曾经以诸如烤馅饼公司这样的可疑计划诈骗了他的朋友及其他投资者数以千计的美元之外，我们对他知之甚少。据他的家人说，他当时完全破产了，是在欠了一屁股债之后离开美国的，但是霍普特曼却说费什把所有的现金都留给了他。我们知道的一件事情是，在 1932 年 5 月 12 日，也就是发现查理的尸体的那天，费什申请了回国的签证。

费什和公墓约翰的身体外观并不相符，这意味着要么霍普特曼就是约翰，要么还有另外一个男子也参与了这宗绑架案。

我曾多次公开站出来表示支持死刑。我曾说，与那些和我共事的联邦调查局人员相比，我个人更愿意让我在职业生涯中追踪过的某些暴徒坐上电椅。但是布鲁诺 · 霍普特曼不属此列：证据当时没有证明他是这样的暴徒，现在也没有，因此我们是无法信心十足地送他坐上电椅的。要对之处以这样一种让他再也没有改过机会的刑罚，要求满足的证明标准应当比这个审判中所实际采用的证明标准更高。在我看来，把整个绑架案都推到他头上，是解决这个全国都过分关注的恐怖事件的操之过急、过于简单的方法。

例如，我就为此感到困惑：即霍普特曼在他被判有罪然后被处以死刑、接着一系列上诉都被驳回之后，还是拒绝了别人抛给他的能挽救他性命的提议。当局中有不少人（其中包括新泽西州州长）来到过关押他的牢房，对他说，只要他能够坦白一些事情，他就可以免于死刑。为挽救自己的性命，为让妻儿免于痛苦，他所要做的全部事情就是，告诉警方还有什么人参与了绑架案，他们在其中又发挥了什么作用。

但是他拒绝了，只说他是无辜的，因此不知道谁参与了这宗绑架案。

由于我没有机会亲自和他交谈，因此要让我肯定地说他的动机为何，这是很困难的。根据我对其他反社会的罪犯的了解，我怀疑这可能是出于顽固、傲慢、不出卖任何同志的“节操”，以及不愿意玷污自己和家人的声名。或许他害怕一旦说出真相，他的家人会有生命安全问题。正如我们已经看到的，霍普特曼的背景中有足够多高的危险行为，这表明他是可能会一直拒绝坦白的。

但是我们并不能肯定。我必须说的是，以拒绝进行任何坦白的方式来放弃自己的生命，这让我们要作出判断变得复杂得多了。并且记录表明，霍普特曼反复要求对他和康登博士进行测谎。我的同事和手下都知道，我从来不太相信测谎器，并几乎总是对测谎结果保持谨慎，但是很难想象霍普特曼竟会如此神通广大，知道警方对测谎结果实际并不看重。如果霍普特曼要求进行测谎，要么是因为他觉得警方不会真对他测谎因此可以要要小聪明，要么就是认为自己能通过这个测试。

我们可以说的是，在安娜 · 霍普特曼那漫长的一生中（她死于 1994 年 10 月 10 日，她的第六十九个结婚纪念日，当时九十五岁），她都一直坚决认为自己的丈夫是无辜的，并且竭尽全力让他人相信、让当局重开审判。

有解决这个臭名昭著案件的更好的、更令人满意的方法吗？有的，但是当某些关键地方错过之后，就不再可能了。

整个案件中最大的错误（尽管犯下这个错误是有情可原的）是让林德伯格上校对警方施加各种限制。任何绑架案中，罪犯面临的风险最高的行动就是收取赎金了。如果警方被允许埋伏在赎金交接地点的话，那么他们捉住公墓约翰的机会是非常大的。这已经无法挽救孩子了，但是这个案件却可能被迅速侦破。

警方不能失去对案件的控制。一旦如此，要侦破案件可就难了。

如果我们在场的话，那么在康登和公墓约翰第一次会面之后，我们就会要求康登作出汇报，这样我们可能就会从他那里获得极有价值的信息。例如，公墓约翰曾提到如果孩子死了的话他自己可能被烧死，第二次会面中就可以利用这一点，利用他的害怕心理和对他人的负罪感。

同样地，舒瓦茨科普夫可以在他作出的这个案件肯定和内部人士有关的假设上更大胆一些。如果我们来处理这个案件的话，我们会对每个佣人进行分析，然后告诉他们每个人说我们知道他们肯定不是有意帮助绑匪们的，但是你们当中某个人被人欺骗、陷害了，我们必须得到相关情报。我会全力以赴让林德伯格夫妇参与到此种战术中来，这样佣人们就会认真对待了。

康登与公墓约翰第一次见面时，约翰曾颇费了些口舌来让康登博士相信贝蒂·高和她的男友雷德·约翰逊是无辜的。如果不是希望警方避开一个可能的突破口的话，约翰为什么要不怕周折地提起这两个佣人呢?

这本来也是该案中可资利用以获得关键信息的很好的线索之一，趁它还有用的时候。该案中又有多少其他本可以使用的战术但是最终却没有使用呢?!

现在，我们所看到的，就只剩下一个令人扼腕的经典美国悲剧了。

第四章

黄道十二宫

许多连环罪犯作恶的动机之一是，要创造并维持他们自己的神话。媒体往往是他们心甘情愿的合谋者，让他们获得了诸如“高速路幽灵”“山边掐人鬼”“绿河杀手”等等令人毛骨悚然的名字。当媒体不那么合作时，他们则往往自封名号，比如“山姆之子”和“BTK 杀手”[①]等等。

他们认为这样做是有原因的，对于我们这些刑事侦查分析人员来说，其原因再清楚不过了。这些人都是无名小卒，他们生命中的唯一一点微不足道的“成就”、唯一一次感觉自己有控制力并实现了自我的时候，就是当他们给其他人带来痛苦和恐惧的时候。

最成功地制造并维持自己神话的无名罪犯就是那个被称作“黄道十二宫”的罪犯。黄道十二宫犯下的一系列罪行都没有被侦破，人们不知道黄道十二宫到底是谁，也不曾抓住过他。在人们经常向我问起的所有案件

① BTK 代表 bind，torture，kill，意指“捆绑”“折磨”“杀死”。——译者

中，这个案件是被问及次数最多的一个了。特别是在西海岸，直到今天他还阴魂不散。

作恶一次就够了！

1966年10月30日，星期天，万圣节前一天，加利福尼亚州洛杉矶西南约六十英里的河滨市。约瑟夫·贝茨和他十八岁的女儿谢莉·乔一起开始他们一天的生活：到圣凯瑟琳教堂作弥撒，然后在山迪饭店吃早餐。之后，他们分开了：约瑟夫到海滩去，谢莉·乔准备做点功课。谢莉·乔是河滨市城市学院的啦啦队长（之前则是拉蒙纳中学的啦啦队长），她绝对是美国式加利福尼亚梦幻女孩：金发、碧眼、皮肤光洁、身高五英尺三英寸、体重一百一十磅。她是河滨市城市学院的一年级学生，作为一名荣誉学生，她在当地一家银行有份工作，并渴望成为空姐。由于母亲在一年前离开他们，同时哥哥远在佛罗里达服兵役，谢莉·乔和父亲单独住在一起。父亲在科洛纳海军军械实验室工作，是一名机械师。

下午大约三点钟，谢莉·乔决定到学校的图书馆去。她打电话给一个朋友，问她是否愿意一起去。但是她的朋友很忙，所以谢莉·乔就一个人去了。约瑟夫回家时她已经走了，但是留给父亲一张纸条。当他又出门时，也给自己的女儿留了一张纸条。

快到午夜时约瑟夫·贝茨才回到家中，当他发现他留给女儿的纸条没有被动过时，并不感到担心。毕竟，她已经够大了，可以很晚还和别人进行社交活动，她可以自己照顾好自己的。想着她可能和她的几个女友在一起疯呢，约瑟夫渐渐睡着了。

但是第二天早上她还是没有回家来。他于是打电话给一个朋友，问谢莉·乔是否在她那里。当他发现女儿不在那个朋友那里时，就向警方报案说女儿失踪了。

但是，一个小时以后，谢莉·乔·贝茨就已经不再是一个失踪的人了。学院里一个场地看守人发现了她的尸体，面朝下躺在去往图书馆停车场的碎石路上。胸部和左肩被人扎了很多刀，脸上和脖子上也被砍了很多刀，颈静脉和喉咙都被切开了。凶手的攻击如此猛烈残暴，以致她的头几乎就要和身子分开了。

河滨市警方试图弄清谢莉·乔生命结束前最后几个小时的情况。她在河滨市国家银行的同事说，她在下午约五点三十分的时候接到了谢莉·乔打来的电话，问是否看到过她正在写的一篇学期论文的书目单。这是人们与她最后一次交谈。下午六点钟刚过，一个朋友说看到谢莉·乔开着她浅绿色的大众牌轿车到图书馆那里去。还有人报告说，曾看到一个金发女孩开着一辆像谢莉·乔的大众汽车那样的汽车，后面则紧跟着一辆古铜色的奥尔兹莫比尔牌汽车。

这个细节对于谢莉·乔案件是很重要的。当侦查人员检查她的大众汽车时（还停在图书馆，前排座位上还有刚刚从图书馆借出来的书），他们发现她的车遭到破坏，除了其他一些情况之外，连接配电器的电线也被扯断了。警方进行了令人印象深刻的、全面的检查。他们推断，罪犯跟踪她到了图书馆那里，破坏了她的汽车，然后在那里等他的猎物从图书馆里出来。当谢莉·乔多次发动汽车都不成功时，他可能就在一旁看着，然后提出帮忙或者自己开车送她回家。不论罪犯是不是个陌生人，总之她相信了他，于是就和他走到了那条黑暗的碎石路上，这时罪犯袭击了她。

谢莉·乔的身材虽然娇小但却非常结实，她进行了奋力抵抗。一份报告中称，她死亡的那个地方就像一小片“刚刚犁过的田”一样。她的指甲中有人的头发和皮肤。离她尸体约十英尺的地方，发现了块手表，警方认为这块手表可能是那个无名罪犯的。表带一头已经完全和表面断开了，可能就是谢莉·乔奋力抵抗时把它扯下来的。

然而，谋杀案发生的时间却让人感到困惑。有两个人对警方说，在案发地点，他们曾在晚上十点十五分到十点四十五分之间听到有人尖叫。但是，星期天晚上图书馆九点钟就闭馆了。难道说是在谢莉·乔和凶手交谈了一个多小时之后，凶手才下手的?

更为重要的是，警方发现罪犯似乎没有什么明显的动机。被害人的钱包还在尸体旁边，里面的身份证和不到一美元的零钱都安然无恙。罪犯所用的作案手法——先是破坏汽车，然后在那里等候——这对于纯粹的抢劫来说未免小题大做了一些，同时整个下午或晚上都在学习的大学生也不是抢劫的好目标。也没有发现什么性侵犯的证据，而且谢莉·乔的背景中也没有任何东西表明她会是一种高危被害人。在五天之后举行的谢莉·乔葬礼上，警方在前来悼念的人群中查看，而失去女儿的父亲则因悲伤过度当场晕倒。就像约瑟夫·贝茨一样，警方也不知道谢莉·乔为什么会被人杀害。

可称得上提供了某种答案的一封信，在案发之后的下一个月，寄到了警方手中。写信人很聪明，上面的字全是大写，而且可能是在打字机上夹了十几张复写纸之后才开始打字的，然后把最底下那张寄给了警方。这样一来，这张寄给警方的信件上就污迹点点了，尽管上面的字还是能辨认出来的，但是警方已经无法辨认这是哪种打字机打的了。当然，上面没有指纹。写信人不仅非常狡猾，避免了警方查出他的身体特征，而且还知道在信中写上足够多的谢莉·乔被谋杀的细节，好让警方相信他就是凶手本人无疑。

他是以嘲笑警方的姿态开始的：他在开头打上了“写信人：”几个字，但是后面却留白了，没有写上什么名字。信的内容是这样的：

她年轻漂亮，
但现在她已经被一顿痛打，
死了。她不是第一个，
而且也不会是最后一个，
每天晚上我都彻夜不眠，想着谁会是我的
下一个猎物。或许她会是那个
美丽的金发女郎，她在小商店附近
当保姆，并且每天晚上大约七点钟的时候
都走过那条黑暗的胡同。
或许她会是那个有美丽的蓝眼睛、
肤色黝黑的女郎，上中学时我曾想和她
约会，但是她却说了“不行”。
但或许都不是。但是我
会把代表她是女性的那些部分切下来
并留好，以让整个城市一睹为快。
因此请千万不要让我太轻易得手。请让
你们的姐妹、女儿和妻子远离
大街和小巷……

写信人接下来详细描述了他是如何将“中间那根电线从配电器上”扯下来的。警方没有公开这部分信息。信的第二部分是对谢莉·乔之死的令人毛骨悚然的描述，而且还描述了他是如何从一个“厚道的”人突然之间暴露为一个凶神恶煞的人的：

……当我们要离开
图书馆的那条小路时，我说
时间到了。她问我：“什么时间到了？”
我说让你去死的时间到了。
我用胳膊扣住她的脖子，
手掌捂住她的嘴，另外一只手则
拿出一把匕首刺向她的喉咙……

其中某个地方，写信人隐含地提到了他作案的可能动机：“我全神贯注于一件事情，让她为多年以来对我的不理不睬付出代价。”

警方确实发现一个认识谢莉·乔的年轻男子，并且他可能和这个案件有间接的联系。即使在多年以后，警方还是认为他可能就是最大的嫌疑犯，但是从来没有找到足够证据将他交付审判。

根据我的经验来看，我会认为这句话，就像前面提到的“有美丽的蓝眼睛、肤色黝黑的女郎”一样，显示的与其说是写信人对某个具体女性的排斥，毋宁说是他对女性的普遍排斥。我之所以这样说是因为我看到，信中的最后一节有着更大的主题：

……我没有生病。
而是疯了。但是这不会阻止我的
游戏。这封信应当公开发表

让所有人阅读。这样的话还可能挽救
那个胡同中的女孩的生命。但这取决于你们。
取决于你们的良心。而不是
我的良心 ……
小心……我
现在已经开始袭击你们的姑娘们了。

当凶手写到他可能袭击的下一个目标时，他至少部分是在说实话。尽管他提到了有个姑娘对他不理不睬，但是杀害谢莉·乔的凶手可能只是那天晚上出来找猎物，碰巧看到谢莉这个年轻姑娘开着车出来，于是就跟踪她，接着设好陷阱，在那里静静等候。等候黑暗胡同中的金发女郎。等候任何姑娘。凶手写这封信的目的是要实现他真正想达到的效果：让极端的恐惧渗透整个社区，任何妇女或女孩可能都会是下一个目标。这对他来说不过就是个游戏。认为这就是他的动机还有更进一步原因：当警方害怕他还会再一次下手时，事实上却什么都没有发生。无名罪犯对他的成就非常自得；他在最近根本不需要再次下手。他只需在一旁悠哉游哉地看着，等待好时机。

罪犯有这种等待正确时机才再次下手的能力，从谢莉被杀害中完全可以看得出来，其中的种种迹象表明他是一个高度条理型的罪犯。尽管他信中说自己疯了，但是实际上这可不是什么疯子作的案，而是一个有条理的、狡猾的凶手作的案，他有能力找准攻击对象，并倾向于找陌生人。这个无名罪犯能够设下陷阱（破坏汽车），而且其行为和外表看起来都很正常，并且很乐于帮忙，能够赢得被害人的信任，诱惑她到一个他可以安全作案的地方，然后在作案之后神不知鬼不觉地溜之大吉。

犯罪现场还显示出一些不那么有条理的因素，比如谢莉·乔就被弃在作案现场，罪犯根本就不想把她的尸体隐藏起来。此外，无名罪犯没有料到要控制被害人会有这么大的困难——这从现场的手表和被害人指甲中留下了证物这一点上可以看出来。但是这些都表明，罪犯可能是个年轻人，或者是个不那么老练的罪犯，而不是说他是个无条理的罪犯。并且我们也没有找到什么证据表明是有多个罪犯共同作案。实际上，我们认为此种罪犯会从作案经验中吸取教训，在随后的犯罪过程中会不断地“改进”无条理的方面。

数个月都无声地流逝了，警方发现杀人犯似乎没有像他说的那样对另外某个妇女下手。不幸的是，侦查方面也没有取得任何真正的进展。唯一的进展是图书管理员发现，在谢莉·乔被杀害的时候，有人在河滨市城市学院图书馆的一个书桌上面写下了一些字。五个月过去了，用蓝色钢笔写在桌面上的那些字醒目突兀，让人心神不安。它的形式像一首诗：

厌倦了生活
又不想死
切开。
弄干净。
如果是红色的话
就弄干净
血液喷溅
滴落
涌出
浸透了她的新衣服

哦，好啊

无论如何

它是红色的。

生命逐渐消退成

不确定的死亡

她不会死去。

这次

某个人会发现她。

等着吧

直到下一次

哦

警方无法断定这些奇怪的文字和谋杀案有什么关系，但是他们还是将桌面影印片和贝茨的其他东西一起归档。

我经常发现犯罪的各种纪念日是设下圈套抓捕这种未知罪犯的很好机会。由于各种原因，这些纪念日在罪犯看来很重要。当地报纸《河滨市企业新闻报》在 1967 年 4 月 30 日，也就是谢莉谋杀案的半周年纪念日，报道了这个谋杀案中发生的一个插曲。

第二天，就有人开始和外界联络了。这次那个人联络的对象有三个：警方、《河滨市企业新闻报》和约瑟夫 · 贝茨。每方都收到了一张活页纸，上面是用铅笔写成的、全都大写的一句很简单的话："贝茨必须死，还有更多人会死。"这些活页纸上的签名看起来像 Z 或者阿拉伯数字 2。由于无法将其笔迹和任何其他东西比较（前一封信是打字机打的），并且也没有提供什么具有可信度的细节，因此警方认为这些活页纸不过是由于这家报纸上的文章所招致的一个恶作剧而已。

“陌生人犯罪”，也就是被害人和罪犯之间没有什么已知关系的那些犯罪，是最难侦破的犯罪案件之一，因为除非有目击证人或者无名罪犯留下了某些法医证据或行为证据使得他和被害人联系在一起，否则警方几乎没有什么办法来追踪他。

直到四年之后，这种可怕的罪行才又以更恐怖的面目出现。

情人街

1968 年 12 月 20 日，星期五，十几岁的少年大卫 · 阿瑟 · 法拉第和贝蒂 · 劳 · 简森把那天晚上的约会活动计划好了。十七岁的法拉第是加利福尼亚州瓦列霍市瓦列霍中学的优等生和运动员，还是雄鹰童子军[①]的队员。简森住在瓦列霍市的另一边，因此她上的是另外一所中学——侯根中学，可爱的她十六岁了，同样是个好学生。尽管没有对父母讲实话说他们到底要去哪里（父母认为他们先到学校参加音乐会然后再去参加一个聚会，但是他们都没有去那个音乐会），但他们是众人皆知的好孩子，也不是那种高危被害人。

大卫开了他母亲的“漫步者”旅行车来接贝蒂 · 劳，然后他们大约是在晚上八点三十分左右离开贝蒂父母的。他们俩先到一个朋友那里呆到大约九点钟，然后又到“艾德先生”（Mr Ed's）免下车餐馆买了一杯可乐，之后就开车到了被当地人称为“情人街”的赫尔曼湖滨路。他们把车停靠在路边的一片砾石地上，正好就在赫尔曼湖抽水站一个入口的外边。这是

① 在美国，“雄鹰童子军”是指“童子军”中级别最高的那些人。——译者

年轻的情人们单独呆上一会儿的理想场所，但是后来证明，它的偏僻也正是它的危险所在。

大约在十一点十五分的时候，住在赫尔曼湖滨路上、家离这对年轻情侣停车的地方大约有几英里的一名妇女，在开车去接看演出的儿子时，发现了犯罪现场。法拉第的车上前排副驾驶的车门开着。大卫脚朝后车轮方向，仰面躺倒在一片血泊之中。贝蒂·劳·简森则倒在车后大约三十英尺的地方，很明显她当时是在拼命地逃跑，但是不久就被人用枪击中了头部。这名惊慌失措的女士马上开车离开，去找人来救援。她拦住了本尼西亚市警方的一辆警车。队长丹尼尔·皮塔和警官威廉·T·沃纳马上赶到现场。当他们到达那里时，法拉第还有呼吸。他们叫来了一辆救护车。

法拉第的那辆“漫步者”的引擎还是热的，发动机还开着，可能是为了让车内一直有暖风。尽管副驾驶的车门开着，但是其他三个车门和汽车后备厢盖都是关着的。这一点，以及他们俩所处的位置，似乎表明杀手可能通过某种方式让他们只从一扇门出来，这样他们就无法向不同的方向逃跑。从车子到贝蒂躺倒的地方之间有一条血迹，贝蒂鼻子和口里面流出来的血则更多，几乎包围了她的整个身体。她后背的上半部分中了五枪。右边的所有枪伤之间间隔极小，而考虑到当时贝蒂是在黑夜中没命地逃跑，这说明开枪人的枪法极佳。大卫是被罪犯在近处打中头部的，子弹从左耳背后射入头部。贝蒂当场就死亡了。救护车则拉着大卫发疯似的往瓦列霍总医院奔去。

我们在以前那些章节中曾经提到，当发生多重管辖时，侦查行动就变得复杂甚至要受到阻碍了。在这个案件中，本尼西亚市的那两个警官先到达犯罪现场，因为发现犯罪现场的那名妇女找到了他们。然而，犯罪现场实际上却不在本尼西亚市警方的管辖区内。因此当队长皮塔打电话叫县验尸官到现场来时，他同时也和索兰诺县的治安办公室联系了一下，这样他们就可以派侦查人员到现场来了。大约在午夜时分，两个管辖区的警察都到达了犯罪现场展开侦查活动。他们当中有治安办公室的探长勒斯·隆德布拉德。最后，本尼西亚警方在这个案件中所做的一切都交接给了索兰诺县治安办公室。

当隆德布拉德侦查犯罪现场时，他派了两个警官去找还活着的大卫·法拉第说说当时的情况。但是当这两个警官到达医院重症监护病房时，他们获悉大卫·法拉第已经于十二点零五分的时候被宣布死亡了。

那么到底发生了什么呢?

有不少目击证人曾经看到大卫的车停在那片后来成为犯罪现场的地方。这些证人当中，有在十点十五分到十点三十分之间两次经过的一对夫妇，还有在刚过十一点的时候注意到大卫的“漫步者”的两个猎人。尽管大卫很显然在停好车子之后又曾将车子掉了个头（这可能是为了让他们俩更加隐蔽一些），犯罪现场没有发现任何可疑迹象。

但是侦查人员发现，当晚那片地区还发生了一件非常奇怪的、可能与这个谋杀有一定关系的事情。另外两个出来约会的年轻人曾经停在路边检查他们汽车的引擎。他们报告说，当时有一辆车经过，他们认为可能是一辆蓝色的普利茅斯勇士汽车。当时这辆车先是减速，然后就倒退着朝他们开了过来。当时的情景让他们俩受了惊吓，于是就匆匆忙忙开车走了。那辆神秘的汽车还追踪他们，直到他们离开原来那条马路、朝本尼西亚市方向开去为止。这大约发生在晚上九点三十分左右。见过大卫的汽车的证人当中也有一些人报告说，大约是在同样的时间，他们曾见过一辆白色四门雪佛兰汽车停在抽水站的那个入口处。这些汽车可能是有用的线索，但也可能不过是让警方白费心机的偶然事件罢了。除了无名罪犯之外，犯罪过程的两个目击者法拉第和贝蒂都已经死亡了。

犯罪现场也没有什么物证：没有指纹，没有车辙，没有抵抗的迹象。

汽车前面有很浅的鞋印，旁边还有一个鞋后跟印。当时凶手确实是在发了疯似的耗费着他的子弹：汽车底盘上面和汽车外面发现了一把口径为二十二毫米的枪所留下的空弹壳，警方还从汽车和被害人身体中取出了几个弹片。警方推测谋杀凶器是一把J·C·希金斯八零式自动枪，或者是一把高标准一零一式半自动枪，使用的是1967年由温彻斯特公司生产的超级X铜壳子弹。

由于在现场没有发现什么抢劫或性攻击的迹象，警方只好转向被害人，希望能够发现与杀人犯的动机有关的什么线索。简森夫妇告诉警方，贝蒂被一个男孩死缠着不放，可是贝蒂根本就不接受他对她作出的各种罗曼蒂克的表示。他们说这个男孩甚至曾经威胁过大卫。治安办公室对此展开调查之后发现，那个男孩在案发当晚根本就不在现场。贝蒂还告诉过妹妹好像有什么人在监视她。并且贝蒂的母亲也多次发现院子的侧门都开着。但是警方似乎没有发现这些事情和这次谋杀案之间有什么关联。

要发现此类犯罪的动机是很困难的。被害人身上没有任何东西显示他们两个人为什么会被人杀害，凶手的动机可谓云山雾罩。

“我报告发生了一起双重谋杀案”

达琳·费琳是一个喜爱社交活动的年轻女郎，二十二岁，和丈夫迪安还有他们年幼的女儿蒂娜一起居住在瓦列霍市。抽水站附近的这宗谋杀案发生之后不久，她告诉她在特里酒店的一个同事，她认识（至少是知道）这两个被杀害的年轻人，因为她曾经到侯根中学上过学，而这所中学和贝蒂·劳·简森家只隔了一个街区。达琳觉得他们俩被谋杀的事情是如此令人恐怖，她再也不愿意到这片地区来了。

简森/法拉第谋杀案发生六个月后，7月4日国庆节那天，达琳打电话给她的朋友麦克·马高，问他晚上是否愿意和她一起出去。接下来，达琳把蒂娜交给两个保姆之后，就到迪安工作的那家意大利酒店（和达琳工作的酒店不是同一家），告诉迪安说她和妹妹克里斯蒂娜要去梅尔岛附近看船舶展览。迪安告诉她，他邀请了几个同事下班之后到家里聚会，让她回家时顺便买一些烟花回来。接着，在去看展览之前，她和克里斯蒂娜先到特里酒店邀请了一些朋友晚上到家里聚会。她又给麦克·马高打了电话。看过展览之后，她们俩回到了迪安工作的酒店。这个时候已经过了晚上十点了。达琳打电话问了问女儿的情况。保姆告诉她特里酒店有个人在找她，于是她就回到了特里酒店。接着，在开车送克里斯蒂娜回家之后，达琳就开车回到家中。

本来她打算在送两个保姆回家之后，清理一下屋子为聚会做好准备。但她接到一个电话，就问那两个做保姆的女孩，她们是否愿意再在家中呆一会儿，她出去买些烟花回来。她们说愿意。于是达琳就开车到了麦克·马高家。马高当时正在家中很焦急地等她，他没关电视和电灯就跑出来了，并且门也没有关。当他们离开马高家时，马上意识到被另外一辆汽车跟踪了，那辆汽车颜色浅亮。他们试图甩掉它，最后冲到了哥伦布公园大道上，这条路是往城外去的。他们转到了蓝岩泉高尔夫球场，这个地方不像赫尔曼湖滨路那里的抽水站那样隐蔽，但是人们都知道这也是片情人们幽会的地方。达琳开车进停车场后就将那辆雪佛兰熄火了，这时后面那辆车开过来了。那辆车在那里急停之后马上就疯了一般地冲走了，但是几分钟之后又回来了。麦克后来回忆说，那辆车就像警车那样停在他们的车后，堵住了他们的退路，并且打开车灯照着达琳的车。他所知道的下一件事情就是，他听到什么东西打在车窗户上，然后在他被击中时，他看到一束亮光在他眼前闪过。子弹不停地射过来。达琳已经倒在方向盘上，中了九弹：两个胳膊各中了两弹，背部中了五弹，击中了肺部和心脏。

麦克想逃走，但是没有发现车门把手。当他正在努力挣扎时，看到那个枪击犯回到了自己车中。这个男子曾经转过脸来，麦克把他看清楚了：那个人大约快三十岁，矮壮结实，体重大约有二百磅，五英尺八英寸高，浅棕色卷发，平头。他穿着海军士兵穿的那种风衣，裤子皱皱巴巴，挺着微微外凸的肚子。麦克以为枪击犯走远了，于是因为忍不住痛就喊了一声，这时那个男子马上就改变车向，回到达琳的汽车那里。当麦克没命地跳到车后座时，他向麦克补了两枪。接着他又朝达琳开了两枪，然后就回自己的汽车中扬长而去。

麦克从里面将手伸到车窗外把车门打开，从汽车上滚了下来。他的脸、脖子、右臂和左腿都在流血。其中一颗子弹打穿了他的颚骨和舌头，他甚至没有办法喊出来。幸运的是，有三个年轻人晚上出来找他们的另一个朋友。他们开车到了停车场，发现了趴在地上痛苦扭动的马高。他们立即跑开去找人来帮忙。

大约午夜刚过十分钟的时候，瓦列霍警察局的总机响了。两个警员首先到达现场，之后不久探长约翰·林奇和警官艾德·拉斯特也到达现场。现场触目惊心：麦克·马高浑身是血，痛苦不堪；而达琳则趴在方向盘上，奄奄一息。林奇说达琳当时想对他们讲些什么，但是他们听不清楚。实际上，此前林奇和拉斯特已经得到报案，报案人说他听到枪击声。报案人是高尔夫球场管理员的儿子，他听到枪声还有一辆汽车疾驰而去的声音。但是当时是国庆节，因此他们俩认为那肯定是烟花爆竹发出的声音。根据极全面的《黄道十二宫》一书的作者、记者罗伯特·格莱史密斯的说法，林奇和拉斯特极端后悔，说如果他们反应更加迅速的话，他们可能会在嫌疑犯开车逃离现场时遇到他。更让他们后悔的是，当他们到达现场时，发现认识其中一个被害人。达琳在自己工作的酒店中认识了许多警官，甚至她还和其中一些人约会过。并且她和迪安就住在瓦列霍治安办公室隔壁。凌晨零点三十分，警方宣布，达琳在送到凯泽基金医院时就已经死亡了。麦克·马高伤情严重，下巴、右臂、左腿都需要手术，但他还是能够完全恢复的。

在犯罪现场，警探们发现达琳的雪佛兰车两边的车窗都开着，发动机也还在运转。汽车还停留在低速挡，收音机还响着，达琳没有挂停车挡。所有这些都与麦克·马高的描述相吻合：汽车当时停了下来，还没等达琳熄火或再次开动汽车，罪犯就已经冲上来了。

血迹斑斑的汽车内，除了达琳和麦克的钱包之外，警方还发现了口径为九毫米的弹壳。马高没有提到罪犯曾经停下来重新上子弹，并且罪犯至少射击了九次，因此罪犯所使用的肯定是一把布朗宁半自动枪。

把发生在两英里之外的赫尔曼湖滨路上的谋杀案和这个谋杀案进行比较，可以发现这两个案件中，罪犯都是在晚上袭击坐在停靠在偏僻地点的汽车中的年轻情侣，罪犯用的都是枪。但是在这个案件中，根据劫后余生的麦克的说法，罪犯当时是大力追赶达琳的车，几乎就是这种追赶迫使达琳开车到达犯罪现场的。并且，这个案件中，被害人情况的相关线索表明，这可能不是一个陌生人谋杀案，因此可能更容易查明罪犯的作案动机。

警方对达琳·费琳的背景展开了调查。他们发现，达琳·费琳可能并不是罪犯偶然遭遇的什么作案目标。根据朋友们和同事们的说法，达琳喜欢出去，并且经常和不是她丈夫的男子呆在一起，例如麦克·马高就是其中之一。但是对此迪安似乎倒不像他的朋友们那样在意。每次他们对他提及这事时，他都为妻子辩解，提醒他们说妻子现在还年轻，还不喜欢受拘束。他坚持认为，妻子出去不过纯粹是为了找乐子罢了，她并没有和其他人发生什么风流韵事。（当然这可是 1969 年的加利福尼亚。）此外，迪安当晚根本就不在现场：他当时和同事们在一起。

但是，警方还需要对达琳生活中的其他男子进行调查，这包括她的第一任丈夫吉姆。吉姆有枪。据称，达琳很害怕他。但是他和那天晚上那个枪击犯的外貌特征不符，因此警方就认定他不是作案嫌疑人。另外一个人——据称这个人一直在坚持不懈地追求达琳——也被警方排除在外了，因为警方发现案发之时他和妻子一起呆在家中。

有些目击证人说他们曾经看到另外一个男子，坐在停放在达琳家前面的一辆白色美利坚牌汽车里，暗中监视达琳。其中一个保姆说，当时她曾经告诉达琳她看到那个男子坐在汽车中监视她，达琳则回答说她曾看到过那个人杀人。达琳的姐姐帕姆也说看到一个开着白色汽车的男子把几个神秘包裹送到她家中，那个男子警告帕姆不要打开其中一个包裹。她曾多次看到这个男子，她说他是一个黑头发的、穿着体面的人。有时候他还戴角质架眼镜。

达琳的另外一个姐姐琳达也看到过这个男子出现在达琳家附近。当时达琳要举办一次聚会，他过来把要举行聚会的地方油漆了一通。据琳达称，达琳曾告诉她离这个男子远点。保姆和达琳的两个姐妹都说，达琳似乎很害怕这个男子。达琳被杀害的那个晚上，她曾经在特里酒店的停车场和一个开白色汽车的男子发生了激烈争吵，当时的情景被妹妹克里斯蒂娜看到了。

大约在 6 月底的时候，也就是在达琳被杀害前不久，达琳向克里斯蒂娜预言说，有件什么大事马上就要发生。达琳无法说或不愿再对她细说什么，但是她说这件事肯定会上报纸的。熟悉达琳的人说，她和第一任丈夫到维京群岛度蜜月时，他们可能碰到了一群匪徒。难道在那里时她曾看到或听到了某个谋杀案？是不是涉及毒品呢？但是最终，所有这些猜测都没能够对确认杀害她的凶手有任何帮助。

麦克·马高也是个值得注意的人。他和达琳是在特里酒店相识的，他当时和双胞胎兄弟大卫一起在那里工作。这对19岁的双胞胎为达琳争风吃醋，争相讨好达琳，希望赢得她的青睐。国庆节那天，麦克穿了好几件衣服，这可让警方不得其解。后来他向探长林奇解释说，因为他对自己的瘦小身材特别敏感，所以就希望以多穿衣服来掩盖自己的不足。根据曾经和罗伯特·格莱史密斯交谈过的几个人的说法，当不同的人在不同的情况下问他当晚的情形到底如何时，他所说的也就有所不同了。不同的地方包括：他们是如何到达蓝岩泉高尔夫球场的——他们是突然被凶手追赶，还是他们先遇到了那个曾经和达琳争吵的男子，然后被那个男子追赶到停车场的；凶手的外貌特征和他开的汽车，等等诸如此类。达琳的姐姐帕姆认为，麦克认为达琳认识那个凶手，麦克这样做只不过是出于对她的爱而尽力保护她。总之，康复之后，麦克就搬走了。

7月5日凌晨零点四十分，瓦列霍警察局的总机响了。一个男子告诉接线员南希·斯洛甫说，发生了一起双重谋杀案。他详细描述了如何能到达现场，南希认为他要么是事先排练过，要么就是照着稿子念的。他不允许她提问打断他的话，一直不停地说到最后。为了让她相信他就是凶手，他不仅详细描述了犯罪现场所在的地点，而且还告诉她说，他是用一把九毫米的鲁格尔手枪把那两个人杀死的。然后他还宣称“去年死的那两个孩子”也是他杀的，接着说了声再见就把电话挂了。

我毫不怀疑，那个打电话的男子是照着稿子念的。他是一个高度条理型的罪犯。他知道警方可以追踪他的电话，他必须在很短的时间内让警方相信他就是凶手并且把他的话说完，之后马上就得把电话挂了。如果警方能在枪杀案发生之后不久就确定嫌疑人的话，我会建议他们把打电话的男子说过的话记录在搜查证上——现在我们在敲诈或绑架案件中就经常这样做。

几分钟之后，太平洋电话公司查出这个电话是从瓦列霍治安办公室和达琳家附近的一个加油站前面的投币式公用电话打过来的。当时经过那个电话亭的目击证人称，他看到里面有一个矮壮的男子在打电话，这个男子的外貌和麦克·马高对那天的枪击犯的描述很吻合。大约一个小时之后，也就是大约凌晨一点三十分，达琳家、迪安·费琳弟弟家、迪安的父母家都接到了很“古怪”的电话。每个电话中，打电话的人什么都不说，他们只是听到那个人的呼吸声。

这些电话，以及凶手打来电话报告他杰作的那个投币电话亭所在的位置都表明，这个无名罪犯至少认识最近被他杀害的人中的一个。首先，打电话的时候，发生枪击案的新闻以及被害人的身份都还没有公开发表。根据我的经验判断，许多罪犯都一边盯着他们杀害的人的家里，一边打电话报告他们自己的罪行，然后在一旁等着看热闹，从中获得极大的满足。但是，在谋杀案发生之前几个月，达琳和迪安才住进靠近治安办公室隔壁的房子。电话簿中的地址是他们的老地址。如果这个罪犯选择那个电话亭的目的确实是为了从观看他的杰作中得到满足，那么他不但要知道达琳的名字，而且要对达琳的生活比较熟悉，能够知道她最近不久刚刚搬过家。

这个人会不会就是那个达琳害怕的、开着白色汽车的神秘男子呢？当然，以下这种情况也是可能的：罪犯根本就不知道他杀死的人是哪根葱，选择靠近治安办公室的电话亭打电话只不过是为了嘲笑警方罢了。

但是，如果要抓住罪犯和这些被害人之间的联系，必须将达琳作为重点突破口，这是很有道理的。除了被害人情况之外，犯罪现场本身也让我们知道，她是罪犯发泄愤怒的主要对象。她承受了罪犯的主要火力，比起她的同伴，她身上的枪伤更多而且更严重。本来此种性质的案件中，男子，作为对罪犯有更大威胁的人，应当受伤更加严重才对。此外，由于枪击犯是在马高那边向汽车射击的，因此达琳本来应该更可能活下来才对。

但是即使假定罪犯不认识他杀害的对象，他集中射击女被害人也同样是可以说得通的。纽约发生的“山姆之子”系列案件中，罪犯大卫·伯科维茨就有意靠近汽车中女士所在的那一边，然后用他的四十四毫米马格南左轮手枪朝她们射击。她们的男性同伴是次要目标。

根据马高的说法，在离开之前，罪犯往后退了退，接着又向他们射击了多次。考虑到马高当时已经受伤而且身体虚弱，我们认为罪犯这样做本应该是要让马高彻底死亡的。但是相反，他射击了四次，有两次是向达琳·费琳射击的，尽管他已经看到她受的伤足以置她于死地了。他不仅让马高活着，还让马高能够看清楚他的外貌。

达琳谋杀案发生之后不到一个月，那个自称是凶手的人又开始和外界联系了，但是这次是和媒体而不是和警方联系，而且是通过信件的方式。《旧金山新闻报》、《旧金山监督报》和《瓦列霍时代先驱报》都收到了一个自称就是那个连环杀手的人寄来的几乎一模一样的信。写给《旧金山新闻报》的那封信的开头是这样的：

亲爱的编辑：

我就是去年圣诞节在赫尔曼湖滨路杀死那两个年轻人以及今年国庆节在瓦列霍的那个高尔夫球场杀死那位女士的人。

为了证明他们确实是我杀的，我会在这里说一些事实，这些事实只有我和警方才知道……

这些信件接下来详细描述了两宗案件的细节，包括他使用的子弹和被害人尸体的位置。每封信中还附有一部分很长的复杂的密码信：是由写得很工整的符号构成的。每家报纸收到的都只是这封密码信的三分之一。根据这些信件中的说法，如果这封密码信得到破解的话，它就会泄露罪犯的身份。

我基本上不认为大多数执法人员会相信罪犯所说的只要破解了密码信就能查明他身份的鬼话。但我强调，当罪犯开始和我们联络时，那就是个好兆头。想想“大学航空炸弹怪客”案，我们几乎也是毫无头绪。在这样的案件里，我们从罪犯写来的信件中所得到的行为线索，比从犯罪现场得到的行为线索要多得多。

当罪犯开始和外界联络时，这就是开始抓捕他的最好时机。他的傲慢感和强大感会让他更多地泄露自己，这让我们获得了让公众中的某个人指认他的很好手段（就像我们在“大学航空炸弹怪客”西奥多·卡辛斯基爆炸案中所做的那样），并且这也让我们能够领悟他的动机，这样就可以设计出更好的心理策略，引蛇出洞。当我们发现了诸如贪婪、愤怒或复仇这样的传统动机都不适用的一系列案件时，收到罪犯寄来的信件对于我们获悉他的动机来说简直就是无价的。

这个案件中，罪犯不仅要用他的密码信来证明他就是真正的凶手，并以此来嘲笑警方；而且，对他来说，警方知道他就是真凶是远远不够的。他希望所有当地报纸的每一个读者都知道他，并且害怕他。

我希望你们能将这封密码信发表在你们的报纸头版上……如果你们不在 1969 年 8 月 1 日星期五下午之前发表这封密码信的话，我会在星期五晚上继续疯狂地杀人。我会在整个周末都到处游荡，在夜间杀死落单的人一直到我在周末杀死十二个人为止。

这几家报纸和警方合作，只发表了这些信件的部分内容，而没有全文发表。正如他们进行的调查工作的其他方面一样，当局希望对某些事情保密，这样还会有一些细节只有罪犯和警方才知道。对罪犯而言，如果他知道这些细节的话，他就能够在以后的信件中进一步证明自己就是警方要找的真凶。对警方而言，最好的情况是，这些细节可以是以后辨认和指控罪犯的基础。

具有讽刺意味的是，尽管那些密码后来并没有像罪犯所明确宣称的那样会透露他的身份，但是这封密码信却提供了一些极有价值的线索，这可能是罪犯所始料不及的。首先，罪犯不嫌麻烦地把这样的东西写出来，那么我们就知道罪犯不是那种普通的莽撞的杀人犯。这个人不仅非常细心，不仅对自己具有比警方更高的智慧极端自豪（弥补他在生活中所感觉到的卑微），而且他还喜欢这些极端需要注意细节的活动。请想一想，要写出那些密码符号，要花多少时间和精力，同时还得努力掩藏自己通常的书写习惯！只要有一笔写错，就得全部重来。这几乎需要制造炸弹者所具有的那种耐心。

并且，我们手头还掌握了那些符号。当地报纸的普通读者可能不熟悉这封密码信中的大部分符号，它们包括气象学和占星学符号、摩尔斯电码和海军信号码以及很多希腊文符号。我们面对的这个人，如果说没有获得某些高度专业领域的训练的话，也至少是和此种领域有某种程度的接触，即使他对这些领域并不十分精通，也需要带这些符号的相关参考书籍。尽管我们认为这个无名罪犯可能是个离群索居的人，但是除了他喜爱独处之外，他的家人或朋友应当知道他还受过相关教育或者有相关工作背景。

就像那个炸弹怪客一样，这个罪犯可能认为这些信件和密码，就像他所进行的谋杀一样，全都是他的艺术杰作。我们认为他有一个单独的工作地点，在那里他可以仔细地写出这些密码，那里也收藏着他的参考资料：有关密码、解码和符号的书籍，以及报道他的罪行和信件的报纸。这个地方不大会是一个锁起来的车库或者有时会冒烟气或发出奇怪声音的某个地下室房间，而是一个神圣的、井井有条的工作空间，这个罪犯会极端保护这个所在。

让我们将这些性格特征和前面提到的一个犯罪具体联系起来看一看。不论推定达琳认识还是不认识那个杀人犯，谋杀她的肯定不会是一个想成为她的情人但被拒绝后发怒的人，也不会是某个想掩藏他以前犯下的罪行的人。真正的凶手实际上是在玩一种恐怖的智力游戏，他的目标针对的远远不止是某个具体的个人。

因此，如下这种情况看起来就很合理了：尽管警方从海军情报部、国家安全局、中央情报局以及联邦调查局请来了许多专家来帮忙，但是最终破译这些密码的却是一对喜爱读报的、热爱公益的夫妇。这些报纸将这封密码信的不同部分刊登在不同日子出版的报纸上，到了 8 月 3 日星期天，所有三个部分都已经向公众公开了。

唐纳德·金·哈登，四十一岁，中学历史和经济学教师，还有他的妻子贝蒂耶·琼花了好几天终于破解了这封密码信。警方所请的所有专家都认同了他们的工作成果：

我喜欢杀人,	I LIKE KILLING PEOPLE
因为杀人是	BECAUSE IT IS SO MUCH
如此有趣，它比	FUN IT IS MORE FUN THAN
在森林中打野味	KILLING WILD GAME IN
还更有趣，因为	THE FOREST BECAUSE
人是所有动物中	MAN IS THE MOST DANGEROUE
最危险的动物。	ANAMAL OF ALL TO KILL
杀人让我获得了	SOMETHING GIVES ME THE
最刺激的体验,	MOST THRILLING EXPERENCE
这种体验甚至比和一个姑娘	IT IS EVEN BETTER THAN GETTING
疯狂做爱达到性高潮还要刺激。	YOUR ROCKS OFF WITH A GIRL
杀人的最大好处是,	THE BEST PART OF IT IS THAE
当我死的时候，我会在天堂中	WHEN I DIE I WILL BE REBORN
获得再生，而那些我杀死的人	IN PARADICE AND THEI HAVE
会成为我的奴隶。	KILLED WILL BECOME MY SLAVES
我不会告诉你们我的名字,	I WILL NOT GIVE YOU MY NAME
因为你们会想方设法	BECAUSE YOU WILL TRY TO SLOI
减少或夺走我为我死后的生活所	DOWN OR ATOP MY COLLECTIOG OF
收藏的奴隶	SLAVES FOR AFTERLIFE
EBEORIETEMETHHPITI	EBEORIETEMETHHPITI

破译出来的文字只是更进一步地证明了凶手的狡猾而已。例如，在密码专家分析这些密码时，他们试图运用某些基本的规则。这封信中用得最多的就是字母“e”。为了隐蔽他的踪迹，制作这封密码信的罪犯使用了七

个符号来代表字母“e”。只要你读一读这封已经破解出来的密码信，你就会发现许多拼写错误。但是，到底哪些是罪犯真正的拼写错误、哪些又是罪犯故意拼错的，这似乎并不清楚。

在分析这封信的过程当中，专家们经常只注意罪犯所说的，他在“天堂”中获得再生之后，他杀死的人将会成为他任意使唤的奴隶。但是在我看来，罪犯所提到的人是“所有动物中最危险的动物”，若综合考虑这封密码信的其他部分的话，更能反映出罪犯的宗教式的信念。这就好像理查德·康内尔的著名短篇小说《最危险的游戏》一样，在这个被多次改编成电影的短篇小说中，讲述了一个住在自己的小岛上的富有的疯子，通过架设假的航灯，诱惑过往的水手驾船到靠近他小岛的很危险的暗礁那里去。接下来他就将他们救起来，放了他们，然后就在他那巨大的房子中像追捕野兽一样追捕他们。

当然，这并不意味着我们这里面对的这个连环杀手是一个文学天才或者格外博学，因为当时许多中学要求学生阅读的作品中都包括了这部1924年发表的短篇小说；这也不意味着这个杀手看过由这部小说改编而成的某部电影。但是，当考虑到这封信的其他部分显得很是笨拙时，我们就可以说，他用了这样的句子应当不只是纯属巧合。我认为这至少说明他接受了相当不错的教育。我还认为，当罪犯说杀人比“和一个姑娘疯狂做爱达到性高潮还要刺激”时，他说的是他内心的大实话，因为我不认为他真正有过什么欲仙欲死的性体验。正如我们此前提到的，与女人有成功的、充实的关系的男人，一般都不会枪杀女性。

同样值得注意的是，收到这些信件的那个星期的周末，罪犯并没有大肆杀人，尽管《旧金山监督报》并没有按罪犯要求的在星期五之前发表寄给它的那部分密码信，而是在星期天才将它发表出来。在我看来这毫不奇怪。上面提到的那个大学航空炸弹怪客也威胁说要在假日的一个周末在洛杉矶外炸毁一架班机。实际上他并没有这样做，而是大肆享受着由他的威胁所引发的关注和恐惧。对我们面对的这个罪犯而言，比和一个姑娘做爱达到性高潮还要更好的另外一件事情是，幸灾乐祸地看着公众、警方和媒体坐立不安，等待他做些什么事情。他无法追求到的每个女孩都知道他发出的威胁，而所有已得到自己心上女孩的男子也都听到了有关他的新闻；整个周末，全国的警力都在努力破解他的密码信，这对他来说十分刺激，他认为这才是真正的力量。

最后，还有一个密码信最后一行到底是指什么的问题。当破解结果被公布时，公众都试图从最后这一行破解出罪犯的名字。警方也密切注意公众提出来的名字，但是读者们也可以想象得到，警方毫无收获。

同时，瓦列霍市警察局长杰克·E·斯蒂尔茨还公开表示，他甚至怀疑这些信件和密码不是真正的罪犯寄来的。尽管其中包括一些没有公开的有关谋杀案的信息，但某个看到过犯罪现场的人也是能够写出这些东西来的。斯蒂尔茨公开要求无名罪犯再寄一封信来，信中必须说明更多的只有他自己才知道的细节。斯蒂尔茨的要求马上就得到了满足。警方得到的可不只是一封信而已，而且得到了可以算得上是罪犯的身份标识的东西：罪犯给自己取了个名字——黄道十二宫。在加利福尼亚北部地区，这个名字不久就成了恐怖的代名词。尽管这个名字是如此的“性感”和具有诱惑力，罪犯对他为什么选择这个名字没有作出哪怕一点点的解释。有人认为这可能意味着罪犯和占星业有着某种神秘的联系。但是罪犯后来写来的那些信中没有什么东西证明这种推断是令人信服的，尽管罗伯特·格莱史密斯从中发现了一份可追溯到十三世纪的“黄道十二宫图符”。这个二十世纪的“黄道十二宫”可能是将这份黄道十二宫图符中的某些符号直接用在了他的密码信中，或者是对它们做了一定改动。

斯蒂尔茨提出要求的第二天，这封三页的信就寄到了《瓦列霍时代先驱报》。它是这样开始的：

亲爱的编辑：	Dear Editor
我是黄道十二宫。	This is the Zodiac speaking.
在回答你们提出的	In answer to your asking for
要我提供我在瓦列霍愉快生活中的	more details about the good
更多细节的要求时，	times I have had in Vallejo,
我还非常愿意	I shall be very happy to
提供比你们要求的更多的资料。	Supply even more material.
另外，警方	By the way, are the police
是否在破解密码上	having a good time with the
感到愉快顺手呢……	code ...?

以此种古怪的、半帮忙式的口气来写信，这说明罪犯对他能够愚弄警方感到异常高兴。许多人将黄道十二宫嘲笑警方的信件和开膛手杰克的“亲爱的老板”等信件相比，尽管在第一章中，我已经说明我认为那些信件是伪造的。然而，我们还是不能排除此种可能性：这个罪犯是从白教堂连环谋杀案的凶手那里得到了启发。我们要记住，罪犯此前曾在他的密码信中提到过一个经典的短篇小说；照这样说来，罪犯曾经研读过白教堂连环谋杀案是再自然不过了。无论如何，他认为自己胜出警方和媒体一筹，就像写“亲爱的老板”等信件的伦敦东区谋杀犯希望我们认为的一样。

黄道十二宫接着清楚地写出了他谋杀达琳·费琳以及试图谋杀麦克·

马高的一步一步的详细细节。很明显，下面这些描述能够向警察局长斯蒂尔茨证明写那些信件的人就是凶手本人无疑。

在国庆节……那个男孩开始坐在汽车前排的座位上，我开始射击了。当我将第一颗子弹射向他的头部时，他几乎同时就跃向汽车后座，因此我没有打中他。他落在后座上时，后面的车门猛然打开，他的腿露出来了，因此我能够去射中他的膝盖……

他甚至描述了当他在打电话时那个经过电话亭的目击证人，他说自己“想和警察逗着玩儿”，因此这至少证明那个电话确实就是他打给警方的。黄道十二宫还详细描述了他是如何谋杀简森和法拉第的。

去年圣诞节，在那次谋杀案中警方感到奇怪，那样的黑暗中我为什么能够射中他们？警方没有公开承认这一点，但是当警方说当晚照明很好，而且我应当能够看清楚他们映在地平线上的轮廓时，就露怯了。简直一派胡言。那个地方被高坡和树木环绕。我的方法是把一个很小的三角形闪光灯装在我的枪管上……装好之后，子弹会精确地击中闪光中心的那个黑点。我所要做的只不过就是尽情射击罢了……

这样一来罪犯就不仅证明他在简森和法拉第被杀的当晚确实在现场，而且他还积极追踪着媒体对他的报道。现在你们大约明白了我为什么说媒体报道事实的方式会对罪犯有影响了吧。在这个案件中，好几个月以来，黄道十二宫肯定被警方把他杀死被害人说得很容易感到气恼不已。这种说法更加加剧了他的沮丧感和卑微感：他被误解了，他的高超技巧也被低估了。他必须确保他的作案计划、思想和技巧能够被人充分了解。因此，这么多个月过后，他还认为有必要将这些信息写在一封回答警方就他最近犯下的罪行提出疑问的信中。这又一次证明他有自觉的强迫心理。这还告诉我们，在与他人的交谈中，他可能抱怨过警方和媒体对他以前的谋杀行为的报道。我可以想象，在圣诞节期间杀人之后的几天中，他向自己的知己之交（也是个孤僻之人，不及他聪明，是他为数不多的几个心腹之一）抱怨警方根本就不知道他们自己在胡说些什么。例如，他可能说，你们这帮家伙睁开眼睛看看，当天晚上是多么黑暗啊！

伯丽爱沙湖

1969 年 9 月 27 日，星期六，阳光明媚，温暖宜人，是很适合人们在户外活动的好日子。而且，如果知道哪里是“打猎”的好去处的话，今天可是杀手寻找新目标的绝佳时机。瓦列霍市北部三十五英里处的伯丽爱沙湖公园就是这样的一个所在，里面有一个长约二十五英里的人工湖，那里树木茂盛、湖滩幽静。

那天，二十二岁的塞西丽亚·安·谢伯德正和她的一个来自太平洋联合学院的朋友、二十岁的布赖恩·哈特内尔共度美好时光。之后，她准备回到加利福尼亚大学河滨市分院继续学习音乐。他们上午祷告了一番，准备好了行囊。下午则看望朋友，并在纳帕溪谷葡萄酒种植区办了一些杂事，之后他们在下午很晚的时候来到了湖边。正好刚过四点钟，他们走到湖西端的一个小半岛上去，铺下了一个毯子。除了偶尔有船经过之外，大部分时候他们都未受任何打扰。

自某个时候开始，塞西丽亚发现一个男子正在朝他们走过来。由于地形和树林的原因，这个男子一会儿在树后一会儿在山坡后，这样就使他看起来忽隐忽现。他离他们越来越近。当他最终出现在他们面前时，他们才注意到这个人手中有枪。他穿着奇异的、夸张的服装，戴着一个篷盖式面具，并且衣服上的胸口位置缝上了一个图案。面具看起来是纸做的，上面是平的，角上都往外凸出，上面留有缺口，露出眼睛和嘴巴。这个神秘男子在留给眼睛的缺口上别上了一副太阳镜。面具一直盖住了他的胸部和背部，缝在上面的图案是这样的：一个圆圈上再加一个十字，就好像枪上瞄准器的十字准线一样。这个篷盖式面具直接套在一件黑色的风衣上，而风衣下面则是一件铁锈黑的衬衫。袖子紧紧裹在他的手腕上，手上戴着黑手套。在这奇怪的装束下面，可以看到他穿着一件宽松的皱皱巴巴的裤子，裤脚夹在靴子里面。他系的那根皮带上挂着一把木头柄的长匕首。这把匕首很像刺刀，木柄外面裹着外科手术用的胶带，上面还有铜铆钉。

根据布赖恩后来的描述，这名男子身高在五英尺十英寸到六英尺二英寸之间，体重二百二十五到二百五十磅，矮壮结实。布赖恩曾瞟了他的太阳镜一眼，他看到这个男子的头发是褐色的，并且还看到了一丝亮光，这证明这名男子的太阳镜后面还戴着眼镜。从他开口说话判断，他大约二十多岁。

他要他们俩把钱和车钥匙交出来，说他想开他们的车到墨西哥去。当布赖恩把钱和他的大众牌卡曼吉亚汽车的钥匙交给他时，他就把枪放回枪套中。他解释说，他刚刚从蒙大拿州的迪尔洛奇监狱里逃出来，他在那里杀死了一名监狱看守。他说他没有钱，开着一辆偷来的汽车到达这里。他警告布赖恩不要充什么好汉。

当时是法律预科生的布赖恩尽量想让这个人保持平静，他说他可以尽力帮助他。但是这名男子拿出了一根晾衣绳，命令塞西丽亚把布赖恩捆起来。塞西丽亚捆布赖恩时，还把布赖恩的钱包拿出来扔给那名男子。但是这名男子似乎完全没有理会她的友好姿态。当她绑好了布赖恩后，这名男子又把她给捆起来了。然后他检查了塞西丽亚的“工作”，他认为她捆得太松，因此就重新把那些结扎紧一些。之后这名男子宣布他要用匕首把他们扎死。这时，布赖恩恳请他先杀自己，因为他不忍目睹塞西丽亚被扎死。这名男子同意了，在他背上扎了很多刀。然后他就转向塞西丽亚了。塞西丽亚一直尖叫着叫他住手。塞西丽亚不停地往后挪动，这名男子则不停地扎她，扎她的背部、胸部、小腹部和腹股沟。之后，他把钱和钥匙扔在毯子上，大摇大摆地离去了。

但是他们俩还没有死。尽管塞西丽亚受了致命伤，被扎了二十四刀，并且一条主动脉也被切断了，他们俩还是相互替对方解开了绳子。但是他们已经失血很多了，因此两人都没有办法去找什么人来帮忙。恰巧经过的一个渔夫和他的儿子发现了他们之后，赶紧跑到离现场两英里的蒙提切罗大牧场度假胜地的公园巡逻警处报案。巡逻警丹尼斯·兰德开着巡逻车赶过来，在离现场几百码的地方发现了布赖恩，他当时只能爬这么远了。巡逻队长威廉·怀特则坐船来到现场。伯丽爱沙湖没有医院，最近的纳帕溪谷女王医院也离现场有一个小时的路程。尽管他们俩挺过了漫长而痛苦的等待，但是第二天下午，塞西丽亚终因受伤过度死在了医院里。而布赖恩则处在二十四小时监护之下。

大约晚上七点四十分，也就是案发一个小时多一点点的时候，当时布赖恩和塞西丽亚还在等候救护车的到来，纳帕县警察局的电话响了。值班警员接听了电话，是一个男子打过来的，他说伯丽爱沙公园里发生了一起双重谋杀案，并且描述了被害人的汽车和他们所在的位置。打电话的那个人听起来很年轻，大约二十多岁。他在平静地宣布自己就是杀人犯之后，就把电话挂了。当他打完电话时，他根本就没有把电话挂好，值班警员可以听到车辆过往的声音和人们的交谈声。后来查明，那个男子是从离警察局不到五英里的一个洗车处的投币电话亭打电话过来的，那个电话亭离犯罪现场二十七英里。难道杀人凶手不怕路途遥远开车到这里来打电话，是因为他喜欢这种和警察靠得很近但警方却不知道他到底是谁的感觉？难道他正在回家路上？或者两种情况兼而有之？根据打电话的时间以及打电话人说被害人已经死了这两个方面来判断，警方推断，他肯定是在刺扎布赖恩和塞西丽亚之后就立即离开了伯丽爱沙湖。警方从那个电话听筒上取下了一个掌纹，但是没有发现此前哪个掌纹与之相同。

有人报告警方，那天曾看到一个单身男子在伯丽爱沙湖附近游荡。太平洋联合学院的三名女学生告诉警方，那天下午一个开着挂有加利福尼亚牌照的浅蓝色或银色雪佛兰车的男子似乎一直在跟踪她们。当她们停车时，那个男子就把车子停在她们旁边，坐在自己车中，不停地抽烟。那时大约刚过下午三点钟。大约四点钟的时候，她们在湖滩上晒太阳，又发现这个男子在盯着她们。她们说这名男子很高，身高大约六英尺甚至更高，体重二百到二百三十磅，二三十岁的样子，黑色的直头发，偏分头。她们说这个人干净整洁，穿着黑色的短袖汗衫，深蓝色的宽松裤子，他穿的T恤衫后部露在了裤子外面。这几个女孩和警方共同绘出了那个人的外貌草图。警方公布了这份草图，但是纳帕警长唐·唐森德强调说，这不一定就是嫌疑人的样子，而是警方希望能够讯问的人的样子。

一个牙医和他儿子出去办事时，也看到了一名和这几个女学生的描述相吻合的男子。他估计这个人大约五英尺十英寸高，矮壮结实，穿着黑色的长袖衫（长袖衫上有些地方是红颜色的）和黑色的裤子。当这名男子意识到自己已经被人发现时就离开了。那个牙医和儿子回到他们的车子中时，他们根据车轮印判断，曾经有一辆车停在了他们车子的正后方。

在布赖恩的汽车旁边，警方发现了另外一辆汽车的车轮印，并且制作了它们的石膏模型，希望能够凭此找到嫌疑车辆。他们测量了两道车轮印之间的距离，发现另外那辆汽车的两个前轮不仅已经磨损得不行了，而且两个轮子的大小也不一样。现场发现了一来一去两道脚印，而且脚印还延伸到了布赖恩的卡曼吉亚汽车的车门处。鞋印大约是十号半，根据鞋印陷入沙地的深度（和一个警员踩在沙地上的鞋印相比较），估计罪犯至少应当重二百二十磅。而且他可是个沉着冷静的家伙：他留下来的鞋印的后跟非常清晰，警方根据这一点推测，在他离开被害人任他们死去时，他是走着离开的，而不是跑着离开的。鞋印上的纹路也有特点，最后警方据此找出了他穿的鞋的生产厂商。鞋子是一种“飞翔牌便鞋”，此种鞋是根据政府采购合同生产的，只发给西海岸的海军和空军。

这只是说明警方正在缉捕的这名罪犯是一个有军人背景的家伙的证据之一而已。很明显他擅长枪支，是个好射手，对用匕首亲自杀死被害人毫不感到害怕，并且至少曾经接触过军队使用的符号，而且可能学习过密码。目击者称他整洁干净、短头发。加利福尼亚北部可不缺什么军事设施。

我会建议警方查看因医疗原因而退出军籍的军人的记录，或者查看没有说明理由而退出军籍的军人记录，因为一个像罪犯这样的军人肯定无法长时间呆在等级分明、纪律严苛的环境之中。他极端聪明、能力非凡，但是他和上司肯定不和，并且对别人对他的干涉极端不满。

罪犯提到蒙大拿州的迪尔洛奇监狱，这又是一条可能查明他身份的线索。因为过去和现在，迪尔洛奇那里确实都有这么一个监狱。尽管他所说的他是越狱逃出来并且杀死了一名监狱看守的说法最后被证明是虚假的，但是他和迪尔洛奇之间存在某种关联的可能性从来都不应当被排除在外。至少，他提到像蒙大拿的迪尔洛奇这样的地方肯定不是出于偶然。我还是个学生的时候曾经在蒙大拿的伯兹曼呆过一段时间，我没有注意到迪尔洛奇这个名字，因此可以肯定地说，那个州的大部分人都没听说过这个地方。

这名男子认为塞西丽亚和布赖恩最后肯定都会死。实际上，当时他向警方说发生了一起谋杀案，后来他纠正说是发生了一起双重谋杀案。如果两个被害人都会死的话，提起和他有某种重要关系的地方显然对他就没有任何危险。我认为警方可以利用这条信息。

比如警方就可以这样做：和专门报道迪尔洛奇当地案件的一个记者合作。让他将这些谋杀案的基本事实披露出来，并且公布嫌疑犯的一些基本特征，同时说明加利福尼亚警方认为他们有理由相信罪犯和迪尔洛奇之间有某种关联，但是对警方为什么有此种说法却避而不谈。除了披露目击证人提供的一些信息之外，比如嫌疑犯是个白人男子，大约二十五六岁或者三十一二岁，还应当披露如下行为特征：嫌疑犯是一个离群的人，聪明、偏执、喜欢夜间出来活动。嫌疑犯对枪支极感兴趣，并且可能就是因为参军而离开了迪尔洛奇地区，或许，他可能是因为被派驻加利福尼亚而离开的，并且自此以后他可能因为医疗原因而被开除军籍。他还可能以一种轻蔑的方式与迪尔洛奇的某个上司联系过（这可能就是他向加利福尼亚警方和媒体写那些嘲笑警方和媒体的信件的缘起）。

后面我们马上会更详细地讨论我在这个案件中会采取的影响罪犯心理的策略，但是我现在想强调的是，在这种犯罪侦查中该策略是最有效的正是这种策略。罪犯和警方以及报纸联络，因此我们可以知道他在关注媒体对他的报道。这就使得他有我们可乘机利用的弱点，因为他会禁不住对警方所说的和媒体所写的与他有关的事情作出反应。例如，我们可以看到，他对斯蒂尔茨的疑问作出了多么快的反应。另一方面，他是一个白人男子，偏执的孤僻离群者，喜欢枪支，和女性交往实际并不成功。许多与社会格格不入的人都符合这一特征。因此，在这样一个案件中，提出这样一个犯罪行为分析只是能帮助警方缩小犯罪嫌疑人的范围。要把真正的罪犯激出来，我们必须做点什么，让他自现身形。我认为这在很大程度上就是为什么黄道十二宫没有被抓到的原因所在。在二十世纪六十年代末七十年代初，他已经是一个现代连环杀手了，但是警方追捕罪犯时使用的却是过时、死板的侦查技术。他屠杀的那些人要么就是他不认识的，要么就是无法通过他们追查到他的。他的动机是非传统的、很难把握的。他也越学越精，每次犯罪都使用不同的作案手法和不同的武器。他从一个管辖区流窜到另外一个管辖区，他操纵了他所到任何地方的公众和媒体。

就像简森/法拉第谋杀案一样，伯丽爱沙谋杀案发生在不同管辖区之间的交界地带。因此，尽管公园巡警首先冲到现场并且和被害人呆在一起，但是后来纳帕县治安办公室却主持了整个侦查工作。探长肯尼斯·纳罗到达现场的时候，发现已经有人把现场“清理”好了，已经把两个被害人的毯子和罪犯用来捆绑他们的晾衣绳收起来了。我们在其他章节中已经提到过，到达犯罪现场的人越多，对于那些最后必须承担责任展开侦查的人来说，这个案件的侦破工作就越困难复杂。

然而，犯罪现场有一处完全没有遭到破坏，那一处地方总让纳罗感觉心神不宁。在罪犯离开之前，罪犯在布赖恩·哈特内尔的汽车门上留下了几行黑色字迹：

瓦列霍

68 年 12 月 20 日

69 年 7 月 4 日

69 年 9 月 27 日 6 点 30 分

用匕首作案

前面两个日期是简森/法拉第和费琳分别被人杀害的日子。在这几行字上面，出现了黄道十二宫在八月初写给媒体的信件中所用的中间画了十字的圆圈。这个罪犯要让警方完全相信他们面对的确实就是同一个连环杀手。

乍看起来，这些案件之间确实是有关联的。毕竟，这几个案件中的无名罪犯都在晚上或傍晚针对呆在偏僻所在的年轻情侣作案，并且似乎没有诸如抢劫或性侵犯这样的传统动机。但是眼前这个案件和以前几个案件之间有显著的区别。我所指的并非只是罪犯自制的奇装异服。如果他不留下提示的话，由于这个案件和以往案件不属同一管辖区，侦查人员几乎不可能立即将这个案件和以前发生在瓦列霍的几个案件联系起来。在某种意义上，罪犯让警方轻松了一大截，因为他提醒了警方，他们要追捕的是同一个罪犯。

在匡迪格市，我的同事们见识过无数警方不将它们联系在一起的连环案件。在这样的案件中，连环杀人犯会改变、改进他的作案手法，流窜到其他管辖区，或者变得越来越暴力，这样尽管实际上这些案件都是一个罪犯所为，但是警方会认为是不同的罪犯干的。让我们来看看这个例子：一个强奸杀人犯开始时强奸并掐死了一个妓女，把她的尸体留在了他作案的那个小巷的现场。后来他意识到这样做可能会更安全一些：下一次作案时把被害人引导到另外一个不会有别人突然撞见的地方去。后来他就向第二个被害人下手了，带她到偏僻之所，之后把她的尸体扔在那里。由于这次他的时间比较充裕，因此他不必那么着急就强奸并杀死她，而是可以先折磨她一段时间。实际生活中，这样的罪犯可能到酒吧中猎捕孤独的、脆弱的女性，连续几天折磨她们之后才将她们杀死，最后则把尸体抛弃在可能永远不会被人发现的地方。由于没有什么行为证据或法医证据来将这些不同的案件联系起来，特别是当这些案件发生在不同的管辖区内，一个管辖区内的侦查人员没有听说过其他案件时，警方就可能永远也不将这些案件联系起来。我举这个例子可不是为了牵强附会。我曾经作为专家证人出庭做证，最后使连环杀人犯小乔治·拉塞尔被判有罪。我是通过分析不同案件中作案姿势这一特有作案特征来将他犯下的这些案件联系起来的。

现在让我们来看看伯丽爱沙湖谋杀案和此前发生在瓦列霍的几个案件之间的区别。首先，前面的案件中是有人用枪射击坐在车中的人，而这个案件中则是用刀扎死他们，这可是一个很大的区别。前面那些案件中，罪犯可以毫无踪迹地逃走。罪犯在远处看着被害人，根本不真正接触被害人。而在伯丽爱沙湖谋杀案中，罪犯还和被害人谈话，听被害人说话，甚至可以说和被害人之间保持了某种友好态度。之后，罪犯得到了他实际上根本不需要的东西：被害人完全服从了他的要求，将钱和车钥匙给了他，之后他就开始残暴地杀戮了。每多扎一次，他身上的被害人的血就越多，他听到的被害人的尖叫和呻吟也越来越痛苦。我们还要记住的是，罪犯有枪，这意味着他本来是不必用匕首的。如果他所追求的是被害人的恐惧感和自己对他人的控制感，那么他先拿出匕首然后用言语恐吓他们，这就可以完全奏效了；之后等到要杀死他们的时候，他就可以用枪将他们了结。但是他选择了匕首。并且当时是黄昏，而不是午夜时分，因此这种可怖场景在他面前可谓一清二楚。

这样，我们就必须考虑这个问题了：罪犯选择的作案地点和他在更早的时间作案表明，罪犯愿意冒更大的危险。前面提到的三个大学生和牙医父子俩看到这个神秘男子时，不过就下午三点钟左右。布赖恩·哈特内尔所描述的那种古怪装束确实可以很好地隐藏他的脸和头发，但是如果他在公园的全部时间中都穿着那种奇装异服的话，肯定会引人注意的。尽管他刺扎布赖恩和塞西丽亚时，其他人恰巧出现在犯罪现场的可能性不大，但是并非没有可能。并且尽管不像用枪，用刀可以无声无息，但是被害人的尖叫同样是会引人注意的。如果在湖中某艘船上的人恰巧看到他在杀人的话，那么他根本就没有办法阻止他们去报案。这样，他的最佳选择可能就是迅速逃离现场，但是这样一来，可能就会有多个目击证人可以向警方提供线索了。同时，他和被害人交谈这么久，这让他面临的危险更大了，且用匕首扎死被害人所花的时间可比简单地打几枪所花的时间要长得多。

另外一个令人不安的事实是，罪犯作案时间间隔越来越短了。简森/法拉第案和达琳·费琳/麦克·马高案之间的时间间隔达七个月之久。而伯丽爱沙湖谋杀案离上次作案还不到三个月。总而言之，与其他两个案件相比，这个案件显然表明罪犯正在不断加剧自己的行为暴力性。像这样一个成功地逍遥法外的罪犯，是不大可能停止犯罪的。而当此种罪犯继续犯罪时，他们只会变得越来越胆大包天，并且，通常说来，也越来越具有暴力性和致命性。我们会看到，黄道十二宫毫不例外。

出租车司机

10 月 11 日，星期六，雾蒙蒙，晚上九点三十分。出租车司机保罗·李·斯代因在旧金山的吉尔雷大街搭载了一名乘客。实际上当时斯代因刚刚接过第九大街的一个乘客打来的电话，但是他的车被困在这片戏院区内到处拥挤的人群里了。当这个单身乘客走到他的车边要求乘车时，他要求去的地点正好是在去第九大街的路上，因此斯代因才让他上车。斯代因在他的日志上记下乘客要去华盛顿大街和枫树大街十字路口，然后就开车往西奔向这片靠近普利西迪奥[①]的居民区。

尽管斯代因的日志上记的是乘客要去华盛顿大街和枫树大街十字路口，但是最后却停在了再过去一个街区的华盛顿大街和樱树大街十字路口。到了这个地方之后，那名乘客不是付钱下车，而是近距离地朝斯代因的右脸开了一枪。然后他就爬到前排座位，拿走了斯代因的钱包。他还从斯代因的衬衫上扯下了一块布。但是他没有拿走斯代因的天美时手表、支票簿、戒指和他口袋中四美元多的零钱。之后他来到车外，将驾驶室中靠司机的窗户和后座左边的窗户擦干净。接下来他斜靠在汽车前后门之间的车身上，将靠着司机座位的那扇车门打开，把仪表盘擦干净，然后把门关上，大摇大摆地走入夜幕之中。

但是，罪犯不知道的是，整个过程被一个参加正在街对面举行的宴会的十四岁女孩看得几乎一清二楚。她当时是从离出租车大约五十英尺的一个二楼窗户上往外看的。当她意识到她看到的到底是什么之后，就把她的两个兄弟叫到窗户边。这时，那个矮壮的白人男子正在擦那辆出租车，许多人都已经聚过来了，透过窗户看得清清楚楚。他们一直这样看着他，直到他走到拐角处，从他们的视野中消失。他是走着离开犯罪现场的。

同时，参加宴会的人中有人向警方打电话报了案。九点五十八分，接听电话了解了犯罪细节的接线员最后不知怎么回事把嫌疑人说成了黑人。因此当通信员将简要情报传给在大街上执勤的人员时，他们得到的对嫌疑犯逃走方向的描述是正确的，但是他们得到的对嫌疑犯外貌的描述却是错误的。

后面发生的事情就众说纷纭了。根据几个人的说法（这其中包括黄道十二宫在随后寄出来的一封信中的说法），正开着巡逻车巡逻的两个警员

---

① 旧金山半岛北端的一处军事要塞，现为公园。——译者

首先对警报作出了反应，几分钟之后就到达了樱树大街和杰克逊大街十字路口。他们看见一个矮壮的白人男子正朝普利西迪奥要塞方向走去。如果当时灯光更好一些的话，他们可能就能看到他身上的黑衣服上的血迹了。而如果他们知道嫌疑人是个白人男子的话，案件侦破情况可能大大不同了。但是由于他们被告知嫌疑犯是个黑人，因此他们只是问这个白人男子，是否看到什么可疑的人物。这个男子回答说，看到一个手中拿枪的男子顺着华盛顿大街往东跑去了。因此他们就往那个方向追去了。一个多星期之后，这些巡逻警才意识到，他们当时看到的可能就是嫌疑人，于是和一个肖像画家合作画出了嫌疑人的外貌草图。当罗伯特·格莱史密斯想对这里发生的信息沟通错误的情况进行研究时，他发现这几个巡逻警提交的报告被当作机密收起来了，旧金山警方的正式说法是，没有哪个警员曾经见过嫌疑人。但是此种说法无法解释：为什么在谋杀案发生之后的第二天上午，警方的肖像画家已经根据参加宴会的人提供的信息绘制了一份嫌疑犯肖像草图的情况下，后来还绘制了第二份嫌疑人肖像草图。

但是当时的警方没有意识到，此种擦肩而过本来也是警方让黄道十二宫露面的一个大好机会。警方应当发表一份声明，说警方正在寻求犯罪现场附近社区中这个可怖罪行的目击者的帮助。这份声明可以明确，警方很清楚，除了嫌疑人本人之外，当时犯罪现场还出现了其他几个人。警方希望他们能够向这些人了解情况，了解他们当时到底看到些什么。如果这个方法奏效的话，嫌疑人可能会向警方报告诸如此类的信息，因为他会认为，这样的话他当时出现犯罪现场的事实就不会有什么问题了，而且如果当时确曾有人看见他的话，通过这样和警方接触，他也可以很好地保护自己。

当警方到达现场时，他们发现保罗·斯代因朝副驾驶座位那边倒着，头靠在出租车的底盘上。里面有不少血迹，尽管车钥匙不见了，但是令人感到奇怪的是，里程表却还在运转。他们马上叫了辆救护车过来，并且向其他警员传递消息：嫌疑犯实际上是个白人男子。除了那两个首先作出反应的警员外，当时正往家里赶的谋杀案专家、督察沃尔特·克拉克在听到了警报之后，也马上赶到了现场。他的经验在这个案件中是很有用的，他当时立即让其他警员封锁了现场。当晚执勤的戴夫·托斯奇和他的搭档比尔·阿姆斯特朗到达现场时，救护车也已经到了，医生当场宣布斯代因已经死亡。克拉克通知了验尸官，并命令所有能够腾出来的警犬队出来搜索，此外他还从消防队调来了一架车载探照灯帮忙。

当侦查人员在现场作业时，徒步巡逻人员、警犬队和附近那个军事基地的军警联合展开了大搜捕。普利西迪奥离犯罪现场也就几个街区。附近的居民告诉警方，他们看见一个人穿过附近的操场，之后就潜入这个树木繁茂的军事基地去了。在随后的几个小时之中，泛光灯和手电筒把这个地方照得如同白昼。凌晨两点钟的时候，搜捕停止了，这离斯代因被医生宣布因子弹击中大脑而死亡已经有四个小时了。尸体解剖过程中，从斯代因的大脑中取出了一颗严重爆裂的铜壳子弹，子弹直径九毫米。凶手只用他的半自动手枪开了一枪。此种子弹在这个地区是很少见的，在过去的三年中，整个基地只卖出了一百五十颗这样的子弹。斯代因右脸颊上的伤表明罪犯是直接用枪顶在他的头上开枪的。警方发现斯代因左手上有因为抵抗而留下的伤痕。

让我们来看看被害人的情况。被害人保罗·斯代因，二十九岁，已婚，在旧金山州立学院攻读博士学位。为了支付学费，除了晚上开出租车之外，他还兼作保险公司的推销员。他五英尺九英寸高，体重一百八十磅，一点也不矮小单薄。就他的个人生活、个人兴趣而言，除了开出租车本来就是高危险的工作外，没有什么东西表明他可能成为暴力犯罪的牺牲品。出租车司机的工作要求他们搭载陌生乘客，而且不论白天还是黑夜都要把乘客带到目的地。因为他们身边有现金，他们经常成为抢劫甚至更恶劣犯罪的目标。斯代因被杀的两个星期前，另外一个司机刚从出租车公司出来就被人抢了，并且一个多月以前，斯代因就曾被两个持枪歹徒打劫过。

实际上，初看起来，本案好像是一个不那么熟练的抢劫犯所做的一桩蹩脚的抢劫案。罪犯离开时满身是血，并且他没有拿走其他一些值钱的物品。当警方查明斯代因此前搭载乘客收取的费用之后，估计凶手拿走的钱顶多只有二十五美元。此外，他还留下了证据：当他把左手伸进去擦仪表盘的时候，为了保持平衡把右手撑在车身侧面上，这样留下了两个血指纹。

此外还有目击证人。那几个参加宴会的孩子说杀死保罗·斯代因的人是个白人男子，大约二十五六岁或者三十岁出头，金黄色短发，似乎是平头。他戴着眼镜，穿着黑色的裤子和皮大衣。他矮壮结实，大约五英尺八英寸高。警方向旧金山所有的出租车公司发出了记载此种描述的通知和嫌疑犯外貌草图，要求出租车司机警惕凶手以同样的手法再次作案。

警方张贴公告的同时，案件中出现的新情况证明这宗谋杀案可不是什么拙劣的抢劫案。10月，《旧金山新闻报》收到了一封信，上面的回信地址是一个符号：圆圈里面画着一个超出了圆周的十字。信的开头和以前收到的一封信是一模一样的："我是黄道十二宫……"

写信人宣称斯代因是他枪杀的，并且提供了实物证据来支持他的说法：他附上了从斯代因的衬衫上扯下来的一块布。然后他还提到了"湾区北部的那些人"，说他们也是他杀的。警方实验室证实，这块布料确实是从斯代因身上穿的那件衬衫上扯下来的。当托斯奇和阿姆斯特朗与纳帕县的警探纳罗见面时，纳罗认为杀死斯代因的凶手的笔迹和他正在追捕的凶手的笔迹一致，这一点后来得到谢伍德·默里尔的证实。谢伍德·默里尔是位于加州首府萨克拉门托市的“疑难文件处”的主任。

然而，警方在黄道十二宫案件上所付出的巨大努力却没有丝毫效果。罪犯最新发出的这封信大肆嘲笑了斯代因被杀之后警方所作的抓捕行动：

旧金山警方本来昨晚是可以抓住我的，如果他们正确搜索公园，而不是开着他们的警车在公路上赛跑看看谁的车发出的噪音更大的话。那些开车的警察应当把车停下来，悄悄地坐在车中，静静地等我从我的隐身处溜出来……

他的这些话看起来起到了一定效果。旧金山警察局长马迪·李在媒体面前硬挺着头皮说，如果黄道十二宫当晚真的就在警察眼皮底下的话，他应当在信中提到警犬和手电筒。我认为，如果凶手就是与那两个首先作出反应的巡警说话的人的话，警方丢的面子可就大了。他几乎就要被警方抓住了，当时他肯定很害怕，但是他不会对警方承认这一点，也不会对自己承认这一点。因此他必须显得志得意满。像他这样的罪犯肯定会以过度贬低他实际暗中忌妒羡慕的人的方式来弥补自己的卑微感。他只不过是运气好罢了，但是他必须认为，是他将警方大耍特耍了一番。

证明他比警方胜出一筹的另一种方式就是，找到另一种自己更能控制、更能显示自己强大力量的方式。当罪犯在结尾发出令人恐怖的威胁时，他的目的就完全达到了：

学校的孩子们可是很好的目标，我认为我应当在某个早上把一辆校车内的孩子都干光。先打穿前轮，然后当他们活蹦乱跳地走下车时，我就尽情射击。

《旧金山新闻报》和警方配合，几天之中都没有将这部分发表，只是发表了其他部分和警方绘制的嫌疑犯外貌草图。但是这不过只让马上就要到来的恐怖感晚了几天而已。整个洛杉矶、纳帕和周围地区都采取了各种措施保护学生：校车上配备了另外一个司机，他可以随时注意发生的问题，并且当一个司机被射死的话，他可以顶替上来；在某些地方，甚至派了警察护送校车。伯丽爱沙湖的森林部门和巡逻警队的敞篷小货车都被派上了用场，甚至天空中还有飞机监视校车经过的路线。

我们当然必须认真对待这样一种威胁。很明显，这个人确实有能力杀人，我们必须采取预防措施。但是我认为凶手发出这个威胁的真正目的，又只是为了将恐惧散布在公众心中，并操纵大众情绪。如果说伯丽爱沙湖谋杀案和旧金山谋杀案对罪犯来说已经很危险了的话，那么，还有什么会比在光天化日之下向一辆载满学生的校车射击更危险呢？对于罪犯来说，这几乎就是自杀。警方针对这个威胁而作出的所有努力只不过是为了挽救警方的面子罢了：罪犯确实可能不光是口头说说而已，但是警方也没有必要这样神经兮兮。

警方曾经试图通过媒体和黄道十二宫打心理战。加利福尼亚总检察长托马斯·林奇发表了一份正式声明。在这份声明中，他向凶手保证警方会帮助他，如果他自首的话，他的合法权利肯定会得到完全的保障。林奇试图从黄道十二宫的虚荣心下手，说作为一个“聪明人”，他自己明白自己最后肯定会被抓住的，因此他应当明白投降是最好的选择。《旧金山监督报》也曾经作过类似的努力，但是都没能让那个杀人犯向警方自首。

此外，美国密码协会主席D·C·B·马什博士向凶手提出了一项挑战。马什用黄道十二宫用的那种代码写了一封信，信里面提供了电话号码，希望黄道十二宫能够在准备好了一份真正包括他身份的信件之后，就打那个电话。马什博士的挑战书发表在《旧金山监督报》上，一直没有得到响应。尽管如此，我还是认为这是个不错的主意和技巧，因为这可能很符合那个无名罪犯的个性。

斯代因谋杀案发生之后不到两周，旧金山正义厅内举行了一次大型会议。从瓦列霍、纳帕、本尼西亚、索兰诺、圣马特奥和马林来的侦查人员和联邦调查局、州刑事鉴定及调查局、海军情报处、加利福尼亚公路巡逻队、美国邮政调查局的代表，也就是任何参与案件侦破的人都参加了会议。会议上，人们讨论了这些相互关联的案件，并比较了所有已经掌握的证据。

如果我当时参加了会议并得到了来自不同辖区的警方的合作的话，我会强调必须和罪犯打心理战。具有讽刺意味的是，我在诸如这样的案件中曾经建议警方采取过的策略之一，在这个案件中却被罪犯采用了。

我可以想象在1969年10月末，当黄道十二宫看到媒体和新闻节目对他发出的攻击校车的威胁关注越来越少的时候，他肯定是在想他应当怎样摆脱此种状况。尽管我不一定能够预测他到底会做件什么事情，但是我可以肯定罪犯会做点什么让他重新回到万众瞩目的中心。他当时可能还对上次杀死斯代因之后差点被警方逮个正着而心有余悸（尽管他自己不会承认），因此他不大可能再次进行凶杀活动。但是由于他没有兑现他发出的威胁，因此可能感觉再发出另外一封类似的信的话就不会有什么轰动效果了。他所急需的是能让公众全部头晕目眩的惊世之举。

我曾经建议警方采用的策略之一是，在公众中找一个“同情”罪犯的人。我们知道大部分罪犯会跟踪媒体对他们的报道，因此根据这个案件的具体情况和这个罪犯所属的类型，我会建议警方找一个能让罪犯以某种方式安心联络的人。比如，在警方要员不断谴责罪犯是个杀人狂魔的同时，让报纸记者采访一个著名精神病学家，他和警方的意见“完全”对立：“这个人可不是什么疯子。实际上，他极端聪明，这就是为什么警方没有抓到他的原因所在。但是他被人误解了……”然后让记者在他的办公室中拍下他的照片，并“顺带”提及办公室的地点，当然要确保他的办公电话号码和地址都出现在报纸上。然后警方就可以坐下来，静等罪犯和这个在他看来能够理解他向这个世界发出的讯息、能够向公众澄清对他的种种不正确的看法的人联系。

黄道十二宫后来的所为非常接近我的设想。某一天凌晨两点钟，旧金山海湾对面的奥克兰警察局电话铃声响了。电话里的人说他就是黄道十二宫，并要求和著名的刑事律师F·李·贝利进行电话交谈，或者，如果找不到贝利的话，当地著名律师梅尔文·贝利也行。打电话的人要求他们这两个人中至少要有一个人出现在当地在上午播出的一个脱口秀节目中。我觉得黄道十二宫的选择非常有趣。F·李·贝利可是名声在外，被人称作“脱罪之神”，他代理的超过一百宗杀人案件中，除了三次之外，都成功地让陪审团判决嫌疑犯无罪。而梅尔文·贝利则是因为成功地为杰克·卢比和米基·科恩这样臭名昭著的人进行了辩护而名声大噪。正如自此以后的多年时间所证明的，这两个律师都有吸引媒体注意的好能耐。很明显这正是黄道十二宫所需要的。

后来的情况是，F·李·贝利没法脱身，但是梅尔文·贝利那天上午出现在第七频道的脱口秀节目中，就坐在主持人吉姆·邓巴尔旁边。节目比平常提早了半个钟头。他们在焦急等待、观众也在目不转睛地盯着电视。七点钟刚过，第一个电话打进来了，后来还打进来许多电话。打电话的那个人不停地挂断，然后马上又打进来，说他自己是“山姆”，并且对梅尔文·贝利和邓巴尔诉说自己是如何孤单、如何头痛。打进来的三十五个电话中有十二个被广播了，梅尔文·贝利带着一队警察和记者于当天上午十点三十分来到电话中约定的地点。读者可能已经猜到后面的一切了：“山姆”根本就没有出现。对这个人后来打给梅尔文·贝利的电话进行追踪之后，警方发现那些电话都是纳帕州立医院的一个精神病人打过来的。当初接到打进奥克兰警察局的那个电话的警员说，那天的电视节目中打电话给梅尔文·贝利的那个人听起来和打电话到警察局的那个人的声音不同。然而，就黄道十二宫而言，那天谁打电话给梅尔文·贝利一点都不重要。他得到了媒体的关注，而且是现场直播的节目。他成功地操纵了看电视节目的每个人，让整个地区都在焦急地等待他的电话。同时，在打电话给警察局的几个小时之后，让一个著名人士俯首听命，如约来到了电视节目中。更有甚者，警方还在采取预防措施，生怕他突然之间向哪辆校车发泄怒气。并且，警方还是没有任何办法找到他。

然而，他还要继续显山露水。11 月初，他寄了两个包裹给《旧金山新闻报》，其中包括一张明信片（“我是黄道十二宫”）、另外一封密码信、一封七页的信，以及他宣称将用来炸校车的一颗炸弹的手绘示意图。为了证明自己的身份，他还将从保罗·斯代因的血迹斑斑的衬衫上撕下来的另一块布装在了另一个信封中，尽管到了这个时候，他的笔迹、包括他总是多贴邮票的奇特习惯，都已经为警方所熟悉了。实际上，他只能多贴邮票，这样他可以将这些信封随手扔到随便哪个邮筒中，不必和任何邮政工作人员接触，以免以后工作人员能够认出他来；并且他知道这样的话，他的信肯定是能够寄出去的。以后我们会看到有个大学航空炸弹怪客用的也是同样的策略。

尽管人们非常注意黄道十二宫手绘的炸弹，但是我认为这两封信中的其他方面，特别是那封长达七页的信，更加值得注意。让我们来看看下面这段话：

……我已经变得非常生气了，因为警方说了许多有关我的谎话。因此我将会改变我收集奴隶的方式。我不再会向任何人宣布我犯下的任何罪行，这些罪行看起来应当像普通的抢劫、杀人、伪造的交通事故，等等……

在后来寄出的许多封信中，黄道十二宫会提到他采用的经改进的新的死亡人数统计方法。每收到一封信，警方都会重新分析处在他们各自辖区内的未侦破的谋杀案件，看看这些案件之间是否会有什么关联。在二十世纪八十年代早期，有些人曾认为黄道十二宫和“铁路杀人犯”就是同一个人。但是当1988年大卫·卡彭特被判犯下那些凶杀行为之后，此种说法又不攻自破了。当大卫·卡彭特还在狱中服刑的时候，又发生了几起黄道十二宫谋杀案。现在大约有五十多个被害人是黄道十二宫的牺牲品，当然，这个数目取决于你问的人是谁。在某种意义上，这就是不懂得将案件联系起来的反面：将案件过分联系起来；每当出现一个未破获的大型系列案件时，此种情况都会发生。直到今天，人们还认为其中某些案件是西雅图的“绿河杀手”所为，尽管绿河杀手连环谋杀案中的第一宗实际发生在1982年1月。

黄道十二宫连环谋杀案至今仍然困扰我们的原因之一是：黄道十二宫

同时抓住了精神变态者和守法者的想象力，他不仅成了旧金山湾区的罪犯争相模仿的对象，而且多年以后还为纽约和东京的罪犯所效仿。出于某些不便在这里说明的复杂原因，警方立即就知道这些案件根本不是黄道十二宫所为。

黄道十二宫成功地做到的一点是，他使人们有这样一种错觉：不论他是否真的在杀人，人们总是认为他肯定还会继续作案。只要他写信宣称某宗案件是他干的，围绕他的种种传说马上又开始繁荣昌盛起来。他责备警方，说他们的谎言迫使他对自己以后犯下的特定犯罪行为保密。如果他再也不杀人了，人们还会继续怀疑某某案是不是他的作为。而如果他继续作案的话，他已经不再向警方提供任何能泄露他身份的线索了，因此他就能很好地保护自己。实际上，自此之后，他再也不寄什么被害人的衬衫碎片了，并且再也不像在简森/法拉第案和费琳/马高案中那样描述犯罪的具体细节了。

黄道十二宫系列谋杀案中最大的一个谜是：他为什么金盆洗手了。他到底身在何方？我们在第一章中已经说得很明白，连环杀人犯是不会做诸如搬到南方去然后就歇手不干这样的事情的。由于斯代因谋杀案发生之后的许多年中，黄道十二宫还是不断往外界写信，我们知道他没有死，或者说，他没有被关押起来。可能他生病了或身体恶化了，因此他就没有办法再继续作案了。但是我认为他只是害怕了。当你刚刚杀死一个人，身上还满是血迹，而且肾上腺还在不断涌动，之后不久就遇到了两个警官，这可不是什么你很快就能忘得一干二净的事情。

从他犯下的罪行、寄出来的信件以及他能够成功逃脱警方的身份甄别和抓捕来看，他是个很聪明的人。他早就看到了不祥之兆。像他这样的罪犯是不可能轻易罢手的。像他这样的一个人是不大可能放下那种多年以来断断续续地总是出现在报纸头条新闻中，引发无数人对自己万分恐惧的高度快感，主动放弃所有力量和对他人的控制力并主动投身监狱的。我认为这个时候警方就应当二十四小时注意自杀方面的情况。我在“大学航空炸弹怪客”西奥多·卡辛斯基案中就是这样建议的。

同时，我认为黄道十二宫对自己被人认为处在弱势地位非常不满。他不会承认此种恐惧感，因为这只会让他感觉更加卑微。因此，相反，他在一封又一封信中四处出击。他不仅表现得愤怒不已，而且必须通过说明能证明他在智力上优越地位的无数作案细节，来强烈弥补他的卑微感。

警方永远不会抓住我，因为对他们来说，我绝顶聪明。1. 我只有在作案的时候才看起来像人们描述的样子，在其他时间之中，我看起来完全不同……2. 迄今为止我没有留下任何指纹，这与警方所说恰恰相反……我戴着透明的指尖保护装置。实际上我是将飞机用胶合剂涂在两只手的手指尖上——几乎不露痕迹，但是非常有效……如果你们对我为什么擦那辆出租车感到奇怪的话，我实际上是要留下假线索，好让警方跑遍整个城市……我喜欢整治蓝制服的猪。嘿，蓝制服猪，我在公园中——你们在用救火车来掩饰你们的巡逻车呼啸来去的声音……补充一下。那两个警察简直就是傻瓜，当时我离开那辆出租车已经三分钟了。我正从山坡上走下来到公园中去，这时那辆警车停下来了，其中一个警察叫我过去，问我是否看到什么可疑的人……我说是的，我看见一个男子，手中还拿着手枪往那边跑了，那两个警察就突然加大油门，在拐角处转了个弯。我叫他们这样做的，之后我就消失在公园里……嘿，猪们，难道你们不会因为自己犯下的各种错误而后悔不已么？

就像“山姆之子”一样，大卫·伯科维茨也写了很长的信寄给警方，并且最后，我们可以清楚地看到，他的精神状况已经变得越来越糟了。

12月，黄道十二宫寄来了另外一封信，里面附了保罗·斯代因的另一块衬衫碎片，这次他是把信寄给了梅尔文·贝利。这次他把自己的话写在了一张圣诞节贺卡上，并且语调也和上次那种谩骂攻击完全不同了。他开始祝梅尔文“圣诞节快乐”，然后就说希望获得帮助，并表达了某种不安全感。

亲爱的梅尔文：我是黄道十二宫。先祝你圣诞节快乐。我请你为我做的一件事情是求你帮帮我。我无法寻求别人的帮助，因为我里面的这个东西不让我这样做……

黄道十二宫警告说，若没有获得帮助的话，他可能杀死他的“第九个甚至第十个被害人”，暗示在保罗·斯代因谋杀案之后他还在计划更多的谋杀案，尽管他没有提供任何细节。然后他强调“请帮帮我，我要淹死了”，还有“请帮帮我，我很快就要控制不住了”。

梅尔文·贝利对这封信表示了乐观。他公开宣称，这封信表明黄道十二宫意识到自己马上就要被抓住之后，已经打算自首了，并且希望梅尔文能够帮助他逃过死刑、毒气室。梅尔文·贝利甚至宣称有个自称是黄道十二宫的人打电话到他家中，但是他碰巧不在家里，因此那个人就和管家好好地聊了一顿。梅尔文说，他认为当他哪天回家时，很可能会发现他们俩又在聊个不停呢。

多年以后，我已经过世的同事和亲密朋友穆雷·麦伦对这封信提出了一种截然不同的解释。穆雷认为，这封信表明黄道十二宫陷入了抑郁之中。穆雷认为当不断袭来的抑郁情绪占据了这样一个罪犯的整个身心时，“在此种恶性抑郁情绪的某个阶段，他终于自杀也不是完全没有可能的”。我认为黄道十二宫最后可能确实自杀了，但是我同样相信，即使在此种抑郁情绪之下，他写那些信，还是为了操纵、支配和控制收信人；并且他知道，他可以以此操纵、支配和控制他们会接触到的更大范围内的人。因此，当这个无名罪犯确实在圣诞节期间感觉越来越孤单、越来越被社会所抛弃时，我认为他写这封信是为了玩玩公众的同情心：此前他还没试过从公众那里得到同情心呢。为了支持我的判断，我在这里要指出，尽管梅尔文·贝利一再保证他会确保黄道十二宫逃开死刑、毒气室，并且竭尽全力帮助他，但是那个杀人犯还是再也没有和他联系过了。

正如我早些时候曾指出的，当你在分析此种类型的罪犯时，你会碰到的一个问题是，有许多案件看起来似乎都是黄道十二宫做的。由于我们面对的这个罪犯几乎总是在杀害陌生人，不断在各地流窜，并在不同犯罪中使用不同的武器和作案手法，因此我们可能在实际上凶手并非他的案件中逗留了过长的时间。同时，我们又得避免犯下没有将相关案件相互联系起来考虑的错误。

一宗可能是黄道十二宫所为的案件

我精选了一些可能和黄道十二宫系列谋杀案联系在一起的未侦破的案件，并且直到目前为止，本章中我所讨论的案件都是黄道十二宫自称应由他承担责任的案件，他还提供了某些细节或物证来证明他所称为实。现在我们来看看另外一个案件。在这个案件中，我们将会体会到，要将一个未侦破的案件包括在或排除在黄道十二宫系列谋杀案之外，是多么的困难。

凯瑟琳·约翰斯，三十二岁，已有七个月身孕。她从她在加利福尼亚州圣伯纳迪诺市的家出发到相隔四百英里的佩特卢马市去。当时是1970年3月22日，星期天，约翰斯当时带着她十个月的女儿去看望生病的外婆（凯瑟琳的母亲）。由于考虑到路途遥远，而且婴儿年纪尚小，于是她大部分时候都决定晚上开车。她是在下午较晚的时候出发的。

午夜的时候，在一三二公路上，凯瑟琳·约翰斯注意到后面有一辆车不停地将车灯打到她身上，并且冲着她按喇叭。后来那个司机开到她旁边，冲着她大喊说她汽车的后轮松了。于是他们就将车停靠在路边，一位不留胡须的、显得干净整洁的年轻男子从那辆车里走下来，他大约三十岁。他说可以帮她把车轮紧一紧。她对他表示感谢。之后，在她和孩子坐在车中的时候，那名男子就到车后面去紧那两个轮胎去了。紧好之后，她就开动了汽车，可是这次有一个轮胎完全掉下来了。然后这个男子就开车折回到路边，说可以带她到附近的加油站去。她看到那个加油站就在前方不远处。接着那名男子就走过去将她的汽车车灯关掉，并将车钥匙取下来拿给她，同时她带着女儿上了他的汽车。

然而，当他开着汽车径直冲过加油站时，他的友好行为就完全消失得无影无踪了。他开着车绕来绕去大约有几个小时，同时不停地对她说他要杀死她和她的女儿。最后，当他转弯时，她带着女儿跳下汽车，并躲藏在路边的一个壕沟中。那名男子本来想追赶她，但幸运的是，这时一辆货车开过来，就在那儿停了下来，这样他就只好开车走了。

许多人之所以认为让凯瑟琳·约翰斯和女儿险些丧命的那个人就是黄道十二宫，是因为她描述的那名男子的外貌很像先前那些案件中自称是黄道十二宫的那个人。当他开着车转来转去时，她就全神贯注地注意各种细节。她告诉警方那名男子比她的五英尺九英寸身高要矮一点，体重大约一百七十磅。他眼镜的边框很厚，并且是用了根橡皮筋固定在头上的。穿着擦得很亮的黑色皮鞋，喇叭裤，白衬衫，外罩一件黑色的尼龙夹克。他脚上穿的鞋子和褐色头发的平头，让她觉得这个男子应当是军队里面的人。

在向警方说明当时情况的时候，她抬起头来，正巧看到在保罗·斯代因谋杀案之后警方散发的黄道十二宫的外貌草图。她说那个男子就是图上画的那个人。并且，就像其他案件一样，她经历的这件事情也是发生在周末，而且是发生在和斯代因谋杀案所在辖区不同的另一个辖区内，黄道十二宫连环谋杀案都是如此。这次事件和警方作出的黄道十二宫是个条理型的罪犯这个一般推断相符。后来查明凯瑟琳·约翰斯的汽车已不在原地，并且已被完全烧毁了，显然罪犯是想以此来消灭任何可能留下的证据，这特别符合前面那一推断。这和黄道十二宫的罪行在逐步升级的发展趋势也是一致的，因为他可能会试着和被害人在更长的时间中呆在一起。当时他就是在与哈特内尔及塞西丽亚·谢伯德交谈了一会儿之后才宣布他要杀死他们俩的。这个案件就是那种可能和黄道十二宫有关也可能与之无关的绝佳例子。

1970年4月末，黄道十二宫打破了沉默，寄了一封信给《旧金山新闻报》的编辑，这封信的开头是戏弄式的（他以“我的名字是”开头，但是后面紧跟着的却是十三个符号和字符）。他在信中告诉警方最近已经又杀了十个人了（尽管警方在斯代因案之后还没有发现其他黄道十二宫犯下的其他案件），并且还解释说他为什么没有用他的炸弹去炸校车（最近下雨把炸弹给淋湿了）。此外，信中还画了另外一颗炸弹的草图。最后则将警方挖苦了一下：这封信上的签名依旧是一个内画十字的圆圈，而在旧金山警察局首字母缩写SFPD旁边，还写上了10和0，这就是对抗过程中他和警方较量的过程中双方分别得到的分数。

似乎是为了强调他比警方更重要也取得了更大的成就，一个星期刚过，他又寄来了另一封信。在其中一张很幽默的贺卡中，他再一次威胁说，除非警方公布他上次写来的信中所绘制的炸弹示意图，否则他就要去炸一辆校车。并且他还建议人们开始戴上“很好的黄道十二宫纪念扣……就像……黑人民权主义纪念扣一样……如果我看到许多人都戴着我的纪念扣，会感到相当振奋的”。

我们以前看到过此种心情转变。黄道十二宫写这封信的时候明显处在一种高兴的情绪中。当旧金山警察局长向媒体公布他最近发出的爆炸威胁时，他的自负自大感肯定得到了很大的满足。但是，那颗炸弹的草图却没有公布在报纸上，人们也没有开始佩戴什么黄道十二宫纪念扣。

1970 年夏天对黄道十二宫来说是灰色时期，如果说他的这些信件确实能一定程度上反映他的心境的话。他写了很多信，一个月之中就给《旧金山新闻报》寄了三封信。其中一封信是到那时为止最长的，而且可以说是最具创造性的。 7 月末他寄来一封短信，表达他对“旧金山湾区的人们”的愤怒之情：“他们没有满足我的愿望，没有佩戴精美的黄道十二宫纪念扣。”他提到，尽管他曾经警告过如果人们不顺他的意愿他就要“炸毁一辆校车”来报复，但是当时是暑假，学校都停课了，“因此我会以另一种方式惩罚他们。我用一把三十八毫米口径手枪射死了一位坐在公园里的男子”。这次他写上了新的分数，他得分十二分（十二个被害人），而旧金山警察局还是零分。此外，在这封信中，他还附上了一张菲利普斯六十六号公路附近、旧金山湾对面的迪亚波罗山地区的交通线路图，此外还有两行密码。他说这两个东西代表了他会在什么地方安置炸弹。他强调，警方至迟必须在秋天之前将“炸弹找出来”。

至于他提到的曾经枪杀了一名男子的说法，确实有一位警员被人用一把三十八毫米口径的枪打死了，但是警方已经确定了嫌疑人，此外侦查人员也没有发现什么迹象表明这是黄道十二宫犯下的另外一宗谋杀案。

这封信的开头是这样的：“我是黄道十二宫。我感到极度不快，因为你们这帮人居然没有佩戴精美的黄道十二宫纪念扣。”然后他接着写道：

……那位女士和她的女儿和我共同奔驰了很有趣的一段路程，过程长达几个小时之久，这是几个月之前的一天晚上的事情了。后来我烧毁了她的汽车……

由于地方媒体对凯瑟琳·约翰斯案件报道甚少，因此许多人认为，上面这些话实际就表明，那天晚上劫持她的那个人就是黄道十二宫。

两天之后，又收到了另外一封信。这封信还是延续了上两封信的愤怒和沮丧的语调，并且将他杀死的人数增加到了十三个。很明显根本没有人佩戴什么黄道十二宫纪念扣，这让他感到非常不快，他警告人们，他们会为此种对他的蔑视付出代价。

我会（除了其他事情之外）折磨那十三个在天堂中等候我的奴隶。我会把其中一些绑在蚁丘上看着他们尖叫、扭曲和蠕动。其他人的指甲下则会被打入松木楔子，然后被烧死……

等等此类。接着黄道十二宫骤显出了他的创造性才能，引用了吉尔伯特和沙利文创作的戏剧《日本天皇》，并改写了其中的一些抒情诗段落。

总有一天会这样的，有一个被害人会被发现。

我手头有一个名单。

我手头有一个名单，上面是一些社会犯罪分子。

他们的行踪绝对隐秘。

他们绝对不会被人们怀念的。

他们绝对不会被人们怀念的。

不同人的签名之间有瘟疫般的细微差别，所有那些人都意志薄弱且笑声刺耳……

接下来他列举了他愿意亲眼看着他们死去的许多人，并且某些地方显得很不连贯。但是这段话能够泄露黄道十二宫的本性。他一行接一行地列举了那些“绝对不会被人们怀念”的人的例子，但实际上是他自己绝对不会被人怀念。但这就是社会的一个剖面，是一份心胸狭隘的名单。在这份名单上他详细列举了他认为曾经轻视过他的种种人。当我们大部分人遇到某人的轻视时，我们要么就直面它，要么根本就不理会它，只管自己奋力前行。但是，黄道十二宫可不是这样。他的内心一直在记着社会对他是如何的不公。这封信就是他对社会进行某种报复的机会。同时，他希望他的才能能够给我们留下深刻印象。

当然，他的“诗行”也不那么符合格律，而且拼写也很糟糕，那些能够让人看出个所以然的东西也并不比原作强。但是至少这首诗的总体隐喻发挥了某种作用，就好像他的这个咏叹调是阎王爷咏唱的一样，尽管我们怀疑他自己是不是会这么认为的。

我们还需要指出另外一点。信后的附言写道：“迪亚波罗山代码和弧度有关，它正好符合弧度。”我要提醒大家注意弧度这个数学上的角度单位。在这里我不想死抠这句话（我也不会对这个无名罪犯的所说所为锱铢必较），我这样做是因为有一派人就是通过数学分析来将黄道十二宫的各个作案现场联系在一起的。例如，这些人就认为，保罗·斯代因谋杀案之所以发生在比他记在行车日志上的地址要远一个街区的地方，是因为凶手要让斯代因死在他事先在地图上精确测算好的位置上。这就是为什么黄道十二宫突然之间不再攻击年轻情侣而转向出租车司机的原因了。他还能如此容易地让其他人精确地出现在他计算好的这个位置上吗?

当然，其他人则可以宣称，黄道十二宫当时的新作案基地是旧金山，他需要找一个能让他轻松逃走的犯罪现场。由于他对普利西迪奥及其周围环境比较熟悉，因此他认为那个地方正好适合。不论你对这个问题是怎么看的，黄道十二宫提到弧度是有一定意义的，因为大部分普通人可不会想到弧度这个东西。此外，再加上他信中的“诗行”是取自吉尔伯特和沙利文的作品，全部这些都表明黄道十二宫是个受过良好教育但同时又是一个识字数量不够多的人——这可是一种奇妙的组合。这或许能够解释为什么他在犯罪现场偶尔会陷入无条理状态了（比如他心中能够记着要擦干净保罗·斯代因的汽车，但是最后却还是留下了两个血指纹）。

如果你同意的话，我认为他可能见多识广，但是却样样都不精通。这就是为什么旧金山的托斯奇和阿姆斯特朗所采取的一种调查策略没有任何成效的原因所在了。他们对旧金山市专门表演吉尔伯特和沙利文戏剧的街灯戏剧公司的演职人员进行了调查。有趣的是，在保罗·斯代因被枪杀之后的一个星期，普里逊特仙剧场上演了戏剧《日本天皇》，剧场离犯罪现场不过十个左右的街区。我认为，尽管黄道十二宫足够聪明，但他可不是什么能够成为演员的人。我们应当着重调查幕后人员，特别是具有某种专业特长的人。但是他在戏剧上的此种兴趣肯定会给周围为数不多熟悉他的几个人留下突出印象，因为这看起来似乎与他对数字和代码的兴趣反差太大了。

写给媒体的一封信

那年秋天的新发展完全动摇了整个侦查工作。首先是黄道十二宫给《旧金山新闻报》的著名刑事调查记者保罗·艾弗里发了一张万圣节贺卡，上面写着："你死定了！"于是艾弗里就开始带枪在身边，并且他和其他同事都开始佩戴写着"我不是保罗·艾弗里"的徽章。《旧金山新闻报》和其他报纸对这张贺卡做了广泛报道，许多人写信给艾弗里出主意，其中还有一封信来自南加利福尼亚。

一封信（不是黄道十二宫写的）怂恿艾弗里调查黄道十二宫犯下第一宗罪行的地点是不是加利福尼亚州河滨市。当时一个年轻的姑娘在万圣节前夕被人杀死了，至今没有破案。匿名写信人还说，他向警方提出了此种可能性，但是警方对此不屑一顾。

如果你们读得仔细一些的话，你们肯定会回想起谢莉·乔·贝茨谋杀案，这是本章中提到的第一起案件。我们可以回想一下那封写得很详细的信，现在看起来，那封信和黄道十二宫对简森/法拉第案及费琳/马高案所进行的不辞劳苦的描述是多么地相像！想想约瑟夫·贝茨、警方和媒体收到的信件上面的签名都是字母Z。当时我没有说明的是，就像后来黄道十二宫寄来的信件一样，那些信件上都多贴了邮资。

我总是强调，在分析连环犯罪案件时，我们需要注意第一个案件，因为那个案件会告诉你当时还不那么熟练的罪犯在什么样的地方感觉最舒适。第一个案件的犯罪现场肯定和罪犯居住地点或工作地点很接近，他第一次犯罪时的行为是最自然的，也是最能说明问题的，因为他当时还没有改进他的作案技巧。

贝茨案件中的无名罪犯从这个案件中学到了什么呢？首先，他懂得了即使是个娇小的女士也可能是难于控制的。后来发生的几次闪电式的枪击案件就没有这个问题了。此外，他发现他犯下这样一宗狡诈不堪的罪行之后，居然没有得到他认为自己应当得到的关注。他费尽心机设下陷阱，杀死了谢莉·乔·贝茨，然后轻松脱身，但是却没有人注意他在谋杀案的六个月纪念日直接寄给警方、被害人父亲和媒体的信件。因此他懂得了，如果未来想得到人们的承认的话，他必须提供细节或者可见的证据。

但是如果贝茨案确实是黄道十二宫所为，而且他这么喜欢被人关注的话，那么他以“黄道十二宫”确立了自己的声名之后，为什么不提出证据证明自己就是贝茨案真凶呢？其一，我认为，考虑到他心中的卑微/优越情结以及他和警方之间的爱/憎关系，他最后肯定是自我陶醉在这样一种想法中：“我知道你们所不知道的某些东西。”每次读到相关报纸将其他某个案件当作他的第一宗谋杀案时，他肯定会感到特满足。其二，如果贝茨案确实是他第一次作案的话，那么他此前在贝茨家及图书馆附近肯定逗留了不少时间。我不是说他一定认识她，而是说他见过她，而是说他们俩活动范围发生了某种重合。他可能害怕警方过于接近自己的家，如果他不害怕其他事情的话，他还会害怕某个人会从每次犯罪地点发生变化的日期中看到某种联系。我认为，贝茨被杀至少是黄道十二宫系列谋杀案的一部分，如果不是他的第一宗谋杀案的话。我的这种观点也得到了诸如加利福尼亚刑事鉴定和调查局的谢伍德·默里尔这样的笔迹专家的结论支持，谢伍德·默里尔认为贝茨案中刻在书桌上的字以及“贝茨必须死”的笔迹和黄道十二宫后来写的信的笔迹是一致的。

我还认为，当贝茨案和黄道十二宫第一次被警方联系在一起之后，黄道十二宫就突然停止与外界联系了，这并不只是一种巧合。他于 1971 年

3 月给《洛杉矶时报》写了一封信，这是他第一次和这份报纸联系。在那封信中，他再一次吹嘘说，那些“蓝色蠢材”永远不可能抓住他，还宣称，“他们在那里忙乱、瞎折腾的时间越长，我为我死后的生活收集的奴隶就会越多。”

他确实承认贝茨案是他所为，但同时讥笑了警方。他说道：“他们只会发现那些容易发现的案件，有许多他们还没有发现的案件呢。”这次，他给自己的分数是 17+，而警方还是 0 分。约一个星期之后，保罗·艾弗里收到了一张明信片，上面宣称他准备在塔霍湖附近的一所公寓中作案，此外还有黄道十二宫惯用的签名：一个中间画上了十字的圆圈，以及从报纸上剪切下来的句子。上面没有提供什么明确的信息，侦查人员试图分析这张明信片的意思，并对塔霍湖那里没有侦破的案件进行了调查，看看这张明信片是不是意指另外一件谋杀案。但是没有发现什么能和黄道十二宫联系起来的东西。

“最好的讽刺喜剧”

接下来的三年中，外界几乎没有得到黄道十二宫的任何消息。1974 年 1 月末，《旧金山新闻报》收到了另外一封信，其中的笔迹还是人们熟悉的那种。这封信写道：“我认为‘驱魔法师’是我看过的最好的讽刺喜剧。”之后就是不断引用了《日本天皇》中的段落，尽管有许多拼写错误。当时，他将他杀害的被害人人数增加到了三十七个。

当年的 5 月和 7 月，他又给《旧金山新闻报》写了两封信。5 月份那封信充满了愤怒，批评《旧金山新闻报》刊登了电影《荒地》的广告。这部电影是根据一九五〇年代发生的查尔斯·斯塔克维塞/卡里尔·安·福格特谋杀案拍摄的，黄道十二宫明显认为这部电影过于暴力，不符合他的优雅口味。7 月份那封信则对《旧金山新闻报》的内容提出了类似的批评，这次还专门提到了一个专栏作家的名字。这吓得那个专栏作家离开了《旧金山新闻报》一段时间。

然后，几乎隔了四年之后，黄道十二宫于 1978 年 4 月写来了他的最后一封信。这封信很简单：

亲爱的编辑：我是黄道十二宫，我回来看望您了。告诉欧伯·卡恩我在这里，我一直都在这里。那个叫托斯奇的城市猪很不错，但是我比他（删掉了一些字母）更聪明更优秀，他会疲倦的，而我则因此逍遥自在。我正等着去看一部有关我的电影呢。不知谁演我。我现在已经掌控了一切。您诚挚的：

下面就是他惯用的签名了，此外还有一个分数：黄道十二宫——（请猜猜），洛杉矶警察局——0 分。

我认为这些信之间隔这么多年是很值得注意的。他可能是因为某些轻微罪行而被投入了监狱，尽管他为此沮丧不堪，但同时又为刑事司法体系并不知道他们面对的就是黄道十二宫本人而心满意足。他之所以突然默不作声了很可能是因为他外出旅行了，或者是去执行新的军事任务了（如果他能够呆在军队中的话），或者是因为生病了。我认为还有一点值得注意——不论他是否有意识的，他在这封信中写到了他整个生命中最主要的主题和动机。他肯定了他的存在（“我在这里”）和他的价值/优越性（“我比他……更聪明更优秀”）。他还说出了他想不被人打扰的愿望，以及他希望得到人们承认的矛盾心理（“我正等着去看一部有关我的电影呢”）。最后，他说出了像他这类的罪犯都会最终宣称的东西：“我现在已经掌控了一切。”对于一个没有再进行可资吹嘘的凶杀、没有什么真正的理由将对话继续下去的人来说，这看起来就好像是自杀宣言。

实际情况很可能就是如此。

尾 声

这么多年已经过去了，现在已经可以有把握地说，黄道十二宫不大可能重新出现在旧金山湾区继续他的恐怖统治了。但是人们还是不断地问我，我们当时是否可能做点别的什么事情，并最终抓住他呢?

到 1980 年时，我已经在匡迪格市好几年了，并且已经进行了一定的研究。这时我听说联邦调查局希望重新审视一下黄道十二宫系列谋杀案的文献。我记得当时我们得到了一些信件，并且和穆雷 · 麦伦讨论过很多次，研究我们所采用的分析方法上的细小问题。但是还没等我们展开深入工作，那些信就被收回去了。我到现在还不知道到底是什么东西让联邦调查局突然之间对黄道十二宫系列谋杀案有了新的兴趣，也不知道是什么东西使得我们突然之间不能再涉足其中。而当时，就像平常一样，我已经忙得不可开交了，所以也就没有细究。

我确实认为，如果我们今天要面对这样一个案件的话，可能可以成功地运用本章中提到的那些心理战术。对付这种罪犯，犯罪行为分析远不及利用罪犯的兴趣和弱点的心理战术重要。

在黄道十二宫案中，我们可以利用的心理因素可能包括：罪犯想嘲弄警方，并且要表现得胜出警方一筹；他希望他的罪行能给他带来声名；他极为希望能够确立自己的可信度。

我认为最后一点是他最大的一个弱点，因为像他这样的罪犯通常都不会追求这种可信度的。像他这样的人都很偏执，他们根本不需要那种关注。这就进一步证明了，谢莉·乔·贝茨案应当是警方侦查行动的一个核心。他开始不想人们知道这宗案件也是他干的，但是后来又承认了，因此肯定有些什么蹊跷。

他和其他杀人犯之间的最大共通点可能就是，他总是在外面寻找攻击目标，这可以从以下事实中得到证明：很多人报告说曾看到一辆可疑的汽车总是在赫尔曼湖滨路的犯罪现场附近转悠；另外，许多证人说，在塞西丽亚·谢伯德和布赖恩·哈特内尔遭到攻击的那天的整个下午，他们都曾看到一个奇怪的男子在伯丽爱沙湖附近游荡。就像其他罪犯一样，黄道十二宫可能也受到媒体对他的报道的影响。读者想必还记得，当警方提出要他提供费琳/马高案件的细节时，他对之作出的反应是多么的快。我认为，在谋杀案的各种纪念日上，将黄道十二宫引诱到被害人的坟场上或纪念仪式中来，这是有可能的。

黄道十二宫所犯罪行的作案特征就是不断地嘲弄警方。凶杀行为不过是他的优越性的一种象征而已，他要通过这些谋杀案来消除他内心极强的卑微感和无能感。任何能让他觉得自己能使警方俯首称臣的战术都可能是可行的。例如，警方可以回到他所干的第一宗案件（河滨市的贝茨案）的发生地，宣布举行一个社区会议，负责人员将会告诉居民案件的最近进展。为了让他自我膨胀，警方可以宣布市长或其他要人会出席会议。警方应当在某个公共场所（比如一所学校）举行这个会议，但是会议地点应当是让人们非开车去不可的一个所在。警方可以对听众录像，寻找那个笑得最开心的人。警方应当记录下停车场中每一辆汽车的牌照，因为罪犯的车可能就在那里。同时，警方应当宣布他们希望社区参与这宗案件的侦破工作。警方可以这样说，有兴趣协助案件侦破工作的任何人在今晚离开之前可以进行登记。警方甚至可以对愿意做志愿者的人提出点要求，以更好地找到嫌疑人，只要不要太明显就行。比如警方可以说，任何愿意志愿协助警方的人都必须超过十八岁，必须有自己的车，并且必须熟悉这片地区。如果懂得一些简单的警方手续就更好了，但这不是必要条件。如果有五百个人签名注册做志愿者的话，警方至少就有一个工作清单了。警方首先排除所有女士，然后在剩下的男士中寻找嫌疑人。

这是我认为不错的一个主意，尽管它可能并不能让警方获得足够的或者正确的信息。当电影《黄道十二宫》在旧金山的金门剧院上映的时候，可以邀请观众填写一张单子，让他们来猜测为什么黄道十二宫会犯下那些罪行。提交最佳答案的人将得到一辆摩托车。这可能正好迎合了黄道十二宫想表现得强大、有男子气概的欲望，因为这让他有机会炫耀他到底知道多少，或者，至少也可以让他再一次神不知鬼不觉地嘲笑警方。就像我们从他后来写的那些信中所了解到的，黄道十二宫喜爱看流行电影，而且特别想看那部表现他自己的电影。

那么谁是黄道十二宫呢？或者更好也是更有意义的问法是：他的个性到底会是怎样的呢？

有一个男子曾经被旧金山谋杀案侦探戴夫 · 托斯奇说成“极有可能就是嫌疑人”，而且罗伯特 · 格莱史密斯在研究这个案件时也对他进行了深入详细的调查，很显然符合黄道十二宫的形象。这名男子：高度聪明，智商估计大约一百三十五；成年以后大部分时间都和母亲生活在一起，跟母亲总是矛盾重重；接受过化学教育和密码训练；是一个猎人，曾对朋友说“人是最危险的猎物”；每宗黄道十二宫案件发生时，他都在犯罪地点所在的相应辖区内。他曾经是河滨市学院的学生，住在其他犯罪地点附近，并且在伯丽爱沙湖案发的那个下午就在那里，还因为超车而被罚款。他的嫂子曾经看到他拿着一张写满奇特符号的纸。在发生伯丽爱沙湖谋杀案的那天，有人曾看到他的汽车内有一把血迹斑斑的匕首，他解释说用那把匕首杀过鸡。并且在黄道十二宫不给外界写信的几个时间间隔之一中，这名男子恰巧就因侵犯儿童罪而在狱中服刑。他自己告诉别人之所以被捕是因为他就是黄道十二宫。尽管有以上情况和其他许多显示他可能就是黄道十二宫的更为间接的证据，警方没有找到任何可以逮捕并指控他犯下了黄道十二宫罪行中任何一个的直接证据。这名嫌疑人于 1992 年死于心脏病，时年五十八岁。

还有其他一些嫌疑人，但是我认为，任何极可能的嫌疑人都会有我上面列举出来的特点，因此我这里没有说出上面这个男子的名字。这些嫌疑人中还没有哪个人被交付审判。这里我们需要考虑的重要问题是，我们必须加深对此种案件的理解，以使自己能够像罪犯对付我们一样，对他们采取成功的心理战术。

第五章

美国梦/美国噩梦

总是会有一些永远困扰我们的犯罪案件，其中被害人的故事是如此催人泪下，犯罪的性质是如此罪大恶极，以至我们永远不能将它们忘却。但是我们希望，随着法医学和行为学的发展，那些让我们困惑不已的案件会越来越少，而且它们困扰我们的原因不会完全是因为它们未被侦破或者最后结果引人质疑。在前一章中我们看到，要侦破一个现代连环杀人犯所犯下的系列罪行，那种在“过去”很奏效的、获得实践证明的传统侦查战术，已经不敷使用了。黄道十二宫之所以不断挫败警方，在很大程度上就是因为他的动机不符合传统作案动机，如贪婪、忌妒、愤怒和报仇等。这些传统动机让人一目了然，至少也是能够迅速查明的。它们决定了罪犯对被害人和作案手法的选择，并最终决定了警方的侦查方法。

接下来我们将考察三个案件，这三个案件格外清楚地表明了罪犯的作案动机（或者缺乏明显动机）在帮助我们理解相关罪行并指导我们的侦查活动上能发挥多么大的作用。为了更进一步地说明这一点，我们先来看看一桩发生在刑事侦查分析学或侧写出现之前很早的案件：“黑色大丽花”谋杀案。

“黑色大丽花”

伊丽莎白·肖特曾经编织过宏大的梦。她的故事就是她那个时代的女性努力挣脱社会强加给她们的枷锁的一个缩影。她放弃了婚姻和家庭，为的是能够有一番事业，能够博得声名，还有好莱坞的绚丽光环。具有讽刺意味的是，她那悲惨的死亡确实给她带来了她渴望已久的声名：媒体将命运万般悲惨的她幻化成了一个即将成为美丽新星的浪漫形象。

正如司徒尔特·斯维奇在给约翰·吉尔摩研究这个案件的著作《魂断梦牵》中所言：“黑色大丽花谋杀案，与诸如情人节大屠杀和林德伯格绑架案这样登上报纸头条的案件不同，是第一个绝对抓住了二战之后美国人注意力的案件。”

1947年1月15日，上午大约十点钟，贝蒂·博辛格当时正和她三岁的女儿在外面散步。这时她似乎看到三十九街一片草长得老高的空地上，躺着一具已经破碎的、百货公司里用的那种石膏人体模型。当她走近时，发现实际上是一具被肢解的妇女裸尸。

尽管几个证人曾经在附近看到了很多汽车，但是经过这个地方的人至少在八点三十分以前都没看到那里有尸体。

警员弗兰克·伯金斯和维尔·菲茨杰罗德来到了现场。根据他们的判断，这名已经死去的妇女的姿势中有性的意味：她仰面朝天，双臂举到了肩膀上，肘部弯曲，大腿张得很开。由于她自臀部以下的下半身都以一定角度往上翘着，因此警方推断她死之时可能半卧着。在死了之后，她被人拦腰切成两半，这两部分正对在一起，中间相隔大约十英寸。肝脏露出来了。脸部和胸部被砍得血肉模糊。两边嘴角都被切得很开，似乎罪犯要让她的嘴能够笑得更开一些、更怪诞一些。脚踝、手腕和脖子上都有捆绑的痕迹，因此警方推断她曾被人捆着脚踝倒吊起来，并遭到折磨。阴部和肚脐之间有一个看起来像子宫切除手术留下的伤疤。她的阴毛要么是被剃掉了，要么就是被拔掉了。

现场马上就挤满了记者、摄影师和旁观者。尸体被运到洛杉矶停尸房去提取指纹。借助《洛杉矶监督报》的设备，指纹被发送到联邦调查局。联邦调查局认定指纹是二十二岁的伊丽莎白·肖特的。她曾经在一个军中福利店工作过，因此当时就提取过她的指纹。她还曾经因为和几个男子在圣巴巴拉市库克营附近的一个酒吧呆了一晚上而被当作少年犯逮捕起来。

尸体解剖结论表明，最初她的尸体是面朝下躺在挂满露水的草丛中的，但是后来被翻过来了，并且在抛弃在这里之前，她至少已经死亡了十个小时。还有一些证据表明，在那段时间中，为了保存她的尸体，罪犯可能将她冰冻过。尸检报告上列明的死因是“因为大脑受撞击和脸部被砍伤而流血过度”，但是有证据表明她下腹部一根被切开的动脉流出了大量的血，因此她可能是在一息尚存的时候就被罪犯拦腰切断了。她的体内和体外都没有发现精液，但是对她的胃的检查发现，在遭折磨的过程中，她被强迫吞食大便。她死后，尸体和头发都被精心洗刷过。

被害人伊丽莎白·肖特于 1924 年 7 月 29 日生于马萨诸塞州的海德公园市，是克莱奥和菲比·肖特五个女儿中的老三，很小的时候就搬到了波士顿附近的梅德福德。在伊丽莎白还小的时候，克莱奥就假装自杀，抛家弃子，扔下孤零零的菲比。多年以后，克莱奥从加利福尼亚打来电话，希望和菲比复合，菲比拒绝了。

年幼的伊丽莎白因为哮喘和肺结核而生病，后来不得不做了重大的肺部手术，因此菲比于 1940 年把她送到了佛罗里达的迈阿密，当时她十六岁。这样一来她就辍学去做了酒店服务生。直到来到加利福尼亚以前，她一直呆在佛罗里达。

家人和朋友都叫她“贝蒂”，但是当她已经出落成人时大家都改口叫她“贝丝”了。她身高五英尺五英寸，体重一百一十五磅，蓝眼睛，黑头发。人们都说她是一个甜美的、浪漫娇弱的姑娘。她一直想嫁一个军人，最好是飞行员。有些人还说她像影星迪安娜·窦萍，当时后者可是少女们的青春偶像，经常穿着黑色的衣服。贝丝也开始那样着装，以树立自己的美好形象。

1943 年早期，当时她在库克营工作，曾经和一名“忌妒心强的海军士兵”之间发生了一些牵扯，后来她一直很害怕这个士兵。她一直和别人讲这段故事，因此就成了个人传奇的一部分了。那年夏天，她了解到父亲住在瓦列霍，在梅尔岛海军基地工作。父亲让她搬进去住，但是父女俩之间的关系一直很紧张。克莱奥不喜欢贝丝整天对男人想入非非，也不喜欢她的懒惰和邋遢。她在库克营附近的酒吧中被逮捕之后，就被送回了梅德福德。但是，她的目标一点没有动摇，她要成为好莱坞的女星。

1945 年新年前夕，她到迈阿密海滩走访了一些亲戚，和一位名叫马特·戈登的飞行员坠入爱河，但是后来戈登被派驻海外。有一种说法是他们定亲了，另一种说法是戈登已经有了家室，所谓定亲不过是贝丝心中单方面的幻想罢了。无论如何，她曾向一个朋友透露自己是处女。大约就是这时候，她收到了戈登母亲发来的一份电报，说儿子已经死了。大约两年之后，当她死时，她的个人物品中还保留着报道他死亡的消息的报刊文章。

她于是到加利福尼亚的长滩走访了一位老朋友戈登·菲克林，他也是一位军人。他让她住在离军事基地有几英里的一个旅馆中，但是他们俩之间的关系似乎没有什么进展。

大约也就是在这个时候，雷蒙德·钱德勒拍摄的、由维洛尼卡·莱克和阿兰·拉德主演的电影《蓝色大丽花》上映了。她的一些军人朋友就开始称她为“黑色大丽花”。这不仅因为她有一头乌黑亮丽的头发，还因为她喜欢穿黑衣服，从内衣裤到手指上的戒指都是黑色的。她涂红色唇膏和指甲油，并不断说自己要成为演员和电影明星。这一切都让她成了一个光芒四射的人物。

贝丝喜欢好莱坞的夜生活，并且总是希望自己出现在能被星探“发现”的正确位置。呆在那里的大部分时间中，她都逗留在那个神话般的好莱坞大街和葡萄大街之间的十字路口。但是尽管有着种种美梦，她的生活似乎毫无目的，甚至有点庸俗、追寻刺激，为了让别人将她引入好莱坞或能让她顺遂心愿，她什么都可以做、什么都可以说。她与其他七名妇女一起租了间公寓，后来无力承担她的那份房租了，于是就南下圣地亚哥。在那里，富有同情心的多罗西·弗伦奇让她到自己家中居住，因为当时弗伦奇发现贝丝睡在她工作的那个电影院中。贝丝于是和弗伦奇夫妇住在一起，她不工作，也没有钱，生活费都是弗伦奇夫妇提供的。后来一位名叫罗伯特·曼利（绰号雷德）的管子接头推销员让她搭乘汽车回到洛杉矶。1947 年 1 月 8 日晚上他们俩呆在了一起。第二天，他把贝丝送到比尔特摩旅馆，因为贝丝说要到那里去探望她姐姐。

雷德·曼利成为贝丝谋杀案中的主要嫌疑人。洛杉矶警察局对他进行了严厉的审讯，两次对他进行了测谎。两天之后，他被释放了，但是因为身体过于疲劳而病倒，后来不久他还因为抑郁而接受了休克疗法。1954

年，当时他是帕顿州立医院的精神病人，他不停地说自己犯下了一宗谋杀案。他死于 1986 年，距他将贝丝送到比尔特摩旅馆的那天正好三十九年。

警方发现了贝丝在公共汽车总站寄存的行李，里面有相片、衣物以及一些信件。这些信件有的是她要寄给她认为可能和自己有罗曼蒂克关系的一些男士的，有的则是那些男士寄来的。警方接到了无数认识贝丝的人打来的电话，但是她父亲却拒不合作，说从 1943 年起他就再也没有见过她了。一位比警方更快追踪到贝丝母亲的记者，将贝丝的死讯告诉了她。贝丝的母亲来到洛杉矶认领女儿的尸体。经过验尸之后，贝丝被埋在了奥克兰的山景公墓中。警方指望会有陌生人参加她的葬礼，这样他们可能得到一些线索，但是没有陌生人出现。

不久之后，《洛杉矶先驱监督者》收到了一个包裹。包裹附随的短笺上用报刊字体写着“这是大丽花的财产”和“还会有信件寄来”。包裹里面是贝丝的社会保障卡、出生证明、一份电报、她和许多军人的照片、商务名片、报道马特 · 戈登死讯的剪报，以及寄存在公共汽车站的行李的几张行李票。里面还有一本通讯簿，有几页被撕掉了。警方在一月底收到一张短笺，似乎凶手打算自首。但是后来警方又收到了另外一张短笺，这次凶手说他改变了主意，因为他杀死她是合情合理的。

1 月 26 日，警方在东二十五街边的一个垃圾堆中发现了一个手提包和一双软羔皮鞋。曼利说是贝丝的。这表明凶手可能已经往北部逃窜了，并且可能返回过凶杀现场。但是这一发现没有给侦破工作带来任何进展。

警方和媒体提出的有关黑色大丽花的凶手的一些说法，几乎和开膛手杰克案中出现的种种猜测如出一辙。有些人认为这是凶手第一次杀人，并且从尸体肢解情况来看，凶手有一定的医学知识并受过一定的医学训练。

另外一些人则认为凶手是一个连环杀人犯。其中有一种观点认为凶手就是“金斯伯里镇的疯狂屠夫”。自 1935 年到 1938 年，这个人在克里夫兰总共杀害并肢解了十二个人。人们认为他是一个痛恨女性的同性恋性变态杀人狂。那三年之后，凶手似乎突然停手了，而警方也没有侦破这个案件。

洛杉矶警察局凶杀侦查队队长约翰·多纳霍和他手下的一些警员则认为，根据贝丝身上受的伤来判断，凶手极端残忍；此外贝丝曾经围绕着女性转，于是他们据此推断凶手是一个女性，这让我们想起“开膛手吉尔”这种说法。他们认为，贝丝手臂上的抓伤就是一个忌妒她的女性朋友抓的。

警方调查了各种嫌疑人，将他们抓起来，对他们进行审讯，但是这些人中没有一个被证明是真凶。其他人，包括男性和女性，则承认是他们干的。但是他们中的许多人（如果说不是大部分人的话）都有些精神不正常。

媒体迅速抓住了这位被残酷杀害的未来女星年轻漂亮的形象，它们的报道成功地激发了公众的想象力。就像此前和此后发生的许多受到广泛关注的案件一样，贝丝的死致使当地发生了几起以之为原型的性犯罪。贝丝的尸体被发现的三天之后，玛丽·泰特遭到残忍袭击，最后被人用丝袜勒死。一个月之后，珍妮·弗伦奇被人残酷肢解，凶手还用唇膏在尸体背上写上了各种淫秽话语。之后又有一名妇女被杀害了。接着，在整个夏天，又有三名妇女悲惨地死去，要么是被打死的，要么是被勒死的。所有这些案件似乎都带有某些和贝丝·肖特案类似的特征：被害人死后被转移到另外一个地方，其中有些被害人是酒吧中的常客，有些尸体则裸露着。警方努力工作着，希望发现它们之间是否真的存在什么直接联系。

当警方正在就贝丝案展开调查的时候，他们发现外表和事实之间存在巨大反差。黑色大丽花在加利福尼亚几乎生活在贫困线以下，基本上是无家可归的。警方得到了许多有关贝丝·肖特的谣言。其中最引人注目的就是她的阴道发育不健全。许多说法是，尽管她无法和她的男性朋友进行阴道性交，但是她和他们口交，以换取她需要的任何东西，包括鞋子、衣服和夜宿之所。她的真实面目和她真正做过及没做过的事情，都淹没在了种种有关她的神话之中。

黑色大丽花案之所以让公众不安，是因为在这个案件中，辉煌灿烂的光环瞬时之间就变成了一种绝妙的讽刺：美国梦转眼就成了美国噩梦！但是，我在这个案件中所看到的则比这个更加悲惨。伊丽莎白·肖特追求的东西总是躲避着她。她有两个人生目标：成为电影明星，嫁给一位军人；前者会给她带来声名和财富，后者则可以给她带来稳定正常的家庭生活。当时，电影明星给人的印象是处在社会的顶层，但现实是军人才是真正的英雄：是他们刚刚拯救了世界。这两种生活的任何之一都能够让她幸福，但是以她的背景和个性，她不可能实现任何一个。就像好莱坞本身一样，她徒有其表而无其实。才二十几岁，她的美貌已经开始凋谢。她的牙齿已经开始变坏，这是因为她没有钱去看牙医。她从来就没有成为电影明星，甚至也不是什么未来女星。她只不过是一个希望得到一点属于她自己的东西的贫穷而悲伤的女孩儿。

贝丝·肖特年轻、情感脆弱、生活困窘，具有极大的依赖性。她的生活方式（我没有说这种方式是她选择的，但是我认为我们似乎必须承认这一点）使她成为一个高度危险的被害人。就像田纳西·威廉姆斯笔下的布兰奇·杜布瓦一样，她依赖陌生人的恩舍。她很容易成为那些想玩弄或伤害女性的人的目标。杀害她的凶手可能就是那种几乎总是在寻找猎物的人。他可能在一英里外就已经看到她了。

这宗谋杀案后来被归结为色情杀人案，因为被害人在死之前明显受到了残酷折磨。但是我认为这个无名罪犯和我们在开膛手杰克案中看到的那个罪犯可不同，他并不处在一种疯癫狂暴的状态之下。他不是把被害人的内脏取出来，而是把被害人拦腰锯成两半，并且还清洗了尸体，这都说明他知道他应当毁灭证据。清洗尸体是为了消灭法医证据，而将尸体拦腰锯成两半是为了更好地、更隐蔽地搬运尸体。这些都是一个有条理的罪犯的行为，当然这个案件中还有其他一些无条理的因素，因此凶手是一个居于有条理罪犯和无条理罪犯之间的人。

由于尸体是在一片空地上被发现的，因此我们知道它至少被搬运了一定距离。我们还知道，在尸体被发现之前，这片地区来来往往已经有不少人了，并且尸体在被抛弃在那里之后不久就被人发现了。从这里我们推断，肯定有某个过路人看到了凶手，只是没有引起过路人的太多怀疑而已。这说明，他可能是用一个袋子把尸体搬运过来的，甚至用了两个袋子。将尸体分别放在两个袋子之中，搬运起来要容易得多。

当然，如果法医检验能够证明贝丝是在活着的时候被拦腰锯断的，那么我就要对我的分析作出修正了。我还会认为这是个色情杀人案，但是罪犯可能是个更无条理的人，精神上也可能更加失常。

我们还可以推断，凶手可能有自己的汽车。因为，坦白地说，几乎没有其他什么方式可以将尸体搬运到这片空地上，并且在这种事情上是不方便借朋友的车来用的。通常说来，我们见过的色情杀人狂都不开车。最常见的情况是，他们的个性是无条理型的，往往就处在得精神病的边缘。而且，在 1947 年，有车的人比现在要少得多，因此一个个性属于无条理型的人要有辆车那就更加罕见了。这让我们了解到罪犯的一些事情。他还是正常的，并且不是在一天二十四个小时之内都是无条理型的。例如，他可能是个长期酗酒的酒徒，但是由于他能够很好地隐蔽或处理这个问题，因此还是能够保持一份工作。而且他必须有钱来维护他的汽车、有钱购买汽油，等等。他可能是个体力劳动者，他的工作可能和血有关，比如在屠宰场工作。或者，他可能是一个老练的猎手。

要完成他在被害人死前和死后对其所做的一切，他必须有自己的房子或公寓。它可能狭小、破败，但是只要隐蔽就行，里面有自来水，并且他知道在那里他不会受到打扰。因此，我们可以推断罪犯不可能是个穷鬼，至少和被害人贝丝相比应当如此。他必须有钱租房子并支付汽车的开销。即使车是偷来的，他还是需要一个隐蔽的所在。

贝丝的尸体被抛弃在会被人们迅速发现的一个地方，而不是几天甚至几个星期都不会被人发现的位置，这告诉我们，罪犯想以自己的罪行来刺激和羞辱社区公众。他还和警方联系过，这对此种类型的罪犯来说是很罕见的，这更说明他是个混合型的罪犯。无名罪犯希望得到承认，就像黄道十二宫一样，尽管他不像黄道十二宫那样有条理、聪明和孤僻。

在讨论开膛手杰克连环谋杀案的时候，我们已经分析过色情杀人狂的常见动机。在这里我要在这些动机中补上虐待因素：罪犯对被害人的羞辱（例如，强迫她吞食大便）。并且罪犯对弃尸地点的选择也表明他要以自己的罪行向世人发出一个声明。他针对的不仅仅是这位具体的女性，而是所有女性。他对弃尸地点的选择进一步证明了他的反人类品性。

所有这些因素都是很重要的，因为作为显示动机的指征，它们告诉我们这不可能是一个心生妒意的男友在一时冲动下作出来的。同样他也不像某些人所提出的那样，是某个喝得醉醺醺的、追求她不成功的人，当知悉这个女孩实际上根本就是从头到尾都在玩弄他——她根本就没有发育健全，无法和他进行正常的性爱——之后，就疯狂地杀死了她。这些说法，就像说罪犯是个女性一样，都不符合犯罪行为本身所体现出来的无名罪犯应当会具有的动机。

以上这几种犯罪中，我们根本没有看到过此种层次的羞辱和肢解行为。这些行为是某个一直幻想着要伤害女性的人才能做出的：他总是在外面寻找某个他可以支配和惩罚的猎物；而且他心中很清楚，一旦他控制了被害人之后，他要对她做些什么。

洗刷尸体和锯断尸体看起来应当是罪犯的作案手法，因为这样做是为了能够成功犯罪并且成功逃脱。而折磨她并且将被害人的脸切开好让她似乎笑得怪诞一些，这则是罪犯的作案特征了，因为对罪犯来说，这样做在心理上是必需的，能让他获得心理上的满足。

要完成这一切是需要一定时间的。我们已经说明了无名罪犯的个性中的无条理因素，但是，尽管有此种因素，这个罪犯还是能够幻想、计划并实施这个耗费时间的、复杂的罪行。因此我们认为，在罪犯杀害贝丝之前，他可能已经有了一定的犯罪历史了。正如我们所一再强调的，任何人都是不可能在没有犯罪历史和犯罪发展历程的情况下突然作出此类事情的。

我还会建议警方努力找到后来发生的几起所谓的模仿犯罪之间的联系。像他这样的有如此程度的杀人幻想的人，杀人一次是远远不能满足他的。除非外界阻止他，否则他就会继续。我甚至愿意把话说得死一些：即使今天只是看到这样一个孤立的案件，我们也能够立即断定凶手肯定是个连环杀人犯。

正如约翰·吉尔摩在他的著作《魂断梦牵》所写的那样，某些因素表明黑色大丽花谋杀案和一年以前发生的一宗没有侦破的案件有关：在那个案件中，石油家族后裔、美丽的洛杉矶社交名媛乔吉特·鲍尔多夫被杀害了。她父亲当时在纽约为报业大亨威廉·兰道夫·赫斯特工作。在贝丝·肖特案发生之后，为赫斯特《先驱快报》工作的敢作敢为的刑事犯罪记者艾姬·昂德伍德要求洛杉矶警方调查鲍尔多夫案。鲍尔多夫曾经在一次出来消遣时认识了贝丝·肖特。后来鲍尔多夫被人勒死了，被罪犯面朝下地扔在浴缸中，喉咙中塞上了一块毛巾。该案中，警方调查人员没有找到那个约会乔吉特的士兵。那名士兵五英尺四英寸高，肤色黝黑，有一条腿瘸了。乔吉特很害怕这个士兵，并和他断绝了关系。有人看见一个外貌酷似这个士兵的人曾出现在犯罪现场。我认为，我们必须认真考虑这样一种可能性：杀害贝丝·肖特的凶手可能就是杀害乔吉特·鲍尔多夫的凶手。两个案件都是色情谋杀案，都和浴缸有关，而且时间间隔也相对较近。

吉尔摩对贝丝·肖特案进行了广泛深入的研究。在二十世纪八十年代早期，他给警方带来了一份录音带，上面录的是他和一个名叫阿诺德·史密斯的男子的一次谈话。阿诺德·史密斯又高又瘦，有一条腿瘸了，而且犯罪记录无数。他向吉尔摩说，一个名叫阿尔·莫里森的男子杀死了贝丝·肖特，而且莫里森还曾将犯罪细节告诉了他。吉尔摩和约翰·圣·约翰一道仔细研究了史密斯的档案资料。约翰·圣·约翰于六十年代接管了贝丝·肖特案。我还曾经和圣·约翰见过一次面，当时他几乎已经成了传奇人物，是洛杉矶警方的头号警探。他于 1995 年去世，享年七十七岁，当时才刚刚退休两年。

根据吉尔摩的说法，圣·约翰认为史密斯和那个所谓的莫里森实际上就是一个人。有一次，史密斯给吉尔摩带来了一个装着贝丝·肖特物品的盒子，里面有一方手帕，以及她和一个金发女郎、史密斯以及另外一个被史密斯指认为莫里森的男子一起照的相片。

史密斯详细描述了贝丝·肖特被杀过程：凶手莫里森将她带到好莱坞的一个酒店，很明显她当时没有意识到莫里森想和她同床共眠。她拒绝喝酒，并没有什么兴趣和莫里森发生关系。然后他把她带到另外一个房间中，当她想逃走时，他开始了攻击。根据史密斯对吉尔摩的叙述，凶手威胁要强奸她，她就开始尖叫。于是凶手就不断打她，直到她被打得再也不能动弹为止。史密斯详细描述了凶手是如何将她捆起来，将她的裤子塞在她嘴巴里，然后开始猛砍她的身体，给她放血，最后将尸体洗干净。史密斯的讲述中还包括了非常可信的细节：凶手把几块木板搭在浴缸上，将尸体放在上面并将之切成两半，用了一张防水桌布和浴室的窗帘将尸体包裹起来，然后放在自己汽车的行李厢中，开车将尸体带到后来尸体被发现的那片空地上。

根据吉尔摩的说法，史密斯还隐晦地提到“另外一个”死在“浴缸”中的女人，可能就是指鲍尔多夫。实际上，史密斯原来就被洛杉矶治安办公室的警探乔尔·莱斯尼克认为和鲍尔多夫谋杀案有关。莱斯尼克了解到阿诺德·史密斯只不过是杰克·安德森·威尔逊的许多假名中的一个而已：威尔逊又高又瘦，是个酒鬼，一条腿有毛病，并且曾有抢劫和性犯罪历史。

在听了录音带和吉尔摩对他与史密斯会面的第一手讲述之后，警探圣·约翰就知道他必须直接调查史密斯。同时进行的调查发现，史密斯所称的那个暴力性虐待狂阿尔·莫里森根本就不存在，这更让圣·约翰相信阿诺德（杰克·安德森·威尔逊）就是真凶无疑。

警方准备在吉尔摩和史密斯下一次见面的时候将史密斯逮捕起来并对他进行审讯。但是，真是时运不济，还没等吉尔摩和史密斯会面呢，既是酒鬼又是大烟鬼的史密斯就昏倒在他在贺兰德旅店租住的客房床上，他手上的烟让房间失火了。史密斯葬身火海，同时被烧的还有他曾拿给吉尔摩看的贝丝·肖特的个人照片和随身物品。

在与著名刑事犯罪作家麦克尔·纽顿合作的另外一本写这个案件的书《父亲是黑色大丽花案的真凶》中，珍妮斯·诺尔顿提出了自己的说法。诺尔顿宣称，她已经去世的父亲乔治·诺尔顿是个猥亵儿童犯、至少杀害了三个人的连环杀人犯、杀婴犯、魔鬼撒旦和恋尸狂，而且也是杀害贝丝·肖特的真凶。她说，她之所以想起是父亲杀害了黑色大丽花，是因为她在子宫切除手术后，心中那种受到极度压抑的记忆慢慢开始浮现了。根据珍妮斯·诺尔顿的说法，贝丝·肖特从比尔特摩旅馆给乔治打过电话。根据她的记忆，在用一把榔头将贝丝打死之后，乔治·诺尔顿用了一把电锯将尸体锯成两半，然后强迫自己的女儿陪他一块出去，在海象海滩将尸体扔到了大海中。但是尸体又漂回来了，于是他就将尸体洗刷了一下，并破坏了尸体的内脏，之后将尸体带到一个公墓；但是到了那里之后又改变了主意，转而将之扔弃在那片空地上。

黑色大丽花案发生两天之后，《洛杉矶时报》的一篇报道称，有人曾回忆起贝丝说起过她和一个名叫乔治的飞行员订婚了。1 月末，有个名叫乔治的人几次来到圣莫尼卡林阴路上的一个咖啡馆，自称自己是联邦调查局成员，但是却拒不出示任何证件。这个男子宣称他知道是谁杀死了贝丝·肖特。诺尔顿说，从报纸上的描述来看，那个人就是她父亲无疑。纽顿承认，没有什么证据来证实珍妮斯·诺尔顿的说法，但是他说明了珍妮斯父亲的生活和黑色大丽花案中的公认事实之间存在的种种巧合。他还揭示了这个案件和 1941 年 7 月在马萨诸塞州林恩市发生的未获侦破的法兰西斯·考克兰谋杀案之间有令人惊异的相似性。

约翰·圣·约翰在 1991 年 6 月出版的《奥林奇县公报》上发表了一

篇文章。他在文中称，“她对我说的那些事实和黑色大丽花案不相符。”迄今为止，这个问题还没有什么定论。

其他研究这个案件的人曾宣称洛杉矶警方知道黑色大丽花案中杀人犯的身份，但是为了保护一些有身份的人，他们掩盖了这个事实。（这些人还对玛丽莲·梦露的死提出了同样的看法。）

各种说法（说这个案件是场阴谋的说法或其他说法）盛行不衰。但是我们可以肯定地宣布的是：伊丽莎白·肖特是碰巧撞到枪口上的被害人。杀害她的凶手是那种会将责任推在被害人身上的人：一切都是她自己招惹的，或者，她的生活方式让她必须受惩罚。凶手有这样一种心理需要：找一个他认为比自己低等的女人，并尽情羞辱她一番。他应当是个愿意冒险的人，并且作案过程可能体现出混合特征。如果他犯罪之后发生了严重的精神崩溃，我一点也不会感到奇怪。如果此种精神崩溃很严重的话，就可能完全阻止他继续犯下此类罪行而不被发现，这样一来我们就可能查明他的身份并将他逮捕起来。无论具体情况如何，我们运用现代技术，是可能辨认出一个人的犯罪后行为的，不论此种行为是出现在另一宗色情凶杀中、精神崩溃的过程中、被收容过程中还是自杀之中。

这宗罪行是由罪犯的幻想所驱动的，而此种幻想在犯罪之后还可能继续存在。因此如果是我来负责此案的话，我会监视弃尸现场，看看罪犯是不是会回来重新体验他的犯罪经历。我认为对坟场进行监视也是一个好主意。他可能对这个案件的调查进展很有兴趣，可能在警方经常去的酒吧或咖啡厅中逗留。他可能将犯罪细节向某个朋友说过，尽管这个朋友也是那种生活在社会边缘的人，因为罪犯是不大可能有多少“正常的”、成功的朋友的。如果他确实向某个人说起过的话，那么他可能是在某个精神脆弱的时候说的，比如可能是在疯狂喝酒的过程中说的。但是他后来可能意识到他的处境因之更危险了，因此可能想除掉自己的那个朋友，这反过来又让这个朋友处在巨大的人身危险之中。

我们可能永远也无法确切地知道到底是谁杀死了黑色大丽花。如果警探圣·约翰有机会审讯阿诺德·史密斯的话，这个案件的结果可能不同。但是，要推算出到底是什么样的人把她杀死了，这并不那么困难。正如我们已经讨论的那么多案件一样，是罪犯的行为告诉了我们这一切。

劳伦西亚·本姆本尼克

如果说伊丽莎白·肖特代表了美国梦那非常脆弱、陈旧的一面的话，那么劳伦西亚·本姆本尼克则代表了美国梦更加坚实、更加现代的一面。然而，劳伦西亚的故事同样是一个令人伤心不已的悲剧。

同样地，在劳伦西亚·本姆本尼克的生活中，虚构和现实交织在一起。她称自己为劳丽，但是公众更知道的是班比这个名字：她是一位来自中西部的美丽的金发女郎，曾经在花花公子俱乐部工作，后来她成了一位有能力的、坚强的职业女性，成功打入传统上全是男性的警察行业。她激发了人们的罗曼蒂克式的想象：一位遭受极大冤屈的美女，被判犯了她发誓从未犯下的罪行，接着就被监禁。但后来一个英俊的王子救了她，助她逃离监狱，并且给了她真爱。她开始逃亡，整个逃亡过程都被压缩在“快跑，班比，快跑！”这样的一个口号式的句子中。这句话出现在报纸头条中、T恤衫上和脱口秀中。即使是这句短话也体现了这个故事中的内在矛盾，让人想起典型的迪士尼电影所表现的人的本真的迷失。这个绰号实际上是男性警员给她取的，当时她是一个警察学员。

尽管现实和上述情况有着重大差别，但同样让人困惑不安。

1981年5月28日，刚刚过凌晨二点三十分，威斯康星州警方对密尔沃基市南部西拉姆齐大街一七〇一号打来的紧急电话迅速作出反应。十岁的肖恩·舒尔茨和他八岁的弟弟谢南·舒尔茨开门让他们进到屋内。在卧室内，警方发现这两个男孩的母亲、三十岁的克里斯廷·琼·舒尔茨面朝右侧卧在床上，明显已经死亡了。她有着深褐色的头发、褐色的眼睛，身穿一件黄色的阿迪达斯T恤衫和白色裤子。T恤衫右肩部被撕开了，可以看到里面有一个很大的枪伤。晾衣绳把她的双手捆在身前，一方蓝色的大手帕式的头巾蒙住了她的头，堵住了她的嘴。没有任何人闯入室内的证据，屋子的门都结实异常，而且锁死了。屋子所在的街道照明也很好，和其他房子靠得很近，可以说周围一带都很安全。然而，这所房子确实背靠着一座高速路天桥，后门比较隐蔽，很难看到。因此高速路可能就是闯入室内的罪犯的逃离线路。

两个小时之后验尸员才到达现场，救护车则还晚了一个小时才到。当警方把被害人的尸体包裹起来准备运输的时候，他们从她的小腿那里拿下了一根褐色的头发。

肖恩告诉警方，他醒来的时候发觉脖子好像被绳子捆住了，而脸则被一只戴着手套的大手给蒙住了。他于是开始挣扎并发出尖叫，然后他听到那个人发出了很低沉的一声咆哮，并跑过了走廊。肖恩和弟弟来到走廊上，发现母亲的卧室里有一名男子。

谢南说那个白人男子很高大，扎着很长的马尾辫，穿着绿色的跑步服。他说这个男子手上拿着一把枪柄为珍珠色的手枪。谢南听到他母亲的卧室里有一个女人的声音说，“上帝呀，请不要这样做！”然后就听到一个像爆竹爆炸一样的声音。

当这名男子跑过他们身边，仓促地跑下楼梯时，他们俩都注意到他穿着绿色的军用夹克，还穿着一双黑色的皮鞋，就好像警方穿的那种。在这一点上，这两个孩子应当知道自己在说些什么，因为他们的父亲（克里斯廷的前夫弗雷德）还有妈妈当时的男友都是警察。

肖恩跑到他母亲身边，当时她还活着。他撕开了妈妈的T恤衫，希望能够处理她的伤口。大约凌晨二点三十分，他打电话给妈妈的男友、四十一岁的司徒尔特·霍内克，叫他过来帮忙。肖恩记得霍内克当时说："我知道这肯定会发生的。我认为肯定是弗雷迪干的。"

霍内克打通了警方的紧急电话，然后立即就冲到克里斯廷的屋子里来了，陪伴他的有他的室友、同是警察的肯尼斯·赖特考斯基。他们几乎和霍内克打电话叫来的巡逻车同时到达。进到屋内之后，霍内克马上就冲到楼上，翻动她的身体来看看她的具体情况。霍内克作为被害人的男友，在接到受了惊吓的两个孩子打来的电话之后立即赶过来，然后有这样的举动，这是很正常的，但是从技术角度来说他破坏了现场。这不过是这个案件中发生的一系列的侦查失误之一。

在此前一年的11月和克里斯廷离婚、终止了他们之间持续十一年婚姻的艾尔弗雷德·O·弗雷德·舒尔茨当晚正在执勤。他得到了谋杀案消息，来到了犯罪现场，当时克里斯廷还在屋内。这里，我同样很能理解为什么他想到犯罪现场来，特别是当他的两个儿子在那里的时候。但是，我认为他本应被阻止进入现场的。作为她的前夫，尽管他当时执勤因此不在犯罪现场，但他还是可能被当作嫌疑人。然而，我非常了解警方为什么通知他来到现场，因为在涉及某个警察家人的无数案件中，这种现象我们已经看得多了。其他警察认识他，知道这两个是他的孩子，这是他的房子，等等，并且还把他也看作一个被害人。这是一种自然的、正常的反应。

舒尔茨打电话叫醒了他当时的妻子、年方二十一岁的劳伦西亚·本姆本尼克，告诉她到底发生了什么。然后他和他的搭档警官麦克尔·德尔菲开车到了他和劳丽的公寓，那里离犯罪现场十六个街区。弗雷德当时用手感觉了一下她的汽车发动机罩，据他后来说，发动机罩是冷的，并且在德尔菲在场的情况下，他检查了那支三十八毫米的备用左轮手枪。德尔菲闻了闻，并且自己对之作了一番检查。手枪上有灰，因此德尔菲断定这支手枪当晚没有开过火，而且最近也没有被擦拭过。弗雷德要劳丽和他一起去认被害人，也就是他的前妻。他还把那支备用手枪放进了他的公文包中。后来证明这里发生了另外一个侦查失误，弗雷德忘了在刑侦实验室登记他的这支备用左轮手枪，而后来就是这把左轮手枪被断定为杀人凶器。这把手枪的号码没有登记，并且案发后长达三个星期之久，那把手枪都在他那里，之后他才将它交上去检查。

那天早上晚些时候，大约是凌晨四点钟，有两个警官来到舒尔茨和本姆本尼克的公寓，问劳丽是否有枪或者绿色的跑步服，然后还问了一些有关她丈夫和司徒尔特·霍内克的问题。实际上，这两个人曾经是室友。然后，当时有人称弗雷德很不高兴霍内克去约会他的前妻，他们俩都非常不喜欢对方。

就劳丽这边而言，她说当谋杀案发生时她单独在公寓中睡着了。那天晚上，她一直在打点行李，因为他们准备搬到一个小一些的公寓去。她当时还计划和一个朋友出去，但是后来他们之间的约会被取消了。

警方推断出了克里斯廷·舒尔茨最后一晚的生活。那天晚上，她给霍内克准备了晚餐，他们一起喝了点酒，大约晚上九点钟才吃完。然后两个孩子就上床睡觉了。他们两个大人则在看电视，之后克里斯廷开车送霍内克回家。霍内克的家距离克里斯廷的家大约只有三分钟的车程。另外一种说法是，当时霍内克是自己回家的，克里斯廷让他出去时顺手把门关上。

该地区内的十二名居民，其中包括两个警察，曾经看到一个符合孩子们描述的男子在谋杀案发生的几个星期前在这里跑步。他头发红棕色，扎着马尾辫，穿着绿色的跑步服，身上还有一方蓝色的大手帕，和堵住被害人嘴巴的那块大手帕很相像。在离现场一英里的地方工作的两个护士曾经注意到，案发的那天凌晨大约二点五十分的时候，有一个男子躺在停车场里。他们打电话叫警察，当他们返回时，发现一个头发红棕色、身穿蓝色跑步服的男子站在灌木丛中。被害人的邻居赖伊·库加瓦告诉警方说，案发当晚他呆在他的一个朋友家中的时候，有人潜入了他的车库里偷走了一把三十八毫米的手枪和一件绿色的跑步服。

伊莱恩·塞缪尔斯医生进行的尸体检验表明，凶手是把枪顶着被害人的背、贴着被害人的皮肤开火的。子弹穿过她的右肩，直接射入了心脏。此种性质的接触射击会有一种"回溅"效果，也就是说伤口处的血和组织会溅到枪管中去。

克里斯廷的朋友和亲戚都说她是一个运动健将，身体健康，喜欢户外活动。据称她还是很有脾气的，如果凶手不是用枪顶着她的话，她是不会让凶手用绳子把手捆起来而不反抗的。她的指甲下面和楼梯顶部两边的墙上都有血迹。

从这里开始，事情就变得复杂了。

尽管弗雷德的搭档此前已经说弗雷德的手枪没有开过火而且最近也没有擦拭过，但是地区刑侦实验室的弹道分析表明，那把三十八毫米的、枪管长四英寸的史密斯维森左轮手枪上面沾有A型血，弗雷德和克里斯廷的血型都是A型，并且杀死克里斯廷的那颗子弹的弹片上的划痕和枪管内的斑纹相吻合。在谋杀案发生之后，在弗雷德屋内找到了一盒二百格令的斯皮尔子弹，他说这盒子弹是他的。斯皮尔子弹是密尔沃基警用手枪的标准子弹。全国知名的弹药专家蒙迪·鲁茨也说，弗雷德的那支手枪的斑纹和打死克里斯廷子弹上的划痕高度吻合，已经足以得出确定的结论了。其他分析人员也宣称那颗打死克里斯廷的子弹只可能是从她前夫的手枪中射出来的。这样，弗雷德和劳丽都成了嫌疑人。

这样的案件中，前夫经常都被认为是嫌疑人，至少侦查刚开始时是如此。弗雷德·舒尔茨可以说有作案动机。克里斯廷和孩子们高高兴兴地住在他建造好的房子中，而他和劳丽则住在一个狭小的公寓里。此外，由于他要支付赡养费、孩子抚养费以及房子的抵押贷款，必须控制开支，为此这对新婚夫妇还曾在一段短时间内和一个名叫朱迪·泽斯的朋友一起合租过一所公寓。根据劳丽的说法，弗雷德对离婚和解协议的金钱数量感到非常痛恨。他抱怨说，他的前妻得到了一切。据称，克里斯廷曾经告诉她的律师，说她很害怕弗雷德，说他曾经威胁她的生命，并且还想继续控制她和两个孩子。她还认为自己被人跟踪了。当然，离婚案件中出现糟糕的感觉和激烈言辞这都是很常见的，而且没有什么证据表明弗雷德按他所说的去做了。

劳丽被警方当作一个更大的嫌疑人，因为弗雷德的备用手枪就是杀死克里斯廷的凶器，而弗雷德当时不可能在犯罪现场，可是那晚劳丽却一个人呆在家中，可以拿到那把手枪。而且，当弗雷德的律师建议她不接受测谎时，她就拒绝了测谎，而弗雷德却同意并接受了一次测谎。他通过了测谎，但是结果却是毁坏性的：他承认过去曾经殴打过克里斯廷，曾经就超速罚款单问题说过谎，而且在案发当晚他身在何处这个问题上，他也没有讲实话。

此外，以下这一点也与常规情况不符：弗雷德·舒尔茨的搭档麦克尔·德尔菲没法提供他们俩当晚的工作日志。后来警方了解到，尽管他们俩说当晚在调查一桩入室行窃案，但实际上却是另外两个警官在调查那桩案件。舒尔茨和德尔菲则在案发当晚去过好几个酒吧泡吧，可他们是在执勤呀！虽然有可靠的证据证明舒尔茨当时不在现场，但测谎结果至少都是令人尴尬的。

间接证据不断累积，人们则逐步将劳丽·本姆本尼克想象成一个诡计多端、贪婪无耻的继配太太。朱迪·泽斯的母亲法兰西斯宣称，案发前几个月一次吃晚餐的时候，她曾听到劳丽说要让克里斯廷“滚蛋”。朱迪证实了这一点，但是她强调这是因为弗雷德给了他前妻太多的钱。根据朱迪的说法，劳丽曾经找到朱迪的男友托马斯·格特纳，说让他去找个什么人把弗雷德的前妻“除掉”。此外，劳丽确实有一方蓝色的大手帕和一根晾衣绳，和犯罪现场发现的很相像。许多人还说劳丽确实有一件绿色的跑步服（包括朱迪·泽斯也说，在以前她和劳丽与弗雷德共住的那个公寓中，确实有那么一件绿色的跑步服），尽管警方没有发现任何此种服装。

但是，正如我们在前面的案件中已经看到的，各种说法和线索都指向不同的方向。根据伊莱恩·塞缪尔斯的结论，尸体上和那方大手帕中发现的头发和被害人的头发一致。但是来自威斯康星州麦迪逊市的头发分析专家戴安·汉森则认为，那两根头发和从劳丽·本姆本尼克的梳子上找到的头发样本是一致的，那把梳子是警方从劳丽那里收缴下来的。

然而，这个证据是有疑问的，并且可能是有人栽赃。1991年出版的《多伦多之星》中引用了一封写于1983年的信，其中塞缪尔斯医生再一次肯定地说：“我没有发现任何金黄色的或红色的头发……我从尸体上找到的所有头发都是褐色的，并且和被害人的头发绝对一致。”

塞缪尔斯继续说道：“我不想说这个证据是他人栽赃的结果，但是我认为，当我封那个信封的时候，里面还没有什么金黄色头发，但是后来那个信封中却神秘地出现了金黄色的头发，这在逻辑上是完全解释不通的。”然后塞缪尔斯认定：“这些偏离常规程序的现象，再加上参与调查的警方人员的敌对态度……迫使我只能认定，肯定有什么地方出错了。”

劳丽和弗雷德的公寓内，警方发现抽水马桶上挂着一顶红褐色的假发。不仅假发的颜色和舒尔茨的两个孩子对那个闯入室内的人的头发颜色描述是一致的，而且假发也和在被害人身上发现的头发是一致的。但即使是这个证据也令人觉得疑问重重：他们俩的房间和另外一间房间共用一个卫生间，而且住在那个房间中的女士曾经说，朱迪·泽斯曾经来过她那里，并说要用一下卫生间。朱迪·泽斯之后第二个用卫生间的人就发现抽水马桶堵住了，后来从里面找出了这顶假发。朱迪·泽斯后来承认她确实有一顶褐色的披肩假发。劳丽则说，朱迪·泽斯的男友托马斯·格特纳为他最好的朋友、一位当时不在执勤的警察的死而一直对弗雷德心存怨恨，因为是弗雷德将他打死的。劳丽说，通过陷害他们，托马斯·格特纳等于报仇雪恨了。

尽管如此，大部分间接证据都对劳伦西亚·本姆本尼克不利。1981年7月26日，她被指控犯有对克里斯廷·舒尔茨的一级谋杀罪，作出此种指控的主要根据是她能够接触凶器，而且无法肯定地证明她当晚不在犯罪现场。因此，尽管她、弗雷德、朱迪·泽斯、托马斯·格特纳和房东都有那个房间的钥匙，当谋杀案发生时，劳丽是一个人在房间内的。并且，警方相信，她以前曾是警察，因此应当知道如何掩盖她的行踪，并且她高大强健，通过乔装改扮，她完全可以轻松地骗过克里斯廷的两个孩子，使他们俩认为她是个男的——尽管肖恩坚持说，他所看到的确实是一个男子，甚至还做证说那个男子根本不可能是劳丽。

劳丽·本姆本尼克于1982年1月24日出庭接受审判。法庭上的人们和媒体都注意到她的美貌和女权主义倾向，这让许多人断定，班比之所以被人指控在很大程度上既是因为克里斯廷·舒尔茨之死，又是因为她的此种形象。巡回法官麦克尔·斯奎尔劳斯基说：“这是我所见过的最大程度上依赖于间接证据的案件了，其中许多间接证据都可能不能认定她有罪。但是从整体上看，陪审团只可能作出一种结论。”

法官斯奎尔劳斯基所说的此种证据上的含混不清的例子之一，就是杀人凶器本身了。1990 年 7 月 31 日，记者罗杰斯·沃金顿在《芝加哥论坛报》上发表了一篇评论劳丽·本姆本尼克案件的文章：“弹道测试的结果是，从舒尔茨那里收缴来并在 6 月 21 日测试的那把枪确实就是杀人凶器。但是在审判过程中，舒尔茨和德尔菲都无法完全肯定，在法庭上出示给他们看的那把枪就是他们在案发当晚所见过的那把枪。”

由五位男士和七位女士组成的陪审团讨论了三天半，最终认定劳丽有罪，并在 3 月 9 日宣布了陪审团的判决。她被判处终身监禁。在泰契达行为矫正所，劳丽继续说她是无辜的，宣称被密尔沃基警察局陷害了，目的是为了不让她向外界泄露警察局中某些成员吸食毒品、淫乱和滥用政府拨款的行为。这是班比传说中一颗重要的试金石。要明白为什么研究这个案件的人中有如此多的人认为她是被冤枉的，我们就必须对她的背景有一些了解。

劳伦西亚·安·本姆本尼克是居住在密尔沃基的约瑟夫和弗吉尼亚·本姆本尼克夫妇三个女儿中最小的一个。约瑟夫曾经是密尔沃基警察，但是干了三年之后离开了密尔沃基警察局，因为他看不惯局里存在的普遍的腐败。后来他成了一个木匠。劳伦西亚长大成人后想成为一个兽医，但是却由于没有相关文凭而无法实现。她参加了一个为期两年的服装推销大学课程，后来打各种短工来挣钱，比如做模特和有氧运动教练。她身材很高挑，容貌漂亮又体态健美，做这些是毫不令人奇怪的。她曾身穿线条优美的服装出现在施莉茨酿酒公司 1978 年的挂历上。她出现在 3 月份那张挂历上面，因此也就是“三月小姐”了。就是从这个时候起，有关她的种种传闻开始了。

她还持有许多强硬的女权主义观点，并且于 1980 年进入了密尔沃基警察学院。从一开始她就感觉到，作为男人世界中的一个女人，她经常遭受各种骚扰。

正如克里斯 · 拉迪什在她的著作《快跑，班比，快跑》中所写道的，劳丽和当时也是新警员的朱迪 · 泽斯还有其他三个朋友一块去听了一场音乐会。当劳丽正在女厕所的时候，朱迪被两个便衣警察逮捕了，因为她携带大麻。第二天，劳丽 · 本姆本尼克的教官（另外一个警察）把她叫到办公室，对她生活的方方面面严加盘问。因为朱迪椅子下面的一个杯子中发现了一小截亚麻香烟，她被开除了。而劳丽则继续受到上司的严厉拷问，希望她会坦白说她吸食了毒品。劳丽拒绝坦白她没有做过的事情。看起来就是因为她是个女性，所以才受到如此不公对待。但是 1980 年 7 月 25 日，她以全班第六名的成绩从密尔沃基警察学院毕业，并得到了她梦寐以求的警徽。

她被分配到第二区，那里犯罪不是很多。她马上就被她眼前所看到的场景吓呆了：不论是在大街上还是在警察局内，到处都是贪污贿赂，警员们在执勤时喝酒、吸食毒品、和妓女口交，还虐待嫌疑人。尽管如此，她还是很自豪自己能够成为一名警察，而且喜欢出去巡逻或者自己一个人出去工作。

8 月 25 日，从密尔沃基警察学院毕业才一个月，劳丽在家中接到一位警官打来的电话。警官告诉她，她被解职了。她根本就不明白这是为什么。两个警官来到她的住处，缴走了她的警徽、手枪和制服。警长哈罗德·A·布莱尔那个星期总共无缘无故地解雇了三名女警察，其他两个是黑人，她们三个当时都处在见习期。警长对此作出的唯一解释是，解雇她们是“为了更好地开展警察工作”。

根据几天之后出版的《密尔沃基日报》的报道，劳丽“被指为人不诚实、提交虚假工作报告，但是除此之外没有提供任何具体细节”。

几个星期之后，当她终于有机会看个人档案时，她发现朱迪·泽斯在一份文件上签了字，那份文件说在那天的音乐会上劳丽确实也吸食了大麻。朱迪承认自己在上面签了名，但她是在遭受连续多个小时的审讯之后，在他们的胁迫之下才这样做的。她们两人都对她们的被解雇提起了申诉，劳丽也原谅了朱迪，并约定两人共同采取行动。

在等候申诉结果的时候，由于急需用钱，劳丽就在日内瓦湖花花公子俱乐部做了一名女侍者。她只在那里工作了几个星期，但是这份短期工作却进一步增强了她在外人心目中的混合形象：坚强的警察、美丽的性感尤物。就像对待伊丽莎白·肖特一样，公众心目中所看到的和她的实际生活截然相反。

美国司法部长詹姆斯·莫里森开始调查对密尔沃基警察局的种种指控，看看它是不是真的滥用了巨额的拨款资金以及毫无根据地解雇少数族群的警员。劳丽对莫里森说，通过先雇用女警员但是马上又解雇她们，密尔沃基警察局既满足了联邦政府规定的人员指标，又得到了联邦政府为此而给警察局的种种拨款。她开始起诉密尔沃基警察局，指控它性别歧视。1980 年 10 月，她收到了一些照片，上面是全裸男警员在一个公园中跳舞的情景。在她将这些照片交到内务处之后，她的汽车轮胎被人砍裂了，并且挡风玻璃上有一只死老鼠。而且她还不断接到有人在深夜打来的电话。

或许应当注意的是，当劳丽被指控犯下谋杀罪时，联邦政府对密尔沃基警察局的调查就不了了之了，而原本她是此次调查中的关键因素之一。

本姆本尼克于1980年12月遇到了弗雷德·舒尔茨，当时他和克里斯廷离婚才一个月。约会大约几个星期之后，弗雷德向劳丽求婚。后来他们俩于1981年1月30日结婚。

因此，劳丽·本姆本尼克可能不是被当作一个正常的谋杀案嫌疑人来对待的，这并不难看出来。我以前说过，一个人是不会在一夜醒来之后就突然决定行凶的。在本姆本尼克案中，我们所看到的是，劳丽·本姆本尼克因坚持自己的正确立场而身陷孤立无援的境地。她看起来似乎认为警察应当符合更高的行为标准，而她的行为则让她大大吃亏。

这是不是意味着本姆本尼克是不可能有非法行为或暴力行为呢？不是的。但是我认为这使得她不大可能如此冷酷地杀死两个年幼的孩子的母亲。

然而，为了公正地作出分析，我们应当先从案件本身着手。我们首先来看看被害人的情况。我总是强调的是，我们应当从命案发生之前的几天甚至几个星期中被害人生活的方方面面开始。

克里斯廷·舒尔茨呆在自己家中，周围是一片很安全的地区，这使得她成为此种暴力犯罪对象的危险性比较低。但是她曾经觉得她好像被人跟踪了。如果她的前夫确实如她所说控制欲极强，而且，如果正如有人所说的那样，她当前的男友有酒瘾，那么此种情况可能导致她与他们关系困难，这会使得她成为此种暴力犯罪牺牲品的可能性增大。

这宗谋杀案看起来似乎是毫无道理的。我的意思是事件发展的顺序似乎是不合逻辑的。为什么无名罪犯要先进入作为母亲的克里斯廷的卧室，然后再去孩子们的房间中，此后又回到克里斯廷的卧室来把她杀死呢？罪犯可能担心枪声会惊醒孩子们，因此不得不先对付他们，这可能是有道理的。但是本案中的情况并非如此。让我们假设罪犯突然袭击躺在床上的克里斯廷，并威胁她说如果她叫醒他们的话，他就把他们杀了，从而迫使克里斯廷就范。接着罪犯将克里斯廷捆绑起来。那么，这之后他为什么要将克里斯廷一个人活着留在卧室，到孩子们的房间中去呢？这非常不符合逻辑，也看不出这样做的动机是什么。让孩子们活着并不吵醒他们是罪犯迫使克里斯廷合作的最佳手段了，这比捆绑或用武器威胁强多了。

当罪犯离开克里斯廷的房间，据称是个运动健将的克里斯廷应当会本着母亲的本性去保护她的两个孩子。至少，她会在罪犯有机会勒死他们之中的任何一个之前发出尖叫，叫醒他们。这让我怀疑现场应当还有另外一个罪犯。当其中一个罪犯走到孩子们的房间中去时，是这个罪犯在看着克里斯廷。

有人曾经推测，罪犯做的这一系列事情就是为了让孩子们醒来，并且能离罪犯足够近，最后好让孩子们肯定地说明哪个人不是罪犯。当然，在这一点上我们无法肯定，但这确实是对被害人被杀的奇怪过程的一种解释。用大手帕把被害人蒙住，似乎完全没有必要，因此可能是罪犯用来误导侦查人员的一个因素。

这将我们引到犯罪动机这个更大的问题上。首先，看起来这不大像是抢劫，因为案发时间对罪犯来说非常危险，而且任何迹象都显示罪犯是专门针对被害人的。如果克里斯廷·舒尔茨听到什么响动，她应当会死在某个其他地方（她过去查看发出响动的那个地方），而不是在床上。甚至她可能还会给警方打电话。而且我们也可以排除性犯罪的可能性，因为现场没有什么性犯罪证据，而且那个无名罪犯实际上一度离开了被害人，走到孩子们的房间中去了。

因此这不是抢劫谋杀案，也不是强奸杀人案，但是克里斯廷·舒尔茨为什么会死呢？又会是什么样的人将她杀死的呢？

首先，要进入里面有三个人的房子中去，这是需要胆量的。这说明我们面对的罪犯是一个熟练潜入室内的人。现场没有发现什么强行闯入的痕迹，因此罪犯要么有钥匙，要么知道如何神不知鬼不觉地潜入屋内。如果罪犯有钥匙或者对屋子熟悉的话，那么他可能知道被害人曾是一位警官的前妻，当时还是另一位警官的女友。他会想到她自己可能就有一把手枪。难道他是个傻瓜吗？根据这宗案件对罪犯的危险程度，以及这宗案件的作案方式来看，这个案件不会是那种女性罪犯（甚至包括强健的、女权主义的罪犯）犯下的与个人原因有关的杀人案，我可以很有把握地断定，劳丽·本姆本尼克不大符合这里的行为特征。

我之所以认为对本姆本尼克的审判有疑问，还在于我没有看到本姆本尼克有控方所称的那种动机。难道我不认为如果她能有更多钱的话，她会感觉更高兴一些吗？不是的。有了更多的钱，谁不会更高兴呢？但如果她如此冷血，能够为了钱而杀人，那么她肯定也会将两个孩子杀死。她可不想马上成为两个孩子的母亲，不论她和他们之间的关系此前如何。她刚刚结婚。尽管克里斯廷住的那间房子确实不错，但是案发之后，弗雷德和她之间就她为什么不想搬到那里去发生了激烈争吵。我们认为，如果她是个冷血杀手的话，她可能只会作一点不同表示，以摆脱嫌疑，而不会冒毁坏她与丈夫之间关系的风险。

我认为，如果要说劳丽·本姆本尼克是出于贪婪这一动机而杀人的话，那么她的此种贪婪可能早就影响了她与丈夫弗雷德的关系。我们可能会听到某些证人说，他们之间表面上看起来恩爱非常的关系，实际上已经开始貌合神离了：因为他对失去了房子极端不快，或者他们的金钱困境几乎毁了他们之间的任何事情。但是我们看到的实际情况并非如此。相反，与世界上无数没有善终的浪漫爱情不同，本姆本尼克和弗雷德·舒尔茨之间的关系实际上更是弗雷德这方对婚姻失败的回弹反应。他和克里斯廷的婚姻持续了十几年，并且离婚之后几个月就和劳丽结婚了。当他们结婚的时候，他们认识的时间还不长。无论他们俩之间的感情是多么真挚，他们之间的婚姻关系都还只是一种全新关系，会带有某种表面性。

我们可以说劳丽本意并不想杀死她丈夫的前妻克里斯廷，但是当克里斯廷认出她来之后，她只好将克里斯廷杀了，但是这样说似乎更没有道理。首先，就像前面已经提到的那样，此种假设和罪犯的作案时间顺序不一致。并且，特别是对于一个受过训练的警察来说，事先假定三个人中没有一个人会认出她来，这未免也太危险了。再者，如果我们的假设是正确的话，我们还可能看到某些其他事情，比如电视机被拿走了，或者被害人的衣服被扯下来了，这样的话看起来就好像不是因为个人恩怨的凶杀了。很明显，我们不认为像本姆本尼克这样受过训练的警察会把证物（比如假发）随处一扔，致使侦查人员马上就发现她有作案嫌疑；她也不会忘记给自己找一个不在犯罪现场的理由。

那么，如果克里斯廷·舒尔茨不是劳丽·本姆本尼克杀的话，凶手又会是谁呢？当侦查线索如此繁多，指向许多相互冲突的方向时，要回答这个问题是很困难的。然而，我们可以有把握地说，像这种因个人恩怨而发生的谋杀案，凶手可能会是一个很容易被警方认定为嫌疑人的人，而凶手自己也应当很清楚这一点，因此他肯定会努力给自己找好案发时不可能出现在现场的证明。

劳丽·本姆本尼克的故事并没有随着她被审判、被定罪、被监禁而终结。1983 年，威斯康星州上诉法庭维持了有罪判决。四个月之后，她和弗雷德申请离婚，于 1984 年 6 月被正式准予离婚。在审判过程中，弗雷德对她很支持，并且为她准备了辩护基金。但是在上诉法院作出判决之后，他则说他开始相信她确实就是凶手。

本姆本尼克连续几年都努力争取案件重开审判，但是都没有成功。同时，她继续激发着公众的激情。据称有几个男子被她冲昏了头脑，或说被她的外在形象冲昏了头脑。其中一个人甚至还雇了一个已经坐牢的杀手向警方“坦白”克里斯廷是他杀的，好让劳丽·本姆本尼克能够离开监狱。但是当控诉人员拒绝给予他豁免时，他也就没有“坦白”了。

她的名声也带来了一定积极影响。只要人们对她感兴趣，就会不断有人来研究她的案件。研究她这个案件的人中，有一位名叫埃拉·罗宾斯的密尔沃基私人侦探，他花了很多年的时间来调查克里斯廷谋杀案。在罗宾斯和本姆本尼克因案件调查的开支问题而关系破裂之前，罗宾斯发现了许多可能证明本姆本尼克无罪的证据，后来律师们就曾利用这些证据来为她争取新的审判。

1990 年 7 月 15 日，她的故事进入了新阶段：她从监狱洗衣房的一个小窗户爬出来，和她同囚室的另一个囚犯的弟弟、她的英俊的男朋友多米尼克·古戈里亚托一起逃亡。她可能是想通过逃离监狱来获得一种正常的生活，同时这一举动也让她轰动一时。打电话到威斯康星州一个很受欢迎的广播节目中的人里，有 72%的人说，如果他们知道她在那里的话，他们是不会报告警方或者将她送回警察机关的。对她的案件的报道，包括那句口号“快跑，班比，快跑”，迅速扩大到威斯康星州之外的很多地方。

这对情侣到达加拿大的雷湾市三个月之后就被捕了，原因是“美国最大通缉犯”节目播出后，她在当地一家餐馆做女服务员的行踪被人举报了。

有趣的是，本姆本尼克根据《日内瓦公约》的规定向加拿大政府申请难民资格，她说她在越来越多的证据证明她无罪的情况下还不能重新获得审判。在支持本姆本尼克的力量和美国及加拿大当局之间发生了几次法律交锋之后（其中包括美国司法部对这个案件进行了调查），本姆本尼克最后被遣返回了密尔沃基。

本姆本尼克的律师们提交了一份要求重新审判的动议，内容包括多个证人的口供，他们说职业罪犯弗里德里克·霍伦博格曾告诉他们，是弗雷德·舒尔茨给了他一万美元让他去杀死克里斯廷的。霍伦博格后来收回了他以前说过的话，之后不久就在 1991 年的一次未遂抢劫及绑架事件中自杀了。

律师们还得到了两个法医病理学家的专家证言，他们说那把让本姆本尼克背上罪名的手枪的枪口和被害人身上的枪口印不一致，因此那支枪不可能是杀人凶器。接下来的一个月中，代表政府的律师出示了一位著名的枪伤专家作出的与前一种意见相反的结论。但是至少可以说，此种往来交锋证明了在这个问题上存在严重分歧。

面对霍伦博格原来的说法、手枪问题上的争议以及辩方提出的其他证据，再加上对自己有利的证人因为时日已久之故都已经去世了，地区检察官不得不准备和本姆本尼克达成交易。劳丽也害怕新审判可能会来得太迟。她想陪伴年迈的父母，于是她就同意了。

1992 年 12 月，警方取消了她以前被定的罪，同时她对警方提出的二级谋杀指控不提异议。这样，根据她已经在狱中服刑的时间，她获得了假释。最近一些年，她几近破产，诉讼缠身，而且还有严重的健康问题，包括患上了丙型肝炎。

在写这本书的时候，我们曾想采访她，但是她回绝了。我对她的做法表示理解。不论是被人看作有罪还是无辜，她的整个成年生活都处在这个案件的阴影以及这个案件所创造的她在公众眼中形象的影响之下。我们这里用多年以前她接受采访时所说的话来结尾。当时，她最后说道："我已经厌倦了做劳丽·本姆本尼克了。"

"波士顿勒人魔"

在"波士顿勒人魔"连环谋杀案中，我们看到了虚构和现实之间关系的不同角度，我们看到了罪犯以一种不同的方式在追求认同感和成就感：一名作恶到底的男子，承认他曾经残酷地杀害十一名妇女，终于成了全美国最大的反面英雄和连环杀手中的超人。

1962年6月14日晚上，五十五岁的女裁缝安娜·斯莱塞司刚刚在她那小小的公寓房中吃完晚餐。她的公寓在一所由市政厅改造的房子的三楼，位于波士顿后湾的耿思博罗大街七十七号。她两个星期之前才搬到这里。她的邻居大多是一些学生和生活来源有限的退休老人。

她放好了水，准备简单地洗个澡，因为她二十五岁的儿子朱里斯马上要来接她到他们的教堂中参加拉脱维亚纪念仪式。

马上就要到晚上七点钟的时候，朱里斯敲了敲母亲住的那个房间的门，但是没有人来开门。他用拳头大力敲打锁着的房门，开始有点生气，但后来越来越担心。昨天晚上他们俩通电话的时候，母亲听起来好像比较悲伤。最后，他两次撞门，终于撞开了。

在屋内，他发现安娜仰面躺在浴室的地板上，浴袍上的丝绸带子绕着她的脖子，捆成了一个很大很紧的结。他立即打电话报警，之后打电话给他在马里兰州的姐姐。他对姐姐说，他想母亲可能自杀了。但是不久之后真相就清楚了，他母亲并不是自杀的。

波士顿警察局谋杀案警探詹姆斯·梅隆和约翰·德里斯科尔到达现场，发现被害人穿着一件蓝色塔夫绸家居服，衬里是红色的。但是前面完全散开了，因此肩部以下的地方全部暴露出来了。她躺在地上的姿势很奇特：脑袋离浴室敞开的门不远，左腿伸得很直，右腿与之分得很开，并且曲着膝。她的右耳上有血，后脑勺上有一个裂口；脖子上有抓伤和擦伤，下巴上有挫伤。

她的房间被洗劫得满目狼藉。安娜的手提包在地板上，被打开了，里面的东西撒了一地。废纸篓也被打翻了，梳妆台的抽屉都打开着，里面的东西被翻得乱七八糟，就好像凶手只是想触摸她的个人物品一样。一个装着彩色发夹的盒子被小心翼翼地放在浴室的地板上。唱机还在转着，但是声音却被关掉了。罪犯想让现场看起来像抢劫，但是屋内的一只金表和其他珠宝都原封未动。

尸体解剖显示，安娜·斯莱塞司是被勒死的，脑部的伤也加快了她的死亡。有迹象表明她的阴道被插入过某个硬物，可能是个瓶子。

被害人资料显示，她把全部身心都放在了教堂、儿女、工作以及对古典音乐的爱好上。她离了婚，鲜有朋友。除了她儿子之外，几乎没有其他男人出现在她的身边。警方推断，罪犯开始时想入室行窃，但是当他看到穿着浴衣的安娜时，就忍不住想猥亵她，之后把她杀死，以免日后被她指认。

自安娜·斯莱塞司被杀的 1962 年 6 月 14 日起，至 1964 年 1 月 4 日止，波士顿总共有十三名妇女成为一个或多个连环杀人犯的牺牲品，其中至少有十一人可以断定是被同一凶手所害。这个凶手被人们称作“幻影魔鬼”或“波士顿勒人魔”。大部分被害人都是被她们自己的袜子或屋内的其他东西勒死的，比如枕头套、围巾、胸罩或者其他衣物。

十周之内就有六名妇女被杀，头四名是在头二十七天内被杀的，后面两名则是在 8 月份被杀的，中间间隔了九天。所有被害人都是老年妇女。安娜·斯莱塞司是最年轻的，比其他被害人中最年轻的还小十岁，而第二个被害人玛丽·姆伦则是八十五岁。

1962 年 12 月，新一轮谋杀案又开始了，这次被害人更加年轻一些，其中一个只有二十一岁。然后，从 1963 年 9 月到 1964 年 1 月，则是系列谋杀案的第三轮。在侦查这一系列案件的过程中，也发生了像上一章在讨论黄道十二宫系列案件时所提到的那种问题。随着被害人不断增加，人们有一种将未来案件都当作连环案件来处理的倾向，也不论这样做是不是合适。这显然就把问题搞得更加复杂了。

上面提到的这些案件中，除了其中一名妇女是在旅馆被杀的之外，其他被害人都是在她们自己的公寓中被杀的。所有被害人都遭受了性猥亵。由于犯罪现场没有找到什么强行潜入室内的迹象，因此每个被害人似乎都认识凶手，主动让凶手进屋，或者是忘记锁门了。大部分妇女都过着平静而朴素的生活。

波士顿陷入了恐慌之中。当局向所有妇女发出了警告，让她们注意锁好门窗，并提防陌生人。治安专员、前联邦调查局成员埃德蒙·麦克纳马拉还取消了所有假期，并让每一个可以调动的警员都参与对这些谋杀案的侦破工作。警方对所有已知的性罪犯和以前曾是暴力倾向的精神病人进行了全面彻底的调查。被警方调查的人数超过三点六万，有数千人被警方怀疑为嫌疑人。几百人的指纹被警方提取，同时警方对四十个人进行了测谎，其中六个人没有通过测谎。尽管如此，警方对谁是真凶还是一筹莫展。

在后来被证明是这一连环谋杀案终结之年的 1964 年，马萨诸塞州、康涅狄格州、罗得岛州和新罕布什尔州，都因为一个强奸犯而陷入了极度恐慌之中。这名强奸犯后来被称为“绿衣人”，因为他一般都穿着工人穿的那种深绿色工作服。他要么是说要进屋修理东西而让屋内的女士放他进去，要么是以其他方式潜入室内。有一次，他在一天之内强奸了四名妇女。警方相信，他可能是三百多起强奸案的真凶。人们是如此恐惧，以致真正的修理工人和送货工人都经常被拒之门外。

绿衣人往往用一把匕首胁迫被害人，然后就在被害人身上乱摸，最后将被害人强奸。但是整个作案过程几乎可以说是友好的、随意的，并且在离开之前他还会向被害人道歉。1964 年 10 月，他潜入了马萨诸塞州坎布里奇市一位二十岁女士的卧室中，用匕首威胁她就范，将她捆起来，之后强奸了她，最后请求她的宽恕。当他要离开时，被害人说他捆得太紧了，让她觉得很痛，于是他就替她把绳子解开了。

正是在这名被害人的帮助之下，警方绘制了一张很好的凶手相貌草图。这张图激发了其中一个警员的记忆：绿衣人看起来像“量身人”。

量身人于三年以前，也就是 1961 年，曾经在坎布里奇地区作案。他往往都是跟踪年轻美貌的女士，然后敲她们的门，说自己是模特儿经纪公司的，来这里是为了发现并登记有前途的新模特儿。然后他就会问他能不能量量她们的身材。这就是他所做的一切，此后他就会离开。大部分女士都没有意识到这有什么古怪，直到那家所谓的模特儿经纪公司后来再也没有给她们任何音讯时才有所警觉。

1961 年 3 月，坎布里奇警察局将一位试图潜入一所房子内的男子逮捕起来。他符合证人的描述，而且也主动承认自己就是那个量身人。阿尔伯特 · 亨利 · 德萨沃，二十九岁，工厂工人，退伍老兵，与在德国出生的妻子和两个年幼的孩子居住在附近的摩尔登。他曾经多次因潜入室内偷窃能找到的任何面额的钞票而被警方逮捕。

当被问到他为什么要玩此种奇怪而低俗的量身伎俩时，他回答道："我相貌不好。我没有受过教育，但是我能够让那些高等级的人受骗。她们都曾是大学生，而我几乎一无所有，但是我要了她们。"

他后来被判有期徒刑十八个月，于 1962 年 4 月刑满释放，这是安娜·斯莱塞司被人勒死的两个月前的事情。出狱时他告诉保释官说，他一天至少要过六次性生活，但是没有人提议他试着去接受精神病治疗。

德萨沃于 1931 年 9 月 3 日出生在马萨诸塞州的切尔西，是六兄弟中的一个。父亲弗兰克是个暴力虐待倾向严重的人，几乎每天都要打骂妻子和孩子们。弗兰克还将妓女带回家，并且当着一家人的面和妓女性交。大约五六岁的时候，阿尔伯特就和他的弟兄们玩性游戏了，真可谓有其父必有其子。阿尔伯特逐渐染上了某种虐待强迫症，他经常残酷虐待动物来发泄此种强迫欲。整个青春期，他时而行为不端，犯下一些轻微罪行；时而又表现良好，一点也不沾惹什么麻烦。他和母亲夏洛特的关系则比较正常。

1948 年到 1956 年，阿尔伯特在军中服役，一度被分派到德国。在那里他遇到了妻子欧姆嘉德·贝克。她是个漂亮女郎，来自一个受人尊敬的家庭。他曾被提升为 E－5 特别上士，但后来又因为违抗一项命令而被重新降回了二等兵。1955 年，他因为猥亵一位少女而被捕，但是后来控方放弃了对他的指控。同一年，他的第一个孩子朱迪来到世间，但是朱迪骨盆天生有毛病。由于担心会生下另一个天生残疾的孩子，欧姆嘉德就开始避免夫妻性爱，但是阿尔伯特却性欲旺盛而贪婪。他后来光荣退伍。从 1956 年到 1960 年，他几次都因为潜入他人室内而被捕，但是每次都被判处缓刑。1960 年，儿子麦克尔来到人世，没有什么身体残疾。

尽管发生了这么多法律问题，德萨沃居然还一直都没有失业。他曾在一家橡胶厂做橡胶模压力机操作员，接着在一家造船厂工作，之后又成了建筑工人。认识德萨沃的大多数人都很喜欢他。与他父亲不同，阿尔伯特善待妻儿，对他们关爱备至。

警方在家中逮捕了德萨沃，指称他就是犯下系列强奸案的那个绿衣人。他为自己被警方当着妻子的面铐上手铐而感到羞愧难当，但是妻子敦促他说实话。他承认曾在四个州中潜入总共大约四百间公寓房，并强奸了大约三百名妇女。考虑到他有极为强烈的膨胀的性欲，因此很难断定，他所说的数字是不是接近真实数目。

1965 年 2 月 4 日，阿尔伯特 · 德萨沃被法院送到布里奇华特州立医院接受精神病分析治疗。之后不久，被指控残酷杀害一名加油站工作人员的乔治 · 纳赛尔也被送到了这家医院。纳赛尔有着高智商，并且有操纵别人的能力。他们俩被安排在同一间病房中。纳赛尔迅速成为德萨沃的心腹朋友。大约在同时，有一个警员来布里奇华特医院提取德萨沃的指纹，看看他是不是那个"波士顿勒人魔"。不久之后，阿尔伯特就告诉人们，说他实际上就是那个波士顿勒人魔。

纳赛尔联系了他自己的律师 F · 李 · 拜利（他不久之后就要大出其名了）。拜利会见了狱中的德萨沃，尽管当时德萨沃有自己的律师。拜利从波士顿警方得到了一些警方没有公布的信息，因此他可以了解德萨沃到底知道些什么。他录下了他们之间的谈话，然后将它放给警方听。

拜利说他确信阿尔伯特 · 德萨沃就是波士顿勒人魔。最终警方也得出了同样的结论。这样，剩下的另外一个更大的问题是：如何处理一个自我坦白的杀人犯，以及如何应对人们对正义的要求。

后来拜利成了德萨沃的辩护律师。 1967 年 1 月 10 日，德萨沃接受审判，不是因为波士顿勒人魔系列谋杀案，而是因为绿衣人连环入室强奸案。在审判过程中，拜利承认德萨沃就是波士顿勒人魔，目的是为了让他能够被关押在精神病医院中，而不是去坐牢。德萨沃被判定犯下了绿衣人系列罪行，并被判处终身监禁。

在德萨沃被转送到沃波尔州立监狱去之前，他和另外两名病人从布里奇华特医院逃了出来，在外面逗留了三十六个小时，之后又自首了。尽管整个地区都因为波士顿勒人魔逃出来了而恐慌不已，他说他逃出来只是为了表明他想呆在精神病医院中而已。

波士顿勒人魔现象轰动异常。杰罗德·弗兰克写的一本有关波士顿勒人魔的书成了畅销书，还被拍成了电影，由托尼·科尔迪斯和亨利·方达主演。F·李·拜利则成了个名人和著名律师。而在监狱中，量身人和绿衣人阿尔伯特·德萨沃“享受”着恶魔一般的全国知名度。

1973年12月27日，德萨沃在沃波尔监狱中被人用匕首刺死。据称他的死和他参与的监狱内毒品活动有关。同囚室的三名罪犯遭到审判，但是对其中两人的审判因为陪审团意见分歧而不了了之。有关德萨沃是否就是波士顿勒人魔的争议还继续存在，直至今天。

从我对连环性犯罪分子的全部研究来看，我认为阿尔伯特·德萨沃几乎不可能是波士顿勒人魔。

我为什么这么说呢？确实，案发当时他在那片地区。他和波士顿勒人魔一样到处流窜。他喜欢潜入他人室内，性欲旺盛，有强奸欲。显然，他有我们所看到的性犯罪罪犯所有的那种淫乱本性。但是他缺什么呢？

行为。

通过大量的研究和破案经验，我们这些在匡迪格市联邦调查局全国暴力犯罪分析中心的人将强奸犯分成四个主要类别：力量验证型强奸犯、激情型强奸犯、愤怒型强奸犯和虐待型强奸犯。正如条理型和非条理型犯罪行为分类一样，尽管会有某些重合和交叉，但是这些分类基本上给我们提供了一个很好地理解犯下某种性罪行罪犯个性的手段。

简单地说来，力量验证型强奸犯是那种感觉自己卑微无能，并需要通过强迫妇女和自己发生性关系来弥补此种卑微感的强奸犯。激情型强奸犯是那种因一个偶然机会而一时激情犯下强奸罪的强奸犯。愤怒型强奸犯，又称为愤怒报复型强奸犯，通过强奸来发泄自己内心的愤怒。在罪犯心目中，被害人通常都代表他的母亲、妻子、女友甚至是他所憎恨的某一类人。虐待型强奸犯之所以犯下强奸罪，是受了支配、控制、伤害他人的性幻想的驱使。根据罪犯的性幻想和偏好的不同，他可能强迫被害人与他发生正常的阴道性交，也可能会作出任何其他异常的性行为，包括折磨或杀死被害人。对他来说唯一重要的事情是支配被害人，并让她受折磨，以满足他个人的快感。

尽管必须清楚地说明的是，所有类型的性犯罪都是恐怖的、罪大恶极的，但是愤怒型强奸犯和虐待型强奸犯是最危险的。

绿衣人罪行中的所有证据都表明，罪犯属于力量验证型强奸犯。他通过威胁被害人来达到强奸之目的，但是他并不用匕首来伤害她们。他和她们交谈，并且最后还向她们道歉。尽管他的行为奇怪、以自我为中心，但是他似乎还是很关心被害人的感受的。

此种行为和德萨沃作为量身人的经历是一致的。一个力量验证型的强奸犯最初一般都是从所谓的“骚扰式犯罪”开始的，比如偷窥。随着他逐步长大，信心也增大了一些，他就会犯下一些不那么无害的骚扰式罪行，但是还不会是暴力式的。我们需要注意的一个重要方面是，此种人是不会演化成愤怒报复型或虐待型强奸犯的。光德萨沃的背景本身就表明他不大可能是波士顿勒人魔。他憎恨他的父亲，但是和母亲以及妻子关系良好。这可不是什么愤怒型强奸犯的特征。但是，遭受了妻子生下一个残疾孩子所带来的刺激，再加上妻子不愿意和他进行夫妻性爱，我们认为，他是完全可能演化成一种力量验证型强奸犯的。

如果我们看一看波士顿勒人魔犯下的罪行，我们就可以明显感觉到这是一位虐待型强奸犯。他不仅针对年轻女士，而且也针对更老年的、更易受攻击的妇女。他不仅强奸她们，而且不停地击打她们。他用被害人身上的衣服将其勒死。他让被害人不成其为人。他摆放好被害人的姿势，以此来羞辱她们，并让任何来到犯罪现场的人感到震惊。

从行为角度来说，这两类犯罪的任何方面都是完全不同的。我们要记住，在安娜·斯莱塞司被杀死之后，绿衣人还在继续作案。德萨沃或者任何其他杀人犯，都不可能在如此残酷地杀人之后，又回到绿衣人犯下的那些轻微一些的罪行中去。阿尔伯特·德萨沃也不是一个愤怒型或虐待型的人。如果他是的话，此种行为肯定早就在他生活中的其他方面露出苗头了，并且他在监狱服刑期间肯定也会表现出此种行为。

尽管德萨沃不会犯下像波士顿勒人魔那种残暴野蛮的罪行，但是，一旦有人向他作出此种心理暗示，他会将那些罪行揽在自己名下，这也是很容易理解的。如果他是个力量验证型的强奸犯的话，那么，任何能让他显得更加有男子汉气概的事情都会很合他的心意。如果他追求的是地位的话，那么他知道他没办法像脑外科医生、电影明星或职业运动员那样来获得渴望的地位。无论如何，他不大可能很快回到他所熟悉的街区了。在他作案的地区，如果他能够被人们看作一个著名罪犯的话，至少也算得上是个人物了。

如果说这次德萨沃确实是把不是他作的案揽到自己身上了的话，我们敢说这已不是他第一次这样做了。他还曾宣称自己应当为 1964 年罗得岛州发生的一起抢劫强奸案负责，尽管被害人指认了另外一个人，而且那个人也已经被捕了。至于他为什么能够知道波士顿勒人魔连环案件的某些具体细节，他后来说他对媒体报道的这些案件非常着迷，因此有的时候利用他的入室行窃技巧闯入了某些被害人的公寓，看了个究竟。

除了乔治·纳赛尔之外，我们不清楚德萨沃是否还和布里奇华特医院里的其他什么人有过广泛接触，但是很清楚的是，他可能被人灌输了有关波士顿勒人魔连环案件的细节。拜利也可能问了他一些具有误导性的问题。此外，波士顿勒人魔连环案件的许多细节都在报纸上披露了。尽管德萨沃并非聪明绝顶，但是他一向以极好的记忆力闻名。不仅如此，阿尔伯特·德萨沃自己有很多入室行窃经验，这让他可以凭着直觉正确地回答有关波士顿勒人魔连环案件的一些问题，因为他知道应当怎么做才能潜入他人室内。即使如此，德萨沃还是把许多细节问题都搞错了，或者根本就不记得。

没有哪个证人曾经指证德萨沃和任何波士顿勒人魔案件有什么关联，并且没有任何物证将他和那些案件中的任何之一联系起来。

还没有人因为波士顿勒人魔系列案件而被审判。许多富有成就的警探从来不相信德萨沃就是波士顿勒人魔，实际上，他们认为波士顿勒人魔不仅仅是一个人。多年之中，曾出现过许多可能的嫌疑人，这些人包括乔治·纳赛尔本人。纳赛尔是个老练的罪犯，智商很高，并承认他杀人是为了获得致命快感。然而，他一再否认自己是波士顿勒人魔，并且警方也没有作出什么努力来调查他是否和那些案件有关。

纽约警方的中尉托马斯·卡瓦纳认为，在他负责侦查的 1963 年发生的一宗谋杀案中，他发现了真正的波士顿勒人魔。在那个案件中，一名六十二岁的妇女被查尔斯·A·特里勒死。案发时，特里二十三岁，缅因州沃特维尔人。头六桩波士顿勒人魔案件发生时，特里恰巧就在波士顿。并且纽约这宗案件中犯罪现场的情况和波士顿各案件中的细节很相符，例如尸体的姿势。此外，被害人是被围巾勒死的，并且围巾被打成了一个结。他被诊断为精神病患者和性虐待狂，并且有对妇女进行性侵犯的历史。1981 年，他因为肺癌而死在狱中。

1962 年 8 月 20 日，六十七岁的简·沙利文成了波士顿勒人魔的第六个牺牲品。之后，在离简·沙利文公寓几个街区之遥的地方，有性变态历史的乔治·斯纳布斯自杀了，他当时是用一双袜子在脖子上打了个结勒死自己的。自此之后，波士顿勒人魔针对的被害人就从老年妇女变成了年轻女士。

另外一个曾经是布里奇华特医院病人的男子（他呆在那里的时间和德萨沃有一定的重合）被怀疑为是杀害安娜·斯莱塞司、简·沙利文和第一阶段谋杀案中其他三个被害人的嫌疑人，因为在相关案件发生的时间中，他都从医院消失了。他是个精神病患者，智商很低。他经常对母亲拳打脚踢，还曾经试图杀死自己的母亲。据称，他曾经对姐姐说他就是波士顿勒人魔。

此外，布里奇华特医院还有一个病人也可能是嫌疑人。这名男子呆在布里奇华特医院的时间和德萨沃呆在那里的时间重合了五个星期。在波士顿勒人魔连环谋杀案发生期间，他正在波士顿地区上大学。他也被诊断为精神病人，并可能有精神分裂症。他智商极高，并且还有吸毒史以及犯下其他轻微罪行的历史。他曾经因为虐待怀孕的妻子而被捕。朋友们说他经常会突然暴怒，变得极端暴力，并且他曾经说过要除掉所有妇女以拯救这个世界。他从波士顿到中西部的过程正好和七宗残酷的性谋杀案巧合：其中两宗案件中，罪犯是用袜子绑在被害人脖子上将其勒死的。

没有任何证据表明德萨沃知道或了解那个或那些波士顿勒人魔的真实身份。他承认自己是“波士顿勒人魔”，但同时又在狱中写下了一首诗来故弄玄虚，来增加他的神秘性。这首诗的结尾是这样的：

今天他被困在监狱中，
内心深处埋藏着一个只有他才知道的秘密。
每个地方的人们都满腹狐疑，
勒人魔到底在狱中还是在到处游弋？

第六章

琼贝妮特·拉姆齐谋杀案

在琼贝妮特·拉姆齐谋杀案中，我们已经讨论过的许多主题汇集到了一起：家庭……名人……人格分析……我们中间最无辜的人所受的苦痛……绑架……残忍猛烈的攻击、杀人……以及在最出乎我们意料之外的地方出现了最赤裸的恶魔。本案也是本书案件中，我个人介入很深的一件。

正因为我个人的介入，很有必要提前把一些事情讲清楚。我在这里的目的既不是为约翰·拉姆齐或帕特里西娅·拉姆齐辩护或谴责他们，也不是为了证明我的行为或立场是对的。在一些圈子里，我的这些行为或立场遭到了全面地批判，我的动机也颇受质疑。我的目的只是解释自己是怎样通过运用刑事侦查分析得出了结论，而刑事侦查分析是我在四分之一世纪的时间里不断推动着发展起来的。

正如我在很多地方说过的，谋杀是我们任何一个人所能经历的最为让人不安、最具破坏力的经历，因为不像由疾病或事故导致的死亡，谋杀是一种蓄意的行为。谋杀把我们的世界搅得一片混乱，夺走了我们对这个世界所有的基本确定感（如果我们够幸运的话，我们对这个世界的信心还能保留）。而这个谋杀案是所有谋杀案中最恐怖的一个：因为被害者非常美丽，只有六岁，而且该案所暗示的是一个可怕的事实，父亲或者母亲可能会杀死他/她自己的孩子。

之所以说这个案件值得注意——实际上它是独一无二的——还有其他的原因。许多案件在进入法院审理之前很久就已经在公共舆论的法庭上被定案了——丽兹·伯登案、林德伯格案以及辛普森-戈德曼谋杀案，这只是随便举几个例子而已。但是我没有听说过在任何其他案件中，公众是根据统计数字决定其意见的。我没有听说过在任何其他案件中，公众基本上只相信小报中的报道。我没有听说过在任何其他案件中，主流媒体让小报占了先，根据小报的报道来作出自己的报道。我也没有听说过在任何其他案件中，受到尊重的电视节目为追求轰动效应而不惜代价互相攀比。如果这些并没有非常明显地从根本上挑战了公平和正义，我是不会如此激动的。

我是不是在说只有我一个人才知道通往公平和正义的正确途径？绝不是。除了作恶的那个或那几个人以外，没有人确切地知道在1996年12月25日夜里发生了什么事情才导致琼贝妮特·帕特里西娅·拉姆齐非正常惨死。我们这些人所能做的只是使用我们的一般常识、分析能力和所有的专业知识作出最佳的判断。

如果有人因为我站出来讲了我所相信的事实而诋毁我，那就让他们去吧。这不是第一次，也绝不会是最后一次。1980年发生了一连串可怕的谋杀儿童案件，我被叫到亚特兰大，当时就已经经历过这种诋毁。结果是，警方很生我的气，因为我侵犯了他们的领域；公众也不接受我的这个观点，即杀死黑人儿童并不是三K党因为仇恨作出的有组织、有预谋的犯罪，而是一个不会照顾自己的年轻黑人男子单独干的。事情就是那样的。

但我在这里想着重阐明的一点是，刑事侦查并不是比赛谁是大众情人。它不能被、也不应该被大众的观点和媒体的影响所左右和决定。

在这个案件中，有人说我是“受雇的枪手”：确实，开始时我收到了不多的一点费用，自从我离开联邦调查局以后，我在我受雇咨询的其他一些案件中都会收费。有人说我“一门心思想出名”：确实，我从来不羞于在镜头上出现。当年我为了努力推进联邦调查局的犯罪分析项目，乐意接受来自任何地方的宣传机会来支持这一项目，这样做同时也是为了在具体个案中得到公众的帮助。但是我所讲的观点从来都是我深切感受到的，并且有我自己的信念和我所看到的事实的支持。

辩护律师的责任是证明其当事人无罪，而不管他相信或者不相信其无罪。刑事侦查人员只有一个责任，而且是一个非常严肃的责任。这个责任与他/她为谁工作无关，也与谁来付钱无关。这个责任与个人荣辱或个人的事业也无关。这个责任只与侦查人员默默地作出的承诺有关。这个承诺是给已经不能为自己说话的被害人的；他/她承诺将在其职权范围内尽一切努力发现事实真相，并把犯罪人绳之以法。世界上所有的金钱和名望都不足以吸引我让我偏离这个重大而严肃的承诺。

并不只有我一个人是这样的。举两个参加了本案的人为例：我相信前警探史蒂夫·托马斯的承诺并不亚于警探罗·斯密特的承诺，尽管我非常不同意前者的解释，而是与后者基本观点一致。我相信他们两个人都正直可靠，都一心想为琼贝妮特伸张正义。我希望他们对我也是这样看的。

讲了上面一席话之后，现在让我们仔细地看一看拉姆齐谋杀案，看一看这个案件为什么会一直挥之不去地萦绕在我们心头。

我并不否认，我们对这个案件着迷是因为被害人年龄这么小，有一头金发并且很美丽；因为她的父母有钱、有地位又聪明；因为他们的邻里既时尚又安分；因为他们的社区既安全又自足；因为案件发生在圣诞节。所有这些因素都说明这宗凶案本来不应该发生。如果有一个像“人咬狗”这样具有新闻价值的案件，那么拉姆齐案就是如此。甚至她那特殊的名字——她父亲的教名和她母亲的名字的一种组合[①]——也增加了案件的神秘感。

让我们实话实说：当我们第一次看到这个迷你拉斯维加斯广告女郎的那些选美大赛录像时——小牛仔情人，爱国、穿着红白蓝三色衣服、跳着踢踏舞的小女孩，眼睛里总是充满了欢乐和调皮，小手自信地放在翘起的臀部——这些形象就立即挥之不去地刻在了我们所有人的记忆里。地区检察官阿里克斯·亨特认为，正是这段选美比赛的胶片把这个案件同其他两千件杀害儿童的案件区别开来。琼贝妮特在死了以后成为美国最伟大的封面女郎，这可真是奇异，同时也是对我们的名人崇拜文化的莫大讽刺。

1996 年 12 月 25 日至 26 日

那么我们应当怎样分析这个案件?

不论谁是凶手，我们必须直接面对真实的事实。我们必须看一看，从早晨的互赠礼物、互相拜会和孩子们的兴奋，经过兴高采烈、充满欢乐的圣诞晚餐和他们对第二天一早乘坐私人飞机去度假别墅的企盼，怎么会演变为针对一个正在熟睡的六岁孩子的窒息死、钝器伤、性攻击和致命而猛烈的侵害。

这些就是事实。我们想要往这一情节中添加人物或者动机，就必须得

① 琼贝妮特·拉姆齐全名是 JonBenet Patricia Ramsey。Jon 来自父亲的名字 John，Patricia 则来自母亲的名字。——译者

考虑这些事实。

对于执法者来说，本案开始于 1996 年 12 月 26 日早晨五点五十二分。那时科罗拉多州波尔德市的一个接警员接到了帕特里西娅·安妮·拉姆齐打来的一个九一一报警电话：

拉姆齐：【听不见】警察。

接警员：【听不见】

拉姆齐：第十五大街七五五号。

接警员：出了什么事，女士？

拉姆齐：发生了绑架。请快点。

接警员：向我解释一下发生了什么事好吗？

拉姆齐：我们看到一张……有人留下了一张字条，我们的孩子不见了。

接警员：留下了一张字条可你的孩子不见了？

拉姆齐：对。

接警员：你女儿多大了？

拉姆齐：她六岁……她长着金色的头发……六岁大。

接警员：这事发生多长时间了？

拉姆齐：我不知道。我只是发现了那张字条，可我女儿【听不见】。

接警员：字条有没有说谁带走了她？

拉姆齐：什么？

接警员：字条有没有说谁带走了她？

拉姆齐：没有。我不知道……字条就在那儿……一张勒索字条。

接警员：是一封勒索信？

拉姆齐：上面写着“S.B.T.C.胜利”。请……

接警员：好，你叫什么名字？你是不是……

拉姆齐：帕特茜·拉姆齐。我是她母亲。天哪，请……

接警员：我……好吧，我派一名警官过去，好吗？

拉姆齐：请快点。

接警员：你知道她不见多长时间了吗？

拉姆齐：我不知道。我们刚起床就发现她不在这里。我的天哪，请快点。

接警员：好的。

拉姆齐：请派人过来。

接警员：我正在派，亲爱的。

拉姆齐：快一点。

接警员：深吸一口气【听不见】。

拉姆齐：快点，快点，快点【听不见】。

接警员：帕特茜？帕特茜？帕特茜？帕特茜？帕特茜？

几分钟之内，波尔德市警察局的警官里克·弗伦奇就来到了第十五大街七五五号。这是一幢红砖盖成的都铎式大房子，位于该市大学山社区内。房子的外面为圣诞节而精心装饰过。在前门口，他遇见了失去了孩子的母亲帕特里西娅·拉姆齐。帕特里西娅再有三天就要过四十岁生日，穿了一件红色毛线衫和黑色休闲裤。没过多久，孩子的父亲约翰·贝内特·拉姆齐也过来了。他五十三岁，穿蓝白条衬衫和卡其布休闲裤。帕特茜是约翰的第二个妻子。他第一次与路辛达·卢·帕什的婚姻以离婚告终，而他与帕特茜已经结婚十六年了。弗伦奇警官的印象是，帕特茜看起来激动不安，而约翰看起来紧张，但是仍然平静、能够自我控制。他们快满十岁的儿子伯克还没有被叫醒。

他们告诉弗伦奇说，凌晨五点四十五分帕特茜从她位于第二层的卧室下楼来叫醒六岁大的琼贝妮特，并开始做好准备飞往密歇根州的夏洛瓦市，那儿有一所他们度假用的房子。他们本来打算再从那里飞往佛罗里达州，带伯克和琼贝妮特到迪士尼的“大红船”上游玩。

琼贝妮特的卧室没有人。帕特茜从孩子二层房间外的旋梯上走了下去。在下面几级台阶上，她看到三页并排放在一起的白色带格子的大页书写纸。他们向弗伦奇出示了这几页纸；这些纸现在摆在厨房外面通道里的木地板上了：

拉姆齐先生：

听仔细了！我们代表外国的一个小派别。我们【此处被划掉】尊敬你的公司，但不尊敬它所属的国家。现在你的女儿在我们手上。她很安全，没有受伤。如果你想让她活到1997年，你必须完全按照我们的要求做。你要从你的账户里取出十一万八千美元，其中十万美元要一百美元面值的钞票，剩下的一万八千美元要二十美元面值的钞票。你要保证带一个足够大的袋子去银行。回到家以后，你要把钱放到一个褐色的纸袋里。我明天上午在八点到十点之间会打电话告诉你怎么交钱。交钱会很累，所以我建议你好好休息一下。如果我们发现你提前取到钱，可能会给你打电话安排你早些【第二页】交钱，你也能够早些【此处被划掉】接到你的女儿。你胆敢违反我们的任何要求，我们就会立即杀死你女儿。你也得不到她的尸首来好好安葬。看守你女儿的两位先生不太喜欢你，所以我建议你不要惹他们，跟任何人讲你的情况，包括警察局、联邦调查局等，会导致你女儿被砍头。如果我们发现你跟丧家犬讲这些事情，你女儿死定了。如果你向银行报警，你女儿死定了。如果这些钱被以任何方式做上记号或弄出问题，你女儿死定了。你会被检验有没有带电子设备，如果发现有，你女儿死定了。你可以试一试骗我们，但是我们警告你，我们对反侦查措施和技术很在行。如果你想骗我们，你有百分之九十九的机会弄死你女儿。按照我们的要求做，【第三页】你百分之百会接回你女儿。你和你的家人将不停地受到我们的监控，那些执法机关也一样。别试图要小聪明，约翰。你并不是唯一的大胖猫，所以不要以为杀人很困难。不要低估我们，约翰。好好用一用你那南方人的常识吧。现在由你来决定了，约翰！

胜利！

S.B.T.C.

字条是用黑色签字笔写的，看起来，写这种斑斑驳驳的字的人要么十分紧张，要么就是在用不会写字的那只手写字，以掩盖其笔迹。

没过多长时间，巡逻队长保罗·赖辛巴赫警官来到了这所房子。那张字条警告不要通知警察局——但是几乎所有的父母都不会理这种威胁——并且如果房子受到监视，或者受到如字条所说的“监控”，那么门口的两辆警察专用巡逻车肯定会被发现。

和赖辛巴赫一起到达现场的，还有拉姆齐的两家好朋友：福利特·怀特、帕里茜拉·怀特以及约翰·弗尼和芭芭拉·弗尼。他们接到了帕特茜慌乱不堪的电话，就来到了帕特茜家。前一天晚上的圣诞晚宴就是在怀特家举行的。这是拉姆齐一家和怀特一家一起过的第二个圣诞节。

赖辛巴赫叫来了更多的人手，包括一个负责在犯罪现场收集证据的小组，还有一个来自“被害人做证办公室”的人。他叫电话公司在拉姆齐家的电话上装了一个跟踪器，然后通知了值班的罗伯特·维特逊警长。他命令不准使用警用无线频率，因为他担心绑架犯有警用频率扫描器。赖辛巴赫快速查看了一遍房子，包括琼贝妮特的房间。他没有找到明显的强行入室的痕迹。他观察的结果与弗伦奇的一致：帕特茜几近歇斯底里，而约翰平静沉着。根据证人的证言，他们之间并没有太多的交流，特别是怀特夫妇和弗尼夫妇到达以后。怀特太太和弗尼太太把帕特茜带离起居室，领她到阳光房，一起坐下安慰她。

即使在这个很早期阶段，我们就已经看出案件的侦查有一定问题。被害人被绑架的地点就是犯罪现场，必须认真保护，才能取得关键线索。所有的侦查人员都是按照“转移理论”行动的，这种理论说任何人进入或者离开一个房间都肯定会留下些什么或带走些什么。所以，在场的人越多——包括警察——现场就越难保护。完全可以理解，拉姆齐夫妇想让他们最亲近的朋友在跟前，警察的做法也值得赞扬，他们想让拉姆齐家的朋友为拉姆齐夫妇在这种折磨人的时刻提供感情上的支持，但是有价值的证据可能就这样被破坏了。最佳做法是把所有人从房间中清走，把他们带到警察局或其他地点，并把房子和院子封锁起来。如果有特殊原因——比如必须等绑架犯的电话——而不能那么做，那么他们也应该只呆在一个地方，这样不至于破坏整个现场。不应该允许他们在房子里自由走动，特别是在毫无疑问非常关键的地区，例如琼贝妮特的卧室。不幸的是，随着早晨时间的推移，错误越犯越多。

福利特·怀特一度曾试图帮忙，想要亲自搜查一遍。在迷宫一样的地下室的一间储物间里，他注意到对着门的那面墙上窗户是碎的。在地下室的另一部分，怀特穿过小锅炉房来到一个门前，门内是另一个储物间，拉姆齐夫妇把这个储物间叫做酒窖，尽管他们的酒量都非常小。怀特打开房门时，酒窖里一片漆黑，他找不到电源开关，所以把门关上回到楼上。在那儿，约翰·拉姆齐说是他自己打碎了福利特看到的那扇窗户。那是几个月之前，他回家时发现自己忘了带钥匙，家里又没有人，就只好打碎玻璃进来。

这时，两个被害人救助员已经到了，他们给拉姆齐夫妇提供了情感上的帮助，并代表拉姆齐夫妇与警方进行联络。但这使犯罪现场更加复杂。当一位警官离开房子把勒索信送到警察局时，拉姆齐家的牧师、圣约翰新教圣公会的罗尔·胡弗斯多克教士也到了。

在这期间伯克·拉姆齐被叫起床，并被告知妹妹不见了。他穿好衣服，被带到怀特家去了。约翰和帕特茜想让他远离紧张和痛苦，但是这个做法并不是无可指责的。如果琼贝妮特被不明身份的人出于人所不知的动机绑架了（很可能是这样），那么为什么要把伯克带到一个不安全的地方？警方怎么会同意这种做法？

像这个案件的许多方面一样，至少有两种解释。从正面讲，我们可以说，在当时非常紧张的情况下，人们思考事情常常是直线型的，只想到最近的后果。约翰和帕特茜不想让他在房子里的经历给他的一生留下创伤，所以他们想把伯克带到他会觉得最舒适和安全的地方。警方同意这种做法是因为他们和拉姆齐夫妇考虑了一样的因素。

负面的解释是，如果拉姆齐夫妇中的一人或两个人是罪犯，他们会知道伯克离开他们也不会有危险。对警察的负面判断是他们做错了：他们从来都不应该让可能成为被害人或者证人的人离开他们的保护。但是，人们（即拉姆齐夫妇或警方）很容易这么想：如果绑架者想绑架伯克，他们会在绑架琼贝妮特的同时带走伯克。在怀特家，伯克可以一直处于真正关心他的人们的视线之内，没有人会在光天化日之下闯进来抢人。

从事绑架案和谋杀案侦查几十年的经验告诉我，正确的解释并不能在真空中产生。每一个细节都必须能够和整个事件联系起来，而这正是我们要做的。

维特逊警长派警员迅速展开工作，然后通知了波尔德县治安部和地区检察官办公室的彼得·霍福斯特朗，他是重罪部的负责人。警探史蒂夫·托马斯会在案件侦查中起到非常重要的作用。按照他的说法，当时还有一组警犬候命，但出于某种原因却没被使用。托马斯认为这是另一个错误，我也同意。警犬能够从被害人在一个地点的微弱气味一直追踪到被害人被带到的下一个地点，我对此印象深刻。

约翰·拉姆齐给他的朋友罗德·维斯特莫兰德打电话请他准备赎金。罗德是一名律师，也是美林证券公司亚特兰大办公室的副总裁。约翰和帕特茜就是在亚特兰大初次相遇并住在那里的，直到约翰的电脑销售公司微南公司（MicroSouth）与其他两家公司合并组成了通路图形公司（Access Graphics）为止——这家公司的总部设在波尔德市。约翰搬到了波尔德市，当上了总经理。帕特茜在第十五大街上找到这所二十年代建的房子之后，孩子们也搬来了。帕特茜的父亲罗纳德·鲍夫从前是联合碳化物公司（Union Carbide）的经理，后来为约翰在亚特兰大的公司工作，现在也搬到了波尔德市。通路图形公司的年销售额达到十亿美元，后来被卖给了洛克希德·马丁公司，约翰继续当总经理。

尽管全家搬到了西部，拉姆齐夫妇还是认为他们是亚特兰大人。帕特茜生在西弗吉尼亚州，曾代表该州参加美国小姐选美比赛，她很怀念南方的生活方式。

他们找到维斯特莫兰德的时候他正在密西西比州图玻洛市的父母家，维斯特莫兰德立即开始准备赎金。他打电话回来告诉约翰在其维萨卡上存入了十一万八千美元，可以在任何一家当地银行兑换成现金。不用说，只要电话一响，警方立即就紧张起来，因为可能是绑架者打的。

早上八点刚过，维特逊警官联系到了约翰·艾尔勒，他是波尔德市警察局侦探处的处长。在这个时间，艾尔勒和其他人一样不在市里，而是和家人在佛罗里达州度假。这个电话之后几分钟，侦探琳达·安特和弗来德·帕特森到了现场。他们已经看过勒索信，知道现在的情况。在所有方面，安特对拉姆齐夫妇热情细致，尽量使帕特茜安静下来。她告诉约翰当绑架者来电话时该怎么做，强调约翰要尽量拖延通话时间。

约翰给迈克尔·阿楚力塔打了电话，他是拉姆齐家飞机的私人飞行员。飞机是 1972 年造的双发动机的比奇空中国王（Beechcraft King Air）C－90型。阿楚力塔在密歇根州的夏洛瓦市。约翰告诉了阿楚力塔所发生的事情。阿楚力塔为约翰工作的时间很长，他们都把彼此当成好朋友。约翰第一次婚姻的两个孩子，美林达·安德鲁和约翰·安德鲁，还有美林达的未婚夫司徒亚特·朗尔，本来打算从亚特兰大飞往明尼阿波利斯市，在那里搭乘拉姆齐的飞机一起飞往夏洛瓦市。约翰让迈克尔在明尼阿波利斯市接他们，然后把他们送到丹佛市。约翰的大女儿伊丽莎白，小名叫贝斯，1992 年和朋友迈特·戴凌顿死于芝加哥的一场车祸，当时她二十二岁。约翰因为贝斯的死伤心之极，哀伤了好长一段时间。但据约翰自己说，这件事过后，他像换了一个人一样，变得更加坚强。那架比奇飞机就是以贝斯的名字命名的。

警官们开始向拉姆齐夫妇提出问题，想为这件事拼凑一个官方的说法。拉姆齐夫妇都认为前一天晚上所有的门都锁好了。按史蒂夫·托马斯的说法，帕特茜记不清是先看到琼贝妮特的房间没有人才发现勒索信，还是先发现勒索信才去琼贝妮特的房间看的。如果帕特茜是在编造故事，这一点可能很重要，但是我认为在恐惧和压力下，遇害儿童的父母记不清自己的行动也是很常见的。我曾经看到父母亲会忘记整件事，就像撞车的被害人记不起事故的任何细节一样。

拉姆齐夫妇都记得晚上大约八点半离开怀特家，在其他朋友家停车两次，给他们送礼物，刚过九点就回到家了。琼贝妮特在车上就睡着了，约翰把她抱进房子送到她的房间，帕特茜已经铺好了床。他们说在这个过程中琼贝妮特没有醒过来。约翰接着去照顾伯克，但是伯克坚持要装好一个圣诞玩具。当约翰把他送上床回到自己的房间时，帕特茜已经上床了。他们的卧室是三层的阁楼改成的。约翰吃了一片美乐通宁来帮助自己睡眠，并把闹表定在凌晨五点。

侦探们问约翰是否能够想出任何可能伤害琼贝妮特的人，或者想伤害他自己的人。他所想到的第一个人是约夫·梅里克，他是通路图形公司的一个老员工，被开除了，所以对这件事明显怀恨在心。他曾经向洛克希德·马丁提出申诉，而且好几个人曾告诉约翰，说梅里克威胁说要毁了他和通路图形公司。

当被问到类似的问题时，帕特茜首先想到了他们的佣人琳达·霍夫曼-普夫。帕特茜说琳达行动有些异常，曾经要求借二千五百美元来支付房租。帕特茜还记起她母亲尼德拉·普夫曾告诉她说琳达有一次说："琼贝妮特这么漂亮，你们就不怕有人会绑架她吗？"

警察局派人去拉普敦堡附近询问霍夫曼-普夫和她丈夫。同时，绑架犯说的八点到十点他们要打电话来的时间过去了，除非，约翰·拉姆齐当时想着会不会是指第二天的八点到十点。因为他们不知道绑架具体是什么时间发生的——在午夜之前还是之后——所以约翰不能确定是今天还是明天。有一段时间，有人看到约翰正在翻看信件，还有人说是他自己离开房间去拿的邮件。事实上，信件是从前门的信槽投进房间的。有几个人用这个来证明约翰冷淡、漠不关心，但约翰说他着急要看一看有没有来自绑架犯的信。

到午饭时间还是没有消息。警方开始离开拉姆齐夫妇家回到警察局处理这个案子。那两个被害人救助员也已经离开了。这时只剩下琳达·安特一位警官在现场管理七位平民：约翰·拉姆齐和帕特茜·拉姆齐、福利特·怀特和帕里茜拉·怀特（他们把伯克送回家交人看好以后又回来的）、约翰·弗尼和芭芭拉·弗尼，还有罗尔·胡弗斯多克教士。安特对这样的安排很不舒服，就打电话给拉利·梅森探长要人支援。不知道是什么原因——可能是圣诞节期间人手不够——没有人过来。

可能是想在自己一人对付所有其他人的时候让约翰有事情做，安特让他带另外一位男子去检查房子，看一看能不能找到其他有关案件的东西。约翰叫福利特·怀特陪他一起去，并建议从地下室开始往楼上一层一层地找。

酒 窖

约翰和福利特在地下室挨个房间查看。经过伯克摆放电动火车的桌子后，他们就来到了那扇打碎的窗户前，在地板上找到了几个玻璃碎片。约翰估计这些碎片很可能还是他夏天时破窗而入留下的。现在回头看会觉得有些奇怪，因为过了好几个月还没有修好窗户，但附近犯罪率的确是很低。拉姆齐家也有防盗报警系统，但是好几个月没有用了，因为孩子们总是不小心触动它。

约翰和福利特看到窗户旁边有一个手提箱。如果有人闯进来，在从这扇窗子出去的时候应该用了手提箱作踏板。但是也很难讲，因为他们在搜寻的时候移动了手提箱。他们检查了餐厅下面安装线缆和水管的地方，然后返回锅炉房，来到酒窖门前。福利特之前来过这里，看到里面一片漆黑。

但是约翰刚刚打开门，他就看到了什么东西。按照怀特的说法，约翰尖叫道：“天啊，天啊！”

约翰跑进去，发现琼贝妮特仰面躺在地板上，身上围着一块白色的毯子。她的双手搭在头上，被绳子紧紧系在一起。一块黑色的胶带封着她的嘴。她喜欢的粉色睡衣就在她的一旁。

福利特碰了一下琼贝妮特的脚踝，已经冷了。他转身跑到楼上叫人帮忙。约翰跪在她身旁，把胶带从她嘴上撕下来，拉开毯子，并开始试着解开手腕上的绳子。他说在这个过程中他哀求她讲话。她的眼睛闭着。

他把她抱起来，抱着她的腰让她身体竖直，上楼来到起居室，琳达·安特在那里。福利特已经上了楼，喊着让人打电话叫救护车。约翰把琼贝妮特放在圣诞树旁的地板上，说着安慰的话，同时，安特在查看她是否还活着。但是安特看到孩子已经完全僵了，嘴唇已经变成紫色了。福利特回到地下室，拿来了那块胶布。现在已经有两个人动过这块胶布了。

在帕特茜回到房间以前，约翰已经用另一块毯子盖住了琼贝妮特的身体，就像他要把她包起来放到床上去一样。罗尔·胡弗斯多克教士看到了发生的一切，开始大声祷告。祷告完成后，他告诉约翰他已经为琼贝妮特完成了圣公会的最后仪式。

对于帕特茜在这时的行动，有不同的说法。按史蒂夫·托马斯的说法（这很可能来自他的警官同事们）：福利特刚刚到楼上开始叫喊，帕里茜拉·怀特和芭芭拉·弗尼就向声音传来的方向跑去，而帕特茜呆在阳光房的沙发上没有动。几分钟后，她由朋友搀扶着来到房间。按照约翰·拉姆齐的说法，帕特茜几乎是自己硬闯进起居室的，歇斯底里地尖叫着、哭泣着冲过他倒在琼贝妮特的身体上。大家都听到她恳求胡弗斯多克，大意是说：“上帝，您曾经让拉撒路起死回生，现在请您也让我的宝贝起死回生吧！”

不论确切的时间和顺序是怎样的，有一段时间约翰·拉姆齐和琳达·安特面对面跪在琼贝妮特身体两旁。这时安特刚刚试过脉搏，但根本没有脉搏了。约翰问她女儿是不是还活着。她与他目光对视，告诉他琼贝妮特已经死了。约翰发出了一声痛苦的低吼。

从这里开始，人们的叙述就变得有点奇怪了。约翰和帕特茜两人都感到安特对他们非常热情细致，并且整个痛苦的下午和以后的日子一直这么认为。警察局的其他人也明显有同样的印象。事实上，到后来，其他的几个警探有些生气了，因为帕特茜愿意跟安特讲话，而不愿意和他们讲。

但是这些事情发生三年以后，在安特已经离开了波尔德市警察局后，她在全国播放的电视节目上的回忆却不一样。“当我们两人对视的时候，我记得——当时我戴着一个肩式枪套——我记得我摸身边的枪，并有意识地数了一下，我有十八颗子弹……因为我不知道当坏人原形毕露的时候我们是不是还都活着。”然后她说：“在那一瞬间我一下子明白了一切。我知道事实真相了。”

我想大家都知道，这话的隐含意思是她认为是约翰杀死了自己的女儿，或者至少约翰参加了杀害女儿的行动并掩盖了事实真相。

按我的想法，在很多层面上，这是一段异常特别的陈述。第一，安特没有把它写在报告里。第二，她继续对拉姆齐夫妇很好，没有任何迹象表明她是在同嫌疑犯而不是悲伤的父母打交道。第三，即使约翰·拉姆齐当时就要向她进攻，数子弹又有什么用呢？除了她自己以外，房间里只有七个人，他们都没有枪。我认为通过面对面的接触得到的印象很重要，但是这算是什么证据呢——她从他的眼睛里看出他是凶犯？

从绑架案到谋杀案

因为整个案件突然从绑架变成了谋杀，所以琳达 · 安特让约翰再次拨打九一一报警。报警没有立即产生效果，她就亲自又打了两次电话。她马上就会得到想要的支援：更多警察、联邦调查局丹佛市地方办公室派出的特别密探、救火队，还有带着护理人员的救护车。波尔德市警察局局长托马斯 · 科比给探长约翰 · 艾尔勒打电话，告诉他需要他的紧急帮助。

在新的一轮喧闹和骚动里，探长拉利 · 梅森问约翰 · 拉姆齐有什么计划。约翰的直觉是要把家人带回亚特兰大，他们的父母和他的弟弟都住在那里，他想把女儿安葬在那里，安葬在佐治亚州玛丽艾塔市公墓的贝斯墓旁边。梅森告诉他说他和家人应该呆在这个地区，至少再多呆几天。按照约翰的说法，他当时说他会多呆几天。警方说他们无意中听到约翰在电话里告诉迈克尔把飞机准备好，要飞往亚特兰大。警察认为他这么快就想离开很可疑。即使事实确如警方所说，我却没有看到任何可疑之处。这个人习惯于控制各种事务，他不过是想要回到他认为是他真正的家的地方，因为那里舒适而且安全。

警察局现在想要把房子空出来。弗尼夫妇建议拉姆齐夫妇去位于波尔德市南部的弗尼家里。当下午两点十五分他们正要从前门离开的时候，一辆出租车停在门口，约翰 · 安德鲁、美林达 · 拉姆齐和司徒亚特 · 朗尔从车上下来了。他们从迈克尔 · 阿楚力塔那里得到消息以后，从明尼苏达州搭乘第一班飞机赶到了这里。约翰看到了他们，告诉他们说，“琼贝妮特死了。”每一个人都再次泪流满面。

几乎在同时，警探托马斯 · 楚吉洛拿着一张同意搜查的表格来了。他把表格递给拉利·梅森，后者请约翰在上面签字。当时确实是他签的字，但后来他说他当时以为签的是同意对琼贝妮特进行解剖检查的表格。

然后拉姆齐开车来到了弗尼家。福利特·怀特把伯克带来，警察局会派人员二十四小时看守。他们所不知道的是，警方会尽量听他们所说的每一个字。

尽管现在回头看犯罪现场已经破坏得特别严重，但是警探们开始收集证据。最关键的证据是勒索信，幸运的是，勒索信已经被收起来保存好。维特逊警官已经向拉姆齐要了手迹样本来和勒索信对比，约翰很快就给了他两页白色带格子的记事簿。一个记事簿原来放在厨房工作台，里面有帕特茜的记录、涂鸦和购物清单。另一本记事簿有约翰的笔迹，原来放在走廊里旋梯旁边的桌子上，帕特茜就是在旋梯上找到勒索信的。维特逊在记事簿的首页上分别写上了“约翰”和“帕特茜”。这两个记事簿被送到警察局交给了侦探约夫·克斯卡特，他是处理伪造案和诈骗案的专家。

当看帕特茜的记事簿时，克斯卡特注意到了不寻常的东西。在记事簿的中间部分，用黑色签字笔在一页纸上面写着“先生和女士”还有一竖，很有可能就是“拉姆齐（Ramsey）”的第一个字母R的第一笔。这页纸和勒索信用的纸一样。很显然，这是第一稿；可能是作者考虑过以后，决定把勒索信只写给拉姆齐先生一人。

当然，这意味着警方可以相当肯定地说那封三页纸的勒索信是在拉姆齐家的房子里面写的，用了拉姆齐家的记事簿和信纸。这使得案件的可能性大大缩小了。要么是闯进房子的凶犯在房间里呆了很长时间而没有被发现，要么琼贝妮特是被同时在房子里的三个人中的一个或更多人所杀害的：约翰、帕特茜和伯克。

当一个孩子是在家里或者家附近被谋杀时，父母和其他家庭成员在最可能的嫌疑人名单里总是排得很靠前。统计数据告诉我们，在这种情况下，他们是最可能的谋杀犯。按照一般经验，孩子越小，就越是可能牵涉家庭成员。联邦调查局当地办公室特别密探隆·沃尔克当然非常清楚这一点。他是被叫来为这个案件提供分析意见的。

在执法界，隆·沃尔克是我最尊重的人之一。首先是因为我在匡迪格市教了他刑事侦查分析，发现他天生是干这一行的料。另一个原因是他曾经救过我的命。1983 年 12 月，我在西雅图的宾馆里因为病毒性脑炎而休克，当时我正调查“绿河”系列谋杀案。是隆·沃尔克和他的同事布赖恩·迈科尔维恩找不到我，开始着急，撞破了门救了我。

隆·沃尔克告诉波尔德市警察局要仔细注意孩子的父母，在这类案件中，十有八九是他们干的。他还许诺说，不论警察局需要什么帮助，联邦调查局都会乐意帮忙。丹佛市警察局和科罗拉多州调查局不久也给了同样的建议。

简单说来，自从通过了林德伯格法案以后，联邦调查局对绑架案有管辖权。但是一旦找到了尸体，案件就要交由地方处理，因为杀人案是归一个州内部法律管辖的。所以，联邦调查局所能做的就仅仅是向当地警察局提供它所希望得到的任何帮助。联邦调查局可以提供证据反应小组、犯罪侧写和刑事侦查分析、实验设施、法律咨询、大案计算机管理、侦查州外线索和进行联系，任何事情都行。但是他们只有在被要求的情况下才可以提供这些东西。不幸的是，这里没有尽早使用这些帮助，不然会使案件的侦查有所不同。

在所有的案件中这都是一个重要的因素。正像在医学领域里医生会把病人介绍给有专长的另一位医生一样；在执法领域里，没有任何人在所有方面都是专家。警察局越是小、越是没有经验，那里的警察就越是没有专业特长。这一点我们完全可以理解，并且没有什么可以害羞的。

但是如果警察局拒绝从另一个真正拥有专长和经验的部门接受帮助的话，这尽管是可以理解的，但却无法让人接受了。波尔德市警察局不乏具有献身精神而且工作努力的警官。但是这个城市平均一年只有一宗杀人案，这一点也不可否认（也很幸运）。不论他们怎样具有献身精神，他们绝不可能像纽约市或者丹佛市那样的大警察局一样深入调查一宗杀人案。很明显，这个案件在他们看来很简单，尽管案发现场已经一团糟了。

我两种情况都经历过。按照我的经验，如果当地警察局自愿地并且很早就打电话让我们参加案件的调查，而不是一直等到调查悬而不决、公众开始要求尽快有结果时，那么管事的人通常相当有自信，所以不害怕外来帮助者威胁自己的地位。在很多这样的人当中，我能立即想到的有两位：南卡罗来纳州莱克星顿县的吉姆·梅茨警长，他让我们的小组帮忙，因为当时有一位年轻妇女和一个小女孩被凶手从自家门口绑架走；还有纽约州罗彻斯特县的林德·约翰逊警长，他请我们帮忙解决一系列妓女谋杀案。我亲自到南卡罗来纳州案件的现场工作过，我的助手格莱格·迈克拉力去了罗彻斯特县。在这两个案件中，由于当地警方和联邦调查局之间展开了卓有成效的合作，所以都成功地抓到了凶手并进行了审判。我希望同样的事情也在波尔德市发生。

第二天，琳达·安特和拉利·梅森来了弗尼家好几次，和拉姆齐夫妇谈话。安特有一次请约翰和帕特茜到警察局去更加正式地回答问题。

我不是要谴责这两位警官，但是很可能就是从这时开始拉姆齐夫妇和波尔德市警察局之间的对抗和仇恨真正发生了，但我不认为这是任何一方有意识地这样做的。

帕特茜当时心烦意乱，吃了很多镇静剂，说自己想死。约翰认为帕特茜身体不好，不能离开房子，也不能参加累人的讯问。警方正在侦办一个大谋杀案，这种案件经常或者通常都有父母参与，所以他们想让琼贝妮特的父母各自讲各自的故事。

拉姆齐的朋友迈克尔·伯尼姆正在弗尼家进行吊唁，这时琳达·安特要求对约翰进行讯问。伯尼姆曾经是波尔德县地区检察官办公室的公诉人，现在在当地一家大型律师行当律师。他告诉约翰说警方不应该这样对待他们，并问约翰和帕特茜是不是愿意相信他，让他为他们做一些决定。约翰说他非常感谢一位好朋友能够出来帮忙。

伯尼姆立即告诉警方说，拉姆齐夫妇现在不会到警察局去接受讯问，因为他们身体不舒服。然后他打电话给布赖恩·摩根，他是丹佛市著名律师，是哈顿-摩根-富尔曼律师行的首席合伙律师之一。伯尼姆请摩根给约翰当律师。伯尼姆为帕特茜找了另外一名律师帕特里克·伯克。伯尼姆非常熟悉刑事司法体系，所以认为任何人只要与它有涉，就要找一名个人律师。

尸　检

尸检是由约翰·E·梅尔医生进行的。他是病理学家，兼任波尔德市的验尸官。12月26日下午六点左右，梅尔被叫到拉姆齐家进行简短的检查，正式宣布琼贝妮特已经死亡。在这个十分钟的检查中，他注意到尸体右手手腕旁边有一条绳子，当尸体被翻转过来时，脖子上有另一条绳子，绷得非常紧，在皮肤里留下了一道深沟。这是一个在背后系成的绞环，绞环被系到四英寸长的断棍子上面，棍子是用来收紧绞环的。琼贝妮特戴着一条坠着十字架的金项链，它同绳子缠绕在一起。在右耳边的脸颊上有一小块擦伤或者是撞伤的伤痕，在脖子左侧面有一块已经凝结的很明显的擦伤。那截断棍子实际上是帕特茜放在地下室画具箱里面的一支画笔的柄。画具箱正好位于酒窖门外，这意味着它是杀人犯会首先注意到的可以拿到手的工具。

琼贝妮特穿着长睡衣裤，里面穿的是印花内裤，它们都被尿湿了。在她内裤的胯部有一块像血一样的红色。当时人们认为在她的内裤或者腿上找到了精液残留，但这后来被证明是错误的。

真正的解剖是在位于波尔德市社区医院地下室的验尸官解剖室进行的。除了在房间里观察到的以外，梅尔还注意到尸体眼睑上有非常小的瘀斑血点，在脖子周围绳子压出的深沟两侧也有出血现象。

在阴道入口附近发现了干掉的血迹，还有血胀和充血的血管，这表明阴道周围和里面的组织可能会有损伤。处女膜已经破裂，阴道壁上可以看到擦伤。指甲被剪下来进行实验室分析。梅尔的报告说在两肺的表面和心脏前表面都发现了间或出现的瘀斑出血。

当把头皮剪开向后拉的时候，梅尔看到右侧有一块非常大的出血区域——大概有 7 英寸 × 4 英寸。下面是一个更大的颅骨骨折，裂缝大概有 8.5 英寸长。蛛网膜下出血薄层（也就是覆盖大脑的细胞膜下面的出血）覆盖了整个右半脑。再往下，大脑内的灰质层上也有瘀伤。

小肠里有处于半消化状态的水果，梅尔相信是菠萝。这个细节在侦查中很重要，因为约翰和帕特茜都记得琼贝妮特在离开怀特家以后没有吃任何东西。实际上，她在汽车里就睡着了，约翰把她抱上楼和帕特茜为她铺床时她都没有醒。但是菠萝在肠道中的消化状态表明是当天白天或者当晚吃的，并且帕特茜家的厨房里有一碗切好的菠萝。在这个碗上找到了帕特茜和伯克的指纹，但是没有找到琼贝妮特的指纹。警察局认为这是帕特茜说法里前后不一致的地方之一。帕特茜和约翰说他们对这个发现也很疑惑，并且他们没办法解释。我想真正的罪犯在这个时候是会编造出一些解释的。

事实很清楚，琼贝妮特是被做成绞环的绳子勒死的，她的头部右侧受了重钝器伤。尽管还不能确定哪一个伤害发生在前，但是任何一个都足以杀死她。眼睑内侧和其他部位的瘀血，还有头部的伤口没有出很多血，这表明窒息首先发生，所以当头部受伤时心脏已经不再跳动，或者跳动得非常微弱。

官方认定的死因是勒死窒息加颅脑伤。

证 据

所有接触过琼贝妮特身体的东西都被收集起来了——有衣服、毯子，甚至还有琳达·安特跪在琼贝妮特身体旁边时所穿的绸衬衫和牛仔裤。

在房子里，警察局的技术人员查看了地下室里发现尸体的现场和破碎窗户周围的地方。窗户外面有碎玻璃片，墙上有蹬踏的鞋印。在这次搜查中，迈克尔·艾夫立特警探发现了帕特茜的画具箱，绞环上用的木棍就是从这个画具箱里拿出来的。画具箱旁边的碎木片表明木棍就是在这里被折断的。我们可以合理地推断，琼贝妮特就是在这里被绞死的，而不是在她楼上的卧室里。

在二层琼贝妮特卧室旁的洗手间里，侦探们发现了一件揉成一团的高领毛衣，帕特茜说琼贝妮特就是穿着这件毛衣上床睡觉的。看起来没有人知道这件毛衣怎么会跑到洗手间里。在旋梯的旁边，正对着琼贝妮特的卧室，有一个折叠式洗衣烘干两用机和一个洗衣间式样的壁柜。壁柜的一个门开着，里面可以看到一包尿不湿。这对于有一个九岁和一个六岁孩子的家庭来说有些奇怪，但是琼贝妮特尽管在很多方面都比她的实际年龄大，却有经常尿床和不时尿裤子的问题。尿床经常发生，所以琳达·霍夫曼-普夫说，甚至在她早晨上班之前，帕特茜总是习惯性地拿掉琼贝妮特的床单放到洗衣烘干机里。

尿床在侦查案件中变得很关键，因为从中可以看出父母之一可能会有作案动机，而他们的另一个可能会有行为。可能是帕特茜在因为琼贝妮特尿床而同她发脾气时不小心弄伤她致死，也有可能是琼贝妮特尿床和尿裤子是对来自父亲的性侵犯的反应。

警方也搜查了房子周围的地区。

他们是什么样的人？

连续很快发生的几件事造成了拉姆齐夫妇和警方之间的无法逾越的不和，并最终造成了公众对他们夫妇的长期印象。

首先，相关证据表明他们牵涉在谋杀案中，特别是当时房间里他们是仅有的在场的两个成年人，房间没有明显暴力闯入的痕迹。第二，他们并没有像处于当时情况下一般父母那样行动。约翰很安静、能够自我控制而且淡漠，帕特茜却歇斯底里，但是他们没有呆在一起互相安慰。他们没有特别地等待那个没有打来的勒索电话，并且他们没有一个劲儿地请求或者要求警察局帮他们找到杀死孩子的凶手——而所有“正常的”父母都会这么做。除了这些，他们还拒绝在第二天去警察局接受单独讯问。最后，他们几乎是立刻就找了律师。如果他们是无辜的并且没有什么可以隐藏的，那么他们为什么拒绝回答问题、为什么需要律师，甚至还每个人都单独请了一个律师?

这些问题有几种不同的解释，但结果都是不确定的。像我们在林德伯格绑架案中注意到的，每个人的反应都各有特点。许多人认为查尔斯·林德伯格可能牵涉到他那蹒跚学步的儿子的失踪案之中，因为他看起来冷酷、超然。实际上，这类人只有在自己完全控制局面的情况下才能够最好地应付突发情况。约翰·拉姆齐可能也是这样的人。他自己奋斗当上老板，是退役海军士兵，还是一名飞行员，曾经死过一个孩子，并且经历过因此而产生的情感和精神上从绝望到再生的历程。像约翰一样，在经历突发事件和其后果时，安妮·马洛·林德伯格在公共场合也显得很漠然，可是在私下里会偷偷哭泣。和拉姆齐夫妇一样，从没有人看到过查尔斯和安妮互相安慰，甚至也没有人看到过他们之间有什么接触。但是安妮后来发表的日记却表明这对父母有多么绝望。所以，在现在一切还刚开始的时候，要记住每个人的反应都会各有特点。这一点很重要，但这不是为拉姆齐夫妇辩护，而是说要给每一个因为这样的暴力犯罪失去亲人的人以他们应得的考虑和同情。

他们这么快就找了律师，这一点可以被看作是他们知道自己“需要”律师。或者可能是因为他们的朋友迈克·伯尼姆意识到没有律师保护就进入刑事司法体系的危险性，特别是如果伯尼姆相信——他在这点上后来证明很正确——拉姆齐夫妇已经成为警方调查的核心对象。他后来也确认找律师是他的主意。拉姆齐夫妇是富有、老练的人，在他们生活的其他许多方面完全适应通过律师和其他专业人员来办事。这点很像查尔斯·林德伯格，他刚刚发现儿子被绑架就给亨利·布雷肯里奇打了电话。律师来了之后，他们很快就变成了“好客户”，让他们的律师定调子，并且遵循他们的意见。律师没有办法知道他们的客户是有罪还是无辜的，他们的任务就是尽量减少可能有危险的曝光，但是这反过来又可能强化警方自以为他们已经得到的结论。

如果我还是在为联邦调查局工作并被派来侦破这个案子，那么我的第一反应就是认真地研究父母，即使是在我还没有看到任何证据之前。当然，这也正是隆·沃尔克所提的建议。

但还有另一个因素导致这个案件的侦查变成一团糟，这个因素在谋杀案发生之前很久就存在了，而拉姆齐夫妇却对此既一无所知又无能为力。这就是，局长托马斯·科比领导下的波尔德市警察局和由长时间任职的民选地区检察官阿里克斯·亨特领导的波尔德县地区检察官办公室，长期以来一直是死对头。对于该怎样依法管理这个富裕、自由、思想开放、人称“波尔德人民共和国”的社区，两家机关意见相左。这里犯罪率很低，对于这种为数不多的犯罪，检察官办公室经常不诉诸法院，而是通过控辩交易来解决，而警察局却认为这些控辩交易宽大得可笑，并且完全不适当。这可能把问题过于简单化了，但是这两家机关不是一起协作，而是经常互相拆台。

在谋杀案发生后的几天时间里，它们之间的敌对达到了白热化，并在很大程度上导致了警察局和拉姆齐夫妇之间的互相不信任。

梅尔医生刚刚完成了尸体解剖，艾尔勒部长和科比局长就又问了一些问题，主要是关于真正的死因、造成钝器伤的凶器以及阴道擦伤的意义和重要性。另一方面，拉姆齐夫妇想尽快要回他们的女儿来安葬。这是通过助理地区检察官兼重罪部主任彼得·霍福斯特朗通知给警察局的。

按照史蒂夫·托马斯的说法，霍福斯特朗通知约翰·艾尔勒说拉姆齐夫妇想要回孩子的遗体。拉姆齐夫妇直接和地区检察官办公室而不是与警察局联系，这使警察局已经有些恼怒，因为这意味着他们之间是在通过律师间接打交道，而不是直接打交道。他们特别不喜欢这个事实，即摩根的律师行同阿里克斯 · 亨特的几个部下关系很好。艾尔勒告诉霍福斯特朗说，他作为警察局长已经和法医官决定保留尸体再作几次实验。艾尔勒也很生气自己不能把拉姆齐夫妇叫来一个一个地进行正式讯问。

霍福斯特朗于是告诉艾尔勒说，警察不能够用尸体来“要挟”拉姆齐夫妇接受讯问。迈克 · 伯尼姆是这样认为的，而艾尔勒却不这么认为。后来警方和拉姆齐夫妇之间以及警方和地区检察官之间的怨恨一直没有消失。

拉姆齐夫妇“赢了”这一局，因为在他们的律师和霍福斯特朗的坚持下，警察归还了尸体，拉姆齐夫妇把尸体带回了佐治亚州，安葬在贝斯旁边。但是，毫无疑问，战争开始了。

全球播放

12 月 29 日，星期日，人们在圣约翰圣公会为琼贝妮特举行了纪念仪式。圣公会距离约翰位于珍珠大街商厦的办公室不远。这个日子是帕特茜的四十岁生日。12 月 31 日，星期二，全家飞到了亚特兰大举行葬礼和下葬仪式。

在星期六的早晨，也就是纪念仪式的前一天，琳达 · 安特和拉利 · 梅森来到弗尼家，想要对拉姆齐安排正式的讯问。约翰在那里同他们花了大概四十分钟，在场的还有两位律师，但是约翰说帕特茜还是在吃很多药，不适于讲话。在告诉了警官们一些家庭背景以后，他告诉了他们一些有关帕特茜的事，而这些事警方很显然在此之前并不知道。

1993 年 6 月，帕特茜抱怨说后背和肩膀非常痛，还抱怨说她一般情况下苗条而且照顾得很好的体形被破坏了，因为肚子在慢慢变胖。这以后，帕特茜被诊断患了卵巢癌。开始时被定为第三阶段，后来又被定为第四阶段，这是最坏的阶段，这时癌症已经扩散。于是，在贝斯死后不久，拉姆齐一家再次陷入混乱，再一次面对死亡。帕特茜说她曾经质问上帝，为什么给了她两个如此美丽的孩子，却要在他们最需要她的时候把她带走。

她参加了一个非常严格的实验性治疗计划，是由国家健康研究所下属的、位于马里兰州贝塞斯达市的国家癌症研究所进行的。这个实验性治疗计划要求每个月在贝塞斯达市进行一个星期的化疗，恢复之后到波尔德市进行一系列实验性治疗，然后再回到贝塞斯达市展开新一轮的治疗。她的头发都掉光了，常常身体虚弱得不能下床，所剩时日屈指可数。这样的日程进行了很多个月，在这期间她看到很多参加这个实验性治疗计划的新朋友，还看到很多与癌症作斗争的战友逐渐衰弱和死亡。

她最终成功了，她把这奇迹般的痊愈（如果“痊愈”这个词可以用于癌症的话）归功于一流的医护条件、丈夫和孩子们的感情支持，还有上帝的仁慈和帮助。

警探们离开弗尼家的时候有些失望，因为他们没有进行他们想进行的讯问。现在拉姆齐夫妇要离开这座城市到佐治亚举行葬礼和下葬仪式，所以警探们觉得他们要溜出自己的手心了。

到举行纪念仪式的时候，这件不寻常而又让人好奇的案件引起了公众的极大注意。拉姆齐的律师们雇用了华盛顿特区的媒体顾问和前记者帕特里克·科顿来处理电视和报纸方面的关系，请他们不要离约翰和帕特茜太近。这是另一个招来无数批评的行动：拉姆齐夫妇想要控制媒体。很明显，福利特·怀特对于他们用律师把自己和外界隔开来的做法很担心，建议说最好的办法就是直接到全国性的电视节目上把事情讲清楚。

他们接受了这个建议，同意在下葬以后的第二天，也就是1997年1月1日在亚特兰大上美国有线新闻网。他们会由老记者布赖恩·卡贝尔采访，巧合的是，卡贝尔和马克·奥尔谢克上的是同一所大学。

在采访快结束的时候，卡贝尔问了所有人都想要问的一个问题："警方说没有在逃的杀人犯。你们是不是认为凶手是你们家以外的人？"

"有在逃的凶手。"帕特茜回答说。

"肯定有。"约翰加了一句。

她继续说道："我不知道他是谁。我不知道他是男是女。但是，如果他是波尔德市的居民，我会告诉我的朋友把……"这时她哭了起来。约翰试着安慰她，然后她继续说："把孩子带在身边。肯定有在逃的凶手。"

整个故事都向全球播放了。波尔德市市长莱斯利·杜尔金认识拉姆齐夫妇，他于1月3日召开了记者招待会，声明说："人们没有必要像有的人说的那样害怕波尔德市的大街上有人要攻击孩子们。波尔德市是安全的，它一直是一个安全的社区，它将继续是一个安全的社区。"

一天之前，拉姆齐谋杀案通过另一个渠道被全球的人都知道了。美国广播公司在丹佛市的下属电视台播放了琼贝妮特12月17日参加的全明星选美大赛的官方录像（是卖给父母和朋友用的）。然后播放了一段一个业余摄影爱好者拍摄的在购物中心举行的皇家小姐比赛。最后播放了一段1996年夏季在亚特兰大举行的全国阳光选美大赛的官方录像，其中琼贝妮特穿着金光闪闪的白色拉斯维加斯样式的衣服。这些录像把公众带入了一个他们所不知道的世界，让他们怀疑究竟是什么样的父母会让自己的孩子参加这样小女孩模仿成年女性的选美比赛。

拉姆齐夫妇很快就指出很多小女孩和他们的家人参加了这些选美比

赛，特别在南方更是这样。这是琼贝妮特自己的决定。她想参与其中。自从三岁开始，她就喜欢穿着打扮和表演，并且乞求母亲允许她这么做。在家里，她甚至让妈妈装作主持人，宣布琼贝妮特从舞台上走过来。他们说，这与参加儿童橄榄球赛、幼童军或者女童子军、滑冰比赛或者任何其他的表演没有任何区别。如果有人看到了不适当的性的一面，那他就误解了。选美比赛给人以自信、智慧和平衡感，并且很多选美比赛参加者都梦想长大以后参加美国小姐选美赛；帕特茜和她妹妹帕姆都参加过美国小姐选美赛。

但是不论约翰和帕特茜作出怎样的解释并且不为之后悔，在全世界千万的观众看来，这些录像不言自明。他们是富有而自负的父母，在他们女儿遇害的当晚只有他们在家，他们拒绝与警方合作，他们找了很多律师；并且他们让六岁的小女儿涂脂抹粉、染头发、穿闪烁发光而且性感的衣服，让她看起来就像一个拉斯维加斯歌舞女郎。他们究竟是什么样的父母啊！

同时，波尔德市警察局也为处理这件最具有挑战性、最公开的案件做好了准备。约翰 · 艾尔勒安排的警官中有史蒂夫 · 托马斯，他曾经到贩毒集团做卧底。

我加入案件的侦查

1 月 6 日，星期一，我当时正在犹他州的布鲁沃市和格列高 · 库泊尔一起准备一个警官培训课程。格列高从前是联邦调查局密探，是我小组中的明星成员，现在是布鲁沃市警察局局长。当我打电话看有没有语音留言时，我听到了一条 H · 艾黎斯 · 阿密斯泰德从丹佛市发来的留言。他说他现在受雇于拉姆齐家。他问我是不是能够帮他一起调查拉姆齐夫妇女儿的谋杀案。我回了一个留言，说我还要在犹他州多呆几天，但是从日程表来看，如果这个星期晚一些他还是需要我的帮助，我很可能会在丹佛市同他们见面。在这之前我从媒体中知道了拉姆齐谋杀案，但是在启程之前，我并没有过多地考虑这个案子，也不知道很多细节。

第二天，阿密斯泰德在我住的布鲁沃市公园宾馆联系到了我。他说会支付我的花费和咨询费，但是没说会付多少。他说李·富尔曼会同我联系，李是约翰·拉姆齐的律师哈尔·哈顿和布赖恩·摩根的合伙人。

富尔曼当晚九点左右给我打了电话，说他想让我来丹佛市和波尔德市为他们做一次分析。他继续说他此前已经研究了恋童癖，发现约翰·拉姆齐并不是这一类型的人。约翰的生意成功，很有钱，又和一位前选美冠军结了婚。我听了富尔曼的分析，但没做评论。在我看来很清楚，他在找一个“客观”的人来提供同样的分析和结论。

我向富尔曼说了我离开联邦调查局以后对所有潜在的客户所说的那套话，不论他们是私人还是警察机构：如果我有时间的话，你可以付钱让我服务，但是我的分析是完全独立的，你不可能影响我的分析。我会先口头向你作出报告。你可能喜欢并同意我的观点，你也可能不喜欢、不同意我的观点，但是你有权决定是不是使用我的观点。如果你愿意的话，我可以制作一份书面报告。因为我不是律师，所以我的报告可以在法庭上做证。我不会公开你所给我的任何特许和保密的信息，也不会根据这些信息说任何东西。但是如果有人向我询问基于公共信息的观点，我保留说出我的观点的权利。富尔曼同意了我的条件。

我于 1997 年 1 月 8 日搭乘飞机来到了丹佛市。在飞行途中，我列了一个清单，记下了我想我应该知道和了解的事情：

一、案件事实

日期和时间。是什么时候发现孩子失踪的？他们做了些什么？他们给谁打了电话？他们给警方打电话了吗？在何时打的？什么时间发现的孩子？在哪里？由谁发现的？描述一下发现孩子的地点和她当时的情况、犯罪现场、穿着以及死因。有血吗？在哪里？受到性侵犯没有？你是怎么知道的？

二、勒索信

在哪里找到的？谁找到的？信纸是从哪儿来的？看一看信。

三、家庭背景

——生意

——谁住在房子里？

——既往婚史

——结婚多长时间了？

四、家中人员出入情况

——谁？

——安全报警系统

五、模特生涯（我当时的印象是被害人是一个儿童模特）

——由谁资助？

——由谁拍照？

——有家庭照片吗？

我到达丹佛市以后，和李·富尔曼和布赖恩·摩根在他们的律师行里见了面。他们的律师行是由市中心一幢历史建筑物改成的。我们是在一个由玻璃围成的会议室见面的，他们把这里称作“气泡会议室”。

谈话开始之前我先说，我知道他们对拉姆齐夫妇是否涉案可能会有自己的看法，因为他们有经验，也已经研究了恋童癖。但是，我告诉他们，在这个阶段，他们不应该假定我们所面对的是一个恋童癖。我解释了癖好性儿童性猥亵和偶然性儿童性猥亵的区别，讲了进行分析所必经的步骤，并指出他们在分析恋童癖时可能不需要什么尸检报告、犯罪现场照片和毒理化验结果，而我却要常常使用它们来确定罪犯的类型。

我说，从我所阅读的有限的媒体报道来看，他们的当事人处于不太有利的境地。我所看到的信息可能是事实，也可能是编造的，还可能两者都有，但是公众的感觉是拉姆齐夫妇有责任。例如，我知道他们在找到女儿以后没有立即与警察局取得联系。你可以看到我在这时对案件的了解还非常有限。

我说，我听说拉姆齐夫妇从来都没有与警方合作，这对我来讲很有问题。

律师们回答说拉姆齐夫妇从一开始就与警察局非常合作。尽管勒索信告诉他们不要联系警方或者联邦调查局，但他们还是马上通知了警方。警方和约翰及帕特茜的几位朋友一起搜查了房间，但是没有找到被害人。拉姆齐夫妇表现得非常不安，所以他们的一个朋友建议由约翰和一个邻居一起搜查房间，以让约翰有事可做。约翰和他的朋友福利特·怀特搜查了房子，来到一个用于储物的十平方英尺的酒窖。那位朋友注意到地下室的一个窗户是碎的，地板上有玻璃碎片。拉姆齐当时说是他打碎了窗户，因为有几次他把自己锁在了屋子外面，所以要打碎玻璃进来。窗子外面有一个窗井，窗井上有栅栏，所以一定要事先知道下面有打碎的那扇窗户，才会试图从窗井进入房子。

可以看出，律师们的故事里还是有一些小的矛盾之处。故事还是处在被拼凑的过程之中。

他们继续说，拉姆齐和怀特搜查了地下室，是拉姆齐先生走进了酒窖间，然后尖叫了出来："天哪，我的孩子！"

这对我来说是很重要的一点。在蓄谋的家庭谋杀中——也就是家庭成员行凶后让案件看起来像是其他类型的谋杀，比如像强奸案或盗窃案失手后的谋杀——凶手常常安排好让其他人找到尸体，这样他会很容易作出"反应"，拉开自己和犯罪的距离。

例如，我曾经遇到过一个案件：一个人在卧室里杀了自己的妻子，然后去上班。但是在他离开之前，他把尸体移到了从外面可以进去的储物间里，然后让尸体看起来好像是受到了性攻击。他之所以这么做是因为他不想让儿子放学回家时发现尸体；另一个目的是让尸体被发现时看起来像强奸不成起了杀心。他从办公室往家里打了几个电话，这样电话公司就会有电话记录；然后，他又在下午给一位有他家里钥匙的邻居打电话，用焦急的声音告诉她说他找不到他妻子，请这位邻居过去看一下。这位邻居向房间里张望，但是没有看到他妻子，于是给他回电话说他妻子不在家，但是汽车还在，而且卧室很乱（妻子总是把家收拾得很整齐）。丈夫于是给警方打了电话，向警方讲了邻居告诉他的整个故事。当警方过来调查的时候，他们在储物间里发现了妻子。这以后，我的小组被请去参与调查。

读者还会记起，在丽兹·伯登谋杀案中，丽兹没有办法避免向警方报告她父亲的死，但是为了不由自己找到继母的尸体，她下了很大工夫。她安排了布里奇特·苏利文来发现尸体，但是当布里奇特拒绝单独去楼上时，丽兹还是不愿上楼，而是让亚德来德·邱吉尔陪布里奇特一起上楼。

所以当时是约翰·拉姆齐而不是别人找到他女儿这个事实引起了我的注意。按照律师们所讲的情景，他可以很容易地对福利特·怀特说："我检查洗衣间，你检查锅炉室和酒窖，然后我们在这里会合。”但是他没有这么做。

他们告诉我说琼贝妮特被找到时，躯干上裹着一块毯子。我问是不是只有躯干裹着毯子。

律师们回答说，是的，她的手和脚都伸在外面。

这点也很重要。正如我们在林德伯格案中注意到的，尸体的样子常常可以让我们知道被害人和罪犯之间的关系。查理·林德伯格的尸体被随便地扔到树林里，因为尸体对绑架者再也没有什么用了。没有任何措施来保护尸体不受天气影响和野兽的袭击，也看不出任何有同情心或者仁慈的地方。

相反，在丈夫杀死妻子的案子中，尸体被小心地用一块从他们的床上拿来的毯子包了起来，只有头露在外面。这是一种很具保护性、很“周到”的做法。我们说这表明凶手对被害人有一种“所有者的权益”。有时，这甚至会显现出父母对自己行为的悔恨。

开始的时候，我的印象是，当找到琼贝妮特的尸体时，约翰表现出了这种所有者的权益和周到，但本案中盖尸体似乎仅仅是机械性的动作，并不是任何保护或者父性的表现。

当约翰·拉姆齐找到琼贝妮特的时候，一块黑色的胶布粘在她的嘴上，她的双手被绑在一起，脖子上有一圈绷带，结系在颈后。让我感兴趣的是约翰的第一个反应——他所做的第一件事，就是把胶带从她嘴上撕下来，并试图解开手腕上的绳子。他没法解开绳子，但想办法弄松了一些，然后他把女儿抱上了楼梯。

我首先要问自己的一个问题是，如果约翰杀了自己的女儿或者参与其中，然后伪造现场，让现场看起来像是一个虐待狂干的，那么他为什么要反伪造现场，要在没有任何其他人，特别是警方看到之前，除掉胶带并松开手腕上的绳子呢？这看起来很不合情理。

律师们告诉我在琼贝妮特的内裤上有少量的血，很明显来自她的阴道。她的内裤上还有另一块污物，看起来是精斑。当然，这意味着凶手是男性，并且如果精斑与约翰·拉姆齐的 DNA 吻合，那么这个案件将非常简单。但是我被叫到丹佛市的主要目的就是为律师们对拉姆齐作出评测。尽管他们没有直接这么讲，我强烈地感觉到他们想让我告诉他们我是不是认为他们的当事人有罪。

在和约翰·拉姆齐见面之前，我向律师们预言，警察局的化验最终会证明琼贝妮特的身体和内衣上不会有精液。以我调查性犯罪、特别是针对儿童的性犯罪的经验看，我认为这个罪犯并不属于强奸小女孩儿的那类罪犯。他以那种程度的力量和攻击性——不是勒就是用钝器击打——杀了人，就肯定不会花时间进行传统的阴茎性交。他可能会以其他方式虐待她，比如用手指或者其他物体插入来表现自己的控制权和轻蔑。事实上，我很快就得知了有阴道擦伤和瘀血，但是我真的很怀疑有关发现了精液的报告。

按照律师们的说法，当时孩子头部周围有很多明显的瘀血，教士（当时我还不知道他的名字）试图把它们盖起来，这样帕特茜就看不到伤得有多厉害。但是当时我和李·富尔曼及布赖恩·摩根都很清楚，犯罪现场不仅一片混乱，而且被严重破坏了。我知道，如果嫌犯被指控并进行审判，这会给警察局和检察官带来很严重的问题。

富尔曼告诉我说拉姆齐夫妇已经同警方进行了两个多小时的初步讯问，并且警察也讯问了他们九岁多大的儿子（我当时也还不知道他的名字），而拉姆齐夫妇对此既不知情也没有同意。我被告知，这个男孩并没有真正理解所发生的事情，也不知道他再也看不到他的妹妹了。除了讯问以外，拉姆齐夫妇还很配合地提供了警察所要的头发、血样和笔迹样本。他们也让他们的儿子提供了同样的东西。

1月8日晚上，布赖恩·摩根和拉姆齐雇的私人侦探艾黎斯·阿密斯泰德一起把我领到了拉姆齐家。阿密斯泰德是个高个子，一头金发，以前是警察局的谋杀案警探，很平易近人；相反，摩根尽管很友善，但是总现出他有权威、应当由他主持大局的样子。这次访问的目的是让我清楚房子的构造，以及谋杀案当晚和第二天一早的情形和事件发生的顺序。

按照我刚刚看过的报纸上的报道，这座都铎式砖建筑一共有大约五千平方英尺，包括改造后的阁楼在内一共有四层，价格大约在一百三十万美元。拉姆齐家在原来的房子上加盖了两个附属建筑。从我们一路所见，这个社区名副其实。它看起来高级而且富裕，正是当地警方愿意细心保护的那种类型。在这里，你所能够想到的严重犯罪一般应该是闯进房子里抢现金、珠宝和其他贵重物品。到这个社区作案的窃贼对他们所要偷的东西很可能都很了解。我被告知说，曾有几户人家的房子，包括拉姆齐家的，最近为慈善活动向公众开放参观，但这正是罪犯了解作案目标的一个好机会。

在房子里面我注意到，因为内部设计的问题，再加上拉姆齐夫妇建的附加建筑，从家里的一部分到另一部分不很通畅。从一个房间到另一个房间总是要经过一个死角。房子里的家具很好，有现代的，也有古董家具。从一层到二层有两个楼梯，帕特茜就是在其中的一个旋梯上找到勒索信的。把一个大包裹或者是一样六岁孩子大的东西搬上或者搬下这样的楼梯，一定要身手敏捷才行。主卧室是由三层上的阁楼改造成的，看起来很隐蔽，离房子的其他部分有些距离。约翰在那里有工作区域，并且他和帕特茜有分开的浴室和壁橱。

在中产阶级或中产阶级上层家庭里，琼贝妮特的卧室对于一个六岁的孩子来讲很普通。我看到了好几个娃娃，还有她参加选美比赛的相册。从这个房间里发出的任何声音，即使很大也很难在楼上听到，在位于房子另一侧的拉姆齐夫妇的卧室里就更难听到了。从一层发出的声音更难听到，而在三层几乎不可能听到从地下室发出的任何声音。

我做了一个试验，让阿密斯泰德的一个侦探到琼贝妮特的房间里从一数到十，在数的同时逐渐提高音量。我们呆在主卧室里，他数到五我们才听到。在上层和孩子们的卧室之间没有对讲系统或者任何其他监视系统。

我还注意到，在一层大概有六个门能进房子。琼贝妮特的房间有一个阳台，站在小梯子上或者垃圾桶上就能够到。

我的总体印象是，罪犯肯定十分了解拉姆齐家的构造和那天晚上他们家人的活动，凶手可能是通过监视拉姆齐家得到这些情况的。除了住在这里的人以外，我们还可以立即想到女佣和其他服务人员、建筑工人或者反复应邀来访的朋友和生意上的伙伴。

这对于潜入室内犯罪的人来讲很危险。但是，这并不一定意味着他一定是一个惯犯。在房子里查看的时候，我觉得，如果罪犯是外人，那么他一定是一个一心一意想要完成伤害拉姆齐一家这个“任务”的人。从犯罪现场，我们无法判断琼贝妮特是不是首先在床上受到的攻击。警方把所有的被褥都取走了，还剪走了一些地毯。我想这些地毯里一定含有血迹、体液痕迹、泥土或者其他证据。我的推测是，孩子可能是在房间里被弄醒并被绑住，然后才被带到地下室。

如果拉姆齐夫妇醒来并下楼，那么地下室对于闯进来的罪犯来讲是一个危险的地方：他会被困在里面。

与拉姆齐夫妇见面

1月9日，星期四，大约早晨九点钟，我在哈顿-摩根-富尔曼律师行见到了拉姆齐夫妇。主要是见约翰，因为律师们相信在尸体上或现场找到了精斑，这样会使约翰承担主要的压力。布赖恩·摩根也在场。帕特茜在我开始同约翰谈话时不在场。

和约翰·拉姆齐见面的时候，我告诉了他我的身份，同他握手，并对他丧女表示难过。他和帕特茜都不认识我，这一点后来证明有一些重要性。在这之后，有几个人，包括史蒂夫·托马斯，都告诉我说约翰·拉姆齐的床头柜上有我和马克写的第一本书——《心理神探》。在这本书里面我们写了有关伪造犯罪现场的问题，所以有人怀疑拉姆齐夫妇一人或两个人都读过这本书并且“学会了”怎样智胜警探，让外人看起来认为是有人闯进来杀死了他们的孩子。首先，我要说他们——或者任何其他人——不会通过阅读我们的书学会这种做法。我们写的不是一本怎样伪造现场的教科书，并且任何一名好警探都很容易看穿这种初级的手法。而且，尽管我们很愿意让所有的人都读我们的书、知道我们是什么样的人，但是约翰的床头柜上或者房子里的任何地方都没有《心理神探》，我当时非常仔细地查看了每一个地方。请相信我，作为这本书的作者，我肯定一眼就会看见自己的书的，不论它在什么地方。并且这本书也没有列在警方从房子带走的物品清单里，但是他们带走了一本叫做《戴弗·巴里太空丛书》的书。这只是这个案件中传出的大量错误信息中的一条。虽然我知道约翰在见到我以后读了《心理神探》，但是在犯罪发生的时候他还不知道我的这本书。

我跟他说我被他的律师要求对这个案件作一次分析，并就是谁或者是什么样的人干了这事提出我的意见，但这不是个容易的差事。我在谈话开始时就说了和我在前一天跟摩根和富尔曼所说的类似的话：根据公开的信息看，约翰的处境不妙。在这类案件中，家庭成员总是最先被怀疑的对象，并且公众领域里的信息表明他和他的妻子和警方很不合作。

他有些愤怒地说这完全不是事实，他和帕特茜向警方提供了他们想要的所有东西，并且回答了很多问题。但是，他也承认他们没有接受警方要求进行的深入讯问。

约翰沮丧不堪，并且看起来悲伤不已。那一天是他女儿贝斯的五周年忌日。我让他给我讲了圣诞节白天、晚上和第二天早晨的经过，一直讲到他和帕特茜说他们发现琼贝妮特不见了。

圣诞节早晨对他们讲很普通，两个孩子高兴地打开圣诞老人送来的礼物，而父母则忙着拍照。他告诉我说波尔德市警察局拿走了那些照片。下午大约四点钟他们去福利特和帕里茜拉·怀特夫妇的家里一起吃圣诞晚餐，他们去年圣诞就是这样的。怀特家大约有六个街区远。约翰和帕特茜都只在社交场合才喝酒，他们每个人在怀特家喝了一杯酒。怀特家的孩子与伯克和琼贝妮特年龄相仿。他们一起玩，快到晚上九点的时候拉姆齐夫妇在路上停了两次车交换礼物，然后就回家了。约翰说他把睡着的女儿抱到她的卧室，想自己把她安顿上床，但是伯克想让他帮忙做些事情，所以他让帕特茜安顿琼贝妮特上床。

把伯克送上床以后，他上楼回到了主卧室，把闹表定在第二天一早六点半，因为要赶去密歇根的飞机，在中间要停一次接他的两个大一些的孩子还有未来的女婿。拉姆齐家的吉普车停在车库里，已经装好了送给他们在密歇根的朋友们的礼物。

我仔细注意他所说的内容，特别注意了他的语调、呼吸、身体语言和用词，用他对照着我几千次会见暴力罪犯、被害人和他们的家人所积累的经验。我让约翰讲了 12 月 26 日整个上午和下午的事情，一直讲到他在酒窖里发现了女儿的尸体。当他讲到他抱着她上楼的时候，他开始泪光模糊，就好像重新看到了当时的情况。他开始抽泣。

在我同拉姆齐一起呆了两个小时以后，他去了休息室。我转身面对布赖恩 · 摩根，他一直在场，并且对他简单地说："我相信他。"

"哦，天哪，真松了一口气！"摩根回答说。他大约有六十岁，有激情，并且在必要的时候也很有魅力。我的直觉是他真心相信他的当事人无罪，但是对于这种确信，他强烈地希望得到引导和确认。

拉姆齐回来的时候，我告诉他说我曾经与几百个罪犯面对面地交谈过。有些人让我相信了他们编造的谎言，我不得不重看案卷和案件的资料来确信证据真实确凿地证明他们是有罪的。

然后我说："拉姆齐先生，要么你是一个非常厉害的骗子，要么你就是无辜的。我相信你所说的话。"

他听了我的话好像有些高兴。我说："我们为什么不去警察局，把你刚刚给我讲的故事告诉他们呢？"

他说他想和警方站在一边并且同警方合作。摩根插话说在适当的时候他们会和警方坐在一起，并且他当天下午四点左右就要见警方。

我告诉摩根说我已经准备好见拉姆齐夫人了，但是我改变了主意，不再坚持在见拉姆齐夫人的时候一定要拉姆齐先生离开。在谈话时他可以在场。我没有告诉他和摩根我为什么改变了策略。他们可能以为我现在非常相信约翰，所以不再真的需要帕特茜一五一十、原原本本讲一遍了，但事实是，因为约翰是我分析的重点，所以我最关心的是要看他的反应。现在我已经和他单独谈过了，我想看一看在帕特茜讲事情的前因后果时约翰是什么样子。我想看一看他在帕特茜讲话的时候有没有紧张，或者他们之间就具体细节是不是有任何冲突。

帕特茜·拉姆齐出现了，穿着黑色毛衣和一条裙子。我特别注意到她脖子上戴了一个锡锑合金做的大十字架。我经常见到被指控犯罪的人突然“笃信宗教”，而且他们往往故意张扬这一点，所以我在心里记住，要翻一翻她的家庭照片，看一看在此之前是不是戴了这个十字架或者类似的东西。我被告知她正在服用镇定剂，而且很明显她刚刚哭过，需要休息。

我向她做了自我介绍。我没有问具体问题，而是向拉姆齐夫妇二人讲了我打算怎样分析这个案件，但是我说我还没有得到分析这类案件所通常需要的全部资料。我向他们介绍了《犯罪分类手册》，这是我在联邦调查局时出版的，我是该手册的主要作者。我说这个手册是要把犯罪行为进行分类，以供执法专业人员使用，就像《精神病诊断和统计手册》对精神病进行分类供医护专业人员使用一样。

在《犯罪分类手册》里有四种主要的杀人类型——盈利型犯罪、个人原因犯罪、性犯罪和群体原因犯罪——每个大类下面还有小的类型。这个案件中罪犯提出了赎金要求（盈利犯罪），有明显的性侵犯（性犯罪），还提到一个宣称对此次绑架活动负责的外国团体（群体原因犯罪）。我的意见是，尽管这个案件有其他犯罪类型的特征，我还是认为这主要是个人动机的犯罪，特别是因为这个案子具有报复和复仇的特点。

我刚刚说完这点，约翰·拉姆齐就又哭了起来。他说他觉得女儿被杀是自己的错，说有人想要报复他。帕特茜自己也变得情绪不稳，问为什么会有人这么做。

“我认为凶犯以前到过你家，”我对帕特茜说，“我认为拉姆齐先生和这个人很熟，或者接触过这个人，并且这个人一直对拉姆齐先生心怀怨恨。”

我问他们有没有注意到谋杀案发生以后有人行为不正常。帕特茜说怀特夫妇对他们“行为诡异”。我回答说在这种情况下，人们的行动有时会变得异常，但这不是因为他们有罪或者想要隐藏什么东西，而是因为他们不知道该做些什么和说些什么。我讲起了 1983 年我生病昏迷并且恢复得很慢，但是我认为是我最好朋友的人却没有到医院或到家里来看望我。帕特茜说她患癌症时有同样的经历。她的一些好朋友从来没有来看过她。她说她熬了过来，是因为她有坚定的信心，对上帝笃信不疑。

在我和拉姆齐夫妇谈话的过程中，有几次注意到布赖恩·摩根感动得要掉泪。这证明他真正相信他的当事人是无罪的，对他们遭受的丧子之痛非常同情。中间，他要约翰给我看贝斯的照片。约翰从钱包里拿出照片，开始流泪。摩根把手放在约翰的肩膀上，自己也开始流泪，说道：“约翰，真是对不起。”

这会不会是一种假相？我很快就得出结论，这不是。我想，在与数以百计的罪犯和被害人谈过话后，我还是能够辨别什么是真诚的眼泪的。

与警方会面

我们的谈话结束以后，摩根请拉姆齐夫妇到另一个房间去，我向艾黎斯·阿密斯泰德和媒体顾问帕特·科顿讲了我的印象。摩根想要讨论一下下午同波尔德市警察局见面的事。他说他想要向警察提供我的咨询服务，并想让汤姆·科比局长发表公开声明，以纠正公众所得到的错误信息。

大约开车十分钟之后我们到达了警察局总部，几十个记者包围了前门，所以我们从侧门进去，来到了局长会议室。我被介绍给科比局长和艾尔勒部长，还有一位警察局律师。和我一起来的有媒体顾问和三位律师——摩根、哈尔·哈顿和帕特里克·伯克，我立即看出科比没有想到来了这么多人。

科比说他想讨论在新闻发布会上应公布些什么内容，但是不想在当时那种情况下讨论案件的具体细节。他下午七点要召开记者招待会，他认为媒体肯定会将怒气撒到他身上，因为人们普遍认为警方弄糟了整个案件：警方没有查看整个地下室，没有能够控制住房子里的人，所以把犯罪现场弄得一团糟。

局长留给我的印象是和蔼但很专业。另一方面，艾尔勒的面部和身体表情暗示了一种态度，就是“别来烦我了”。科比离开去和自己人开了一个会，十分钟以后回来说他们想要听听我的意见。我被告知，在此之前我的简历已经交给了警察局。

科比离开去为记者招待会做准备，让艾尔勒主持同我们的会面。他看起来很冷淡，给人一种把他的时间浪费在我们身上很不值的印象。

他开始讲话，说他们要把我当成证人。在谈话中我说道我当天上午已经和拉姆齐夫妇谈过话了。

他挑了一下眉毛，用挖苦的口气说：“是吗？你已经和拉姆齐夫妇谈过话了！”

我受够了他的态度，于是说：“我是来帮忙的。如果你不感兴趣，那就算了。我还有别的事情要做，我这就离开。”这与我十六年前所说的话几乎完全相同，当时我正协助调查一起儿童谋杀案。

艾尔勒回答说他们是感兴趣的。他们明天会安排我和他手下的两个警探开会。他问我是不是“研究院集团”的成员。“研究院集团”是一家由匡迪格市退役的密探组成的咨询公司。我说我不是成员，但是他们的好多成员都是由我训练出来的。我听说警察局可能已经联系过彼得·斯迈里克，他曾经是我领导的小组的成员，后来为研究院集团工作，看过勒索信，进行了内容分析。

大约在这个时候我开始听说，艾黎斯·阿密斯泰德和我接触的时候，拉姆齐的律师也接触过格莱格·麦克拉力。以前是我将格莱格·麦克拉力招进我的小组的。他在匡迪格市的时候在很多重要案件中都做得很出色。摩根告诉我说他们从来没有和麦克拉力本人谈过话，但是格莱格曾经公开声明他没有也不会接受这个案子，因为这样的案情的结果通常是父母或者与家人亲近的人是凶手，说这就是他的观点，所以不想冒险以免和杀人犯混到一起。

我也不想和杀人犯混在一起，但是格莱格的做法让我失望并且有些悲哀。这就像他在检查病人之前就进行了确诊，按照统计资料断定拉姆齐夫妇二人有病。格莱格后来常常在媒体中评论此案。我当然不怀疑他做这些决定的动机。但是我必须说，我在匡迪格市当侦查支持小组组长的时候，如果我手下的密探在接受案件之前就对案件作出评价，或者为讨好调查机构而倾向于某种意见，那么我会非常生气。我一直想让我们的咨询意见尽量不受外界因素的影响。这也就是为什么当地的警察局交给我们一个案件的所有事实和材料的时候，我们的原则是他们不要向我们提供嫌犯名单。我们不想被影响。

随着案件的进展，格莱格提出了自己的意见。同时，他批评我说我没有拿到完全的资料就下结论。因为他除了公开信息之外没有别的信息来源，所以我想知道他的分析是从哪里来的。像格莱格一样，我接受案件的时候也相信，根据这类案件的统计数据，拉姆齐夫妇中的一人很可能是凶手。但是我不能在看到证据以前就直接作出结论。

和新闻报道里讲的不一样的是，没有人叫我为凶犯做行为分析，我也没有做过。我没有得到做行为分析所需要的全部资料。我想我对律师的作用是评测他们的当事人是不是凶手，我对警方的作用是用我分析和研究了数以千计的凶杀案的经验来帮助他们。我同艾尔勒讲得很清楚，如果他们还没做的话，他们应该同联邦调查局丹佛市办公室的隆 · 沃尔克取得联系。艾尔勒还是面无表情，没有表明他到底联系过隆 · 沃尔克没有。我的印象是他不想让联邦调查局过多地介入这个案件。

我还有必要提一提的是，在本案中，我没有同隆 · 沃尔克联系。事实上，我建议波尔德市警察局同他联系，这是我在这个案子中同联邦调查局仅有的“联系”，我没有同联邦调查局中的任何人谈起这个案子，也没有得到或者想要得到联邦调查局的任何“内部”资料。

见面只持续了四十五分钟。见面结束以后，我们被送到旁门，尽量远离媒体。

当晚，科比局长真的谴责了媒体的不公正的、有误导的报道，这让拉姆齐的团队感到有些意外。他对一个特别积极的记者大发雷霆，说这个记者根本就无法理解因为犯罪失去了一个孩子的感觉。局长说他们在调查一些可能的嫌犯，说公众需要知道一些但不是全部信息。他又说法医检验的结果会在以后的几个星期一项一项地出来。没有人想到的是，重要的结果出来之时，警察局和阿里克斯 · 亨特的地区检察官办公室的关系会变得非常僵，以至于警方甚至不愿意告诉检察官自己手里有什么资料。

警探们

1 月 10 日，星期五上午，由布赖恩 · 摩根陪同，我在警察局总部见了史蒂夫·托马斯和托马斯·楚吉洛两位警探。他们都穿戴整齐干净，看起来有二十八九岁或三十出头的样子。他们在自我介绍时都很诚恳。我们去了一间有一个桌子、四把椅子的审讯室。

摩根规定了一些规则，就是我要回答关于拉姆齐夫妇的细节问题，以及我要谈谈我所做的事情、我的方法以及我的印象。警探们说他们没有意见。他们问我们身上是不是带了录音设备，我们说没有。

为保留记录之用，他们问了我的全名、出生日期和时间、家庭住址和电话等。我说我生在布鲁克林时，他们中的一位说能够听出我的一点口音。我用十五分钟描述了我的背景和经历，他们两个都说我很厉害。摩根加了一句："约翰在这一行里最厉害，所以你们应该听一听他的意见。"他的话让我有些尴尬，但是我没有多说。

我向他们讲了我的分析，以及我相信拉姆齐夫妇的原因。托马斯和楚吉洛的身体语言表明他们对我所讲的很感兴趣。我说我相信罪犯作案的动机是出于个人原因，是针对拉姆齐先生的。我想十一万八千美元这个数字一定有意义，因为这几乎等于他从公司拿的奖金（十一万八千一百一十七点五美元）。这笔钱是通过电子汇款存入他的退休金账户的。他全年的支票余额应该就是那个数额。尽管我不很确定，但我感觉他们并不知道这一点。

我告诉他们我的观点是勒索信的作者是一个白人男性，三四十岁，有些商业背景。（我仔细研究勒索信以后，把估计年龄减小了一些。在犯罪侦查分析中，年龄是最难确定的因素，因为实际年龄和行为年龄并不总是一样的。）

我说信的风格像商业信函，在一些地方勒索者没能够完全隐藏自己。他们问这个案子是不是由一个人单独干的。我说我认为是，并且这个人肯定是被人有意或无意告知了拉姆齐的奖金数额。如果是无意的，那么这个人可能在约翰·拉姆齐办公室的桌子上或者在他家里的桌子、茶几或者梳妆台上看到过支票存根或者打印出来的退休金计划。

犯罪本身和犯罪现场既有有条理的一面，也有无条理的一面，这表明罪犯并不老练。但是，即便他是一个老练的罪犯，他也要有很大的胆量才敢在父母在家的时候闯进家里杀死孩子。即使勒索信本身也表现出了无条理的一面。这封勒索信很长，里面有很多不相关的内容，所以要事先有计划才能写好。另一方面，纸和书写工具是从房子里面拿的，这表明他或者没有计划，或者非常非常地有计划——只使用房子里面的东西，这样不会留下其他线索。但如果真是这样的话，那么罪犯一定是知道拉姆齐家人会出去很长时间，这样他才有时间写完这封勒索信。

我说不管凶手是家庭成员还是外人，我都认为勒索信不可能是在犯罪以后才写的，而肯定是在杀人之前就写好了。在我的全部职业生涯里，我从来没有见过有人这么有控制力、思维这么清楚，能在杀人以后写出这么长、这么复杂的信。这肯定是不可能的。

我没有找到拉姆齐夫妇有什么杀死他们自己孩子的原因或者动机。从我得到的资料看，琼贝妮特对拉姆齐夫人来讲就是一切。在已经死了一个女儿以后，拉姆齐先生会更加呵护女儿琼贝妮特。

我必须说，不管这两位警探在这之后说了些什么，我觉得他们在当时都非常注意我所说的内容，并慎重地考虑了我的分析。我说，要抓住罪犯，警方和检察官办公室的公开声明一定要非常自信。我一步一步地和他们讲了我以前用过的手段。行为分析本身不一定那么有价值，但是有效的办法是要得到媒体的合作，让媒体公开罪犯的犯罪前后行为特征，这样罪犯身边的人就会认出罪犯。这应该尽快做，以免时间长人们会忘记。

“让我们看一看大学航空炸弹怪客这个案件，”我说，“大学航空炸弹怪客的露馅开始于他写信寄给了外界。因为我们有了用以评测的材料，所以我们可以看到他的动机。”并且我们现在有机会把他写的东西公之于众，希望有人能够认出他的笔迹并报告给警方。我认为，如果“宣言”没有被《纽约时报》和《华盛顿邮报》刊登，那么西奥多·卡辛斯基可能还是住在蒙大拿州的小木屋里对全国进行恐吓呢。

可以马上得到结果的一个方法就是使用报纸和广告牌公开勒索信。1989年，特别密探加纳·门罗在佛罗里达州的坦帕市为我的小组处理过一个案件。在那个案件中，到坦帕市访问的一个女人和她的两个女儿被人杀死了，尸体被扔在坦帕湾里。她们明显是性谋杀的受害者。唯一可见的证据是在这个女人汽车里找到的一张乱写的字条，上面写着从她的旅馆到找到汽车地点的路线。当其他线索没有结果的时候，加纳让当地警察局放大了这个字条，然后把它登在当地的广告牌上，看谁认识上面的笔迹。几天以内，三个从来没有见过彼此的人给警察局打了电话，说笔迹属于一个没有执照的铝线安装工，他给他们三个人都施过工，但他们都不满意。铝线安装工被拘捕、审判，并被判处一级谋杀罪。

波尔德市警察局的警探们看起来挺喜欢这个点子。

我问他们想不想听听我的建议，在抓到嫌犯后怎么审讯他。他们说好的。这种情形有些怪。我是和拉姆齐的律师一起来的，却在告诉警方应该使用什么样的手段，而我知道这些手段很可能会被用在这位律师的当事人身上。我建议在审讯室摆上犯罪现场的物品和道具，这样凶手在看它们的时候就会不小心流露出一些身体语言。这之所以很奇怪，是因为我真的认为应该这样做，但是我知道，如果布赖恩·摩根回去以后同约翰和帕特茜讲了我的话，那么如果他们是罪犯并被叫来讯问的时候，他们要比不知道这个手段的情况下更难避免这些“道具”的影响。不管怎么样，覆水难收。

我继续说，拉姆齐夫妇想和警察局深谈，但是律师们担心局长会对他们测谎，即使在科罗拉多州测谎结果不能当做证据。我解释说我的小组和我本人从不认为测谎有太大作用，我们认为这只是一种讯问的手段。我说测谎的结果太不确定，并且任何人如果觉得没有尽到保护自己孩子的责任，例如约翰·拉姆齐就这么认为，那么在事情发生后这么短时间就做测谎，结果一定是他说了谎。另一方面，仇视社会的人在测谎中的结果反倒很好。如果一个人没有良心，可以对别人撒谎，那对测谎机撒谎就更不会有问题。即使测谎“有效”的时候，它所测到的也只是被测者内心的一种确信，而不是事实。我敢说我相信O·J·辛普森可以通过测谎实验，因为他已经说服自己他的所作所为是合理的。实际上，当戈德曼家在民事诉讼程序中的律师丹尼尔·佩德罗塞利向我咨询的时候，我还曾告诉他不要进行测谎。

在2000年早春，这件事情再次引发了争议。拉姆齐夫妇在全国电视节目上说他们从来没有被正式要求参加测谎，并且在适当的情况下完全愿意接受测谎。我相信，实际上，他们急于证明自己清白，所以他们没有同律师商量，而律师和我却非常理解测谎的实质。但是话一经拉姆齐夫妇说出，律师们就无法把话收回，否则会出现新的公共关系危机。所以他们最终选择了一个大家都不满意的解决办法：进行一次私人的测谎实验，但是这个过程中没有联邦调查局成员参加。我相信时间已经足够长，所以约翰·拉姆齐应该对案件有了新的观点，应该不会因为其他的因素而不能通过测谎，但是我认为这并没有使我的观点有任何的改变。

我第一次去波尔德市一共和这两位警探呆了两个小时。见面过后，布赖恩·摩根和我都认为这次见面很有成果。

我当天下午离开了波尔德市，摩根说他很可能会再给我打电话。

案件的发展

尽管在其后的年月里进行了大量的调查工作，但是案件的大概情形同开始的时候相比没有太大变化：警方还是集中调查约翰·拉姆齐和帕特茜·拉姆齐，把他们当成谋杀自己女儿的主要嫌犯，而警察局同地区检察官办公室之间的关系变得更加紧张。警方可以不无理由地说，他们之所以集中调查拉姆齐夫妇是因为警察局相信他们就是凶手，就像在尼科尔·布朗·辛普森和罗纳德·戈德曼被谋杀的案子中，洛杉矶警察局集中于O·J·辛普森一样——没有证据指向其他人。警察局当然相信这一点。有报道说我以前所在的那个匡迪格市的小组也是这么认为的。当然，这也是街头小报、绝大多数主流媒体和大多数公众的看法。但是，随着案件的发展，一些人（包括我本人）逐渐开始担忧，因为如果罪犯的身份真的像波尔德市警察局认为的那样清晰的话，那么有些地方是很不合逻辑的。

很清楚，侦查进行得很混乱。甚至在我到达波尔德市之前，艾尔勒就不再让拉利·梅森探长主管这个案子，因为梅森向媒体泄露了内部信息。他后来被证明没有向媒体披露什么消息。到1997年5月，琳达·安特和梅里莎·希克曼也被调离了这个案子。

警察局和拉姆齐夫妇之间的一个问题是，尽管警探们相信约翰或者帕特茜是凶手，但是他们对于到底是谁有分歧。开始时的报告说在被害人身上发现了精液，也就是说凶手是个男性。但是这个报告是错误的。到了3月，警方请来的笔迹分析专家排除了约翰·拉姆齐，认为不是他写的勒索信，但是他们并不能排除帕特茜。所以又开始怀疑她。

9月，搜查拉姆齐家的时候发现了与捆绑琼贝妮特用的绳子类似的纤维。但是没有找到胶布的来源，也没有找到绳子剩下的部分，对我来讲，这意味着绳子和胶带来自屋外，而不像勒索信用的纸和笔，还有从脖子的绷带上拿下来的折断的画笔柄是来自屋内。这次搜查以后仅仅几周时间，负责这个案子的警探约翰·艾尔勒被侦查组组长马克·贝克纳代替了。又过了一个多月，警察工会通过了对汤姆·科比的不信任动议，他后来声明辞职。几天后，艾尔勒也声明他打算辞职。最后，贝克纳取代了科比。但是，谋杀案过去了整整一年以后，尽管警方还是在集中调查拉姆齐夫妇，却还是没有确定嫌犯，也没有逮捕任何人。

虽然谋杀案对于被害人的家人和朋友来讲总是有可怕的长期后果，但是我却从来没有在任何其他案件中看到过侦查机构本身受到这么大的破坏。

阿里克斯·亨特请来了著名的法医学家李昌钰博士和律师兼 DNA 法律专家巴里·沙克做顾问。但是据我所知，他们都没能够让案件有任何进展。新的证据没有缩小调查范围，反而引发了更多的问题。史蒂夫·托马斯警探非常重视这个事实，即琼贝妮特在死亡当晚吃了菠萝，这与帕特茜的说法相左，但是他却轻视了一个我认为很重要的事实：在琼贝妮特的内裤里和指甲里都发现了 DNA，而这些 DNA 既不属于琼贝妮特，也不属于他的父母（或者在该案中任何被测试过 DNA 的人）。

在我看来，对于这两条线索的重视程度很能说明拉姆齐谋杀案侦查过程的混乱。帕特茜说她没有在女儿死亡当晚给女儿吃切好的菠萝，也没有看到她吃菠萝，这意味着什么呢？帕特茜为什么会为这样一件事撒谎呢？这样做有什么好处呢？

她如果说“琼贝妮特醒了，说她饿，所以我给她吃了菠萝”，这句话完全不能证明她有罪；因为这并不等于说，“她吃完菠萝还没睡着我就杀了她。”帕特茜可以很容易地作出解释，而没有必要撒谎。但是她一直坚持自己的说法。可能是孩子自己醒来吃了些菠萝。可能是帕特茜或者约翰给她吃，但是忘记了。可能是闯进来的人给她吃的。如果这能使案件有所进展的话，那也只能是很小的进展。

再来看一看 DNA。在被害人的内裤里和指甲里找到的别人的 DNA 当然暗示很可能有别的参与人。但也可能她指甲里的 DNA 是她挖泥（科罗拉多州的冬天）时接触到了什么有生命的东西弄的。可能是最近别的小女孩穿过她的内裤留下了基因物质。

在她的地毯上找到了一根来历不明的头发。同样，可能会有非常自然的解释，比如有人在她床上睡过觉，但是留下的头发一直没有被打扫走。证据可能来自人们完全意想不到的地方。但是对一些非常强的证据进行不同的解释却非常困难。

然而，警察局和公众继续认为是拉姆齐夫妇干的，因为很简单，没有出现其他嫌犯。这和 1954 年发生在克利夫兰市的谢伯德谋杀案很相似。山姆 · 谢伯德医生是一位整骨疗法专家，他被指控、审判并定罪在 7 月 4 日杀害了自己的妻子玛丽莲。谢伯德说有一个陌生人闯入了房子里，把他打昏了，然后杀了他妻子。他最终被给予了第二次审判，并被释放，但是大家一直认为是他杀了自己的妻子。直到最近才发现证据说明已经过世的谢伯德医生是无辜的，错误的指控毁了他的一生。这个案件如果没有别的意义的话，那么它至少让我们提高警惕，不要因为没有相反的证据就假定一件事情。

进行侦查的一个思路是看一看约翰 · 拉姆齐的背景中有没有对儿童进行性虐待和其他不正当行为。但是绝对没有这样的事情。他第一次婚姻的孩子没有遭到性虐待，第二次婚姻的孩子没有遭到性虐待，他妻子或其他人也没有汇报过这种情况。完全没有。这是非常非常重要的一点，因为，正如我所得出的经验和斯坦顿 · 萨米诺博士所说的，人的行为来自性格。如果他们看起来性格与行为不一致，那是因为我们还是没有完全理解他们的性格。

没有人是突然变成儿童虐待狂或别的什么的。行为是渐进的，思想和行为总是前后相关的。不但警方仔细研究了拉姆齐的生平和所有的关系，而且小报记者也做了同样的事，而且在这方面更加无所顾忌。事实证明，他不是那种人。

那么，到底事实真相是什么样子的？我们都不知道，但是先让我们看一看人们所考虑过的可能性。

各种各样的可能性

下面的假想都不是完美的，都有其缺点，不能解释拉姆齐夫妇或者闯进房子里的人的行为。如果有某个假想是完美无缺的，那么这个案件应该早就解决了，尽管波尔德市警察局对杀人案相对来讲缺乏经验。我们完全确定的就是，不可能是被害的小女孩先写好了勒索信，然后自己勒死了自己；她也不是死于外星人绑架不成而杀人，尽管有些理论几乎就是这么可笑。我们要遵循福尔摩斯的格言："每当你排除了各种不可能之后，不论最后剩下了什么，也不论最后剩下的是多么的不合情理，那必定就是事实真相！"让我们试一试这种方法。

第一种假定：帕特茜在发火的时候不小心弄死了琼贝妮特。为什么？可能是帕特茜完全受够了尿床。她在小女孩的脸上扇了一巴掌，琼贝妮特没有站稳，头可能撞到了硬东西。或者，其他情况相同，但是可能有更加深刻的动机：琼贝妮特变得粗暴无礼，告诉妈妈说自己厌倦了选美比赛，以后不想参加了。帕特茜十分生气，因为她现在是在通过女儿实现自己的梦想。帕特茜失去了理智和控制力，冲过去打了孩子。琼贝妮特像上面描述的一样撞了头；很不幸，她死了或者受了重伤。

那么现在怎么办？帕特茜必须在惊慌失措之中做些事情。她跑回自己的卧室叫醒了约翰。"亲爱的，我生气时不小心弄死了琼贝妮特。我不知道当时我是怎么了。我们应该怎么办？"

约翰回过神来，问发生了什么事。帕特茜描述了琼贝妮特从房间里摔过去，头撞在了梳妆台的边上。"好吧，"约翰说，"我们最好领她去急诊室，说发生了事故。"

"不，"帕特茜不同意，'他们会看到我留在她脸上（或肩膀上、后背上、屁股上或者其他地方）的手印，就会发现事实真相。"

"好，你是正确的。我们最好让这件事看起来像绑架失手。"

"怎么做呢？"

"我们需要有一封勒索信，并且我们要让现场看起来是绑架者杀了她。我们要把她的双手绑在一起，再在她脖子上做一个用来勒死她的绑得很紧的绞索。"

"为了使绑架更加容易让人相信，我们应该让她看起来是受到了性侵害。"

我们可以继续写下去。

我希望你读到上面的假设的时候，至少应该觉得有一点点可笑。那么这个假设为什么是可笑的？我们会分析这里有什么不对劲的地方，然后看看这是否有助于我们破案。

先从这个假定的大前提出发。帕特茜会杀死自己六岁大的女儿吗？如果会，又是为了什么、怎么杀死的呢？

我们先把动机问题暂时放一会儿。现在，我们要先看一看法医结论。

我们前面说到过，法医报告说有一块7英寸×4英寸大的出血区域，下面是八点五英寸长的颅骨骨折，再下面是一个8英寸×1.75英寸的大脑肿块。这是非常严重的钝器伤。我估计，这么重的力量可以打倒一个三百磅重的男子，但这是一个四十五磅重、六岁大的女孩。

所以，如果是帕特茜进行了致命的一击，那么她是怎么打的呢？是赤手空拳吗？用拳头？没有人证或者物证证明约翰或者帕特茜曾经打过琼贝妮特的屁股。是什么突然让帕特茜猛然使出了能够打倒三百磅重的人的力量？但是我们还是假定她确实打了女儿。很可能琼贝妮特是面对着她的。是这一拳把她打倒在地，她偶然间头撞到了突出的地方或其他坚硬的物体，引起她出现了法医所报告的大出血、骨折和颅内肿块？对，这是可能的，但是对于琼贝妮特头部伤的描述更应该是用物体直接砸到头上，而不是被手掌或者拳头打了以后所引起的间接伤害。

这个假定很难成立。我们必须假定导致琼贝妮特死亡的事情是开始于她的卧室里的。如果帕特茜是突然地向她发火，那么她的反应应该发生在卧室，或者，如果生气是因为尿床或者尿裤子，她的反应应该发生在卧室旁的洗手间。

然后呢？帕特茜拾起她所能找到的最近的重物，然后用它砸自己孩子的脑袋？这完全不可能。又是什么重物呢？尽管从来没有完全确认，但是警方猜想（我想他们是有理由的）可能是一个很重的手电筒，可能是厨房里找到的那个，或者与它类似的什么东西。手电筒是在琼贝妮特的房间里的吗？为什么会在那里？如果不是在那里，那么是哪里来的呢？是不是帕特茜说“你在这儿等着，等我回来再教训你”，然后下楼拿了手电筒用它来惩罚女儿？或者可能她非常生气，把琼贝妮特拖到楼下厨房或者地下室来给她这种异常残酷的惩罚，而且打得比自己预想的要重。

我不相信这种假设。一个连自己女儿后背都不打一下的母亲，不可能突然就想把自己女儿打得脑浆迸裂。我从来没有见过事先没有类似行为而突然就对孩子大打出手的情况。

但是我们还是假定帕特茜真的打得很重。是在哪里打的呢？在卧室？洗手间？厨房？地下室的酒窖？都可能，那么警方在哪里找到了大量的血迹？

没有找到！

在职业生涯里，我调查了很多头部钝器伤的袭击案，它们的一个共同特征就是血。在头部钝器伤的谋杀案里，警察抓到嫌犯以后，我立即告诉警察在讯问时要告诉嫌犯在他身上、衣服上、汽车里或其他地方找到了血迹，然后看嫌犯的反应，原因是被害人的血非常有可能真的会留在与嫌犯有关的地方。

但是在拉姆齐案的犯罪现场里，血迹非常少。是不是杀人犯有时间把血都打扫干净了？我想不会。那种证据很难被消灭。必须要弄到房子外面去，就像我们相信O·J·辛普森所做的那样。他的房子甚至不是谋杀现场。不管凶手是家里人还是外来人，他都完全不可能把现场的大量血迹弄干净。

这又要让我们考虑死亡的原因。尽管头上的重击足够引起死亡，但是法医报告上说它仅仅是死因之一。像我们看到的，具体的死因是“勒死窒息”，这是很有道理。如果被害人头部没有大量出血，那么最合理的假设就是她的心脏当时已经停止了跳动，或者仅有微弱的跳动。换句话说，她被绞死在先。眼睑下的出血点跟上面的假设是一致的。

如果是那样的话，那么我们怎样解释帕特茜的这种偶然的、突然暴怒引起的伤害呢？一个人可以突然发火，然后用手掌或者拳头打人（尽管证据并不支持这种假设），但是不会突然勒死自己的孩子或别人。那是一个具有很大故意性的行为，并且据我所知，没有人认为这位母亲对孩子做了那样的事。

那好，可能是约翰干的。绞索可能是极其邪恶的性游戏的一个组成部分。我很受尊重的同事罗伊·黑泽尔伍德就自淫性窒息以及它为什么这么经常导致死亡进行了很多研究。这个假设是约翰将他的女儿弄窒息到昏厥，然后再把她弄醒，同时不停地对她实施性侵害。

可能吗？从生理上讲是可能的。但是，同样地，我们没有一点，哪怕是一丁点证据证明他做过或者会做这种事，而证明他没做过的证据却是压倒性的。人们不是在真空里行动的，每一个行动都和其他行动有联系。约翰·拉姆齐现在不是、过去也不是性犯罪者，并且没有性犯罪者的特征。

这个假设的另一个问题是，如果约翰杀死了琼贝妮特，那么虽然死亡是偶然的但是伴随死亡的性虐待却不会是偶然的。在这种情况下，约翰不会认为他的妻子会同自己站在一边。是的，也许她是个疯子，认为一个受到性虐待的孩子是自己的对手，并且很高兴看到她被消灭掉。她也可能认为约翰是过好日子的保证，所以不论她对他的做法有什么想法，她都必须要同他站在一边。但是，对于从来没有过类似倾向的人来讲，这样的情形不大可能发生。约翰是个有理性又工于心计的经理，应该想到自己不能依赖妻子不说出去这一点，特别是夜长梦多。

我几乎觉得，分析了这些假设，似乎表明我对指控约翰·拉姆齐的人颇为认同。因此，我们必须把这一点讲得非常非常清楚：他不可能对女儿做出这些事。

所以，如果我们回头看假设的场景，就会发现它根本不可能。

我说过我们还会讨论动机的问题。史蒂夫·托马斯在他写的书《琼贝妮特：拉姆齐谋杀案侦查内幕》里面提出了另外一种可能性。我不会像托马斯那么详细地讲解，但是我想准确地表述他的假设，因为尽管他和我的观点不同，但是我相信我们的目标是一样的。

托马斯相信在圣诞节当天，帕特茜和琼贝妮特已经有矛盾了，原因是孩子任性地拒绝穿妈妈为她挑选的衣服。在怀特家吃完饭以后，拉姆齐夫妇回到家里，没用多长时间就把两个孩子安顿上床。节日里忙碌的生活还有为去密歇根州的旅行作准备让帕特茜感到很疲惫，而托马斯认为帕特茜并不想去密歇根。

托马斯推测说琼贝妮特上床后又醒了过来。她上床时肯定是穿着在洗手间里发现的揉成一团的高领毛衣，后来湿了，帕特茜就把它脱下来，给琼贝妮特穿上了她的尸体被发现时所穿的衣服。

这位警探继续说："我从来不相信罪犯为了快感对孩子进行了性虐待。阴道的伤痕是一种体罚。从她阴部找到的黑色纤维可能是用力擦干尿床的孩子的身体时所留下的。"

我在这里必须说，我觉得该理论的这个部分特别牵强。在孩子阴道周围和内壁的擦伤很明显是某种用手指插入的结果，但是如果说这些擦伤实际上是帕特茜用力擦干她时动作过于野蛮造成的，这就很难想象了。

不管怎样，托马斯继续推测，"在孩子的洗手间里她们爆发了激烈的冲突"，冲突中琼贝妮特撞到硬物上。这时，帕特茜对于自己的所作所为十分慌张，很快就做出决定，不能冒险去急诊室，所以她把女儿的尸体搬到地下室。然后她回到楼上的厨房，用自己的记事簿写下了勒索信，以使整个事件看起来像绑架案。

在这以后，她回到地下室，发现尽管琼贝妮特受了致命伤，但并没有死。(托马斯也承认琼贝妮特当时可能已经死了而且帕特茜也注意到了，这种可能性不能排除。）在绝望中，帕特茜抓到了离她最近的东西：她画箱里的画笔手柄和一段绳子，她用它们在孩子的脖子上做了一个绞索，并把孩子的手腕绑在胸前。

在以后的几个小时里，她进一步完善了伪造的现场，把那封三页纸的勒索信放在后来被找到的地方，又在琼贝妮特的嘴上粘了一块胶布。剩下的胶布和绳子扔到了邻居的垃圾桶里或者邻近的排水管道里。

然后她“发现”了勒索信，尖叫起来，吵醒了丈夫，这样整个上午的事情就开始了。在快到早晨六点钟时里克·弗伦奇警官接到九一一报警电话，帕特茜还穿着她前一天晚上穿的衣服：她从没有上床睡觉，很明显，她太忙了。

按照托马斯的推测，约翰·拉姆齐在读勒索信的时候开始怀疑帕特茜，在没有绑架者打来电话的时候更加怀疑，而且很可能是在早晨就已经独自找到了琼贝妮特的尸体，当时警探安特注意到他不见了。这时约翰必须面对一个两难选择：或者放弃妻子，或者同她站在一起。琼贝妮特已经死了，而且他已经失去了另一个女儿。如果他背叛了帕特茜，那么这个家庭就毁了。所以他也帮忙掩盖事实，并利用安特建议他和福利特·怀特一起检查房间的机会“正式”地找到了尸体。从此以后，拉姆齐夫妇站在一起，躲在律师后面，并且阻碍警方的调查。

以我二十五年来研究暴力犯罪，特别是暴力犯罪的行为因素的经验来看，这个假设在很多层面上有疑问。第一，如果帕特茜花了这么多时间来伪造现场，让现场看起来像与实际不同，那么她为什么没有做最明显也是最应该做的事情：让现场看起来像有人闯入然后又离开了？如果你不怕麻烦写了勒索信然后又伪造了尸体的情况，那么你怎会忘记让案子看起来像是破门而入的案件？拉姆齐夫妇实际上说了他们记得锁好了所有的门。就算帕特茜有可能惊慌失措、思维不清，但是这也是不合逻辑的：她想到了所有这些神秘的、虐待狂的东西以建立可信性，但是却忘了做这么简单的事情。理论上可能，但是实际中不可能发生。勒索信所使用的记事簿也是一样。如果是帕特茜自己写的勒索信，那么她应该知道信纸是哪里来的，应该知道这是证据，也应该知道这会把她同犯罪联系起来。她能把记事簿留在大家都能看到的地方吗？这完全不合逻辑。如果你要那么做，你也会把胶带卷和绳子都留在大家都能看到的地方。如果你扔掉一样东西，你会把所有的东西都丢掉。

托马斯认为约翰在把琼贝妮特的尸体抱上楼的时候，他在此之前就已经发现了尸体。我亲眼看到了约翰在对我描述找到尸体时的反应，我相信他的反应是真实的。我也认为，如果约翰或帕特茜知道琼贝妮特的尸体就在房子里的话，那么他们会非常急于让痛苦快些结束，而不是让它再拖几个小时。他们中的一个可能做出无辜的样子说，“有人看过地下室了吗？”“有人查看了楼下了吗？”或者“我想我曾听到楼下有声音。”

我认为尸体被发现时的状况也表明帕特茜不是凶手。许多评论家都提到琼贝妮特被裹在毯子里，然后引用我的话说，对被害人有所有者权益的人，比如父母，会让被害人处于一种被疼爱、被保护的状态里。史蒂夫·托马斯甚至在他的书里说，“为了让拉姆齐夫妇过关，约翰·道格拉斯几乎否认了自己写的东西。”

如果读者们，特别是执法专业人员误解了我所说的话、错误地解释了我所说的话或者只看表面的材料，那么我也没有办法。这是我反复遇到的问题。就好像有个课程名叫《刑事分析一百零一招》，它可以很容易地应用到每一个具体的案件。不幸的是，事情没有这么简单。做个有丰富经验的刑事分析员很困难。并且即使你达到了那种程度，刑事分析员还是有高下之别。在这个案子里，如果托马斯问过我这个细节，那么我会很高兴地讲给他听。

首先，尸体被包裹的方式还不像父母是凶手的时候那样具有保护性。毯子随便地披在身上，手和脚都伸在外面。最大的可能性是闯进来的人本来计划用毯子把琼贝妮特抱出房子。这完全不类似于我所经常看见的那种密不透气的裹法。但是更加重要的是，我无法想象，一个对于被害者有着很深的所有者权益又很疼爱女儿的母亲，怎么会把手指插入女儿的阴道里来惩罚她，更不用说她怎么会伪造现场让现场看起来是闯进来的人干的，然后用一个绞索紧紧缠住已经死去的六岁女儿的脖子。如果那真的发生了的话，那么我们应该早从帕特茜身上发现精神病理学的证据了，但是我们没有发现。经历了贝斯的死和自己的癌症，还有约翰的前列腺癌，这个女人已经在生命里熬过了精神病的各种诱发因素。

还有动机的问题。我们在前面说要在后面讲这个问题。现在就是讲这个问题的最好时机。

不论对某种情形以何种方式反应，都会有先兆的行为。正如我们在前面提到的，我们被告知琼贝妮特长期以来有尿床的问题，以至于帕特茜每天早晨都要进行清洗。那么为什么这次尿床会使帕特茜大发雷霆呢？圣诞节的兴奋、持续到深夜的派对、为旅行做准备、生活又没有规律，在这种情况下，母亲应该能够想到尿床会发生，并且会很快地处理好。

说她因为将要进行的旅行而感到紧张，这还不够，这不能构成理由。它还不足以让帕特茜说“琼贝妮特，你已经尿床尿了五百八十二次，我再也受不了了”，然后就把她打倒在地。母亲们不会突然变成那样的。没有任何人会突然那么做。

还有，因尿床而发生的冲突当然更加可能发生在早晨，而不是发生在半夜。要想让这个假设成立，非常困难。

这同样适用于人们提到的其他可能的动机：即琼贝妮特突然不想参加选美比赛，而帕特茜没办法处理这件事。这个假设同样很难成立。所有的迹象都表明琼贝妮特喜爱表演，实际上她要求父母允许自己进行更多表演。一家人高兴地过了一天，她满脑子想的都是去密歇根，然后去迪士尼游船，然后在要睡觉的时候突然想到自己不想参加选美了，这非常不符合当时的情况。这并不是深更半夜能够想起来的事情。如果琼贝妮特真的在半夜想起了这件事，那么她会到父母的卧室去说出自己的看法，这样约翰和帕特茜就都会知道，也就意味着如果一个人大发雷霆，另外一个人不可能坐视不管。并且，如果是在将要睡觉的时候母亲和女儿发生了冲突，那么约翰和伯克都会听到。这个假设也说不通。

在我的小组就潜在的家庭暴力案件提供咨询时，或我在匡迪格市及为其他机构讲授刑事侦查分析的时候，我常常强调要仔细查看被害人在案发的前几天或者前几个月的活动。

对于拉姆齐一家来说，1996 年的圣诞节是一段幸福的日子。他们喜欢圣诞节，孩子们很兴奋，这是他们生命中最好的一段时间。约翰的公司年销售额达到了十亿美元。帕特茜克服了可怕的、致命的癌症。孩子们很幸福。琼贝妮特吸引着每一个人。她和帕特茜喜欢一起去选美比赛，尽管我们可能对他们的价值取向有不同看法。一家人正期望着去密歇根州度假，然后去迪士尼的游船上游览。

现在快进几个小时，我们看到这个美丽的小女孩被绞索绞死，头部受到了重击，被绑起来扔在地下室的酒窖里。你怎么能够从 A 点来到 B 点呢?

我们在进行刑事分析时所要看的第一个事情就是引发犯罪的刺激性因素：也就是使罪犯做出犯罪行为的诱因。本案中，我们没有这样的因素。没发生任何事情。不论琼贝妮特怎样尿床（我怀疑她是不是真的尿了床，因为她内裤和长衬裤上的尿迹可能是她死亡以后膀胱肌肉松弛造成的），我也不认为帕特茜会突然丧失了所有的本能和自我控制而狂暴地殴打她在世界上最爱的人。她也肯定不会把自己的孩子勒死。根本不会发生这样的事情。一定要有相关行为才能有发生这种事情的可能性，但是此前根本就没有相关行为。

我提到当我第一次见到帕特茜的时候，她脖子上戴着一个大十字架。我经常见到被指控犯罪的人突然开始笃信宗教，并且我当时也怀疑是不是她正在经历的事情使她开始戴十字架。但是当我有机会看到拉姆齐家的照片时，我发现她已经戴这个十字架好几年了。我得知十字架是一位牧师在她治疗癌症时给她的。我相信，她对宗教的笃信和她相信自己是被从癌症中奇迹般地救赎都是真诚的。我难以相信，如果她是真正的凶手的话，她还会这么愤世嫉俗，以至于会相信即使凶手逃脱了人间的正义，也会受到上帝的惩罚。这并不是说我受到了她笃信宗教这一点的影响。我只是想指出她有一套能够自洽的信仰。

罗·斯密特的假设

我的分析并不是独一无二的。1997 年 3 月，阿里克斯·亨特聘请了罗·斯密特为地区检察官办公室进行侦查。罗是埃尔帕索县警察局的退休杀人案警探。埃尔帕索县在丹佛市的正南方，境内有科罗拉多温泉和美国空军军校。斯密特六十多岁，为人文雅，语气和蔼，在科罗拉多州是一个传奇性的人物，侦查过二百多宗杀人案，拥有令人吃惊的90%的破案率。他的钱包里有一个塑料相册，里面有他侦破的那些案件的被害人的照片。

斯密特因为调查了1991年赫特·多恩·秋奇被谋杀的案件而变得更具传奇色彩。赫特是一个小女孩，她是在科罗拉多温泉附近的家里被杀死的。案子调查了四年却没有任何结果，大家都认为她的亲属是凶手，而且警方并没有很积极地寻找其他嫌犯。凭着巨大的决心和对于细节的注意，斯密特在现场发现了一个被大家忽视的指纹。这个指纹与一个嫌犯的指纹一样，后来嫌犯在佛罗里达州被捕。斯密特又一次神奇地侦破了案件。

斯密特接手拉姆齐案后不久就检查了所有的证据。与波尔德市警察局不同，他的结论与秋奇案一样，即琼贝妮特是被闯进来的人杀死的。他认为是一个在公开场合见过琼贝妮特的恋童癖决定在当晚对琼贝妮特下手，并且在拉姆齐一家和怀特一家庆祝的时候闯进了房子。

罪犯可能是从栅栏和窗井进入地下室，然后查看了整幢房子。他用帕特茜的记事簿和笔写下了勒索信。然后，他在拉姆齐家人回来之前藏好等着他们。他确定一家人都睡熟了以后，就进入琼贝妮特的卧室，两次用眩晕枪直接接触琼贝妮特的皮肤把她打昏。他用自己带来的胶带封住她的嘴，然后把她抱到地下室，从那里他可以离开房子而不被三楼的琼贝妮特父母注意到。

他发现了帕特茜的画具箱，折下了画笔的手柄，用自己带来的绳子做了一个绞索。他一面将孩子弄窒息以满足自己的性幻想，一面用手指插入她的身体。按照斯密特的理论，琼贝妮特指甲和内裤里的不明DNA、来历不明的阴毛、门上的手掌印、地板上“高特克（Hi-Tec）”牌靴子留下的鞋印，还有窗户下墙上的蹬踏痕迹，都来自罪犯。指甲中的残留物是琼贝妮特醒来并努力推开罪犯时留下的。也就是这时他慌张起来，打了她的头，可能是用手电筒打的。他认为自己已经杀死了琼贝妮特，就扔下尸体离开了房子，并且带走了他自己带来的东西——绳子、胶带和眩晕枪。

对于十一万八千美元这个数字，斯密特也有一个有趣的解释。如果凶犯想要逃往墨西哥，在当时的汇率下，十一万八千美元能换到一百万比索。

离开检察官办公室以后，斯密特为我讲了他的看法。我不完全同意他的解释，但是他的总体思路很有启发，比尿床假设要好得多。按照史蒂夫 · 托马斯的说法，包括匡迪格市一些侦查人员在内的很多侦查人员都反对斯密特的说法，即闯进来的人非常胆大，敢闯进有人睡觉的房子里并且停留。但这是有先例的。一个人不必很有犯罪经验，但是可以无所畏惧或者很有目的性。

眩晕枪理论

像在秋奇案和其他案件中一样，罗 · 斯密特对拉姆齐案的侦查非常细心。在研究琼贝妮特尸体照片的时候，他注意到两块不大的红色伤痕，正是这时斯密特初步形成了自己的看法。两块伤痕相同，每块伤痕中的两个小痕迹之间的相互关系与另一块伤痕中的两个小痕迹的位置关系一样。他认为这样的关系不会是偶然形成的。他就此事问过几个人，最后问到了科罗拉多州阿拉帕赫县的法医官迈克尔 · 道博逊。道博逊曾经处理过一个牵涉眩晕枪的案子。研究过斯密特给他看的照片后，他说这些伤痕与眩晕枪留下的伤痕是一致的，但是他没有亲自检查尸体就无法确认。

斯密特进一步研究了眩晕枪的可能性，并把留下这些伤痕的武器的类型缩小到了“气动泰瑟（Air Taser）”牌气动眩晕枪。按照史蒂夫 · 托马斯的说法，警察局认为这宗犯罪中没有使用眩晕枪，但是我不知道原因是什么。我不是这种武器的专家，但是我认为斯密特的证据是很有说服力的。

就像林德伯格绑架案中的阁楼地板一样，这也是可以改变整个案情的因素之一。如果罪犯真的使用了眩晕枪，那么我认为这就否定了父母是凶手的可能性。

对一个六岁的孩子使用眩晕枪只可能有两个意图：为取得性快感而折磨她，或者把她打晕。两者都不符合拉姆齐夫妇是凶手的假定。眩晕枪证明作案有计划、有目的，而不是偶然的。如果琼贝妮特尸体上的痕迹真的来自眩晕枪（否则不会有两块符合“气动泰瑟”牌眩晕枪的痕迹），那么我们就得注意，记事簿和可能用来击打头部的武器都放在房子里大家一眼就能看得到的地方，而用来进行控制的东西——胶带、绳子和眩晕枪——都没有被发现，这表明罪犯可能是自己带来这些东西的。手电筒可能也是一样，闯进来的罪犯很自然会带一个手电筒。当他发现自己需要一件钝器作凶器的时候，他想到了手电筒。

勒索信

没有人会否认本案中最重要的证据就是那封三页纸的勒索信。任何人如果想要就谁杀死了琼贝妮特提出一个理论，他必须首先理解这封信的重要性和意义。

当我看到这封又长又诡异的勒索信的时候，我的第一个想法就是，不管是谁写了这封信，他肯定是在杀人之前而不是杀人之后写的。没有任何人——不论是家庭成员或者闯进来的人——在尸体躺在地下室的时候会有清醒的头脑和注意力来坐下写这封信。因为这个原因，我并不认为勒索信像警察局和联邦调查局的一些人认为的那样是伪造现场的一部分。这并不意味着我认为赚钱就肯定是案子的主要动机，尽管有可能是。这仅仅意味着勒索信是经过深思熟虑的，而不是杀人后为掩盖事实而匆忙写下的。

除了几个地方以外，勒索信的拼写正确并且句法一致，这让我认为勒索信的作者是个受过教育的人。可以把这封信同林德伯格案中的通信和开膛手杰克的“来自地狱”的信作个比较。但是这封信很奇怪，所要的赎金相对于拉姆齐夫妇的财产和我们认为勒索犯应该要的数额来说非常小，所以我们可以排除老练的罪犯和职业罪犯。如果这是以赎金为目的的犯罪，那么罪犯是个新手。

为方便起见，我在下面的分析中将使用男性代词。

首先，“听仔细了！”这句话意味着罪犯对自己没有信心，所以觉得需要注意。使用复数的“我们”会使他显得更有力量、更可信，说自己是有政治目的的外国恐怖主义者也起到同样的作用。但是“我们代表外国的一个小派别。我们尊敬你的公司，但不尊敬它所属的国家”这句话很愚蠢，暴露了他。我认为是一个经常看电影的少年或者刚刚成年的人。我可以想到电影中的角色说：“我们代表外国的一个小派别……”

即使“现在你的女儿在我们手上”这句话也很笨拙很不老练。有趣的是，勒索信里反复提到“你的女儿”，从来没有提到她的名字。可能勒索信的作者不知道她的名字，或者更可能他不知道怎么写她的名字。

在第二页，作者说：“你胆敢违反我们的任何要求，我们就会立即杀死你女儿。你也得不到她的尸首来好好安葬。”这也说明作者没有自信。我相信一位母亲不会把女儿的死说成“杀死”。就像帕特茜不可能虐待尸体一样，我认为她不会说什么不归还尸体。这对母亲来说会太痛苦，无法忍受。

如果一个人想要用勒索信来掩盖真相，他会写得尽量简短、直入主题。他会很小心，以免留下不必要的线索。

勒索信让拉姆齐“从你的账户里取出十一万八千美元”这一点同样有趣。它并不是简单地要钱，而是提出了具体的要求，就好像作者知道账户里正好有这么多钱。所以我认为作者很可能之前到过房子里，看到了一些记录表明在约翰·拉姆齐的账户里存了这些钱，可能是支票存根。对于一个刚刚成年的人来说，这可能是很大的一笔钱，并且要这些钱很合适。

很多人认为十一万八千美元是内部信息，所以勒索信肯定是拉姆齐夫妇中的一个人写的。我必须说我完全不这么认为。如果拉姆齐夫妇或他们中的一人用勒索信来制造绑架的假象，他们怎么可能故意使用内部信息来把犯罪指向自己呢？如果约翰·拉姆齐知道他不必支付赎金，那么他为什么不写五百万美元，让勒索信看起来更可信呢？

如果真的是拉姆齐夫妇想出的这个数字，那么唯一合乎逻辑的假定就是帕特茜想用勒索信诬陷约翰，也就是，她想警告约翰。这也能够解释这样的话，比如，“你并不是唯一的大胖猫，所以不要以为杀人很困难”，“不要低估我们，约翰”以及“好好用一用你那南方人的常识吧。现在由你来决定了，约翰”。

但是如果这是事实的话，那么帕特茜应该在案发之后公开诬陷约翰，但是她没有那么做。实际上，从第一天在弗尼家开始，警方就开始监视他们之间的交往，但是没有证据表明她试图以任何方式惩罚约翰。在我看来，十一万八千美元这个数字并没有指向拉姆齐夫妇，而是指向认识他们或者看见过他们生活细节的其他人。

在勒索信里有很多来自电影里面的话。“你和你的家人将不停地受到我们的监控，那些执法机关也一样。别试图要小聪明，约翰”这句话符合《生死时速》中的勒索犯丹尼斯·霍普尔所说的“你知道我比你厉害，别想要小聪明”，本案发生时这个电影的录像带正在市面上卖呢。

“跟任何人讲你的情况，包括警察局、联邦调查局等，会导致你女儿被砍头”这句话符合《赎金》中的台词：“别让警察或联邦调查局知道。否则，我会杀了他。”

“如果我们发现你跟丧家犬讲这些事情，你女儿死定了。如果这些钱被以任何方式做上记号或弄出问题，你女儿死定了”这句话符合克林特·伊斯特伍德的大片《肮脏的哈里》中的“如果我认为你后面跟着人，女孩就死定了”，还有“游戏结束了。女孩死了”。

“现在给我听仔细了”和“现在听我说。要非常仔细地听”，还有“看来你休息得不错，你还会需要休息”这些话也来自《肮脏的哈里》。这句话类似于勒索信里的“交钱会很累，所以我建议你好好休息一下”。

如果是巧合的话，不会有这么多类似的内容。也很难想象帕特茜在杀了女儿以后会一个人坐在厨房里写一封假的勒索信时想到这些电影中的台词。如果帕特茜真的会想起电影中的台词，这更可能是她童年看过的电影或者现在正播放的儿童影片。即便是约翰也不会知道勒索信里面提到的这些电影中的话。在我看来，这些台词更像是少年或者刚刚成年的人的概念。

“我们对反侦查措施和技术很在行”这句话就是这样。“会导致你女儿被砍头”也是这样。现在有谁还在使用“砍头”这个词？我认为只有玩《地狱暴龙》一类的游戏和看《大力神》或者《茜娜：战争女神》一类电视剧的人会使用这个词。有人告诉我砍头是电视系列剧《高原人》的主题之一。

我的意思是，虽然我不确定是谁写了勒索信、是谁杀死了琼贝妮特，但是从心理语言学的分析看，不会是一个四十岁的女人在不小心杀死了自己女儿以后慌慌张张写的。

帕特茜的九一一报警电话记录也很说明问题。在谈话将要结束的时候，接警员问："字条有没有说谁带走了她？"起先帕特茜没有理解这个问题，所以接警员重复了这个问题。

最后，她说，"上面写着'S.B.T.C.胜利'。请……"如果是她自己写的勒索信，我认为她会这样回答问题，"没有，上面没写。但是有人绑架了我的孩子……"相反，我能够想象她当时正翻看勒索信来找问题的答案。所以她提到了"S.B.T.C."，但这并不能回答问题，所以她又向上看了一行，看到了"胜利"，这也回答不了问题。但是这留给我的印象是她并不熟悉勒索信，并且急于找出是谁绑架了她女儿。

"S.B.T.C."是什么意思？谁又会知道呢？可以是"被十字架拯救"或者"圣巴巴拉网球协会"。开始时有人认为是"苏比克湾训练中心"，因为约翰·拉姆齐在服役的时候就驻扎过菲律宾群岛的苏比克湾。问题是，那里并没有这样一个训练中心。在讯问暴力犯罪的罪犯时，我常常发现他们使用的缩写只有他们自己知道是什么意思。在林德伯格案中信里的互相交织的圆圈和打在上面的孔就是这种情况。

对于拉姆齐案的勒索信来说，有一个问题不可避免：如果这真是绑架案，或者是要勒索钱，或者是为了什么原因而报复约翰·拉姆齐，那么罪犯为什么没有自己带来一封勒索信，而是相信自己能够在拉姆齐的房子里写完一封勒索信呢？

我不知道。

我可以提出几种可能性：他很没有条理，把勒索信落在了家里，或者在到达拉姆齐家之前都没有想到写勒索信；他怕被抓到，所以不想用自己的纸写勒索信；他在房子里有足够的时间写一封比自己带来的信或者比绑架之后再发出的信“更好”的信；或者他想通过把勒索信与拉姆齐夫妇联系起来诬陷他们。但这些只是可能性而已。一些案子几乎总是有谜团难以解开，比如为什么在林德伯格家的婴儿房里没有指纹，或者为什么开膛手杰克在“双重谋杀”当晚第一次杀人时使用了一把不同的匕首，或者黄道十二宫为什么在伯丽爱沙湖穿了奇异的衣服。我没有能够完全令自己满意的解释。

有很多消息说专家们没能“排除”帕特茜·拉姆齐是勒索信的作者。这些消息是真的，但却像对该案的许多其他报道一样引人误解。警察局和律师们聘请了至少四个（或者更多）非常著名的笔迹鉴定专家，他们的共识是尽管帕特茜不能被排除，但是她的笔迹的相似性非常小。换句话说，根据这个标准，很多很多人都“合格”，或者说不能够被排除。

从行为的角度看，我必须问的一个问题是，如果帕特茜写了勒索信，那么她是不是会这么自愿地接受这么多笔迹鉴定，并且提供了这么多以前写下的笔迹样本。即使她有意地掩盖自己的笔迹，她对笔迹分析也是一无所知，所以她怎么会认为自己能够骗过专家，特别是在有三页证据的情况下？

瓦萨大学的文学教授唐纳德·福斯特对勒索信进行了一次最有趣的分析。他是一个非常知名的文本鉴定专家。他通过文本分析的方法证明了自己在加州大学洛杉矶分校档案馆的缩微胶片里找到的一首五百七十八行的诗歌是威廉·莎士比亚的作品，这令学界大吃一惊。这是在近一百一十二年里第一次发现莎士比亚的作品。他用同样的技术对比作者已知的作品，认为《新闻周刊》的专栏作家乔·克莱恩是政治小说畅销书《原色》的匿名作者。

1998年，福斯特声称自己已经认定是帕特茜·拉姆齐写的勒索信。这个意见来自这样有声望的专家，让人觉得很有说服力，所以史蒂夫·托马斯也写到他非常重视福斯特的观点。但是后来发现他在1997年春天，给帕特茜·拉姆齐在密歇根州夏洛瓦市的家里写信进行吊唁，给她以鼓励，并且说，“我知道你是无辜的——我知道，绝对知道，毫不含糊。我以我的专业声誉保证这一点。”

他还声明他认为约翰·拉姆齐的儿子约翰·安德鲁用“詹姆逊（Jameson）”的名字在因特网上贴帖子，并且说这个詹姆逊是真正的凶手。但是后来发现詹姆逊实际上不是名叫约翰·安德鲁·拉姆齐的二十岁男大学生，而是一位四十五岁的家庭主妇，家住北卡罗来纳州，名叫苏珊·贝内特，她仅仅是对该案非常感兴趣而已。自此以后，人们开始真正怀疑福斯特对拉姆齐案的分析。

事实是，没有人能够只用一条线索或者一个证据就得出全部事实真相。

犯罪后的行为

我们在匡迪格市提供的咨询服务的一个重要方面就是描述和预测身份不明的凶犯在犯罪之前和之后的行为。这样，认出这种行为的人就可以站出来协助调查。同样，我们可以通过分析犯罪之前和之后的行为来排除嫌犯。我们已经讲过拉姆齐夫妇在琼贝妮特被谋杀之前的行为。现在让我们简单看一看他们在这之后的行为。

他们常常受到指责说行为不像无辜丧女的人。这种谴责的起因之一就是人们对于他们丧女之后感情上反应的期望，但是我认为我们已经解决了那个问题。另一个起因是他们在犯罪发生之后立即就找了律师，但是如果说他们没有同警察合作就是完全误导的报道了。

我们已经说过在发现琼贝妮特尸体的当天他们是怎样回答了警方的所有问题的。我们也已经说过他们按要求提供了实物样本和笔迹样本。也有很多文件记载律师多次要求让他们同警察局谈话，但是双方一直不能就谈话的规则达成一致。直到 1998 年 6 月他们才进行了三天的谈话。

拉姆齐夫妇对警方的态度源于警方对待他们的态度。不论他们有罪还是无罪，他们的态度都是有理由的。我在全国作巡回演讲的时候曾多次听被害人权利团体的成员说警方没有提供信息，没有让他们知道案件的进展，也没有让他们参加寻找杀死他们最爱之人的凶手的活动。有些警察局对这些事很敏感，有些却不敏感。但是，如果警方的态度表明他们认为丧女的人也同时是凶手，那么问题就严重了。

一旦拉姆齐夫妇意识到警方不把他们女儿的尸体交还给他们是为了让他们同意在警方规定的条件下进行讯问，他们也就意识到自己和警探之间的关系是对立的，所以有必要保护自己。我并不认为这种行为就表明他们是有罪的。

更重要的是，约翰和帕特茜两人都经常同他们信任的执法官员谈话。在开始的几个星期里，帕特茜反复同琳达 · 安特交流，夫妇两人都同地区检察官办公室的人员进行了交谈，并且罗 · 斯密特一接手案件，他们就同罗经常交流。

他们同自己信任的人合作，这是完全合理的行为。

1999 年 3 月，他们也同意我自费（我早就要求不再就这个案件收费了）飞到亚特兰大，在三天的时间里我们进行了广泛的交谈。没有谈话规则，也没有律师在场。

是因为我们认为他们是无辜的，他们才同意同斯密特和我谈话吗？当然是。但是他们也知道我们两个都因为我们的观点和被这对夫妇“迷惑”了的态度而受到全面的批评。同时，他们也都很聪明，知道斯密特和我只要有机会就会破案，不论谁是罪犯。如果我们能够证明他或者她杀死了自己的女儿，我们会立即把他们交出去。

难道是他们超常聪明，认为他们可以同我们短兵相接而不露马脚？那么他们要么是拥有难以置信的傲慢，要么他们就是难以置信的惯犯。这就是犯罪后行为的症结。

我的分析是，尽管存在有计划的因素，但是这个犯罪在构思和执行上基本还够不上老练。如果拉姆齐夫妇是罪犯，那么他们在犯罪发生后的行为就太老练了。他们没有经过准备或者训练，就突然变成了犯罪大师和反社会的人。他们非常自信，以至敢于在全国直播的电视节目上（《拉里·金现场直播节目》，有线新闻网，2000 年 5 月 31 日）同指控他们犯罪的人对峙，比如史蒂夫·托马斯，而只要有微小的闪失他们就会完蛋。

如果约翰认为帕特茜是凶手并且认为她精神有问题，那么他会让她脱离自己的视线吗？他会让她自己进行多次旅行，而不担心她会不小心泄露真相让他们两个都完蛋吗？最重要的是，他会让她继续照料自己的儿子吗？

如果他们两人都认为他们的儿子伯克知道或怀疑任何事情，或者偶然听到他们说是他们自己造成了琼贝妮特的死亡，那么他们怎么会让他单独去学校，更不用说在案发当天就把他送到怀特家？谁完全相信一个快十岁大的孩子会守口如瓶？我不相信，因为我有三个这样的孩子。

大多数人只看到表面行为，却没有思考真正有意义的东西。

大陪审团

进入 1998 年，案件还是没有什么进展。为了能够有所推进，波尔德市警察局游说要进行一次大陪审团调查，认为这样的机构可以拿到警察局所拿不到的证据。3 月 22 日，四女八男组成了一个大陪审团。大陪审团于 9 月 15 日开始工作。到了那时，尽管案件还是没有很大进展，在人员上却有了很大的变动。

8 月 6 日，史蒂夫 · 托马斯向贝克纳部长提交了辞呈，抱怨警方对本案侦查不力，也抱怨检察官办公室从中插手不起诉拉姆齐夫妇。他怀疑究竟能否为琼贝妮特取得正义。

9 月 20 日，罗 · 斯密特向地区检察官亨特提交了辞呈，说："我的良心让我无法迫害无辜的人。我的观点如此强烈，以至于我继续工作将是不正当和不道德的。"

谋杀案发生两周年以后，仍然没有抓到任何嫌犯。约翰 · 拉姆齐丢掉了他在通路图形公司的工作。他相信自己被辞退的原因是自己不断在公共场合露面影响了公司形象。他很可能是正确的。

1999 年 3 月 19 日，侦探琳达 · 安特从警察局辞职了。在我看来，这是案件调查混乱的又一个后果。安特描述过自己是怎样从约翰 · 拉姆齐的眼睛里看到事实真相的。大多数人听了她的话都会认为约翰就是凶手。史蒂夫 · 托马斯所拥有的证据和安特所拥有的一样，但是他的结论是帕特茜是凶手，而约翰在伪造现场之前一直与案件无关。

大陪审团的期限应该于 1999 年 4 月 21 日终止。但是 4 月 7 日，因为其工作还远未结束，所以又延长了六个月。

我在1999年4月26日和27日在大陪审团前作了证。因为他们的记录是保密的，所以我不能自由透露我所说的内容。但是媒体的人推测说我的证词和罗·斯密持的证词在大陪审团成员的心里造成了严重的怀疑。我不知道这是否属实，也不知道斯密特做证的内容。我只知道我向他们讲了我所相信的事实，并且我相信他也一样。

在我做证之前，汤姆·维克曼探长向我作了自我介绍，并说他读了我所有的书，特别喜欢我的《犯罪分类手册》。他现在负责波尔德市警察局的侦查工作。他为我在犯罪分析领域里所作的工作及其对执法工作的重要贡献向我致谢。我非常感谢维克曼的话。

1999年10月13日，阿里克斯·亨特和大陪审团宣布在琼贝妮特·拉姆齐案中还没有足够的证据指控任何人。有些人推测说最终的决定可能是亨特做出的，因为根据科罗拉多州的法律，大陪审团的主席和地区检察官必须联名签署指控书才能让它生效。

史蒂夫·托马斯谴责亨特，说他没有指控拉姆齐夫妇并让陪审团来决定案件的事实。哈佛大学教授、律师阿兰·德肖维茨认为亨特是“宪政英雄”，因为他克服了重重险阻，没有让自己认为没有足够证据的案件被审判。这是这个案件所产生的又一个无法弥合的分歧。

遗留的问题

对于一个这样的案件，无法穷尽所有的可能。任何研究这个案件的人都会有自己认为最重要的因素或者证据。我已经说了我所认为重要的观点。但是在讨论中总会有没被涉及的地方，我留在下面进行讨论。

1. 如果存在闯入室内的凶犯，为什么在房子周围的雪地上没有留下脚印?

这是另一个被错误报道的“事实”。与最初的报道相反，案发当晚地面上只有很薄的一层雪，而且便道已经被清扫过了。所以，即使罪犯是从窗井出去的，他也不一定会留下足迹。

2. 闯进来的凶犯是怎样进到房子里的?

斯密特认为他是从窗井里进入地下室的。这很可能是事实。但也可能他是使用钥匙进来的。房子至少有二十把钥匙不在拉姆齐夫妇的手里。如果凶手是和拉姆齐夫妇很熟的人，或者是认识为他们工作的人或者因为其他合理理由拥有钥匙的人，那么他也能够进入房子。

也可能是一扇门或者几扇门忘记锁了。这是一个低犯罪率的地区。当拉姆齐夫妇不在家的时候，他们有时候确实不锁门。一层的窗也是一样。在 12 月 26 日上午搜查的时候，据说一位警官发现房子南面的窗没有关。

3. 如果拉姆齐夫妇都不是凶手，而真正的凶手还逍遥法外，那么他为什么没有被抓住也没有继续犯罪?

首先，凶手不是连环杀人犯。也不是为了求得满足和施行控制才杀人的。他是个没有经验、有具体目的的罪犯。所以我们没有原因认为他会不断地重复进行相类似的犯罪。

很不幸的是，有很多杀人案无法侦破，特别当地的警察局没有很多破案经验时就更是这样。 1997 年 12 月 21 日，也就是琼贝妮特遇害后将近一年，科罗拉多大学的学生苏珊 · 切斯在波尔德市中心遭到谋杀。像拉姆齐谋杀案一样，波尔德市警察局没能够侦破这个案件。杀人犯究竟在哪里?

4. 如果琼贝妮特的尸体是在 1996 年 12 月 26 日被发现的，拉姆齐夫妇却选择 12 月 25 日作为她墓碑上的死亡日期，那么这是不是意味着拉姆齐夫妇拥有只有杀人犯才会知道的信息？

很明显，警察局就是这么认为的。凭我接触过许多丧亲家庭的经验，我认为，如果用这个日期作“线索”就太可笑了。

父母总是会从孩子的死当中寻找一些意义。圣诞节对于拉姆齐夫妇来讲是个幸福的并且具有象征意味的日子。即使他们真的不知道琼贝妮特是死于午夜之前还是之后，他们还是会非常自然地选择对他们来说最有意义的日子。在某个层面上，我认为，选择这个日子是试图让人们记住在无辜和欢乐之中潜伏着邪恶。

5. 凶犯会冒险在房子里呆这么多时间吗？

某些类型的罪犯会这么做。1988 年，我的小组处理了密西西比州杰克逊县的一起绑架案。7 月 26 日，安妮 · 罗里 · 希阿林在光天化日之下从她在富人区里的豪华住所里被绑架走。她七十二岁，身体不好，丈夫罗伯特 · M · 希阿林是密西西比州最富有的人之一。和希阿林夫人一起吃饭的朋友离开是在下午三点三十分，她丈夫在下午四点三十分回家，这中间只有一个小时的时间。安妮 · 希阿林的背景和生活方式都无法表明她会是犯罪对象，但是罪犯还是冒了很大的风险来绑架她。很明显，她不是偶然被害人。

当时有一封勒索信，这封信像拉姆齐案中的勒索信一样诡异。信是用一个过时的打字机打的，并且提到学院图形公司（School Pictures）。这家公司是由罗伯特 · 希阿林控制的，尽管这只是他所有财产中的很小一部分。勒索信里列出了公司十二个所有人的名字，命令希阿林“让这些人恢复到他们参加学院图形公司之前的状态”。所以凶犯是一个认为自己和学院图形公司受到了罗伯特 · 希阿林不公正待遇的人。

比尔 · 哈格马尔对罪犯进行了分析，并且做了第一流的工作。到拉姆齐案发生的时候，他已经是联邦调查局的儿童绑架和连环杀人案小组组长，这个小组的前身是我的侦查支持小组。根据我的记忆，他在同我进行的咨询讨论中，认为希阿林夫人是一个对于罪犯来说有象征意义的被害人，而罪犯一心一意地想实现自己的计划，尽管这个犯罪计划得很不周密，有些冲动，并且有很高的风险。他认为犯罪发生之前罪犯已经对住处进行了监视，并且犯罪之前很可能通过合法或者非法的途径进入过房子。尽管有勒索信，哈格马尔还是认为犯罪动机主要是愤怒，而不是为了赎金。

凭着这个分析、勒索信以及人们几次在犯罪现场周围看到挂着佛罗里达州车牌的白色厢式货车，还有其他类似的线索，警探们找到了一个主要嫌犯。纽顿·阿尔弗莱德·维尼的名字被列在勒索信里面，家住佛罗里达州，并且因为学院图形公司的诉讼而几乎倾家荡产。在维尼的家里，警察找到了一个看起来与勒索信有关的打字机，还有一张杰克逊县的地图，上面希阿林家被圈了起来。维尼被判敲诈勒索罪、密谋绑架罪和伪证罪，入狱十五年。

但是，像拉姆齐案一样，这个案子一直让我寝食不安。安妮·罗里·希阿林始终没有被找到，也没有人因为她被谋杀而被定罪。她的丈夫罗伯特在她被绑架两年以后死于心脏病。但是这两个案子有很多相似之处，特别是比尔·哈格马尔非常机敏，这一点让我们在拉姆齐案中看到了其他的可能性。

总　结

实际上没有办法对这样一个案件做总结。我不知道凶手是谁；我只认为我知道凶手不是谁，这也就是我想说明的问题。

尽管说了上面的话，如果我不提出关于事实真相的假说，那么我还是在逃避问题。

我看到的行为证据和我所看到和读到的法庭证据，加上罗·斯密特提供给我的材料，都让我相信杀死琼贝妮特的凶手是白人男性，比较年轻，对约翰·拉姆齐有个人恩怨，想通过奸污和杀死他最爱的人来进行报复。

我认为他是在拉姆齐家人出去的时候进入房子里的，是从地下室的窗井或者用钥匙进去的，随身带了眩晕枪、一卷胶带和一卷绳子。他意图打晕琼贝妮特，绑架她，然后奸污她。这是个人原因的犯罪，而不是以金钱为目的。勒索的赎金并不很重要，罪犯可能直到闯入房子以后才想到要勒索赎金的。这能解释为什么勒索信是用帕特茜的记事簿写的，也能说明为什么会是十一万八千美元这个数字。也就是说，他并没有真的想要这么少的一笔钱，他只是想获得认可。

或者也可能他随身带来了一封短一些的勒索信，但是他发现还有时间，就改变了计划，用拉姆齐家放在台子上的纸重新写了一封，发泄了自己的愤怒和怨恨。这在拉姆齐夫妇看来会是多么具有污辱性啊！

房子复杂的结构减小了罪犯的风险。他可以躲在地下室里。在那里他用自己带来的手电筒照明来熟悉地形。

在琼贝妮特的父母睡熟以后，凶犯摸到琼贝妮特的卧室，用眩晕枪把她打昏，眩晕枪发射的时候不会发出很大的声音；用胶带封住她的嘴，然后把她抱到已经查看过的地下室，又用帕特茜的画笔的柄和自己的绳子绕着孩子的脖子做了一个绞索；他还把她的手紧紧地绑在一起。不论是不是故意的，他拧紧绞索，杀死了她，或者几乎杀死了她。他意识到自己所做的事情就慌张起来，重击她的头把她打死，然后，他没有把琼贝妮特带离房子，自己慌张地逃离了。

这只是一种可能性。另一个可能性是，这真是一起蓄意的绑架案，凶手是一个或者几个少年或者刚刚成年的人。他们到过拉姆齐家的房子，看到过约翰的支票存根。他们可能是琼贝妮特保姆的朋友、工人或者是朋友的朋友，但这只是一个猜测。对于一个少年来说，十一万八千美元就是很多钱了。但是他很不老练，以至于没有想到进行绑架是多么困难，即使是绑架一个六岁的孩子。

他很胆大却有勇无谋，所以敢进入房子里并在那里等待。在等待的时候，他写了勒索信，因为他忘记带来自己已经写好的勒索信。在这种情况下，眩晕枪和绞索都是进行控制而不是进行折磨的工具。用手插入孩子的阴道代表了年轻男子在自己有机会时进行的一次偶然的性试验。这种类型的行为并不罕见。同上面一样，当他意识到自己已经杀死或者几乎杀死了被害人的时候，他在慌乱中逃跑了。

一般情况下，面对警探们的调查，一个或者一群少年会很快溃不成军。但是如果调查的重点集中于拉姆齐夫妇，而没有聚焦到这些少年身上的时候，他们会轻易地躲过警察的视线。

事实仍旧是，我不知道是谁杀死了琼贝妮特·拉姆齐。凶犯没有被找到并受到审判，这是极大的不公正。如果指控了错误的人，这种不公正就变得更加严重了。

我总是说，对于任何一个人来讲，孩子遇害是最为可怕的事情了。但是我想我可能错了。孩子遇害，又被冤枉成凶手，这才是最为可怕的事情。

第七章

现状透视

我们在研究这些案件之间的共同主题以搞清楚到底是什么东西使得它们缠绕着我们的时候，肯定会想到“原型”这个词。从潜伏的恶魔到家庭的内幕，从成名及其带来的种种后果到不可思议的神秘性，从性强迫到无辜者的堕落，这些案件中的任何一个，正如我们已经看到的，都代表了一种我们能够理解的原型。这些案件中的任何一个都代表了某种强大东西的黑暗一面。这就是为什么它们如此令人着迷的原因了。

但是它们也确实很重要，而且具有启发意义。因为除了给我们一个了解人的本性的窗口之外，它们还向我们表明，当我们没有准备好来应付它们时，到底会发生什么后果。

每个案件的侦破都极度困难，都发生了严重的错误和不规范。在白教堂连环谋杀案中，侦查人员根本不明白他们面对的是什么样的凶手。在丽兹·伯登案中，他们被社会上对妇女阶层的俗套看法束缚了手脚。在林德伯格绑架案中，善意的、富有同情心的警官们失去了对案件调查的控制权，致使指向绑架者的线索从他们眼皮底下溜走了。在克里斯廷·舒尔茨和琼贝妮特·拉姆齐谋杀案中，犯罪现场和证据都被一时的冲动行为破坏了，侦查行动也因警察部门的工作程序有问题而备受阻碍。在波士顿勒人魔连环谋杀案中，其中一个人的坦白倒是使案件有了一种简单的、快速的“解决”，但是最终证明此种解决是不令人满意也不令人信服的。

同时，这些案件也是刑事侦查和刑事司法中更大问题的体现。那么，我们能做些什么呢?

我认为，我们可以做的有几件事情。

在这本书横跨的一个多世纪中，我们已经取得了巨大的进步。而且，正如我们已经说过的，我们认为如果这些案件发生在今天的话，是可以帮助警方侦破其中一些的。我们有不论是在十九世纪八十年代还是二十世纪八十年代都没有的技术、能力和知识。DNA分析、医学检查、计算机、证据保全、激光增强技术、现代心理学、行为分析、审问技巧、威胁分析以及其他基本侦查技术，这只不过是我们现在拥有的资源中的一些而已。然而，正当你读着这本书的时候，整个国家的停尸房中正躺着成千上万名身份尚未确认的已经死去的被害人。1960年，谋杀案侦破率大约达到了91%。现在，由于诸如“陌生人”谋杀案的增加（凶手和被害人之间互不相识），侦破率大约只有65%。

除非我们真正利用所有的东西，并且学习如何去一贯地以协调而正确的方式展开侦查工作，以上所有这些现代取得的发展和改进都是毫无意义的。如果你有非常先进的毛发和纤维分析技术，但是却在调查取证人员到来之前破坏了现场，那么你就会一无所获。如果你可以从子弹上的划痕来确定哪支枪是凶器，但是却无法确定那把枪案发时在谁的手上，你也将一无所获。如果DNA证据可以确定整个世界中哪个具体的人当时是在犯罪现场，但是你的证据保全过程出了问题，那么你同样将一无所获。我们可以如此这般罗列出无数例子。

我在全国讲授犯罪学和相关学科。当我与被害人的家人们进行交谈时，人们总是向我描述一些我闻所未闻的极端可怖的犯罪案件。而如果我都没有听说过的话，那么除了那些受犯罪影响的人之外，还有什么人会听说过这些案件呢？在像约翰·维因·盖西、杰夫雷·达摩尔和约耳·里夫金等这样的连环杀人犯不断作恶之下，甚至在当局知道发生了问题之前，就已经尸横遍野了。现在不仅比以前有更多的暴力犯罪，而且这些犯罪越来越多的是由“陌生人”干的：他们并不认识被害人，而且以前也和被害人没有发生过什么过节……被害人之所以被害几乎纯属运气不佳。此种谋杀案给我们带来了极大的难题。

因此，我们必须充分利用手头现有的资源，比我们现在更加高效、更加好地利用它们。

1985年，我参加了在匡迪格市举行的联邦调查局的“暴力犯罪打击计划（VICAP）”成立剪彩仪式。司法部长威廉·弗伦奇·史密斯和联邦调查局局长威廉·韦伯斯特也参加了。“暴力犯罪打击计划”是一个电脑数据库，里面列举了暴力犯罪的各种详细细节。这个数据库的用处是，当全国超过一点七万个执法机构中的任何之一要对某宗暴力犯罪（比如很可能是连环杀人或连环强奸案的某个案件）展开调查时，警方就可以通过填写一份详细的计算机问卷，将这个案件输入到计算机中。接下来“暴力犯罪打击计划”就可以提供给警方全国范围内与当前案件类似的证据或线索的任何其他罪犯的信息。这是一个非常了不起的主意，最初是由洛杉矶警察局谋杀案警探皮尔思·布鲁克斯提出来的。

在犯罪侧写计划马上就位并发展得不错的同时，“暴力犯罪打击计划”

却停滞下来了。当我在1995年从联邦调查局退休的时候，这个数据库中大约只输入了几千个案件。各个地方侦查机构都嫌麻烦，特别是当其他许多机构都不积极的时候。但就在同时，加拿大却研究了我们的系统，随后建立了自己的系统，并开始运作。有什么区别吗？加拿大警方被强制命令参与其中。不使用这个系统的任何机构都可能面临着失去政府拨款的风险。除非每个人都参加，否则建立这样一个复杂的全国资源库是毫无意义的。

任何读过马克的著作和我最近发表的小说《折断的翅膀》的读者都知道，长久以来我都一直提倡建立一个“警察紧急行动队”。它由刑事侦查所有领域中的专家构成，包括警探、犯罪侧写师、验尸人员、犯罪现场专家、弹道专家、毛发及昆虫专家、法医专家、纤维和血迹专家以及有必要包括的任何其他方面的专家。他们将乘坐设备良好的飞机出现在全国各地的犯罪现场，在犯罪现场还完好无损的时候就开始案件的侦破工作。他们不一定非得都是联邦调查局的成员。我认为这个紧急行动队就应当像军队里面的“三角洲部队”一样，可以从任何机构中抽调最能干的人加入进来。

我还提倡建立一个独立的全国实验室来处理证据，整个实验室要独立于联邦调查局和其他联邦机构。在这个实验室工作的人员都必须是最优秀的，他们的报告应当是可靠的、无可非议的。让我们棘手不堪的这些案件中的许多问题之一就是，我们根本不知道该相信谁的证词或证据。例如，标记为十六的那根横档，到底是取自林德伯格绑架案中罪犯用的那架木梯，还是被急于破案的警员拿了别的木头来冒充？伊丽莎白·肖特是在活着的时候还是死了之后被罪犯切成两截的？这个实验室对确立刑事侦查和刑事指控中证据的可信性大有帮助。

同时，各州也可以有所作为。许多情况下，地方警察局或者检察官办公室的主要问题是，它们无法或者不愿意与被害人、公众以及其他部门沟通。我认为，如果每个州都设立自己的重大犯罪特别工作组的话，这个问题可以得到极大的缓解。某些州已经这样做了，带来了令人印象深刻的结果。

特别工作组应当和各地警察局及治安办公室的代表、州侦查人员和实验室人员举行定期会议。他们可以听取法医学各个方面的正式汇报，并且讨论热点案件和疑难案件。应当注意的关键一点是，州内任何地方的任何警官、警探或侦查人员都应当知道哪里有资源以及如何使用这些资源。这会避免再出现拉姆齐案中的那种情形，因为当地方警察局没有必要资源或者经验时，它们能迅速调用最好的支援手段和信心（后一点更为重要）。

尽管联邦调查局在“暴力犯罪打击计划”上没有获得我所期望获得的那种成功，但是“全国警务研究院”却通过它的计划作出了无可估价的贡献。在“全国警务研究院”的计划中，警长、部门领导、高级警官和地方及地区执法机构的警探们，都来到匡迪格市接受深入的培训和指导，这使得他们能够熟悉执法行动的最新发展和最新技术。“全国警务研究院”不仅让它的毕业生获得了一种更深的理解以及更为广阔的视角，而且它还创造了一个由全国各地甚至全世界各地的人们组成的非正式网络，他们彼此相识，当有需要时他们会相互请求支援。

我获得的最大成功就是因为请求我所在部门支援的地方警官曾经在“全国警务研究院”学习过，并和我们逐步熟悉了。我在前一章中隐含地提到的对 1985 年在南卡罗来纳州发生的夏里 · 非 · 史密斯和德伯拉 · 梅 · 黑尔米克谋杀案的侦查，就是犯罪侧写师及其相关机构与优秀的地方警官结合在一起所能带来的优势的绝佳例证之一：我们在罪犯进一步作恶之前就将他一举抓获了。我经常说，我们之所以成功的两个关键理由之一是，负责案件的两个警官是非常优秀的。他们是警长吉姆·梅茨和副警长卢·麦卡提，都是“全国警务研究院”的毕业生。梅茨很清楚，请我们支援并不表示他的无能或没有把握，而恰恰是显示了他的力量和忠诚：他组成了最好的破案队伍来保护他所在的社区。正是因为这个原因，他、麦卡提、罗切斯特警长、林德·约翰逊以及许多像他们这样的警官，在我的书中总是英雄模范和榜样。

我写这些案件，还希望能够向读者说明其他一些教训和常见问题。

丽兹·伯登、劳丽·本姆本尼克和琼贝妮特·拉姆齐三个案件表明，一个人并不是在一天早上醒来之后就突然决定做个罪犯的，总是会有某些预兆性的行为。如果没有或者你没有发现，那么你就必须怀疑嫌疑人是不是确实是真凶了。波士顿勒人魔连环案件表明，罪犯是不会突然之间毫无理由地改变他的个性的。开膛手杰克、黄道十二宫、大丽花和拉姆齐案件都告诉我们，几乎没有所谓的无动机犯罪，只不过是我们还没有完全了解罪犯的动机罢了。

林德伯格案、伯登案和拉姆齐案，特别是拉姆齐案，告诫我们，在不知道或不理解关键事实的情况下作出草率的结论是很危险的，因为这样的结论往往是出于各种先入为主的观念。如果我们草率地作出结论，我们就正中各种花边小报和追求轰动效果的媒体的下怀了，我们也就和它们毫无分别了。在拉姆齐案中，即使是主流媒体也通过它们的影响力对所有人带来了损害……只有那个逍遥法外的罪犯毫发无损。如果让狂热占据我们的大脑的话，真相就可能被牺牲了，正如我们在亚特兰大奥林匹克公园爆炸案中所看到的，公园保安理查德·朱维尔遭到了不公指控。这个案件绝妙地说明了那些根本不懂得行为分析的人是如何曲解行为分析的。

传统智慧往往是建立在神话之上的，并且不同的时间、不同的地点会有一套不同的标准。

丽兹·伯登不可能杀死她的父母，因为富裕有教养的女士是不可能做出此种行为的。

一定是某个像布鲁诺·霍普特曼那样的人杀死了林德伯格的孩子，因为真正的美国人是不会做此种事情的。

肯定是班比·本姆本尼克杀死了克里斯廷·舒尔茨，因为她是一个盛气凌人、诡计多端的第二任妻子。

拉姆齐夫妇必须为他们女儿的死负责，否则他们不会拒绝与警方合作。

这些都不是有关事实或真相的表述，而只是一种传统智慧的神话。

最后，我认为这些案件就像战争纪念碑上的雕像一样：上面只有几个具体的形象，代表着成千上万个同样作出无私奉献、承受巨大牺牲的无名战士。

琼贝妮特·拉姆齐被杀害之后两个星期，一名九岁的女孩（为保护她的隐私和身份，我们姑且称之为女孩 X）被罪犯痛打、强奸、下毒，之后被扔在芝加哥声名狼藉的“卡布里尼·格林”公共住房计划项目的走廊里面，任其死亡。是一个看门人发现她的，当时她的 T 恤衫被勒在脖子上，身上画着匪徒的象征符号。她不是个非常美丽的姑娘，她也并非来自一个显赫或富裕的家庭，但是她遭受了无言的痛苦。和任何被害人一样，她和她的家人不仅值得我们同情，而且值得我们关注，值得我们对罪犯表达愤慨。

根据联邦调查局 1996 年的《统一犯罪报告》，琼贝妮特死的同一年，在全美国，有八百零四名十二岁及十二岁以下的儿童被杀死。而我们只不过知道其中一个儿童的名字罢了。我并不是说琼贝妮特没有遭受罪大恶极的罪行，我只想说所有其他的孩子也应当得到同等的同情和关爱。

就像对待成千上万英勇倒下的士兵一样，你根本没有听说过的成千上万宗案件，从来都没有得到充分的注意，人们也从未分配充分的资源来侦破这些案件。这些案件同样令我极度不安。

John Douglas, Mark Olshaker
The Cases That Haunt Us

图字:09－2018－081号

图书在版编目(CIP)数据

顶级悬案 /(美)约翰·道格拉斯(John Douglas),
(美)马克·奥尔谢克(Mark Olshaker)著;邓海平译.
—上海:上海译文出版社,2019.7(2023.1重印)
书名原文:The Cases That Haunt Us
ISBN 978－7－5327－7992－5

Ⅰ.①顶… Ⅱ.①约… ②马… ③邓… Ⅲ.①推理小说—小说集—美国—现代 Ⅳ.①I712.45

中国版本图书馆CIP数据核字(2019)第089064号

顶级悬案:犯罪史上的八宗惊世疑案
[美]约翰·道格拉斯 马克·奥尔谢克 著 邓海平 译
策划编辑/张吉人 责任编辑/范炜炜 装帧设计/邵旻 观止堂_未氓

上海译文出版社有限公司出版、发行
网址:www.yiwen.com.cn
201101 上海市闵行区号景路159弄B座
上海市崇明裕安印刷厂印刷

开本 890×1240 1/32 印张 13.75 插页 2 字数 277,000
2019年7月第1版 2023年1月第5次印刷
印数:16,001—18,000册

ISBN 978－7－5327－7992－5/I·4918
定价:65.00元